Martine Pauliat

Juste un regard

Harlan Coben

Juste un regard

FRANCE LOISIRS

Titre original : *Just One Look*
publié par Dutton, a member of Penguin Group (USA) Inc., New York.

Traduit de l'américain par Roxane Azimi

Ce livre est une œuvre de fiction. Les noms, les personnages, les lieux et les événements sont le fruit de l'imagination de l'auteur ou sont utilisés fictivement, et toute ressemblance avec des personnes réelles, vivantes ou mortes, des établissements d'affaires, des événements ou des lieux serait pure coïncidence.

Édition du Club France Loisirs,
avec l'autorisation des Éditions Belfond

France Loisirs,
123, boulevard de Grenelle, Paris
www.franceloisirs.com

Le Code de la propriété intellectuelle n'autorisant, aux termes des paragraphes 2 et 3 de l'article L. 122-5, d'une part, que les « copies ou reproductions strictement réservées à l'usage privé du copiste et non destinées à une utilisation collective », et, d'autre part, sous réserve du nom de l'auteur et de la source, que les « analyses et les courtes citations justifiées par le caractère critique, polémique, pédagogique, scientifique ou d'information », toute représentation ou reproduction intégrale ou partielle, faite sans le consentement de l'auteur ou de ses ayants droit ou ayants cause, est illicite (article L. 122-4). Cette représentation ou reproduction, par quelque procédé que ce soit, constituerait donc une contrefaçon sanctionnée par les articles L. 335-2 et suivants du Code de la propriété intellectuelle.

© Harlan Coben, 2004. Tous droits réservés.
© Éditions Belfond 2004 pour la traduction française.
ISBN : 2-7441-7520-X

À Jack Armstrong, un type bien.

Remerciements

L'auteur tient à remercier les personnes suivantes pour leur aide sur les points techniques : Mitchell F. Reiter (alias « Cuz »), médecin en chef au département de Chirurgie Dorsale, Université de Médecine et de Dentisterie du New Jersey ; David A. Gold, docteur en médecine ; Christopher J. Christie, procureur général de l'État du New Jersey ; Capitaine Keith Killion de la police de Ridgewood ; Steven Miller, docteur en médecine, chef du service des Urgences pédiatriques à l'Hôpital presbytérien pour enfants de New York ; John Elias, Anthony Dellapelle (le vrai, pas le personnage), Jennifer van Dam, Linda Fairstein et Craig Coben (alias « Bro »). Évidemment, s'il y a des erreurs, techniques ou autres, ces gens en sont entièrement responsables. J'en ai assez de jouer les boucs émissaires.

Merci à Carole Baron, Mitch Hoffman, Lisa Johnson et tout le personnel des éditions Dutton et Penguin, USA ; Jon Woods, Malcolm Edwards, Susan Lamb, Juliet Ewers, Nicky Jeanes, Emma Noble et la bande des éditions Orion ; Aaron Priest, Lisa Erbach Vance, Bryant et Hil (pour m'avoir aidé à passer le premier cap), Mike et Taylor (pour m'avoir aidé à passer le second), et Maggie Griffin.

Si certains personnages de ce livre ont le même nom que des personnes de mon entourage, ils n'en sont pas moins entièrement le fruit de mon imagination. Ce roman est une œuvre de fiction, tout est inventé.

Je remercie tout particulièrement Charlotte Coben pour les poèmes d'Emma. Tous droits réservés, comme on dit.

« Ma belle, donne-moi ton meilleur souvenir,
Mais il n'égale pas l'encre pâle. »

Proverbe chinois adapté pour la chanson L'Encre pâle
du groupe Jimmy X
(écrit par James Xavier Farmington, tous droits réservés)

Prologue

Scott Duncan a pris place en face du tueur.

Dans la pièce sans fenêtres au décor de grisaille régnait une atmosphère lourde et immobile, le même genre de silence feutré que quand la musique démarre et qu'aucun des deux partenaires n'ose ouvrir la danse. Scott a risqué un petit signe de la tête. Le tueur, dans son uniforme orange de détenu, s'est borné à le dévisager. Joignant les mains, Scott les a posées sur la table métallique. Le tueur — son dossier disait Monte Scanlon, mais ce n'était sûrement pas son vrai nom — aurait sans doute fait pareil s'il n'avait pas été menotté.

Pourquoi, s'est demandé Scott pour l'énième fois, pourquoi suis-je ici?

Sa spécialité, c'était de traquer des politiciens véreux — activité florissante s'il en est dans son État natal du New Jersey —, mais trois heures plus tôt, Monte Scanlon, exécuteur des basses œuvres devant l'Éternel, était enfin sorti de son mutisme pour formuler une requête.

Sa requête?

Un entretien particulier avec le substitut du procureur Scott Duncan.

C'était étrange pour une multitude de raisons, notamment : *primo*, un assassin n'est généralement pas en mesure de formuler des requêtes; et *secundo*, Scott n'avait jamais entendu parler de Monte Scanlon.

Il a rompu le silence.

— Vous avez demandé à me voir ?
— Oui.
Scott a hoché la tête et attendu la suite. Rien ne venait.
— Alors, que puis-je faire pour vous ?
Monte Scanlon continuait à le fixer. Soudain, il a dit :
— Vous savez pourquoi je suis ici ?

Scott a jeté un œil autour de lui. En dehors de Scanlon et de lui-même, il y avait quatre autres personnes dans la pièce. Le procureur Linda Morgan, adossée au mur du fond, histoire d'imiter la posture nonchalante de Sinatra appuyé contre un lampadaire. Debout derrière le prisonnier se tenaient deux gros matons quasi-jumeaux, les bras comme des troncs d'arbre et le torse de la taille d'une armoire ancienne. Ces deux agents effrontés, Scott les avait déjà rencontrés, il les avait vus accomplir leur tâche avec une sérénité de professeurs de yoga. Mais aujourd'hui, en présence de ce détenu pourtant bien entravé, même eux avaient l'air à cran. L'avocat de Scanlon, une espèce de furet qui empestait une mauvaise eau de toilette, complétait le tableau. Tous les regards étaient rivés sur Scott.

— Vous avez tué des gens, a-t-il répondu. Beaucoup de gens.
— J'étais ce qu'on appelle communément un homme de main. J'étais — Scanlon a marqué une pause — un tueur à gages.
— Dans des affaires criminelles qui ne relèvent pas de mon ressort.
— Exact.

La matinée de Scott avait commencé à peu près normalement. Il était en train de rédiger une citation à comparaître à l'encontre d'un responsable d'une entreprise de ramassage d'ordures qui graissait la patte au maire d'une petite commune. La routine, quoi. Une pratique quotidienne dans le vert État du New Jersey. C'était quand… il y a une heure, une heure et demie ? Et voilà qu'il se retrouvait derrière une table vissée au sol, face à un individu qui avait liquidé — selon les estimations de Linda Morgan — une bonne centaine de personnes.

— Alors, pourquoi avez-vous demandé à me voir ?

Scanlon ressemblait à un play-boy vieillissant, le genre qui aurait servi d'escorte à l'une des sœurs Gabor dans les années cinquante. Il était petit, ratatiné même. Ses cheveux grisonnants étaient lissés en arrière ; ses dents étaient jaunies par le tabac ; sa peau avait été tannée par le soleil de midi et d'innombrables et longues nuits dans des night-clubs trop sombres. Personne dans la pièce ne connaissait son véritable nom. Au moment de son arrestation, son passeport indiquait qu'il s'appelait Monte Scanlon, nationalité argentine, âge cinquante et un ans. L'âge semblait correspondre, mais c'était à peu près tout. Ses empreintes digitales ne figuraient pas dans les bases de données du CIPJ. Le logiciel d'identification morphologique avait accouché d'une grosse souris.

— Il faut qu'on parle seul à seul.

— Ce n'est pas mon rayon, a répété Scott. Adressez-vous au procureur qui est là.

— Ça n'a rien à voir avec elle.

— Et avec moi, si ?

Scanlon s'est penché en avant.

— Ce que je vais vous dire là, ça va changer toute votre vie.

Scott avait presque envie d'agiter son doigt sous le nez de Scanlon en disant : « Hou hou ! » Il connaissait bien l'état d'esprit des criminels en captivité — leurs manœuvres serpentines, leur recherche d'un avantage, d'une échappatoire, leur ego surdimensionné. Linda Morgan, qui avait dû deviner ses pensées, lui a lancé un regard d'avertissement. Monte Scanlon, lui avait-elle expliqué, avait travaillé pendant près de trente ans pour diverses familles influentes. La répression du crime organisé avait besoin de sa coopération comme un homme assoiffé a besoin d'eau dans le désert. Depuis son arrestation, Scanlon avait refusé de parler. Jusqu'à ce matin.

D'où la présence de Scott.

— Votre chef, a dit Scanlon en désignant Linda Morgan du menton. Elle espère que je vais coopérer.

— Vous l'aurez, votre piqûre, a répliqué Morgan sans se départir de sa fausse nonchalance. Rien de ce que vous pourrez dire ou faire n'y changera quoi que ce soit.

Scanlon a souri.

— Allons. Vous craignez bien plus de perdre mes petits secrets que je ne crains la mort.

— Très bien. Encore un dur à cuire.

Elle s'est décollée du mur.

— Vous savez quoi, Monte ? Les gros durs sont les premiers à faire dans leur froc quand on les ligote sur le chariot.

À nouveau, Scott a réprimé l'envie d'agiter son doigt, cette fois à l'adresse de sa patronne. Scanlon souriait toujours. Son regard ne quittait pas celui de Scott. Scott n'aimait pas ce qu'il voyait dans ses yeux. Ils étaient, comme on pouvait s'y attendre, noirs, brillants et cruels. Mais — à moins que ce ne soit une vue de l'esprit —, Scott avait l'impression d'y voir autre chose que la vacuité de rigueur. Comme une sorte de supplication.

Il n'arrivait pas à s'en détacher. Une lueur de regret, peut-être.

De remords, même.

Scott a regardé Linda et hoché la tête. Elle a froncé les sourcils, mais Scanlon l'avait bluffée. Elle a touché l'un des matons à l'épaule et leur a fait signe de sortir. Se levant de son siège, l'avocat de Scanlon a ouvert la bouche pour la première fois.

— Tout ce qu'il peut dire restera strictement confidentiel.

— Allez avec eux, a ordonné Scanlon. Assurez-vous qu'ils n'écoutent pas aux portes.

L'avocat a pris sa mallette et a suivi Linda Morgan vers la sortie. Bientôt, Scott et Scanlon se sont retrouvés seuls. Au cinéma, les tueurs sont tout-puissants. Dans la vraie vie, non. Ils ne se défont pas de leurs menottes au milieu d'un centre pénitentiaire placé sous haute surveillance. Les frères Armoires à Glace, Scott le savait, seraient derrière le miroir sans tain. L'Interphone, selon les instructions de Scanlon, serait coupé. Mais ils l'auraient à l'œil.

Scott a haussé les épaules comme pour dire « Eh bien ? ».

— Je ne suis pas un tueur à gages type.

— Hmm.

— J'ai des règles.

Scott attendait.

— Par exemple, je ne tue que des hommes.

— Vous êtes un grand seigneur, dites-moi !

Scanlon n'a pas relevé le sarcasme.

— C'est ma première règle. Je ne tue que des hommes, pas les femmes.

— Euh... soit. À propos, la règle numéro deux a

quelque chose à voir avec le fait de ne pas coucher avant le troisième rencard ?

— Vous pensez que je suis un monstre ?

Nouveau haussement d'épaules, comme si la réponse était évidente.

— Vous ne respectez pas mes règles ?

— Quelles règles ? Vous tuez des gens. Vous avez inventé ces prétendues règles pour vous donner l'illusion d'être humain.

Scanlon a paru réfléchir à cela.

— Peut-être, a-t-il concédé, mais les hommes que j'ai tués étaient de la racaille. J'étais engagé par de la racaille pour éliminer de la racaille. Je ne suis rien d'autre qu'une arme.

— Une arme ? a répété Scott.

— Oui.

— Une arme, peu lui importe qui elle tue, Monte. Hommes, femmes, enfants, petites mamies. Une arme ne fait pas de distinguo.

Scanlon a souri.

— Touché.

Scott a frotté ses paumes sur les jambes de son pantalon.

— Vous ne m'avez pas fait venir ici pour une leçon d'éthique. Qu'est-ce que vous voulez ?

— Vous êtes divorcé, hein, Scott ?

Duncan n'a pas répondu.

— Pas d'enfants, séparation à l'amiable, toujours en bons termes avec votre ex.

— Qu'est-ce que vous voulez ?

— Expliquer.

— Expliquer quoi ?

Scanlon a baissé les yeux, juste une fraction de seconde.
— Ce que je vous ai fait.
— Mais on ne se connaît même pas.
— Moi, je vous connais. Je vous connais depuis longtemps.

Dans le silence qui s'est ensuivi, Scott a jeté un coup d'œil au miroir. Linda Morgan devait être là derrière, à se demander ce qu'ils se racontaient. Elle voulait des informations. La pièce était-elle truffée de micros ? Probablement oui. D'une manière ou d'une autre, il avait intérêt à faire parler Scanlon.

— Vous êtes Scott Duncan. Âge : trente-neuf ans. Diplômé de l'école de droit de Columbia. Vous pourriez gagner beaucoup plus dans un cabinet privé, mais ça vous barbe. Ça fait six mois que vous travaillez dans le bureau du procureur. Votre père et votre mère ont déménagé à Miami l'année passée. Vous aviez une sœur, mais elle est morte quand elle était encore à la fac.

Scott a remué sur son siège. Scanlon l'observait.
— Vous avez fini ?
— Savez-vous comment fonctionne mon métier ?

Changement de sujet. Scott a attendu l'espace d'un battement de cœur. Scanlon menait le jeu, cherchant à le déstabiliser ou autre ânerie du même genre. Il n'avait pas l'intention de tomber dans le panneau. Rien de ce qu'il avait « révélé » sur la famille de Scott n'était surprenant. N'importe qui pouvait recueillir ces infos-là en pianotant sur les bonnes touches et en donnant quelques coups de fil pertinents.

— Dites-moi, a-t-il répondu.
— Admettons, a commencé Scanlon, que vous souhaitiez la mort de quelqu'un.

— OK.

— Vous contacteriez un ami, qui connaît un ami, qui connaît un ami qui peut me joindre.

— Et qui serait le seul à vous connaître ?

— Quelque chose comme ça. Je n'avais qu'un intermédiaire, mais je faisais attention, même avec lui. On ne se rencontrait jamais en personne. On utilisait des noms de code. Tout l'argent était versé sur des comptes à l'étranger. J'ouvrais un nouveau compte pour chaque, disons, transaction, et je le refermais sitôt la transaction terminée. Vous me suivez ?

— Ce n'est pas bien compliqué.

— Certes. Seulement aujourd'hui, voyez-vous, nous communiquons par e-mail. J'ouvrais un compte provisoire chez Hotmail, Yahoo! ou autre, sous un faux nom. Rien qui puisse être identifié. Et même si c'était le cas, même si on retrouvait l'expéditeur, ça avançait à quoi ? Tous les messages étaient envoyés et lus dans des bibliothèques ou des lieux publics. Nous étions totalement couverts.

Scott allait lui faire remarquer que cette couverture totale l'avait finalement conduit en taule, mais il a décidé de s'épargner cette peine.

— Et qu'est-ce que tout ça a à voir avec moi ?

— J'y viens.

Scanlon s'animait, pris par son propre récit.

— Dans le temps — quand je dis dans le temps, j'entends il y a huit, dix ans —, on opérait essentiellement à partir de taxiphones. Je ne voyais jamais le nom écrit. Le gars me le disait par téléphone.

Scanlon s'est interrompu pour s'assurer qu'il avait l'entière attention de Scott. Sa voix s'est radoucie un peu, a perdu de sa désinvolture.

— C'est ça, la clé, Scott. Ça se passait par téléphone. J'entendais seulement le nom, je ne le voyais pas.

Il l'a regardé, guettant sa réaction. Scott, qui n'avait pas la moindre idée de ce dont il était question, s'est contenté d'un :

— Mmm.

— Comprenez-vous pourquoi j'insiste sur cette histoire de téléphone ?

— Non.

— Parce que quelqu'un comme moi, quelqu'un qui a des règles, pourrait se tromper au téléphone.

Scott a réfléchi un instant.

— Je ne vois toujours pas.

— Je ne tue jamais de femmes. Règle numéro un.

— Oui, vous l'avez dit.

— Donc, si vous vouliez liquider un nommé Billy Smith, j'en déduirais que Billy est un homme. Vous savez, avec un « y ». Il ne me viendrait pas à l'esprit que Billy pourrait être une femme. Avec un « ie » à la fin. Vous comprenez ?

Scott s'est figé. Scanlon s'en est aperçu. Il ne souriait plus. Sa voix était très douce.

— On a déjà parlé de votre sœur, hein, Scott ?

Scott n'a pas répondu.

— Elle s'appelait Geri, pas vrai ?

Silence.

— Vous voyez le problème, Scott ? Geri, ça fait partie de ces noms. Si on vous le dit par téléphone, vous pensez que ça s'écrit avec un « J » et un « y ». Il y a quinze ans, j'ai eu un coup de fil. De la part de l'intermédiaire en question…

Scott a secoué la tête.

— … On m'a donné une adresse. Et l'heure exacte à

laquelle « Jerry » — Scanlon a esquissé des guillemets avec ses doigts — serait à la maison.

La voix de Scott semblait venir de très loin :

— L'enquête a conclu à un accident.

— Comme la plupart des incendies criminels, quand on sait s'y prendre.

— Je ne vous crois pas.

Mais en regardant ces yeux, Scott a senti son monde vaciller. Des images affluaient : le sourire contagieux de Geri, sa tignasse indisciplinée, son appareil dentaire, sa manie de lui tirer la langue dans les réunions de famille. Il s'est rappelé son premier petit copain (un blaireau nommé Brad), l'absence de cavalier pour son bal de promo, le discours fougueux qu'elle avait prononcé pour se faire élire au conseil des étudiants, son premier groupe rock (ils étaient archinuls), sa lettre d'admission à l'université.

Ses yeux se sont embués.

— Elle n'avait que vingt et un ans.

Pas de réponse.

— Pourquoi ?

— Je n'entre pas dans ces considérations, Scott. Je ne suis qu'un homme de main…

— Non, pas ça. (Scott a levé la tête.) Pourquoi me le racontez-vous maintenant ?

Scanlon a examiné son reflet dans le miroir. Il a baissé la voix.

— Vous avez peut-être raison.

— À propos de quoi ?

— Ce que vous avez dit tout à l'heure.

Il s'est retourné vers Scott.

— Tout compte fait, j'ai peut-être besoin d'avoir l'illusion d'être humain.

1

Trois mois plus tard...

Il y a des accrocs soudains. Des déchirures dans la vie, de profonds coups de couteau qui vous lacèrent la chair. Votre vie suit son cours, et subitement tout éclate. Se disloque comme après une éventration. Et puis il y a des moments où l'écheveau de votre vie se dévide, tout simplement. On tire sur un fil qui dépasse, une couture craque. Au début, le changement est lent, quasi imperceptible.

Pour Grace Lawson, le dévidage a commencé au Photomat.

Elle s'apprêtait à entrer dans la boutique quand elle a entendu une voix plus ou moins familière :

— Pourquoi ne vous achetez-vous pas un appareil numérique, Grace ?

Grace s'est tournée vers la femme.

— Je ne suis pas très douée pour les nouvelles technologies.

— Oh ! allez ! La photo numérique, c'est facile comme tout.

Elle a ponctué sa déclaration d'un claquement de doigts.

— Et tellement plus pratique. Il suffit d'effacer les photos qu'on ne veut pas garder. C'est le même principe que les fichiers informatiques. Tenez, pour notre carte de Noël, Barry a dû prendre des millions de photos des gosses ; il n'arrêtait pas de mitrailler parce que Blake clignait des yeux ou que Kyle regardait du mauvais côté, mais quand on en prend autant, comme dit Barry, il y en aura bien une de réussie, non ?

Grace a hoché la tête. Elle essayait de se rappeler le nom de cette femme, mais rien à faire. Sa fille — Blake ? — était dans la classe du fils de Grace, en cours préparatoire. À moins que ça n'ait été l'an dernier, en maternelle. Difficile de ne pas s'y perdre. Grace a plaqué un sourire sur son visage. Cette femme-là était bien gentille, mais elle se fondait dans la masse. Grace s'est demandé — et ce n'était pas la première fois — si elle non plus ne se confondait pas avec les murs, si sa forte personnalité d'antan ne s'était pas dissoute dans le morne océan du conformisme suburbain.

Cette pensée n'était guère réconfortante.

La femme continuait à décrire les merveilles de l'ère numérique. Le sourire figé de Grace commençait à lui faire mal. Elle a jeté un coup d'œil à sa montre, dans l'espoir que la techno-maman saisirait l'allusion. Deux heures quarante-cinq. Presque l'heure d'aller chercher Max à l'école. Emma avait son entraînement à la piscine, mais c'était une autre maman qui jouait les chauffeurs aujourd'hui. Elle la récupérerait après la séance.

— Il faudrait qu'on se voie un de ces jours, a dit la bonne femme, ayant enfin épuisé son sujet. Avec Jack et Barry. Je pense qu'ils vont bien s'entendre, ces deux-là.

— Très certainement.

Grace a profité de l'accalmie pour lui adresser un petit signe d'adieu, pousser la porte et s'engouffrer dans la boutique. La porte vitrée s'est refermée d'un coup sec, faisant tinter une clochette. L'odeur chimique, semblable à celle de la colle de modelage, l'a frappée de plein fouet. Elle s'est interrogée sur les effets à long terme du travail dans un pareil environnement et a décidé que, déjà à court terme, c'était suffisamment pénible.

Le jeune qui travaillait — le mot « travaillait » étant en l'occurrence largement surfait — derrière le comptoir avait une touffe de duvet blanc sous le menton, une couleur de cheveux à faire pâlir Crayola et assez de piercings pour pouvoir servir d'instrument à vent. Un casque volumineux serpentait autour de sa tête. La musique était tellement forte que Grace la sentait résonner dans sa poitrine. Il avait des tatouages aussi, en grand nombre. L'un disait STONE. Un autre, RABAT-JOIE. Le troisième, s'est dit Grace, ça devrait être BRANLEUR.

— Excusez-moi.

Il n'a pas levé les yeux.

— Excusez-moi, a-t-elle répété, un peu plus fort.

Toujours rien.

— Eh! oh! mec!

Là, il a réagi. Renfrogné, les yeux étrécis, visiblement agacé par cette interruption, il a retiré son casque de mauvaise grâce.

— Le talon.

— Pardon?

— Le talon.

Ah! Grace lui a tendu le reçu. Touffe de Poils lui a demandé ensuite son nom. Ça lui a fait penser à ces fichus standards automatiques d'un service clients qui vous disent de composer votre numéro de téléphone, et quand vous obtenez un opérateur il vous réclame encore le même numéro. Comme si la première requête servait juste à se faire la main.

Touffe de Poils — Grace commençait à trouver ce surnom à son goût — a feuilleté les paquets de photos dans un tiroir avant d'en extraire un. Il a arraché l'étiquette et lui a indiqué un prix exorbitant. Elle lui a remis un bon de réduction, exhumé de son sac après une fouille digne de la recherche des manuscrits de la mer Morte, et le prix a baissé jusqu'à atteindre une somme quasi raisonnable.

Il lui a donné l'enveloppe de photographies. Grace l'a remercié, mais il avait déjà rebranché la musique sur son cerveau. Elle lui a adressé un signe de la main.

— Je ne viens point pour les clichés, a-t-elle dit, mais pour un pétillant trait d'esprit.

Touffe de Poils a bâillé et repris son magazine. Le tout dernier numéro du *Branleur d'aujourd'hui*.

Grace a posé le pied sur le trottoir. Le temps était frisquet. L'automne avait manifestement soufflé la place à l'été. Les feuilles n'avaient pas encore commencé à jaunir, mais l'air était piquant comme du cidre. Les vitrines des magasins s'étaient déjà parées des couleurs de Halloween. Emma, qui était en CE2, avait convaincu Jack d'acheter un Homer Simpson gonflable de plus de deux mètres. Le spectacle, il fallait bien l'admettre, était impressionnant. Ses enfants aimaient *Les Simpson* ; ça voulait dire que, malgré tous leurs efforts, Jack et elle les élevaient correctement.

Grace avait envie d'ouvrir l'enveloppe sur-le-champ. C'était excitant, une pellicule nouvellement développée, comme un paquet cadeau qu'on s'apprête à déballer, comme la cavalcade jusqu'à la boîte aux lettres, même si ce ne sont que des factures — jamais, en dépit de ses avantages, la photo numérique ne saurait égaler cela. Malheureusement, elle n'avait pas le temps avant la sortie des classes.

Tandis que sa Saab grimpait Heights Road, elle s'est octroyé un petit détour pour passer par le point de vue panoramique de la ville. D'ici, les gratte-ciel de Manhattan, la nuit surtout, se déployaient tels des diamants sur du velours noir. Une bouffée de nostalgie l'a envahie. Elle adorait New York. Quatre ans plus tôt, ils vivaient encore dans cette île merveilleuse. Ils occupaient un loft au Village, dans Charles Street. Jack travaillait dans la recherche médicale pour le compte d'un grand labo pharmaceutique. Elle peignait dans l'atelier qu'elle s'était aménagé à la maison, n'ayant que mépris pour ces banlieusards avec leurs gros 4×4, leurs pantalons en velours côtelé et leurs conversations qui tournaient autour des mouflets. À présent, elle était une des leurs.

Grace s'est garée derrière l'école avec les autres mères. Elle a coupé le moteur, sorti l'enveloppe de Photomat et déchiré l'emballage. Le rouleau datait de la semaine précédente, de leur voyage annuel à Chester pour cueillir des pommes. Jack s'en était donné à cœur joie. Il aimait son rôle de photographe attitré. C'était un travail d'homme, estimait-il, comme si le fait de prendre des photos était un sacrifice qu'un père de famille était censé consentir pour les siens.

La première image représentait Emma, leur fille de huit ans, et Max, six ans, juchés sur une charrette de foin, la tête dans les épaules, les joues rougies par le vent. Grace s'est immobilisée pour l'examiner de près. Un sentiment, oui, de chaleur maternelle, à la fois primitif et porteur d'évolution, lui a chaviré le cœur.

C'était comme ça avec les enfants. C'étaient ces petites choses qui vous touchaient directement. Elle s'est rappelé qu'il faisait froid ce jour-là. Le verger, elle le savait, serait noir de monde. Elle avait rechigné à y aller. À présent, en regardant la photo, elle s'interrogeait sur ses priorités à la gomme.

Les autres mères se rassemblaient devant la clôture, bavardant et fixant des dates pour des goûters. On était bien entendu dans une époque moderne, dans l'Amérique postféministe, et cependant, sur les quatre-vingts parents en gros qui attendaient leur progéniture, il n'y avait que deux hommes. L'un de ces pères s'était retrouvé au chômage près d'un an plus tôt. Ça se voyait à son regard, à son pas traînant, à son rasage inégal. L'autre était un journaliste qui travaillait chez lui et était un peu trop enclin à baratiner les mamans. Peut-être se sentait-il seul. Ou alors, il y avait autre chose.

Quelqu'un a frappé à la vitre de la voiture. Grace a levé les yeux. Cora Lindley, sa meilleure amie dans le coin, lui a fait signe de déverrouiller la portière. Elle s'est glissée sur le siège à côté d'elle.

— Comment ça s'est passé, ton rancard d'hier soir ? a demandé Grace.
— Pas terrible.
— Zut.
— Le syndrome du cinquième rendez-vous.

Cora était divorcée et un peu trop sexy pour les nerveuses et surprotectrices « dames qui déjeunent ». Vêtue d'un top léopard décolleté, d'un pantalon en Lycra et d'une paire de pompes roses, elle détonnait très nettement parmi tous ces kaki et ces pulls avachis. Les autres mères la considéraient avec suspicion. Ce milieu banlieusard, ça pouvait ressembler furieusement à un préau de lycée.

— C'est quoi, le syndrome du cinquième rendez-vous ? s'est enquis Grace.

— Tu ne sors pas des masses, hein ?

— Pas vraiment. Un mari et deux gosses, ça n'aide pas à aller draguer dans les bars.

— Dommage. Vois-tu — et ne me demande pas pourquoi —, lors du cinquième rendez-vous, le mec soulève toujours la question de... comment exprimer ça délicatement ?... du ménage à trois.

— S'il te plaît, dis-moi que tu plaisantes.

— Que nenni. Le cinquième rendez-vous. Au plus tard. Le mec veut savoir, de manière purement théorique, quelle est mon opinion sur le ménage à trois. C'est un peu comme la paix au Moyen-Orient.

— Qu'est-ce que tu as répondu ?

— Qu'en principe je ne suis pas contre, surtout quand les deux hommes commencent à se rouler des pelles.

Grace a ri, et toutes les deux sont descendues de voiture. Sa mauvaise jambe lui faisait mal. Au bout de dix ans, elle ne devrait plus y penser, mais elle avait toujours horreur qu'on la voie claudiquer. Restée près de la voiture, elle a regardé Cora s'éloigner. Quand la cloche a sonné, les gamins ont jailli dehors comme catapultés par un canon. À l'instar de tous les autres parents, Grace n'avait d'yeux que pour le sien. Le reste de la meute, aussi peu charitable que cela paraisse, faisait partie du décor.

Max a émergé parmi la deuxième fournée. Lorsque Grace a aperçu son fils — un lacet défait, son sac à dos Yu-Gi-Oh quatre fois trop grand pour lui, son bonnet des New York Rangers penché sur le côté à la façon d'un béret de touriste —, la chaleur l'a submergée de plus belle. Max s'est frayé un passage dans l'escalier, rajustant le sac sur ses épaules. Elle a souri. Il l'a repérée et a souri aussi.

Il a grimpé à l'arrière de la Saab. Grace l'a harnaché au rehausseur et lui a demandé comment s'était passée sa journée. Max a répondu qu'il ne savait pas. Qu'avait-il fait à l'école? Il ne savait pas. A-t-il étudié les maths, l'anglais, les sciences, les arts appliqués? Haussement d'épaules et réponse: «Chais pas.» Grace a hoché la tête: elle se trouvait devant un cas classique de l'épidémie connue sous le nom de l'Alzheimer de l'école élémentaire. Est-ce qu'on droguait les gosses pour leur faire perdre la mémoire, ou bien leur faisait-on jurer le secret? C'était un des mystères de la vie.

C'est seulement après être rentrée à la maison et avoir donné à Max son Go-Gurt pour le goûter — imaginez un yogourt dans un tube genre dentifrice — que Grace a enfin eu l'occasion de regarder les autres photos.

Le voyant du répondeur clignotait. Un seul message. Elle a consulté le numéro du correspondant — il était masqué — avant de presser la touche «Play». Pour une surprise... Cette voix-là était celle d'un vieil... ami, pourrait-on dire. Connaissance était trop neutre. Figure paternelle serait sûrement plus exact, mais dans un sens des plus singuliers.

— Bonjour, Grace. C'est Carl Vespa.

Il n'avait pas besoin de préciser son nom. Malgré toutes ces années, elle aurait reconnu sa voix n'importe où.

— Peux-tu m'appeler quand tu auras un moment? Il faut que je te parle.

Bip. Grace n'a pas bronché, mais elle sentait des papillons dans son estomac, comme autrefois. Vespa. Carl Vespa avait téléphoné. Ce n'était pas bon signe. Tout généreux qu'il eût été avec elle, Carl Vespa n'était pas homme à causer de la pluie et du beau temps. Elle a hésité, puis décidé de ne pas rappeler tout de suite.

Grace est passée dans la chambre d'amis reconvertie en atelier de peinture. Quand son travail avançait bien — quand elle était, comme n'importe quel artiste ou athlète, « lancée » —, elle voyait le monde tel qu'elle s'apprêtait à le transposer sur une toile. Elle regardait les rues, les arbres, les gens et songeait au type de pinceau qu'elle allait employer, à la touche, au mélange de couleurs, à l'ombre et à la lumière. Son travail devait refléter ce qu'elle recherchait, et non la réalité. C'est ainsi qu'elle envisageait l'art. Chacun de nous voit le monde à travers son propre prisme, bien sûr. Le meilleur art déformait la réalité pour montrer l'univers de l'artiste, ce qu'elle voyait ou, plus précisément, ce qu'elle voulait que les autres voient. Ce n'était pas toujours beau. C'était souvent provocateur, parfois laid même, plus prenant, plus fascinant que la réalité. Grace désirait susciter une réaction. On peut admirer un beau coucher de soleil — mais Grace voulait que l'on s'immerge dans son coucher de soleil, que l'on ait peur de s'y arracher, et peur de ne pas s'y arracher.

Pour un dollar de plus, elle avait commandé un double tirage. Ses doigts ont plongé dans l'enveloppe, tirant les photos une à une. Les deux premières représentaient Emma et Max sur la charrette de foin. Venait ensuite Max, bras tendu pour cueillir une pomme. Puis l'inévitable traînée couleur chair : la main de Jack, trop près de l'objectif. Elle a souri et secoué la tête. Son gros bêta. Il y avait d'autres clichés de Grace et des enfants avec les différentes variétés de pommes, des arbres, des paniers. Ses yeux se sont embués, comme chaque fois qu'elle regardait les photos de ses enfants.

Les parents de Grace étaient morts jeunes. Sa mère avait été fauchée par un semi-remorque à la bifurcation de la route 46 à Totowa. À l'époque, Grace, enfant unique, n'avait que onze ans. La police n'était pas venue frapper à leur porte, comme au cinéma. Son père avait appris l'accident par un coup de fil. Elle le revoyait encore, vêtu d'un pantalon bleu et d'un gilet gris, répondre au téléphone avec son habituel « Allô » musical, avant que la couleur ne déserte son visage et qu'il ne s'effondre, d'abord en sanglots étouffés, puis silencieux, semblant manquer d'air pour donner libre cours à sa douleur.

Grace avait été élevée par son père jusqu'à ce que son cœur, affaibli par une crise de rhumatisme articulaire aigu qui l'avait frappé dans son enfance, lâche alors qu'elle était en première année de fac. Un oncle à Los Angeles s'était proposé pour la recueillir, mais Grace, qui était majeure à présent, avait choisi de rester dans l'Est et de mener sa propre barque.

La mort de ses parents l'avait anéantie, bien sûr, mais elle avait aussi conféré à sa vie un curieux sentiment d'urgence. Une impression poignante d'être en sursis. Ces morts donnaient une autre dimension aux choses les plus banales. Elle voulait engranger les souvenirs, vivre pleinement chaque instant et — aussi morbide que cela puisse paraître — laisser un maximum de souvenirs à ses enfants pour le jour où à son tour elle ne serait plus de ce monde.

C'est à ce moment-là — tandis qu'elle pensait à ses

parents, à Emma et Max, qui semblaient avoir tellement grandi depuis la cueillette de pommes de l'année dernière — qu'elle est tombée sur la photo bizarre.

Grace a froncé les sourcils.

La photo se trouvait au milieu de la pile. Plus près de la fin, peut-être. Elle était de la même taille, ne dépassant pas du paquet, et le papier était un peu plus fin. Un tirage bon marché, a-t-elle pensé. Comme du papier de photocopieur.

Grace a vérifié la suivante. Pas de double. Voilà qui était étrange. Un seul exemplaire. Elle a réfléchi un instant. Ce cliché avait dû atterrir là par hasard, provenant d'un autre rouleau.

Parce que la photo n'était pas à elle.

C'était une erreur. L'explication était évidente, il suffisait de penser à la qualité du travail de Touffe de Poils. Il était tout à fait capable de s'emmêler les pinceaux, non ? De glisser une mauvaise photo au milieu de son paquet.

C'est probablement ce qui avait dû se passer.

La photographie de quelqu'un d'autre s'était égarée parmi les siennes.

À moins que...

Le cliché avait un aspect vieillot — pas en noir et blanc ou bien sépia, à l'ancienne. Non, rien de tout cela. C'était un tirage couleur, mais les teintes semblaient... délavées, saturées, passées, sans cette exubérance à laquelle on était en droit de s'attendre de nos jours. Les gens qui figuraient dessus, pareil. Leurs vêtements, leurs coiffures, leur maquillage — tout datait. Ça devait remonter à une quinzaine, peut-être à une vingtaine d'années.

Grace l'a posé sur la table pour mieux l'examiner.

Les images sur la photo étaient légèrement brouillées. Il y avait quatre, non, encore une dans le coin, cinq personnes sur le cliché. Deux hommes et trois femmes, tous de jeunes adultes, vingt et quelques années, du moins ceux qu'on distinguait clairement.

Des étudiants, a pensé Grace.

Ils arboraient les jeans, les sweat-shirts, la chevelure en désordre et cette attitude, cette posture désinvolte témoignant d'une indépendance en herbe. On aurait dit que le photographe les avait pris au dépourvu, alors qu'ils étaient en train de se mettre en place. Certains tournaient la tête, si bien qu'on les voyait seulement de profil. Une fille brune, tout au bord, on n'apercevait d'elle que la nuque et une veste en jean. À côté d'elle, il y avait une autre fille, une rousse flamboyante, avec des yeux écartés.

Au milieu, une blonde — nom de Dieu, c'était quoi, ce truc ? — avait la figure barrée d'un X géant. Comme si on l'avait rayée.

Comment cette photo a-t-elle… ?

Pendant qu'elle regardait, Grace a ressenti un petit pincement au cœur. Les trois filles, elle ne les connaissait pas. Les deux hommes se ressemblaient : même taille, mêmes cheveux, même attitude. Elle n'avait jamais vu le type de gauche.

L'autre homme, en revanche, lui était familier. Enfin, le garçon plutôt. Il n'était pas assez vieux pour mériter l'appellation d'homme. Assez vieux pour faire son service militaire ? Certainement. Assez vieux pour être un homme. Il se tenait au centre, à côté de la blonde avec le X en travers du visage…

Non, ce n'était pas possible. Pour commencer, il tournait à moitié la tête. Une maigre barbe d'adolescent lui mangeait la figure…

Était-ce bien son mari ?

Grace s'est penchée pour voir de plus près. Au mieux, c'était une photographie de profil. Elle n'avait pas connu Jack à cette époque-là. Ils s'étaient rencontrés treize ans plus tôt, dans le Midi de la France. Après plus d'un an d'interventions chirurgicales et de rééducation, Grace n'avait pas entièrement récupéré. Les maux de tête et les pertes de mémoire perduraient. Elle boitait — comme maintenant —, mais étouffée par la publicité et toute l'attention dont elle bénéficiait depuis la soirée du drame, elle avait eu hâte de prendre le large. Elle s'était inscrite à la fac à Paris, histoire d'étudier l'art sérieusement. C'était pendant les vacances, en bullant au soleil sur la Côte d'Azur, qu'elle avait fait la connaissance de Jack.

Était-elle sûre que c'était lui ?

Il avait l'air différent, pas de doute là-dessus. Les cheveux plus longs, et puis cette barbe, même s'il était encore trop jeune, le visage trop poupin, pour que ça le rende vraiment sérieux. Il portait des lunettes. Mais il y avait quelque chose dans son maintien, sa façon de pencher la tête, son expression.

C'était son mari.

Elle a rapidement feuilleté le reste du paquet. Encore des charrettes de foin, des pommes, des bras tendus pour cueillir un fruit sur la branche. Elle a vu la photo qu'elle avait prise de Jack la seule fois où il lui avait laissé l'appareil, maniaque qu'il était. À force de se hisser, sa chemise s'était retroussée tant et si bien qu'il avait le ventre à l'air. Emma lui avait dit que c'était beurk, dégoûtant. Résultat, Jack avait remonté sa chemise encore plus haut. Grace avait ri.

— Montre-nous, chéri ! avait-elle lancé en prenant la photo.

Et il s'était déhanché obligeamment, pour ajouter à la mortification d'Emma.

— Maman ?

Elle s'est retournée.

— Qu'est-ce qu'il y a, Max ?

— Je peux avoir une barre de céréales ?

— On va l'emporter dans la voiture, a-t-elle déclaré en se levant. Viens, il faut qu'on aille faire un tour.

Touffe de Poils n'était pas au Photomat.

Max a inspecté les différents cadres à thèmes — Joyeux Anniversaire ; Maman, nous t'aimons, ce genre de choses. L'homme derrière le comptoir, irrésistible avec sa cravate en Tergal, un protège-poche et une chemise de soirée suffisamment fine pour laisser entrevoir un tee-shirt à col en V dessous, arborait un badge informant le monde que lui, Bruce, était un directeur adjoint.

— Puis-je vous aider ?

— Je cherche le jeune homme qui était là il y a deux heures environ, a dit Grace.

— Josh est absent pour la journée. Je peux faire quelque chose ?

— J'ai récupéré un film ici peu avant trois heures...

— Oui ?

Elle se demandait comment elle allait formuler ça.

— Il y avait dans le paquet une photo qui n'avait rien à faire là.

— Je ne comprends pas très bien.

— Une photo que je n'avais pas prise.

Il a désigné Max d'un geste.
— Vous avez de jeunes enfants, à ce que je vois.
— Pardon ?
Bruce, le directeur adjoint, a remonté ses lunettes sur son nez.
— Je faisais juste remarquer que vous avez de jeunes enfants. Un, en tout cas.
— Quel rapport ?
— Il arrive qu'un enfant s'empare d'un appareil photo quand les parents ont le dos tourné. Il en prend une ou deux, puis il remet l'appareil à sa place.
— Non, il ne s'agit pas de ça. Cette photo n'a rien à voir avec nous.
— Ah oui ! d'accord. Désolé pour ce désagrément. Avez-vous eu toutes vos photos, autrement ?
— Je crois que oui.
— Il n'en manque aucune ?
— Je n'ai pas vérifié de près, mais je pense que tout est là.
Il a ouvert un tiroir.
— Tenez, voici un bon. Le développement de votre prochaine pellicule vous sera offert. Douze sur huit. Si vous préférez un tirage seize sur dix, il y aura un petit supplément.
Grace a ignoré sa main tendue.
— Le panneau sur la porte informe que toutes les photos sont développées sur place.
— C'est exact.
Il a tapoté une grosse machine derrière lui.
— C'est notre vieille Betsy qui fait tout le boulot.
— Donc, mon rouleau aurait été développé ici ?
— Bien sûr.
Elle lui a remis l'enveloppe du Photomat.

— Pouvez-vous me dire qui a développé ça ?
— Si c'est une erreur, elle a été commise de bonne foi.
— Je ne prétends pas le contraire. Je veux juste savoir qui a développé mon rouleau.
Il a jeté un œil sur l'enveloppe.
— Puis-je vous demander pourquoi ?
— Était-ce Josh ?
— Oui, mais…
— Pourquoi est-il parti ?
— Excusez-moi ?
— Je suis passée récupérer les photos peu avant trois heures. Vous fermez à six heures. Il est presque cinq heures maintenant.
— Et alors ?
— Je trouve étrange qu'on quitte son travail entre trois et six dans un magasin qui ferme à six heures.
Le directeur adjoint s'est redressé légèrement.
— Josh a eu une urgence familiale.
— Quelle sorte d'urgence ?
— Écoutez, madame — il a regardé l'enveloppe — … Lawson, je suis navré pour cette erreur et le désagrément qu'elle vous a causé. Cette photographie provient sûrement d'un autre paquet. C'est la première fois que ça nous arrive, à ma connaissance, mais nul n'est parfait. Oh ! attendez !
— Quoi ?
— Puis-je voir la photographie en question, s'il vous plaît ?
Grace a eu peur qu'il la garde.
— Je ne l'ai pas apportée, a-t-elle menti.
— Qu'y avait-il sur cette photo ?
— Un groupe de gens.

Il a hoché la tête.

— Je vois. Et ces gens-là étaient nus ?

— Comment ? Non. Pourquoi me demandez-vous ça ?

— Vous avez l'air contrariée. J'ai pensé que cette photo aurait pu vous choquer d'une façon ou d'une autre.

— Non, non, absolument pas. Il faut juste que je parle à Josh. Pourriez-vous me donner son nom de famille ou son numéro de téléphone personnel ?

— C'est totalement exclu. Mais il sera là demain à la première heure. Vous pourrez lui parler à ce moment-là.

Grace a décidé de ne pas insister. Elle a remercié l'homme et tourné les talons. C'était peut-être aussi bien, du reste. En venant ici, elle avait réagi à chaud, sur un coup de tête.

Dans quelques heures, Jack serait de retour à la maison. Elle lui poserait la question.

Grace était de corvée de transport pour la sortie de la piscine. Quatre gamines, âgées de huit et neuf ans, toutes délicieusement énergiques, se sont entassées deux sur la banquette et deux à l'arrière du minivan. Il y a eu un tourbillon de rires, de « B'jour, madame Lawson », les cheveux mouillés, les senteurs mêlées de chlore et de bubble-gum, le bruit de sacs à dos qu'on jette, de ceintures qu'on boucle. Pas d'enfants à l'avant — c'étaient les nouvelles règles de sécurité —, mais malgré cette impression de jouer les taxis, ou peut-être à cause d'elle, Grace aimait bien ça. C'était un moment privilégié pour observer sa fille avec ses amies. Les gamines parlaient librement pendant le trajet; l'adulte au volant pouvait aussi bien se trouver dans un autre fuseau horaire. Un parent apprenait ainsi des tas de choses. Qui était *cool*, par exemple, qui ne l'était pas, qui était *space*, quel prof était supergénial, quel prof était tout sauf cela. En écoutant bien, on découvrait sur quel barreau de l'échelle hiérarchique votre enfant était actuellement perché.

Et puis, ça faisait une sortie.

Comme Jack travaillait de nouveau tard, Grace a rapidement préparé le dîner pour Max et Emma — des bâtonnets «de poulet» végétariens (censés être meilleurs pour la santé; on les trempait dans du ketchup et les enfants ne faisaient pas la différence), des pommes noisettes et des épis de maïs surgelés. En dessert, elle a pelé deux oranges. Emma a fait ses devoirs — une charge beaucoup trop lourde pour une enfant de huit ans, pensait Grace. Dès qu'elle a eu une seconde à elle, elle est allée allumer l'ordinateur.

Grace n'était peut-être pas experte en photographie numérique, mais elle comprenait la nécessité et même les mérites de l'infographie et d'Internet. Elle avait un site à son nom : comment acquérir une œuvre, comment commander un portrait. Au début, elle trouvait cela trop mercantile, mais comme Farley, son agent, le lui avait rappelé, Michel-Ange peignait pour de l'argent et sur commande. De même que Léonard, Raphaël et pratiquement tous les autres grands peintres que la Terre avait portés. Qui était-elle pour se placer au-dessus?

Grace a scanné ses trois photos préférées de la cueillette pour les sauvegarder puis, par lubie, elle a décidé de scanner l'étrange cliché aussi. Cela fait, elle est allée donner le bain aux enfants. À commencer par

Emma. Celle-ci sortait juste de la baignoire quand Grace a entendu le tintement de clés à la porte du jardin.

— Hé! a appelé Jack en chuchotant. Y a-t-il une croqueuse d'hommes là-haut qui attend son étalon d'amour?

— Les enfants ne sont pas couchés.

— Ah!

— Tu viens te joindre à nous?

Jack a grimpé les marches quatre à quatre. La maison a tremblé sous l'assaut. Il était grand et costaud, un mètre quatre-vingt-six, cent cinq kilos. Elle adorait dormir à côté de lui, sa poitrine qui se soulevait, son odeur masculine, les poils soyeux sur son corps, son bras qui s'insinuait autour d'elle pendant la nuit, ce sentiment non seulement d'intimité, mais de sécurité. Avec lui, elle se sentait petite, protégée — ce n'était peut-être pas politiquement correct, mais elle aimait ça.

Emma a dit :

— Salut, papa.

— Bonsoir, chaton, comment c'était, l'école?

— Bien.

— Toujours amoureuse de Tony?

— Beurk!

Satisfait de cette réaction, Jack a embrassé Grace sur la joue. Max a émergé de sa chambre, nu comme un ver.

— Prêt pour ton bain, bonhomme? a demandé Jack.

— Prêt.

Ils se sont tapé dans la main, paume contre paume. Jack a soulevé Max dans un déluge de gloussements. Grace a aidé Emma à enfiler son pyjama. La baignoire débordait de rires. Jack et Max étaient en train de chanter une comptine dans laquelle une fille nommée Jenny Jenkins n'arrivait pas à se décider sur la couleur du vêtement qu'elle allait mettre. Jack commençait par une couleur, et Max inventait la rime. En cet instant précis, ils chantaient que Jenny ne pouvait porter du « rouge » parce qu'elle aurait l'air d'une « courge ». Et tous deux de s'esclaffer de plus belle. Chaque soir, ils trouvaient à peu près les mêmes rimes. Et chaque soir, ça les faisait rire aux larmes.

Jack a séché Max, lui a enfilé son pyjama et l'a mis au lit. Il lui a lu deux chapitres de *Charlie et la Chocolaterie*. Max buvait chaque mot, totalement captivé. Emma, elle, était assez grande pour lire toute seule. Couchée dans son lit, elle dévorait les dernières aventures des orphelins Baudelaire de Lemony Snicket. Assise à côté d'elle, Grace a dessiné pendant une demi-heure. C'était son moment préféré de la journée — travailler en silence dans la même pièce que son aînée.

Quand Jack a eu terminé, Max a supplié qu'il lui lise encore une page, juste une. Mais Jack n'a pas cédé. Il était tard. Max a acquiescé à contrecœur. Ils ont parlé une minute ou deux de la prochaine visite de Charlie à la fabrique de Willy Wonka. Grace tendait l'oreille.

Roald Dahl, sont convenus ses deux hommes, était vraiment trop top.

Jack a baissé les lumières — ils avaient un variateur car Max n'aimait pas l'obscurité totale — avant d'entrer dans la chambre d'Emma. Il s'est penché pour l'embrasser. Emma, la fifille à son papa, s'est accrochée à son cou et ne voulait plus le lâcher. Cette tactique pour à la fois montrer son affection et repousser l'heure de dormir le faisait fondre à tous les coups.

— Quelque chose de nouveau pour le journal de l'école ? a-t-il demandé.

Emma a hoché la tête. Son sac à dos était près de son

lit. Elle a fourragé dedans et extirpé son journal scolaire. Après avoir tourné les pages, elle l'a tendu à son père.

— On écrit des poèmes, j'en ai commencé un aujourd'hui.

— Cool. Tu me le lis ?

Le visage d'Emma rayonnait. Celui de Jack aussi. Elle s'est éclairci la voix.

> *Ballon de basket, ballon de basket,*
> *Pourquoi es-tu aussi rond ?*
> *Aussi parfaitement bondissant,*
> *Aussi incroyablement marron.*
> *Balle de tennis, balle de tennis,*
> *Pourquoi sautilles-tu ainsi ?*
> *Quand on te frappe avec la raquette*
> *Ça ne te donne pas le tournis ?*

Grace assistait à la scène depuis le pas de la porte. Ces derniers temps, Jack avait des horaires infernaux. Normalement, ça ne la dérangeait pas. Les moments de tranquillité se faisaient de plus en plus rares, c'est ainsi qu'elle se consolait. La solitude, prodrome de l'ennui, conduit au processus de création. C'était ça, le sens de la méditation artistique — arriver à un degré d'ennui tel que l'inspiration jaillit, ne serait-ce que pour vous aider à préserver votre santé mentale. Un ami écrivain lui avait expliqué un jour que le meilleur remède contre l'angoisse de la page blanche était de lire l'annuaire téléphonique. Quand vous êtes sur le point de périr d'ennui, la Muse se frayera le passage à travers la plus bouchée des artères.

Lorsque Emma a eu fini, Jack s'est rejeté en arrière et a dit :
— Waouh !
Emma a esquissé la moue qu'elle fait quand elle est fière d'elle mais ne veut pas le montrer. Elle pince les lèvres et se les mordille.
— C'est le plus beau poème que j'aie jamais entendu, jamais jamais, a-t-il déclaré.
Baissant la tête, Emma a haussé les épaules.
— Ce ne sont que les deux premières strophes.
— Ce sont les deux plus belles premières strophes que j'aie jamais entendues, jamais jamais.
— Demain, j'en écris une sur le hockey.
— Tiens, à ce propos…
Emma s'est dressée.
— Quoi ?
Jack a souri.
— J'ai des places pour les Rangers samedi.
Emma, qui faisait partie du clan des « sportives », par opposition à celles qui se passionnaient pour le dernier *boys band* en date, a hululé de joie et s'est à nouveau jetée à son cou. Jack a roulé les yeux en se laissant faire. Ils ont discuté de la plus récente performance de l'équipe et de ses chances de battre les Minnesota Wild. Quelques minutes plus tard, Jack s'est dégagé. Il a dit à sa fille qu'il l'aimait. Elle a répondu qu'elle l'aimait aussi. Puis il s'est dirigé vers la porte.
— Je mangerais bien un morceau, a-t-il glissé à Grace.
— Il reste du poulet dans le frigo.
— Et si tu mettais quelque chose de plus confortable ?
— L'espoir fait vivre.

Jack a arqué un sourcil.
— Toujours peur de ne pas me plaire ?
— Oh ! ça me fait penser…
— À quoi ?
— Au rendez-vous d'hier soir de Cora.
— C'était torride, au moins ?
— Je descends dans une seconde.

Haussant l'autre sourcil, il a dévalé les marches en sifflotant. Grace a attendu que la respiration d'Emma devienne plus régulière avant de le suivre. Elle a éteint la lumière et marqué une pause. Ça, c'était la chasse gardée de Jack. La nuit, il arpentait les couloirs, incapable de dormir, veillant sur leur sommeil. Certaines nuits, elle se réveillait pour découvrir que la place à côté d'elle était vide. Le regard vitreux, Jack était posté sur le seuil de l'une des chambres. Elle s'approchait et il disait : « On les aime tellement… » Il n'avait pas besoin d'en dire plus. Il n'avait même pas besoin de dire ça.

Jack ne l'a pas entendue arriver et, pour une raison inexplicable, une raison qu'elle n'avait pas envie d'élucider, elle s'est efforcée de ne pas faire de bruit. Tête basse, immobile, il lui tournait le dos. Ça ne lui ressemblait guère. Jack, c'était le mouvement perpétuel. Tout comme Max, il était incapable de rester en place. Il trépignait, sa jambe tressautait dès qu'il était assis. Une vraie pile électrique.

Mais là, il était en train de fixer le comptoir de la cuisine — et plus précisément la photo bizarre —, raide comme un piquet.

— Jack ?

Il a tressailli.

— Qu'est-ce que c'est que ça ?

Ses cheveux, a-t-elle noté, étaient un brin trop longs.

— À toi de me le dire, non ?

Il n'a pas répondu.

— C'est bien toi, là ? Avec la barbe ?

— Comment ? Non.

Elle l'a regardé. Il a cillé et détourné les yeux.

— J'ai récupéré ce rouleau de pellicule aujourd'hui, au Photomat.

Il se taisait. Elle s'est approchée.

— Cette photo se trouvait au milieu de la pile.

— Attends une minute. (Il s'est redressé d'un geste brusque.) Elle était avec nos photos à nous ?

— Oui.

— Lesquelles ?

— Celles qu'on a prises à la pommeraie.

— Ça n'a aucun sens.

Elle a haussé les épaules.

— Qui sont les autres sur la photo ?

— Comment veux-tu que je le sache ?

— La blonde à côté de toi, avec le X en travers de la figure. Qui est-ce ?

Le portable de Jack s'est mis à sonner. Il l'a ouvert d'un coup sec, comme un professionnel de la gâchette dégainant son arme. Marmonnant un « Allô », il a posé la main sur le micro.

— C'est Dan.

Dan était son collègue chercheur chez Pentacol. Baissant la tête, il s'est dirigé vers le salon.

Grace est remontée et a entrepris de se préparer pour aller au lit. Le pressentiment qui la taraudait — sans trop d'insistance au début — grandissait, prenait de l'ampleur. Elle a repensé aux années qu'ils avaient vécues en France. Jack n'avait jamais évoqué son passé. Il avait une famille fortunée et de l'argent placé à son nom — ça, elle le savait — et ne voulait entendre parler ni de l'une ni de l'autre. Il avait une sœur avocate, quelque part à Los Angeles ou à San Diego. Son père était toujours en vie, très âgé. Grace aurait souhaité en savoir plus mais Jack refusait d'entrer dans les détails et, soupçonnant un lourd passif là derrière, elle n'avait pas insisté.

Ils étaient tombés amoureux l'un de l'autre. Elle peignait. Il travaillait dans un vignoble du côté de Saint-Émilion. Ils avaient vécu à Saint-Émilion jusqu'au moment où Grace s'était retrouvée enceinte d'Emma. Elle avait eu alors envie de rentrer, d'élever ses enfants — aussi bateau que cela puisse paraître — au pays de la liberté. Jack voulait rester, mais elle s'était entêtée. Aujourd'hui, elle se demandait bien pourquoi.

Une demi-heure plus tard, Grace s'est glissée sous les couvertures et a attendu. Encore dix minutes, et elle a entendu un bruit de moteur. Elle est allée jeter un coup d'œil par la fenêtre.

Le minivan de Jack s'engageait sur la chaussée.

Il aimait bien faire les courses la nuit — à l'heure où il n'y avait pas grand monde à l'épicerie. Qu'il parte de la sorte n'avait donc rien d'anormal. Sauf qu'il ne l'avait pas prévenue, ne lui avait pas demandé s'ils avaient besoin de quelque chose en particulier.

Grace a essayé de l'appeler sur son portable, mais elle est tombée sur la messagerie. Elle s'est assise et a patienté. Rien. Puis elle a tenté de lire. Les mots se brouillaient, formant une masse indistincte et inintelligible. Deux heures plus tard, elle a rappelé son portable. Toujours le répondeur. Elle est allée jeter un œil sur les enfants, qui dormaient à poings fermés.

N'y tenant plus, Grace a fini par redescendre. Elle a examiné le contenu du tirage dans le paquet.

L'étrange photo avait disparu.

2

La plupart des gens consultent les petites annonces du Net pour se trouver un partenaire.

Eric Wu, lui, y trouvait ses victimes.

Il disposait de sept comptes différents au nom de sept personnages factices — hommes ou femmes. Il essayait de rester en contact par e-mail avec en moyenne six « partenaires potentiels » par compte. Trois de ces comptes concernaient des sites de rencontres courants réservés aux hétéros de tous âges. Deux étaient pour des célibataires au-dessus de cinquante ans. Un pour les gays. Le dernier, enfin, était destiné aux lesbiennes en quête d'une relation stable.

À tout moment, Wu pouvait flirter en ligne avec quarante, voire cinquante âmes esseulées. Peu à peu, il apprenait à les connaître. Beaucoup se montraient prudents, mais ce n'était pas un problème. Eric Wu était un homme patient. Au final, ils lui fournissaient suffisamment d'indices pour savoir si ça valait le coup de poursuivre ou s'il fallait laisser tomber.

Au départ, il ne s'occupait que de femmes. Elles étaient censées constituer des proies plus faciles. Mais Eric Wu, dont le travail ne comportait aucune gratification sexuelle, s'est vite aperçu qu'il laissait de côté tout un marché porteur bien moins préoccupé par des histoires de sécurité. Un homme, par exemple, ne craint pas le viol. Il n'a pas peur de se faire harceler. Un homme, c'est moins méfiant, et du coup plus vulnérable.

Wu recherchait des célibataires avec peu d'attaches. S'ils avaient des enfants, ils ne lui étaient d'aucune utilité. S'ils avaient de la famille proche, non plus. S'ils vivaient en colocation, occupaient un poste important, fréquentaient un grand cercle d'amis, *idem*. Il fallait qu'ils soient solitaires, oui, mais aussi isolés, coupés de tout ce qui nous rattache à une dimension supra-individuelle. À l'heure actuelle, il voulait aussi quelqu'un qui soit géographiquement proche du domicile des Lawson.

Il a trouvé la victime idéale — un homme, curieusement — en la personne de Freddy Sykes.

Freddy Sykes travaillait dans un cabinet d'experts-comptables à Waldwick, dans le New Jersey. Il avait quarante-huit ans. Ses deux parents étaient décédés. Il n'avait ni frères ni sœurs. D'après ses confidences sur BiMen.com, il s'était occupé de sa mère et n'avait donc pas eu le temps de faire des rencontres. À sa mort, deux ans auparavant, Freddy avait hérité la maison de Ho-Ho-Kus, à moins de cinq kilomètres de chez les Lawson. À en juger par sa photo, style portrait d'identité, il semblait avoir un problème de poids. Ses cheveux d'un noir de jais, clairsemés, étaient plaqués au sommet de son crâne. Son sourire paraissait forcé, peu naturel, comme s'il grimaçait dans l'attente d'un coup.

Freddy avait passé ces trois dernières semaines à flirter sur le Net avec un certain Al Singer, cinquante-six ans, cadre retraité de chez Exxon, qui, au bout de vingt-deux ans de mariage, avouait son goût pour les « expériences ». Le personnage d'Al Singer aimait toujours sa femme, bien qu'elle ne comprenne pas son intérêt pour les deux sexes. Al affectionnait les voyages en Europe, la bonne chère et les programmes sportifs à la télé. Pour l'incarner, Wu s'était servi d'une photo récupérée sur le site de YMCA. Son Al Singer, quoique athlétique, n'avait rien d'un Apollon. Quelqu'un de trop beau risquerait d'éveiller les soupçons de Freddy. Wu voulait qu'il morde à l'hameçon. C'était ça, la clé.

Le voisinage de Freddy se composait principalement de jeunes couples qui ne s'intéressaient guère à lui. Sa maison ne se distinguait pas des autres. En ce moment même, Wu regardait sa porte de garage s'ouvrir automatiquement. Le garage communiquait avec la maison. On pouvait sortir et rentrer la voiture sans être vu. C'était parfait.

Wu a attendu dix minutes, puis a sonné à la porte.

— Qui est là ?

— Une livraison pour M. Sykes.

— De la part de qui ?

Freddy Sykes n'avait pas ouvert la porte. Bizarre. D'habitude, les hommes n'hésitaient pas. C'était ça, justement, le secret de leur vulnérabilité. Cet excès de confiance en eux. Wu a repéré le judas. Sykes devait être en train de scruter le jeune Coréen de vingt-six ans à la silhouette trapue, vêtu d'un pantalon trop ample. Peut-être avait-il remarqué sa boucle d'oreille et déploré cette manie des jeunes d'aujourd'hui de mutiler leur corps. Ou peut-être que la carrure et la boucle d'oreille l'avaient émoustillé. Allez savoir.

— Des Chocolats Topfit, a répondu Wu.

— Non, je veux dire qui les envoie ?

Wu a fait mine de consulter son papier.

— M. Singer.

Ça a marché. Le verrou a coulissé. Wu a jeté un regard autour de lui. Personne. Freddy Sykes a ouvert la porte avec un sourire. Wu n'a pas perdu une seconde, ses doigts ont formé une lance et ont fondu sur la gorge de Sykes comme un oiseau fond sur la nourriture. Freddy s'est écroulé. Avec une vitesse surprenante pour son gabarit, Wu s'est glissé à l'intérieur et a refermé la porte.

Couché sur le dos, les mains autour de son cou, Freddy Sykes aurait voulu crier, mais il a seulement réussi à émettre de petits gloussements étranglés. Se penchant, Wu l'a retourné sur le ventre tandis que Freddy se débattait. Wu a relevé la chemise de sa victime. Freddy lui a asséné un coup de pied. Les doigts experts de Wu sont remontés le long de son échine jusqu'à ce qu'il trouve le bon endroit entre la quatrième et la cinquième vertèbre. Freddy a gigoté encore. Alors Wu a planté son pouce et son index, telles des baïonnettes, dans l'os, manquant déchirer la peau.

Freddy s'est raidi.

Wu a accentué la pression pour arriver à disloquer les apophyses articulaires. S'enfonçant plus profondément entre les deux vertèbres, il s'est assuré une bonne prise et a pincé. Quelque chose dans la colonne de Freddy a lâché comme une corde de guitare.

Les coups de pied ont cessé.

Tout mouvement a cessé.

Pourtant, Freddy Sykes était toujours en vie. Tant mieux, c'était ce que Wu voulait. Dans le temps, il les tuait sur-le-champ, mais depuis il avait changé de méthode. Vivant, Freddy pouvait appeler son patron pour lui dire qu'il prenait quelques jours de congé. Vivant, il pouvait lui donner son code de carte bancaire, si jamais Wu avait besoin de retirer de l'argent. Vivant, il pouvait répondre aux messages, si par hasard quelqu'un téléphonait.

Et, Freddy vivant, Wu n'aurait pas à se soucier de l'odeur.

Wu a fourré un bâillon dans la bouche de Freddy et l'a abandonné nu dans la baignoire. La pression sur l'épine dorsale avait disjoint les surfaces articulaires. Cette luxation endommageait, mais ne sectionnait pas complètement le rachis. Wu a testé les résultats de son travail : Freddy ne pouvait plus bouger les jambes. Ses deltoïdes fonctionnaient peut-être, mais les mains et les avant-bras étaient hors service. L'essentiel, cependant, était qu'il pouvait encore respirer tout seul.

D'un point de vue pratique, Freddy Sykes était paralysé.

Le garder dans la baignoire permettait de nettoyer plus facilement toutes les saletés. Les yeux de Freddy étaient un peu trop écarquillés. Wu avait déjà rencontré ce regard-là : quelque part au-delà de la terreur, mais pas encore la mort, une sorte d'absence qui comble le terrible hiatus entre les deux.

Il n'y avait manifestement pas besoin de ligoter Freddy.

Assis dans le noir, Wu attendait que la nuit tombe. Les yeux fermés, il a laissé vagabonder son esprit. Dans certaines prisons de Rangoon, on étudiait les fractures de la colonne durant les pendaisons. On apprenait ainsi où placer le nœud, où appliquer la force, les effets de différents placements. En Corée du Nord, dans le pénitencier pour prisonniers politiques qui lui avait servi de foyer entre treize et dix-huit ans, l'expérimentation avait été poussée encore plus loin. Les ennemis de l'État étaient tués de manière créative. Wu en avait exécuté beaucoup à mains nues. Il s'était entraîné en tapant sur des rochers. Il avait étudié l'anatomie avec une méticulosité que bien des étudiants en médecine lui auraient enviée. Il s'était exercé sur des êtres humains pour peaufiner sa technique.

L'endroit précis entre la quatrième et la cinquième vertèbre. C'était un point clé. Un peu plus haut et c'était la paralysie totale, qui provoquait rapidement la mort. Un peu plus bas et seules les jambes étaient touchées. Les bras restaient intacts. Si la pression était trop forte, on risquait de fracturer toute la colonne. Tout était affaire de précision. De toucher. De pratique.

Wu a allumé l'ordinateur de Freddy. Il voulait maintenir le lien avec les autres célibataires de sa liste, au cas où il aurait besoin d'un nouveau logement. On ne savait jamais. Quand il a eu terminé, il s'est accordé une petite sieste. À son réveil, trois heures plus tard, il est allé rendre visite à Freddy. Les yeux vitreux, ce dernier regardait droit devant lui, cillant sans accommoder vraiment.

Lorsque son contact l'a appelé sur son portable, il était presque dix heures du soir.

— T'es bien installé ? a demandé le contact.
— Oui.
— On a un imprévu.

Wu attendait.

— Il faudrait accélérer un peu les choses. Ça pose problème ?
— Non.

— On doit le cueillir maintenant.
— Vous avez un lieu ?
Wu a écouté, mémorisant les instructions.
— Des questions ?
— Non, a dit Wu.
— Eric ?
Pas de réponse.
— Merci, vieux.

Wu a coupé son portable. Il a trouvé les clés de la voiture et a pris la route avec la Honda de Freddy.

3

Grace ne pouvait pas appeler la police. Pas encore. Mais elle n'arrivait pas non plus à dormir.

L'ordinateur était toujours allumé. L'économiseur d'écran était une photo de famille prise l'année dernière à Disney World. Ils posaient tous les quatre avec Goofy à Epcot Center. Jack arborait des oreilles de souris et riait à pleines dents. Son sourire à elle était plus réservé. Elle s'était sentie bête, ce qui l'avait encouragé encore plus. Elle a touché la souris — l'autre, celle de l'ordinateur —, et sa famille s'est évanouie.

Grace a cliqué sur une nouvelle icône, faisant apparaître la photo des cinq étudiants. L'image était enregistrée sous Adobe Photoshop. Pendant plusieurs minutes, elle a contemplé fixement ces jeunes visages, cherchant — elle ignorait quoi — un indice peut-être, en vain. Elle les a recadrés alors un par un, les agrandissant jusqu'à atteindre presque dix centimètres sur dix. L'image déjà brouillée en devenait carrément illisible. Comme le bon papier était déjà dans l'imprimante couleur, elle a pressé la touche «Imprimer». Puis, s'emparant d'une paire de ciseaux, elle s'est mise au travail.

Bientôt, elle avait cinq portraits séparés, un pour chaque protagoniste. Elle les a examinés à nouveau, portant une attention particulière à la fille blonde à côté de Jack. Elle était mignonne, avec son teint frais et ses longs cheveux couleur de blé. Ses yeux étaient sur Jack, et leur expression était tout sauf neutre. Grace a ressenti une morsure de… quoi, jalousie? Comme c'était drôle. Qui était cette fille? Une ancienne petite amie, visiblement — dont Jack n'avait jamais parlé. Et alors? Grace avait bien un passé. Jack aussi. Pourquoi ce regard la troublait-il autant?

Et maintenant?

Elle était obligée d'attendre Jack. À son retour, elle exigerait des réponses.

Mais des réponses à quoi?

Une petite minute. Que se passait-il, au juste? Une vieille photo, sans doute appartenant à Jack, s'était glissée dans son paquet. Bon, d'accord, c'était étrange. Un peu flippant même, avec cette blonde barrée d'une croix. Et c'était déjà arrivé à Jack de rentrer tard sans prévenir. Sincèrement, à quoi bon en faire tout un plat? Quelque chose dans cette photo avait dû le perturber, il a coupé son téléphone et est allé dans un bar. Ou chez Dan. Toute cette histoire, au fond, devait être un simple canular.

Ouais, c'est ça, Grace. Un canular.

Assise dans le noir, sans autre lumière que l'éclairage de l'écran, elle a cherché par tous les moyens à rationaliser la situation. Elle a arrêté quand elle s'est rendu compte que ça l'angoissait encore plus.

Elle a zoomé sur le visage de la jeune fille, celle qui dévorait son mari des yeux, pour mieux l'étudier. Elle l'a scruté avec minutie, et un frisson d'appréhension a commencé à lui picoter la nuque. Grace n'a pas bougé, elle continuait à fixer le visage de la fille. Elle ne savait ni où, ni pourquoi, ni comment, mais une chose était sûre et certaine.

Cette jeune fille, Grace l'avait déjà vue auparavant.

4

Rocky Conwell s'est mis en planque devant chez les Lawson.

Il avait beau essayer de trouver une position confortable dans sa Toyota Celica de 1989, c'était mission impossible. Rocky était trop grand pour ce tas de boue. Il a tiré plus fort sur cette satanée manette, manquant l'arracher, mais le siège n'a pas reculé pour autant. Il allait falloir faire avec. Il s'est donc installé tant bien que mal et a laissé tomber ses paupières.

Dieu qu'il était fatigué ! Il faisait deux boulots en même temps. Le premier, un travail régulier, histoire d'impressionner le juge d'application des peines, était un poste de dix heures à la chaîne d'assemblage chez Budweiser, à Newark. Le second, qui consistait à être assis dans cette putain de bagnole, l'œil rivé sur une baraque, était strictement confidentiel.

En entendant un bruit, Rocky s'est redressé en sursaut et a saisi ses jumelles. Quelqu'un avait démarré le minivan. Il a réglé la mise au point. Jack Lawson était en train de partir. Il a baissé les jumelles et enclenché la vitesse, prêt à le suivre.

Ces deux boulots lui étaient indispensables car il avait sacrément besoin de pognon. Lorraine, son ex, laissait entendre qu'une réconciliation était possible. Mais elle jouait les mijaurées, or le pognon pouvait faire pencher la balance en sa faveur, Rocky le savait. Il aimait Lorraine. Il avait terriblement envie de se remettre avec elle. Il lui devait bien une compensation, non ? Même si ça signifiait trimer comme un forçat, et alors... c'est lui qui avait tout foiré. Et il acceptait d'en payer le prix.

Pourtant, il n'en avait pas toujours été ainsi. Rocky Conwell avait joué sur la ligne de défense à Westfield High. L'université de Penn State — Joe Paterno en personne — l'avait recruté pour en faire un arrière de choc. Un mètre quatre-vingt-douze, cent trente kilos, doté d'un tempérament naturellement agressif, Rocky avait été un jeune prodige pendant quatre ans. Les St Louis Rams l'avaient engagé pour le huitième tour.

Pendant un temps, on aurait dit que Dieu lui-même avait parfaitement planifié sa vie dès le départ. Rocky était son véritable nom ; ses parents l'avaient appelé ainsi parce que sa mère avait ressenti ses premières douleurs en regardant le film *Rocky* durant l'été 1976. Et pour porter ce nom-là, mieux vaut être grand et fort, mieux vaut aimer la bagarre. Et voilà qu'il était devenu jeune recrue du football professionnel, impatient de commencer l'entraînement. Lui et Lorraine — un supercanon capable non seulement d'arrêter la circulation, mais aussi de la faire repartir en arrière — s'étaient rencontrés alors qu'il était en troisième année de fac. Ç'avait été le coup de foudre. La vie était belle.

Enfin, jusqu'au jour où elle ne l'a plus été.

Rocky avait été un joueur d'exception à l'université, seulement il y a un monde entre le foot amateur et les pros. Au camp d'entraînement des Rams, on avait aimé son énergie. On avait aimé son éthique de travail, le fait qu'il n'hésite pas à payer de sa personne pour faire avancer le jeu. Mais on n'avait pas aimé sa vitesse — et avec l'accent qu'on place aujourd'hui sur les passes et la couverture, Rocky ne faisait tout simplement pas le poids. Du moins, c'est ce qu'on lui avait dit. Mais il ne désarmait pas. Il avait mis la gomme sur les stéroïdes, gagné en volume, mais ce n'était toujours pas suffisant pour la première ligne. Il avait réussi à se maintenir l'espace d'une saison, jouant dans des équipes spéciales pour les Rams. L'année d'après, il avait été viré.

Le rêve ne voulait pas mourir. Rocky ne renonçait pas. Il s'imposait des heures et des heures d'haltérophilie. Il a augmenté sa dose de stéroïdes. Il avait toujours pris des substances anabolisantes, comme tous les athlètes, mais le désespoir l'avait rendu moins prudent. Il n'avait pas peur d'en faire trop. Tout ce qu'il désirait, c'était acquérir de la masse. Son caractère s'était aigri, à cause des drogues ou du dépit — plus vraisemblablement du mélange des deux.

Pour arriver à joindre les deux bouts, Rocky s'est inscrit à la Fédération du combat ultime. Pendant un moment, leurs matchs règlements de comptes faisaient rage sur les chaînes de télé à la carte : des empoignades réelles, sanglantes, où tous les coups sont permis. Rocky était un bon élément. Il était grand, fort et bagarreur-né.

Il avait une sacrée endurance et savait comment venir à bout d'un adversaire.

Mais la violence sur le ring a fini par heurter la sensibilité du public. Dans certains États, le combat ultime a été interdit. Quelques-uns parmi les lutteurs se sont transportés au Japon, où il était encore légal — à croire qu'ils n'avaient pas la même sensibilité là-bas —, mais Rocky n'a pas suivi. Il considérait que la NFL[1] était toujours à portée de sa main, il n'avait qu'à travailler un peu plus, à gagner un peu plus en poids, en force, en rapidité.

Le minivan de Jack Lawson s'est engagé sur la route 17. Les instructions de Rocky étaient claires. Filer Lawson, noter les endroits où il se rendait, les personnes à qui il parlait, tous les détails de ses déplacements, mais surtout ne pas — je répète — ne pas l'aborder. Se contenter de le surveiller. Point.

Bon, OK, c'était du pognon facilement gagné.

Deux ans plus tôt, il s'était trouvé mêlé à une bagarre dans un bar. L'histoire classique. Le type avait dévisagé Lorraine avec un peu trop d'insistance. Rocky lui avait demandé ce qu'il regardait, et l'autre avait répondu : « Pas grand-chose. » Vous connaissez la chanson. Sauf que Rocky était gonflé aux stéroïdes. Il a démoli le type — l'a expédié à l'hôpital — et s'est fait coffrer pour coups et blessures. Après trois mois passés en prison, il était maintenant en conditionnelle. Pour Lorraine, ç'avait été le coup de grâce. Elle l'avait traité de *loser* avant de déménager.

Aujourd'hui, il essayait de se racheter une conduite.

Rocky avait décroché de la dope. Les rêves ne

---

1. National Football League : Fédération américaine de football. *(N.d.T.)*

meurent pas aisément, mais il avait enfin compris que la NFL, ce n'était pas pour sa pomme. Seulement, Rocky avait d'autres talents. Il ferait un bon entraîneur. Il savait motiver les troupes. Un ami à lui avait des entrées dans son ancienne université, à Westfield High. S'il arrivait à se faire blanchir par la justice, il serait embauché comme coordinateur d'équipe de première catégorie. Lorraine pourrait se trouver un job de conseillère d'orientation. Ils prendraient un nouveau départ, quoi.

Ils avaient juste besoin d'un peu de pognon pour redémarrer.

La Celica restait à distance respectueuse du minivan. Rocky ne craignait pas trop de se faire repérer. Jack Lawson était un amateur, il ne lui viendrait pas à l'esprit qu'il pourrait être suivi. C'est ce que son employeur lui avait dit.

Lawson a franchi la frontière de l'État de New York et a pris la voie rapide en direction du nord. Il était vingt-deux heures. Rocky s'est demandé s'il ne devrait pas appeler. Non, pas encore, il n'y avait rien à signaler. L'homme roulait en voiture. Rocky le filait. C'était son boulot.

Il commençait à avoir une crampe au mollet. Nom de Dieu, si seulement cette poubelle avait plus de place pour les jambes!

Une demi-heure plus tard, Lawson bifurquait vers les Woodbury Commons, une de ces vastes zones commerciales dont les magasins étaient censés écouler des stocks à un prix minimal. L'entrée des Commons était fermée. Le minivan s'est engagé dans une allée tranquille sur le côté. Rocky a ralenti. S'il suivait maintenant, à coup sûr l'autre allait le repérer.

Il a trouvé une place sur la droite, serré le frein à main, éteint ses phares et repris les jumelles.

Jack Lawson s'est arrêté, et Rocky l'a vu descendre. Il y avait une autre voiture pas loin de là. La maîtresse de Lawson, probablement. Drôle d'endroit pour un rendez-vous d'amour, mais bon. Jack a regardé à droite et à gauche avant de se diriger vers le bosquet. Zut ! Rocky serait obligé de lui filer le train à pinces.

Il a abaissé les jumelles et s'est glissé dehors. Soixante-dix ou quatre-vingts mètres le séparaient de Lawson. Il fallait conserver cette distance. Rocky s'est accroupi et a de nouveau collé les jumelles à son visage. Lawson a marqué une pause, il s'est retourné et...

C'était quoi, ça ?

Rocky a pivoté les jumelles vers la droite. Un homme se tenait à la gauche de Lawson. Rocky l'a inspecté de plus près : vêtu de treillis, l'homme était petit et râblé, taillé en forme de carré. À tous les coups, il devait faire de la muscu. Le type — un Chinois ou quelque chose de ce genre — restait parfaitement immobile, comme une statue de pierre.

Du moins pendant une poignée de secondes.

Tout doucement, presque amoureusement, le Chinetoque a touché Lawson à l'épaule. L'espace d'un court instant, Rocky a cru avoir affaire à un rancard entre gays, mais ce n'était pas ça. Ce n'était pas ça du tout.

Jack Lawson s'est écroulé sur le sol tel un pantin dont on aurait coupé les fils.

Rocky a étouffé une exclamation. Le Chinetoque a contemplé le tas recroquevillé à ses pieds, puis il s'est penché et a attrapé Lawson... Bon sang, on aurait dit qu'il le soulevait par le cou ! Comme on attrape un chiot, quoi. Par la peau du cou.

Oh ! merde ! s'est dit Rocky. Je ferais mieux de prévenir.

Sans le moindre effort apparent, le Chinetoque a porté Lawson jusqu'à sa voiture. D'une seule main, comme si l'autre était une mallette. Rocky a fouillé ses poches à la recherche de son téléphone mobile, avant de se rappeler qu'il l'avait laissé dans la bagnole.

OK, réfléchis, Rocky. La voiture du Chinetoque. C'était une Honda Accord immatriculée dans le New Jersey. Il s'est efforcé de mémoriser le numéro de la plaque. Il a regardé le type ouvrir le coffre et fourrer Lawson à l'intérieur comme un paquet de linge sale.

Oh ! nom de Dieu ! et maintenant ?

Ses ordres étaient formels. Ne l'aborde pas. Combien de fois avait-il entendu ça ? Dans tous les cas de figure, contente-toi d'observer. Ne l'aborde pas.

Il ne savait pas quoi faire.

Le suivre, tout simplement ?

Non, pas question. Jack Lawson était dans le coffre. Enfin quoi, Rocky ne connaissait pas le bonhomme, il ignorait pourquoi il devait le surveiller. Il avait cru qu'on l'avait engagé pour la raison habituelle : la femme de Lawson le soupçonnait d'avoir une aventure extra-conjugale. Ça, c'était une chose. Le filer pour constater son infidélité. Mais ceci… ?

Lawson avait été agressé, enfermé dans un coffre par ce Jackie Chan tout en muscles, bordel ! Rocky allait-il rester là, les bras croisés ?

Sûrement pas.

Quoi qu'il ait fait dans sa vie, quoi qu'il soit devenu, il n'avait pas l'intention d'abdiquer. Et s'il perdait le Chinetoque ? S'il n'y avait pas assez d'air dans le coffre ?

Si Lawson avait été grièvement blessé et était déjà en train de mourir ?

Rocky devait faire quelque chose.

Fallait-il appeler la police ?

Le Chinetoque a refermé le coffre d'un coup sec et s'est dirigé vers la portière du conducteur.

Trop tard pour prévenir qui que ce soit. Il devait agir maintenant.

Rocky faisait toujours un mètre quatre-vingt-douze et cent trente kilos. Il était solide comme un roc. C'était un lutteur professionnel, pas un boxeur pour la frime, ni un catcheur à la noix. Un vrai lutteur. Il n'était pas armé, mais il savait comment s'y prendre.

Il a foncé vers la voiture.

— Eh ! a-t-il crié. Eh ! vous là-bas ! Stop !

Le Chinetoque — de plus près, Rocky s'est aperçu qu'il avait l'allure d'un gamin — a levé les yeux. L'air impassible, il l'a regardé accourir sans bouger. Il n'a pas cherché à sauter dans la voiture et à démarrer. Il attendait patiemment.

— Eh !

Le jeune Chinois n'a pas bronché.

Rocky s'est arrêté à un mètre de lui. Leurs regards se sont rencontrés et Rocky n'a pas aimé ce qu'il a vu. Il avait déjà joué au foot contre d'authentiques barjos. Il avait croisé sur le ring des tarés se complaisant dans la douleur. Il s'était trouvé face à face avec de vrais psychopathes — des mecs qui prenaient leur pied en faisant souffrir les autres. Mais là, ce n'était pas pareil. C'était comme regarder dans les yeux quelque chose… quelque chose d'inanimé. Genre un rocher. De la matière inerte. Il n'y avait là ni peur ni raison.

— Vous désirez ? a demandé le jeune Chinois.

— J'ai vu... faites sortir cet homme de votre coffre.
Le Chinois a hoché la tête.
— Bien sûr.
Il a jeté un œil sur le coffre. Rocky a fait de même. C'est là qu'Eric Wu a frappé.
Rocky n'a pas vu venir le coup. Wu a plongé, pivotant sur ses hanches pour prendre de l'élan, et a écrasé son poing sur son rein. Des gnons, Rocky en avait encaissé des tas, y compris dans les reins, de la part de mecs deux fois plus grands que celui-là. Mais il n'avait jamais rien connu de semblable : on aurait dit un coup de massue.
Rocky en a eu le souffle coupé, pourtant il est resté debout. Se rapprochant, Wu a planté quelque chose de dur dans son foie, comme une brochette à barbecue. La douleur a explosé dans tout son corps.
Rocky a ouvert la bouche, mais le cri n'est pas sorti. Il s'est affaissé à terre. Wu s'est laissé tomber à côté de lui. La dernière chose que Rocky a vue — la toute dernière chose qu'il verrait jamais —, ç'a été le visage d'Eric Wu, calme et serein, tandis qu'il plaçait ses mains sous sa cage thoracique.
Lorraine, a pensé Rocky. Puis plus rien.

5

Grace s'est surprise en train de hurler. Elle s'est redressée d'un bond. Il y avait toujours de la lumière dans le couloir, et une silhouette dans l'encadrement de la porte. Mais ce n'était pas Jack.

Elle s'était réveillée, pantelante. Un rêve. Elle le savait. Quelque part, de façon confuse, elle l'avait compris en cours de route. Ce rêve-là, elle l'avait déjà fait plein de fois, même s'il ne l'avait pas visitée depuis un bon moment. Ça devait être à cause de la proximité de la date anniversaire.

Elle a essayé de se recoucher. Le rêve commençait et finissait toujours de la même façon. En général, les variations survenaient au milieu.

Dans son rêve, elle était de retour à l'ancien Boston Garden. La scène se trouvait pile en face d'elle. Il y avait une barrière métallique, pas très grande, à hauteur de taille peut-être, comme celles auxquelles on attache parfois son vélo. Grace s'appuyait contre elle.

Les haut-parleurs diffusaient *L'Encre pâle*, mais c'était impossible, vu que le concert n'avait pas encore débuté. *L'Encre pâle* était le gros succès de Jimmy X, le *single* le plus vendu de l'année. On l'entend toujours à la radio. Et si ce rêve était comme un film, *L'Encre pâle* en était, en quelque sorte, la bande-son.

Todd Woodcroft, son petit copain de l'époque, était-il à ses côtés ? Elle se voyait parfois lui tenant la main — même si ça n'a jamais été leur truc —, puis, quand les choses se gâtaient, cette sensation glaçante de sa main qui glisse, qui lâche la sienne. En réalité, Todd devait être juste à côté d'elle. Dans le rêve, il n'était là que de temps en temps. Cette fois, il n'y était pas. Todd était sorti indemne de cette fameuse soirée. Elle ne l'avait jamais rendu responsable de ce qui lui était arrivé. Il n'aurait rien pu faire. Il n'était même pas venu la voir à l'hôpital. De ça non plus elle ne lui en avait pas voulu, c'était une amourette de fac qui battait déjà de l'aile, il n'était pas l'homme de sa vie. Qui avait besoin d'un esclandre à ce stade du jeu ? Qui aurait eu le courage de rompre avec une fille sur un lit d'hôpital ? Il valait mieux pour les deux, pensait-elle, laisser les choses partir à vau-l'eau.

Dans son rêve, Grace sait que le drame est sur le point d'éclater, mais elle ne fait rien pour le prévenir. Son personnage ne crie pas pour alerter les autres, ne se fraie pas de chemin vers la sortie. Souvent, elle s'est demandé pourquoi, mais n'est-ce pas le propre des rêves ? On est impuissant malgré le pressentiment, esclave de quelque câblage sophistiqué dans le subconscient. Ou peut-être que la réponse est plus simple : elle n'avait pas le temps. Dans le rêve, le drame est une question de secondes. Dans la réalité, d'après des témoins, Grace et les autres étaient restés devant cette scène pendant plus de quatre heures.

L'humeur de la foule était passée de l'effervescence à l'agitation, puis à la nervosité, avant de tourner à l'hostilité. Jimmy X, de son vrai nom James Xavier Farmington, le rocker à la beauté du diable, était censé entrer en scène à huit heures et demie, même si personne ne s'attendait à le voir paraître avant neuf heures. À présent, il n'était pas loin de minuit. Au début, le public avait scandé le nom de Jimmy. Ensuite, un chœur de huées s'était élevé parmi la foule. Seize mille personnes, y compris celles qui, à l'exemple de Grace, avaient eu la chance d'obtenir des places juste devant la scène, s'étaient levées comme un seul homme pour réclamer leur concert. Dix minutes s'étaient écoulées avant que le haut-parleur ne manifeste finalement un signe de vie. La foule, revenue à son état d'excitation initial, s'était littéralement déchaînée.

Mais la voix qui avait résonné dans les haut-parleurs n'avait pas présenté les musiciens. Sur un ton monocorde, elle avait annoncé que le concert était retardé d'encore au moins une heure. Sans explication. Pendant un moment, personne n'avait réagi. Le public s'était tu.

C'est ici que le rêve commençait, durant cette accalmie avant le désastre. Grace était là de nouveau. Quel âge avait-elle ? À l'époque, elle était âgée de vingt et un ans, mais dans le rêve elle paraissait plus vieille. C'était une Grace différente, parallèle, une Grace mariée à Jack et mère de Max et d'Emma ; pourtant elle assistait à ce concert qui avait eu lieu quand elle était en dernière année de fac. Une fois de plus, c'était comme ça dans les rêves : une réalité duelle où votre moi parallèle recoupe votre moi d'aujourd'hui.

Tout cela, ces fragments de rêve, provenait-il de son inconscient ou bien de ce qu'elle avait lu par la suite à propos du drame ? Grace n'en savait rien. Ça devait être un mélange des deux. Les rêves ouvrent les portes de la mémoire, non ? En état de veille, elle ne se rappelait absolument pas cette soirée-là… ni les quelques jours qui l'avaient précédée, du reste. La dernière chose dont elle se souvenait, c'était d'avoir potassé l'examen de sciences politiques qu'elle avait passé cinq jours avant. C'était normal, assuraient les médecins, quand on avait subi un traumatisme crânien. Mais l'inconscient était un drôle de terrain. Les rêves n'étaient peut-être rien d'autre que des souvenirs. Ou alors de l'imagination. Plus vraisemblablement, ils tenaient des deux.

D'une manière ou d'une autre, que ça provienne de sa mémoire ou des articles de presse, à ce moment-là quelqu'un a tiré un coup de feu. Puis un deuxième. Et un troisième.

C'était avant qu'on passe les gens au détecteur de métaux à l'entrée des salles de concert. N'importe qui pouvait avoir une arme sur lui. Pendant un temps, on avait beaucoup glosé sur l'origine de ces coups de feu. Les partisans du complot continuaient à défendre leur thèse. Quoi qu'il en soit, la foule des jeunes, déjà survoltée, a perdu les pédales. Tous se sont mis à hurler, à se disperser, à se ruer vers les sorties.

Vers la scène.

Grace, qui était au mauvais endroit, s'est retrouvée écrasée contre la barrière métallique. Celle-ci lui est rentrée dans le ventre. Elle n'arrivait pas à se dégager. Dans un même cri, la foule a tout balayé sur son passage. Le garçon à côté d'elle — plus tard, elle apprendrait qu'il avait dix-neuf ans et se nommait Ryan Vespa — n'a pas eu le temps de tendre les mains pour se protéger. Il a heurté la barrière d'une façon malencontreuse.

Grace a vu — encore une fois, était-ce juste le rêve ou la réalité aussi ? — le sang jaillir de la bouche de Ryan. La barrière a fini par céder. Elle s'est renversée. Grace est tombée. Elle a essayé de se relever, mais la marée humaine l'a plaquée au sol.

Cette partie-là, elle le savait, était réelle. La partie où elle se trouvait ensevelie sous une masse de gens la hantait plus que dans ses rêves.

La ruée s'est poursuivie. Les gens la piétinaient, lui marchaient sur les bras et les jambes, trébuchaient et s'abattaient sur elle comme des blocs de pierre. Le poids grandissait, l'écrasait. Des dizaines de corps affolés, désespérés, gigotants lui passaient dessus.

L'air résonnait de hurlements. Grace était en dessous

maintenant. Ensevelie. Il n'y avait plus de lumière. Trop de corps sur elle. Impossible de bouger. Impossible de respirer. Elle suffoquait. Comme si on l'avait enterrée dans du béton. Comme si on l'entraînait sous l'eau.

Il y avait trop de poids sur elle. Elle avait l'impression qu'une main géante lui appuyait sur la tête, lui broyait le crâne à la manière d'un gobelet en plastique.

Il n'y avait pas d'issue.

Par bonheur, le rêve s'arrêtait là. Grace s'est réveillée, respirant convulsivement.

Dans la réalité, elle s'était réveillée quatre jours plus tard, pratiquement sans aucun souvenir. Tout d'abord, elle avait cru que c'était le matin de son examen. Les médecins ont pris leur temps pour lui faire le point de la situation. Elle avait été grièvement blessée. Elle souffrait, pour commencer, d'une fracture du crâne. D'après eux, cette fracture expliquait les maux de tête et la perte de mémoire. Dans son cas, il ne s'agissait ni d'amnésie ni de refoulement, et cela n'avait rien de psychologique. Le cerveau avait été endommagé, ce qui n'est pas rare à la suite d'un traumatisme crânien grave avec perte de connaissance. Un trou de plusieurs heures, voire plusieurs jours, était chose courante. Grace s'était également cassé le fémur, le tibia et plusieurs côtes. Son genou avait été fendu en deux. Et elle s'était luxé la hanche.

À travers le brouillard d'analgésiques, elle avait finalement découvert qu'elle avait eu de la « chance ». Dix-huit personnes, entre quatorze et vingt-six ans, avaient trouvé la mort dans ce que la presse avait baptisé le « massacre de Boston ».

La silhouette sur le pas de la porte a dit :
— Maman ?

C'était Emma.
— Bonjour, mon cœur.
— Tu criais.
— Tout va bien. Même maman fait quelquefois des mauvais rêves, tu sais.
Emma restait dans l'ombre.
— Où est papa ?
Grace a regardé le réveil sur la table de chevet. Il était presque cinq heures moins le quart du matin. Combien de temps avait-elle dormi ? Pas plus de dix, quinze minutes.
— Il va rentrer bientôt.
Emma n'a pas bougé.
— Ça va ? a demandé Grace.
— Je peux dormir avec toi ?
Plein de mauvais rêves cette nuit, a pensé Grace. Elle a rabattu la couverture.
— Bien sûr, chérie.
Emma s'est glissée dans le lit du côté de Jack. Grace a tiré la couverture sur elle. Elle tenait bon, tout en gardant un œil sur le réveil. À sept heures pile — juste après que le réveil électronique a cessé d'afficher 6:59 —, elle a fini par céder à la panique.
Jack ne lui avait encore jamais fait un coup pareil. En temps ordinaire, s'il était monté lui dire qu'il allait faire des courses, s'il avait lâché une plaisanterie lourde avant de partir, quelque chose sur des bananes et des melons, un truc drôle et stupide de ce genre, elle serait déjà au téléphone avec la police.
Mais ça n'avait pas été une nuit ordinaire. Il y avait eu cette photo. La réaction de son mari, qui était parti sans un au revoir.
Emma a remué à côté d'elle. Quelques minutes plus

tard, Max a surgi en se frottant les yeux. D'habitude, c'était Jack — le lève-tôt de la famille — qui préparait le petit déjeuner. Grace a réussi à concocter le repas du matin — des céréales Cap'n Crunch avec des rondelles de banane — en éludant les questions sur l'absence de leur père. Pendant qu'ils engloutissaient leurs céréales, elle s'est éclipsée au salon et a appelé le bureau de Jack. Personne n'a décroché. Il était encore trop tôt.

Elle a enfilé deux sweats de Jack et a accompagné les enfants à l'arrêt du bus. Autrefois, Emma l'embrassait avant de monter dans l'autocar, mais maintenant elle était trop grande pour ça. Elle s'est empressée de disparaître avant que Grace ne marmonne quelque ânerie parentale comme quoi elle n'était pas trop grande pour débarquer dans le lit de maman quand elle avait peur la nuit. Max l'embrassait encore, mais c'était du rapide et ça manquait sérieusement d'entrain. Ils ont grimpé à bord, et les portes se sont refermées sur eux comme si le bus venait de les avaler vivants.

La main en visière, Grace l'a suivi des yeux jusqu'à ce qu'il tourne dans Bryden Road. Même maintenant, après tout ce temps, elle brûlait de sauter dans sa voiture pour s'assurer que cette fragile boîte de ferraille jaune les déposerait sains et saufs à l'école.

Qu'était-il arrivé à Jack ?

Elle a repris le chemin de la maison puis, se ravisant, a sprinté vers sa voiture. Elle a rattrapé le bus dans Heights Road et l'a escorté pendant le reste du trajet. Stationnée juste derrière, elle a regardé les enfants en descendre. Quand Max et Emma ont paru, ployant sous leurs sacs à dos, elle a ressenti l'émoi familier. Elle a attendu qu'ils longent l'allée, montent les marches et s'engouffrent dans le vestibule de l'école.

Alors seulement, pour la première fois depuis longtemps, Grace s'est mise à pleurer.

Elle s'attendait à voir des flics en civil. Deux flics, comme à la télévision. Un vieux briscard bourru et un jeune, forcément beau gosse. Au temps pour la télé. La police municipale a dépêché un seul agent en uniforme, de ceux qui vous arrêtent pour excès de vitesse, avec la voiture assortie.

Il s'est présenté : agent Daley. Pour être jeune, il était jeune, très jeune, avec une éruption d'acné sur son visage poupin. Et body-buildé avec ça. Ses manches courtes faisaient office de tourniquets sur ses biceps saillants. L'agent Daley s'exprimait avec une patience agaçante, d'une voix monotone de flic de banlieue, comme s'il expliquait à une classe de CP les règles de la sécurité à bicyclette.

Il est arrivé dix minutes après son coup de fil au poste. Normalement, lui avait dit le standardiste, on lui aurait demandé de venir remplir un formulaire sur place. Mais comme l'agent Daley était dans le secteur, il pourrait passer la voir. Heureuse veinarde.

Daley a pris une feuille de papier et l'a placée sur la table basse. Puis il a dégainé son stylo et a entrepris de poser des questions.

— Nom du disparu ?
— John Lawson. Mais tout le monde l'appelle Jack.

Il a suivi sa liste.

— Adresse et numéro de téléphone ?

Elle les lui a dictés.

— Lieu de naissance ?
— Los Angeles, Californie.

Il a demandé sa taille, son poids, la couleur de ses

yeux et de ses cheveux, son sexe (véridique). Jack avait-il des cicatrices, des marques, des tatouages ? Avait-elle une idée de sa destination ?

— Aucune, a répondu Grace. C'est pour ça que je vous ai appelé.

L'agent Daley a hoché la tête.

— Je suppose que votre mari a passé l'âge de l'émancipation ?

— Pardon ?

— Il a plus de dix-huit ans ?

— Oui.

— Ça ne va pas être facile.

— Pourquoi ?

— On a un nouveau règlement concernant les procès-verbaux des disparitions. Il a été réactualisé il y a une quinzaine de jours.

— Je ne comprends pas très bien.

Il a poussé un soupir théâtral.

— Voyez-vous, pour injecter quelqu'un dans l'ordinateur, il doit répondre à un certain nombre de critères.

Daley a sorti une autre feuille de papier.

— Votre mari est-il handicapé ?

— Non.

— Est-il en danger ?

— Comment ça ?

Daley s'est mis à lire son papier.

— Une personne majeure qui a disparu en compagnie d'un tiers dans des circonstances indiquant que sa sécurité physique se trouve menacée.

— Je ne sais pas. Je vous l'ai dit, il est parti la nuit dernière...

— Dans ce cas, c'est non.

Daley a parcouru sa feuille.

— Troisième point. Involontaire. Comme un kidnapping ou un enlèvement.

— Je ne sais pas.

— Bien. Numéro quatre. Victime d'une catastrophe. Genre incendie ou accident d'avion.

— Non.

— Et la dernière catégorie. Est-il mineur ? Ça, on l'a déjà abordé.

Il a reposé le papier.

— Voilà, c'est tout. On ne peut pas rentrer la personne dans notre fichier si elle ne correspond pas à l'une de ces catégories.

— Donc, si quelqu'un disparaît comme ça, vous ne faites rien ?

— Je ne dirais pas ça, m'dame.

— Et vous diriez quoi ?

— Nous n'avons aucune preuve qu'il s'agit d'un acte criminel. Si nous en recevons une, nous ouvrirons immédiatement une enquête.

— Donc, pour l'instant, vous ne faites rien.

Daley a reposé son stylo. Les bras sur les cuisses, il s'est penché en avant. Il respirait bruyamment.

— Puis-je vous parler franchement, madame Lawson ?

— Je vous en prie.

— Dans la plupart des cas — non, plus que ça, je dirais dans quatre-vingt-dix-neuf pour cent des cas —, le mari a simplement pris la tangente. Il a des problèmes de couple. Il a une maîtresse. Et il n'a pas envie qu'on le retrouve.

— Ce n'est pas ce qui se passe ici.

Il a acquiescé d'un signe de tête.

— Et dans quatre-vingt-dix-neuf pour cent des cas, c'est ce qu'on entend dans la bouche des épouses.

Ce ton condescendant commençait à lui taper sur le système. Grace ne se sentait pas le cœur de se confier à ce jouvenceau. Elle restait sur sa réserve, comme si le fait de lui révéler toute la vérité équivalait à une trahison. Et puis, en y repensant, de quoi aurait-elle l'air ?

« Voilà, figurez-vous que j'ai trouvé cette photo bizarre dans le paquet du Photomat, parmi les images de la pommeraie à Chester, et mon mari a dit que ce n'était pas lui, franchement, c'est difficile à voir car la photo est vieille, et après ça Jack a quitté la maison... »

— Madame Lawson ?
— Oui.
— Vous comprenez ce que je vous dis ?
— Je pense que oui. Que je suis une bimbo hystérique. Mon mari a mis les bouts. J'essaie de me servir de la police pour le récupérer. C'est à peu près ça, non ?

Il n'a pas bronché.

— Soyez réaliste. Nous ne pouvons pas lancer une enquête sans avoir les preuves qu'un crime a été commis. Ce sont les règles fixées par le CIPJ.

Désignant sa feuille de papier, il a ajouté d'un ton solennel :

— C'est le Centre d'information de la police judiciaire.

Elle a failli lever les yeux au ciel.

— Même si nous retrouvons votre mari, nous ne pourrons pas vous apprendre où il est. Nous sommes dans un pays libre. Il est majeur. On ne peut pas le forcer à revenir.

— J'en suis consciente.

— Nous pourrions donner quelques coups de fil, tâcher de nous renseigner discrètement.
— Génial.
— Il me faut la marque du véhicule et le numéro d'immatriculation.
— C'est une Ford Windstar.
— Quelle couleur ?
— Bleu foncé.
— Année ?
Elle ne s'en souvenait plus.
— Numéro de la plaque ?
— Ça commence par un M.
L'agent Daley a levé les yeux. Grace s'est sentie idiote.
— J'ai une copie de la carte grise là-haut, a-t-elle ajouté. Je peux vérifier.
— Est-ce que vous utilisez l'EZ Pass aux péages ?
— Oui.
Hochant la tête, l'agent Daley en a pris note. Grace est montée chercher le dossier. Elle a scanné le papier et l'a donné au policier. Il a griffonné quelques mots, lui a demandé encore deux ou trois choses. Elle s'en est tenue aux faits : Jack était rentré du travail, l'avait aidée à coucher les enfants, était sorti, sans doute pour faire des courses… et voilà.
Au bout de cinq minutes, l'agent Daley a paru satisfait. Il a souri et lui a conseillé de ne pas s'inquiéter. Elle l'a dévisagé fixement.
— Nous vous recontacterons dans quelques heures. Si nous n'avons rien appris d'ici là, on poursuivra cette conversation.
Il est parti. Grace a réessayé le bureau de Jack. Toujours pas de réponse. Elle a regardé la pendule. Presque

dix heures. Le Photomat n'allait pas tarder à ouvrir. Parfait.

Car elle avait des questions à poser à Josh la Touffe de Poils.

6

Charlaine Swain a enfilé sa nouvelle acquisition achetée en ligne — un bustier en dentelle avec le string assorti — et a relevé le store de sa chambre.

Quelque chose ne tournait pas rond.

On était mardi. Il était dix heures trente du matin. Les enfants de Charlaine étaient à l'école. Mike, son mari, devait être au bureau en ville, le téléphone coincé entre l'oreille et l'épaule, ses doigts tripotant les manches de sa chemise, son col le serrant chaque jour un peu plus, mais son ego refusant d'admettre qu'il lui fallait la taille au-dessus.

Son voisin, une espèce de tordu pas net nommé Freddy Sykes, devrait donc être chez lui.

Charlaine a jeté un coup d'œil dans la glace. Elle ne le faisait pas souvent. Pas besoin de se rappeler qu'elle avait dépassé la quarantaine. À en juger par l'image que lui renvoyait le miroir, elle était encore bien roulée — et l'armature du bustier y était pour quelque chose —, mais ses formes autrefois voluptueuses s'étaient affaissées et ramollies. Oh! elle s'entretenait physiquement! Elle allait au cours de yoga — le yoga étant le tae bo ou le step de cette année — trois matinées par semaine. Elle faisait attention, luttant contre le manifeste et l'irréversible, se cramponnant à cette chose qui lui échappait.

Que lui était-il arrivé ?

Oublions une seconde le physique. La jeune Charlaine Swain avait été une boule d'énergie. Elle respirait la joie de vivre. C'était une ambitieuse, une battante, tout le monde le disait. Elle dégageait de l'électricité, Charlaine, l'air crépitait autour d'elle, et quelque chose, quelque part — la vie, quoi —, avait éteint la flamme.

Était-ce la faute des enfants ? Était-ce Mike ? Il y avait eu un temps où il n'en avait jamais assez d'elle, où une tenue comme celle-ci lui aurait fait écarquiller les yeux et monter l'eau à la bouche. Aujourd'hui, quand elle se pavanait devant lui, il levait à peine la tête.

À quel moment cela avait-il commencé ?

Elle était incapable de mettre le doigt dessus. Le processus avait été progressif, le changement si lent qu'il en était presque imperceptible, jusqu'au jour, hélas ! où ç'avait été un fait accompli. Mike n'était pas le seul responsable, elle en était consciente. Son dynamisme s'était tari, entre les grossesses, les retours de couches et les soins quotidiens et épuisants aux nourrissons. C'était naturel, sans doute. Toutes les femmes traversaient ces périodes-là. Elle regrettait cependant de n'avoir pas fait plus d'efforts avant que les bouleversements temporaires ne cristallisent quelque chose d'apathique et de durable.

Les souvenirs, pourtant, étaient toujours là. Mike l'avait courtisée autrefois. Il savait la surprendre, il la désirait follement. Ça peut paraître vulgaire... mais il sautait sur elle chaque fois que l'occasion se présentait. Aujourd'hui, il recherchait l'efficacité, une mécanique bien réglée — le noir, un grognement, le soulagement, le sommeil.

Leurs discussions tournaient autour des enfants : emploi du temps, transports, devoirs, rendez-vous chez le dentiste, matchs de foot, programme de basket à la noix, invitations chez les petits copains. Ça non plus, ce n'était pas la faute de Mike. Quand Charlaine prenait le café avec d'autres femmes du quartier, les conversations étaient tellement gnangnan, tellement ennuyeuses, tellement centrées sur les mômes que ça lui donnait envie de hurler.

Charlaine Swain était en train d'étouffer.

Sa mère — reine oisive du déjeuner au club — lui avait dit que c'était la vie, que Charlaine avait tout ce qu'une femme pouvait désirer, que ses aspirations étaient tout simplement irréalistes. Et le plus triste, c'est qu'elle avait probablement raison.

Charlaine a vérifié son maquillage. Elle a ajouté une couche de rouge à lèvres, du fard à joues, et s'est reculée pour admirer le résultat. Eh bien oui, elle avait l'air d'une pute. Elle a attrapé un Percodan, apéritif version ménagère, et l'a avalé. Puis elle s'est examinée de près dans le miroir, allant même jusqu'à plisser les yeux.

Restait-il quelque chose de l'ancienne Charlaine là-dedans ?

Tiens, cette femme qui habitait deux rues plus loin, une gentille femme, mère de deux enfants, comme elle. Deux mois plus tôt, cette gentille femme, mère de deux enfants, s'était rendue sur la voie ferrée de Glen Rock et s'était suicidée en se plantant devant le train de onze heures. Horrible histoire. On en a parlé pendant des semaines. Comment cette brave femme, cette mère de famille, avait-elle pu abandonner ses enfants ?

Comment avait-elle pu être aussi égoïste ? Et, tout en se joignant au chœur de ses voisines bien intentionnées, Charlaine avait éprouvé une petite pointe d'envie. Pour cette gentille maman, c'était terminé. Quelque part, ça devait être un soulagement.

Mais où était Freddy ?

Charlaine les attendait avec impatience, ces mardis matin, et c'était sûrement ça le plus pathétique. Au début, le côté voyeur de Freddy ne lui avait inspiré que colère et dégoût. Quand et comment s'était-elle laissée aller à l'acceptation, voire — Dieu lui pardonne — à l'excitation ? Non, s'est-elle dit. Ce n'était pas de l'excitation. C'était… quelque chose. Voilà tout. Une étincelle. Quelque chose à ressentir.

Elle a attendu que le store remonte.

En vain.

Bizarre. D'ailleurs, maintenant qu'elle y pensait, Freddy Sykes ne baissait jamais ses stores. Leurs propriétés se tournaient le dos, si bien qu'eux seuls pouvaient se voir par la fenêtre. Freddy ne baissait jamais le store dans la chambre du fond. Pourquoi le ferait-il ?

Son regard a balayé les autres fenêtres. Tous les stores étaient baissés. Curieux. Les rideaux dans ce qui devait être le salon — du moins le supposait-elle, car naturellement elle n'avait jamais mis les pieds chez lui — étaient tirés.

Freddy était-il en voyage ? Était-il carrément parti ?

Charlaine Swain a surpris son reflet dans la vitre, et une nouvelle vague de honte l'a submergée. S'emparant d'un peignoir — le peignoir éponge râpé de son mari —, elle l'a enfilé à la hâte. Mike aurait-il une maîtresse, quelqu'un qui monopoliserait sa jadis inépuisable énergie sexuelle, ou était-ce parce qu'elle ne l'intéressait plus ? Elle ne savait laquelle des deux éventualités était la pire.

Où était Freddy ?

Et le fait que ça puisse compter autant pour elle, mon Dieu que c'était dégradant, pitoyable au dernier degré ! Elle a scruté la maison.

Quelque chose a bougé à l'intérieur.

À peine. Une ombre a traversé un côté du store. Mais tout de même. Peut-être que Freddy l'épiait à nouveau, cherchant à se mettre en condition ? C'était bien possible. Les voyeurs, ce qui les émoustillait, c'était l'aspect furtif, l'impression d'espionner. Peut-être ne voulait-il simplement pas qu'elle le voie. Peut-être la matait-il en ce moment même, subrepticement.

Était-ce cela ?

Elle a dénoué le peignoir et l'a laissé glisser sur ses épaules. Le tissu éponge empestait la sueur masculine et les vieux relents d'une eau de toilette qu'elle avait offerte à Mike il y a... huit, neuf ans ? Charlaine a senti des larmes lui picoter les yeux, mais elle ne s'est pas détournée.

Tout à coup, elle a aperçu autre chose entre les stores qui masquaient la fenêtre. Quelque chose de... bleu ?

Elle a plissé les paupières. Qu'est-ce que c'était ?

Les jumelles. Où étaient-elles ? Mike gardait une boîte de ces merdes-là au fond de son placard. Elle l'a trouvée, a fourragé parmi les câbles et les adaptateurs et a fini par exhumer les Leico. Ils les avaient achetées au cours d'une croisière dans la mer des Caraïbes, lors d'une escale aux îles Vierges — elle ne se rappelait plus laquelle —, sur un coup de tête. C'est pour ça qu'elle s'en souvenait, à cause de la spontanéité de cet achat.

Charlaine a approché les jumelles de ses yeux. Il n'y

avait rien à régler là-dessus : elles étaient autofocus. Il lui a fallu un petit moment pour repérer l'interstice entre le store et la fenêtre. Mais la lueur bleue était là. Elle l'a vue vaciller, et ses yeux se sont fermés. Elle aurait dû s'en douter.

La télévision. Freddy avait allumé la télévision.

Il était chez lui.

Immobile, Charlaine ne savait plus ce qu'elle ressentait. La léthargie était de retour. Son fils Clay écoutait une chanson du film *Shrek* sur un gars qui formait un L avec ses doigts sur son front. *Loser*. Voilà ce qu'était Freddy Sykes. Freddy, cette espèce de tordu pas net, ce *Loser* avec un L majuscule, préférait regarder la télé plutôt que ses dessous affriolants.

Mais il y avait quand même quelque chose qui clochait.

Tous ces stores baissés. Pourquoi ? Ça faisait huit ans qu'elle habitait à côté de chez les Sykes. Même du vivant de la mère de Freddy, les stores n'étaient jamais baissés, les rideaux jamais tirés. Charlaine a jeté un nouveau coup d'œil à travers les jumelles.

La télévision s'est éteinte.

Elle a suspendu son geste. Freddy avait perdu la notion du temps, se disait-elle. Le store allait s'ouvrir maintenant, leur rituel pervers allait pouvoir commencer.

Mais ce n'est pas ce qui s'est passé.

En entendant le léger bourdonnement, Charlaine a compris aussitôt de quoi il s'agissait. La porte électrique du garage de Freddy était en train de se lever.

Elle s'est approchée de la fenêtre. Il y a eu un bruit de moteur qu'on met en marche, puis la poubelle roulante qu'était la Honda de Freddy est sortie du garage.

Le soleil se reflétait sur le pare-brise. Éblouie, Charlaine s'est protégé les yeux de la main.

La voiture a avancé, et l'éblouissement s'est dissipé. On voyait maintenant la personne qui se trouvait au volant.

Ce n'était pas Freddy.

Quelque chose, une sorte d'instinct primitif, a poussé Charlaine à se baisser précipitamment. À quatre pattes, elle a rampé jusqu'au peignoir et l'a pressé contre elle. L'odeur — ce mélange de Mike et d'eau de toilette éventée — lui semblait à présent étrangement réconfortante.

Charlaine s'est glissée vers un côté de la fenêtre. Le dos contre le mur, elle a risqué un œil dehors.

La Honda Accord s'était arrêtée. Le conducteur — un Asiatique — était en train de fixer sa fenêtre.

Charlaine s'est aplatie contre le mur. N'osant pas bouger, elle retenait son souffle. Et elle est restée ainsi jusqu'à ce qu'elle ait entendu la voiture redémarrer. Pour plus de sécurité, elle a attendu encore une dizaine de minutes.

Quand elle a regardé de nouveau, la voiture était partie.

Dans la maison voisine, tout était silencieux.

7

À dix heures quinze précises, Grace est arrivée au Photomat.

Josh la Touffe de Poils n'y était pas. Ni lui ni personne,

du reste. La pancarte, qui devait être là depuis la veille, indiquait FERMÉ.

Elle a consulté les horaires d'ouverture. C'était bien marqué dix heures. Elle a attendu. À dix heures vingt, la première cliente, une femme harassée de trente-cinq ans environ, a vu la pancarte, lu les horaires et secoué la porte. Elle a poussé un soupir mélodramatique. Grace a répondu d'un haussement d'épaules compatissant. La femme, vexée, a tourné les talons. Grace a continué d'attendre.

À dix heures trente, la boutique n'ayant toujours pas ouvert ses portes, elle a compris que c'était mal parti. Elle a décidé de réessayer le bureau de Jack. Son appel a été basculé sur la boîte vocale — c'était étrange d'entendre la voix enregistrée, tellement formelle, de Jack —, du coup elle a composé le numéro de Dan. Après tout, les deux hommes s'étaient parlé la veille au soir. Peut-être que Dan pourrait l'éclairer.

— Allô?
— Salut, Dan, c'est Grace.
— Bonjour, toi! a-t-il fait avec un peu trop d'empressement. J'allais justement t'appeler.
— Ah?
— Où est Jack?
— Je ne sais pas.

Il a hésité.

— Quand tu dis que tu ne sais pas...
— Tu lui as téléphoné hier soir, n'est-ce pas?
— Oui.
— De quoi avez-vous parlé?
— On est censés faire une présentation cet après-midi. Sur les études concernant le Phénomytol.
— C'est tout?

— Comment ça, c'est tout ? Que veux-tu qu'il y ait d'autre ?

— Vous n'avez pas parlé d'autre chose ?

— Non. J'avais une question à lui poser, à propos d'une diapo. Pourquoi ? Qu'est-ce qui se passe, Grace ?

— Il est sorti après ça.

— Oui, et alors ?

— Je ne l'ai pas revu.

— Attends, quand tu dis que tu ne l'as pas revu… ?

— Il n'est pas rentré, il n'a pas appelé, je n'ai pas la moindre idée de l'endroit où il pourrait être.

— Nom de Dieu, tu as prévenu la police ?

— Oui.

— Et ?

— Rien.

— Bon sang ! Écoute, laisse-moi le temps d'arriver…

— Non, a-t-elle dit. Ça ira.

— Tu es sûre ?

— Sûre et certaine. J'ai des choses à faire, a-t-elle ajouté platement.

Elle a changé le téléphone d'oreille, ne sachant trop comment formuler cela.

— Est-ce que Jack allait bien ?

— Tu veux dire au travail ?

— Je veux dire n'importe où.

— Ben oui. C'est Jack, quoi.

— Tu n'as remarqué aucun changement ?

— On était tous les deux sous pression à cause des procès dans cette affaire de médicaments, si c'est à ça que tu penses. Mais autrement, rien de particulier. Grace, tu ne veux vraiment pas que je vienne ?

Il y a eu un bip sur sa ligne. Un appel en attente.

— Il faut que je te laisse, Dan. J'ai un autre appel.

— Ça doit être Jack. Rappelle-moi si tu as besoin de quoi que ce soit.

Elle a coupé la communication et vérifié le numéro du second correspondant. Ce n'était pas Jack. Du moins, pas son mobile. Le numéro était masqué.

— Allô ?
— Madame Lawson, agent Daley à l'appareil. Avez-vous eu des nouvelles de votre mari ?
— Non.
— On a essayé de vous joindre chez vous.
— Je ne suis pas chez moi.

Il y a eu une pause.

— Où êtes-vous ?
— En ville.
— Où en ville ?
— Au magasin Photomat.

Nouvelle pause, plus longue ce coup-ci.

— Je ne voudrais pas porter de jugement, mais n'est-ce pas une destination bizarre quand on se fait du souci pour son mari ?
— Agent Daley ?
— Oui ?
— Il y a cette récente invention qui s'appelle le téléphone portable. D'ailleurs, c'est là-dessus que vous m'avez contactée.
— Je ne voulais pas...
— Avez-vous appris quelque chose au sujet de mon mari ?
— C'est pour ça que je vous appelle, en fait. Mon capitaine est là, actuellement. Il aimerait que vous lui accordiez un entretien complémentaire.
— Un entretien complémentaire ?
— Oui.

— C'est la norme ?
— Absolument.
À l'entendre, c'était tout sauf ça.
— Vous avez découvert quelque chose ?
— Non, enfin, il n'y a pas de quoi s'alarmer.
— Qu'est-ce que ça signifie ?
— Le capitaine Perlmutter et moi avons juste besoin de quelques renseignements, madame Lawson.

Une nouvelle cliente du Photomat, une quasi-blonde qui venait de se faire faire des mèches, s'est approchée de la boutique déserte. Les mains autour des yeux, elle a regardé à l'intérieur. Elle aussi a froncé les sourcils puis s'est éloignée.

— Vous êtes tous les deux au poste, là ? a demandé Grace.
— Oui.
— J'arrive dans trois minutes.

— Depuis combien de temps, s'est enquis le capitaine Perlmutter, habitez-vous ici, vous et votre mari ?

Ils étaient entassés dans un bureau qui aurait davantage convenu au concierge d'une école qu'à un capitaine de police. Les flics de Kasselton avaient transféré leur poste à l'ancienne bibliothèque municipale, un édifice chargé d'histoire et de tradition, mais qui manquait cruellement de confort. Le capitaine Stu Perlmutter s'est renversé sur sa chaise en posant la première question, les mains sur sa respectable bedaine. Adossé au chambranle de la porte, l'agent Daley tâchait d'avoir l'air à l'aise.

Grace a répondu :
— Quatre ans.

— Et vous vous y plaisez bien ?
— Assez, oui.
— Parfait.

Perlmutter lui a souri, en professeur satisfait de la réponse.

— Vous avez des enfants, hein ?
— Oui.
— Quel âge ?
— Six et huit ans.
— Six et huit ans, a-t-il répété avec un sourire nostalgique. Ça, c'est le bel âge. Ce ne sont plus des bébés, et pas encore des ados.

Grace a décidé de le battre au jeu de la patience.

— Madame Lawson, est-ce qu'il est déjà arrivé à votre mari de disparaître comme ça ?
— Non.
— Avez-vous des problèmes de couple ?
— Aucun.

Perlmutter l'a gratifiée d'un regard sceptique. Il n'a pas cligné de l'œil, mais presque.

— Tout baigne, donc ?

Grace n'a rien dit.

— Comment avez-vous rencontré votre mari ?
— Pardon ?
— Je vous demande…
— Qu'est-ce que ceci a à voir avec cela ?
— J'essaie juste de me faire une idée.
— Une idée de quoi ? Avez-vous découvert quelque chose, oui ou non ?
— S'il vous plaît.

Perlmutter a esquissé ce qu'il pensait sûrement être un sourire désarmant.

— J'ai besoin de quelques précisions, c'est tout. Pour

avoir une vue globale de la situation, OK? Où avez-vous rencontré Jack Lawson?

— En France.

Il l'a noté.

— Vous êtes artiste peintre, c'est bien ça, madame Lawson?

— Oui.

— Vous étiez donc partie à l'étranger étudier votre art?

— Capitaine Perlmutter?

— Oui?

— Sauf votre respect, je trouve vos questions bizarres.

Perlmutter a jeté un coup d'œil à Daley. Il a haussé les épaules pour signifier que ses intentions n'étaient pas mauvaises.

— Vous avez peut-être raison.

— Avez-vous appris quelque chose?

— L'agent Daley a dû vous expliquer que, votre mari étant majeur, nous ne sommes pas tenus de vous révéler quoi que ce soit.

— Oui, il m'a expliqué ça.

— Bien, dans ce cas, nous ne pensons pas qu'il a été victime d'un acte criminel, si c'est ça qui vous inquiète.

— Qu'est-ce qui vous le fait croire?

— Nous n'avons aucune preuve à cet effet.

— Autrement dit, vous n'avez pas trouvé de taches de sang, des choses comme ça?

— Tout à fait. En revanche, nous avons trouvé quelque chose… (Nouveau coup d'œil en direction de Daley.)… dont nous ne devrions probablement pas vous informer.

Grace s'est calée dans son siège. Elle s'efforçait par tous les moyens de capter son regard, mais il l'évitait.

— Je vous serais extrêmement reconnaissante de me faire part de ce que vous avez découvert.

— Ce n'est pas grand-chose.

Elle attendait.

— L'agent Daley a appelé le bureau de votre mari. Il n'y est pas, bien sûr. Ça, je pense que vous le savez déjà. Il n'a pas non plus téléphoné pour prévenir qu'il était malade. Nous avons donc décidé de creuser un peu plus. Officieusement, vous comprenez.

— Certes.

— Vous avez eu la gentillesse de nous donner le numéro de votre EZ Pass. Nous avons consulté notre ordinateur. À quelle heure dites-vous que votre mari est sorti hier soir ?

— Aux environs de dix heures.

— Et vous avez cru qu'il allait faire des courses ?

— Je n'en savais rien, il ne me l'a pas dit.

— Il a filé à l'anglaise ?

— C'est ça.

— Et vous ne lui avez pas demandé où il allait ?

— J'étais en haut quand j'ai entendu la voiture.

— OK, voici ce que j'ai besoin de savoir.

Perlmutter a lâché sa panse. Sa chaise a craqué lorsqu'il s'est penché en avant.

— Vous l'avez appelé sur son portable. Pas mal de fois. Est-ce exact ?

— Oui.

— Eh bien, c'est là, le hic. Pourquoi n'a-t-il pas répondu ? S'il avait envie de vous parler, j'entends.

Grace a vu où il voulait en venir.

— Pensez-vous que votre mari a eu... quoi, un accident d'entrée de jeu ? Ou que quelqu'un l'a chopé dans les toutes premières minutes après son départ de la maison ?

Elle n'y avait pas réellement songé.

— Je ne sais pas.

— Ça vous arrive d'emprunter la voie express ?

Le changement de sujet l'a prise au dépourvu.

— Pas souvent, mais oui, ça m'est arrivé.

— Vous allez des fois aux Woodbury Commons ?

— La zone commerciale ?

— Oui.

— Parfois, oui.

— On met combien de temps, à votre avis ?

— Une demi-heure. C'est là qu'il est allé ?

— À cette heure-là, ça m'étonnerait. Tous les magasins sont fermés. Mais il a utilisé son EZ Pass au péage de cette sortie exactement à vingt-deux heures vingt-six. Ça mène à la route 17... ma foi, c'est comme ça que je vais aux Poconos. À dix minutes près, ça correspondrait à la version selon laquelle votre mari aurait pris ce chemin directement en sortant de la maison. À partir de là, Dieu sait où il a pu aller. À vingt-quatre bornes, c'est l'autoroute 80. De là, on peut filer tout droit jusqu'en Californie, si le cœur vous en dit.

Elle restait assise sur sa chaise.

— Réfléchissez un peu, madame Lawson. Votre mari quitte la maison. Vous l'appelez aussitôt. Il ne répond pas. En une demi-heure et quelques, il se retrouve dans l'État de New York. S'il avait été agressé ou s'il avait eu un accident... comment aurait-on pu l'enlever, mettons, puis utiliser son EZ Pass en un laps de temps aussi court ? Vous comprenez ce que je vous dis là ?

Grace a soutenu son regard.

— Que je suis une hystérique qui vient de se faire plaquer par son mari.

— Ce n'est pas du tout ce que je prétends. Seulement, voyez-vous… à ce stade, nous ne pouvons pas poursuivre l'enquête plus loin. À moins que… (Il s'est penché davantage.) Madame Lawson, y a-t-il autre chose qui pourrait nous mettre sur la voie ?

Grace a réprimé l'envie de se trémousser sur son siège. Elle a lancé un regard en arrière. L'agent Daley n'avait pas bougé. Elle avait une copie de l'étrange photo dans son sac. Elle a repensé à Touffe de Poils, à la boutique qui n'ouvrait pas. C'était le moment de leur dire. Réflexion faite, elle aurait dû en parler à Daley lors de sa première visite.

— Je ne sais pas si ç'a un rapport, a-t-elle commencé en fouillant dans son sac.

Elle a sorti la copie de la photo et l'a passée à Perlmutter. Il a pris une paire de lunettes, les a nettoyées avec un pan de sa chemise et les a perchées sur son nez. Daley a contourné le bureau et s'est penché par-dessus l'épaule du capitaine. Elle leur a expliqué comment elle l'avait trouvée dans la pile de ses autres photos. Les deux policiers la dévisageaient comme si elle venait de brandir un rasoir et avait entrepris de se raser la tête.

Quand elle a eu terminé, le capitaine Perlmutter a demandé en désignant la photo :

— Et vous êtes sûre que c'est votre mari ?
— Je crois, oui.
— Mais vous n'en êtes pas sûre ?
— Pratiquement, si.

Il a hoché la tête comme font les gens quand ils pensent avoir affaire à un détraqué.

— Et les autres sur la photo ? La demoiselle qu'on a barrée ?

— Je ne les connais pas.

— Mais votre mari a dit que ce n'était pas lui, hein ?

— Oui.

— Donc, si ce n'est pas lui, ceci est hors de propos. Et si c'est lui… (Perlmutter a retiré ses lunettes.)… alors, il vous a menti. Je me trompe, madame Lawson ?

Le portable de Grace s'est mis à sonner. Elle l'a attrapé vivement et a vérifié le numéro.

C'était Jack.

Grace s'est figée. Elle aurait voulu s'excuser, mais Perlmutter et Daley ne la quittaient pas des yeux. Elle n'avait pas vraiment le choix. Pressant la touche « On », elle a collé le téléphone contre son oreille.

— Jack ?

— Salut.

Le son de sa voix aurait dû l'emplir de soulagement. Or, il n'en a été rien.

— J'ai essayé de t'appeler à la maison, a dit Jack. Où es-tu ?

— Où je suis, *moi* ?

— Écoute, je n'ai pas beaucoup de temps pour parler. Désolé d'être parti en douce.

Il tâchait de prendre un ton désinvolte, sans grand succès.

— J'ai besoin de quelques jours, a-t-il ajouté.

— Qu'est-ce que tu racontes ?

— Où es-tu, Grace ?

— Au poste de police.

— Tu as appelé la police ?

Elle a croisé le regard de Perlmutter. Il lui a fait un

signe de la main qui devait signifier à peu près : Passez-moi le téléphone, ma petite dame. Je m'en occupe.
— Donne-moi quelques jours, Grace. Je...
Jack s'est interrompu. Puis il a dit quelque chose qui a décuplé son angoisse.
— J'ai besoin d'espace.
— D'espace, a-t-elle répété.
— Oui. D'un peu d'espace, c'est tout. S'il te plaît, excuse-moi auprès de la police. Je dois te laisser maintenant, OK ? Je reviendrai bientôt.
— Jack ?
Il n'a pas répondu.
— Je t'aime, a dit Grace.
Mais la ligne avait été coupée.

8

Espace. Jack a dit qu'il avait besoin d'espace. Et c'est là que ça coinçait.

Passe encore que cette expression, « avoir besoin d'espace », fasse partie du vocabulaire New Âge, gnangnan, bêta et parfaitement dénué de sens, qu'elle relève de la connerie pure — « avoir besoin d'espace » — terrible euphémisme pour « Allez, je me tire ». Ç'aurait pu être un indice, mais ça allait bien plus loin.

Grace était rentrée chez elle après avoir marmonné des excuses à l'adresse de Perlmutter et de Daley. Les deux hommes l'avaient regardée avec commisération et répondu que ça faisait partie de leur boulot. Ils avaient dit qu'ils étaient désolés. Grace avait hoché gravement la tête avant de prendre la porte.

Ce coup de fil lui avait appris quelque chose de fondamental.

Jack avait des ennuis.

Elle n'exagérait pas. Sa disparition n'avait rien à voir avec un quelconque désir de prendre le large ou la peur de s'engager. Ce n'était pas un accident. Ça n'avait été ni prévu ni programmé. Elle avait rapporté cette photo de la boutique, Jack l'avait vue et était parti en courant.

À présent, il était en danger.

Jamais elle ne pourrait expliquer ça à la police. Pour commencer, ils ne la croiraient pas. Ils la jugeraient soit paranoïaque, soit naïve jusqu'au handicap. Peut-être pas en face. Peut-être feraient-ils mine de l'écouter, ce qui serait à la fois infiniment agaçant et une perte de temps. Avant ce coup de fil déjà, ils étaient convaincus que Jack avait pris la poudre d'escampette. Ses explications ne les feraient pas changer d'avis.

Ce qui n'était probablement pas plus mal.

Grace s'efforçait de lire entre les lignes. Jack s'était montré inquiet qu'elle ait prévenu la police, c'était évident. Quand elle lui avait appris qu'elle était au poste, le regret dans sa voix avait été sincère. Il ne jouait pas la comédie.

L'espace.

C'était le principal indice. S'il lui avait annoncé qu'il partait pour quelques jours, histoire de décompresser, en compagnie d'une effeuilleuse rencontrée au Satin Dolls, OK, elle ne l'aurait peut-être pas cru, mais cela restait du domaine du possible. Or, Jack n'avait pas fait ça. Il avait donné la raison précise de sa disparition. L'avait répétée même.

Jack avait besoin d'espace.

Les codes conjugaux. Tous les couples en ont. La plupart du temps, ce sont des bêtises. Il y avait par exemple cette scène dans le film *Mr. Saturday Night* où le comique interprété par Billy Crystal — Grace ne se rappelait plus son nom, d'ailleurs elle se souvenait à peine du film — pointait du doigt un vieux bonhomme affublé d'une horrible moumoute en disant : « Serait-ce un postiche ? Moi, pour ma part, j'ai été abusé. » Du coup, chaque fois que Jack et elle croisaient quelqu'un qui semblait porter une perruque, l'un des deux se tournait vers l'autre et disait : « Moi, pour ma part ? » — à charge pour le conjoint de démentir ou de confirmer. Ce « Moi, pour ma part », ils l'avaient adopté pour tous les artifices en général : un nez refait, des implants mammaires, etc.

L'origine du « besoin d'espace » était un peu plus osée.

Malgré son désarroi, Grace n'a pas pu s'empêcher de rougir à ce souvenir. Elle avait toujours adoré faire l'amour avec Jack mais, comme dans toute relation à long terme, il y avait des hauts et des bas. Cela remontait à deux ans, à une époque, euh… de pointe. De créativité corporelle accrue, si vous préférez. Créativité publique, pour être plus précis.

Il y avait eu la rapide étreinte dans le vestiaire d'un salon de coiffure de luxe. Des manipulations sous le manteau dans une loge lors d'une exubérante comédie musicale à Broadway. Mais c'était au cours d'une séance particulièrement hardie, dans une cabine téléphonique de style anglais située dans une rue tranquille d'Allendale, que Jack avait soudain pantelé :

— J'ai besoin d'espace.

Grace l'avait regardé.
— Pardon ?
— Littéralement, j'entends. Recule ! J'ai le combiné du téléphone qui me rentre dans le cou !

Ils en avaient ri tous les deux. Maintenant, Grace fermait les yeux, un léger sourire aux lèvres. Le « besoin d'espace » avait ainsi rejoint les rangs de leur langage privé. Jack n'aurait pas employé cette expression au hasard. Il lui transmettait un message, un avertissement, pour lui faire comprendre qu'il ne disait pas la vérité.

Bon, très bien, et c'était quoi, la vérité ?

Tout d'abord, il ne pouvait pas s'exprimer librement, car on l'écoutait. Qui ? Y avait-il quelqu'un avec lui ou était-ce parce qu'elle était chez les flics ? Elle espérait que c'était la seconde solution — qu'il était seul et ne voulait pas que la police mette le nez dans ses affaires.

Mais en examinant les faits de plus près, cette probabilité semblait quasi nulle.

Si Jack avait été libre de parler, pourquoi ne l'avait-il pas rappelée ? Il se doutait bien qu'à cette heure-là elle avait déjà quitté le poste de police. Si tout allait bien, s'il était seul, il aurait rappelé, ne serait-ce que pour l'informer de ce qui se passait. Or, il ne l'avait pas fait.

Conclusion : Jack était avec quelqu'un et il avait de graves ennuis.

Voulait-il qu'elle réagisse ou qu'elle se tienne coite ? De la même façon qu'elle connaissait Jack — elle avait bien compris qu'il lui envoyait un signal —, il devait savoir que Grace ne serait pas du genre à attendre les bras croisés. Ce n'était pas dans sa nature, Jack en était conscient. Elle ferait tout son possible pour le retrouver.

Il avait sans doute tablé là-dessus.

D'accord, tout cela n'était que conjectures. Mais elle connaissait bien son mari — du moins, le croyait-elle —, et donc ses conjectures à elle étaient plus qu'une simple vue de l'esprit. Jusqu'à quel point ? Peut-être cherchait-elle inconsciemment à justifier sa décision de passer à l'acte.

Peu importe. D'une manière ou d'une autre, elle était concernée.

Grace a repensé à ce qu'elle avait appris jusqu'ici. Jack avait emprunté la voie express avec la Windstar. Pourquoi serait-il allé par là aussi tard dans la soirée ?

Elle n'en avait pas la moindre idée.

Minute.

Remontons au début : Jack rentre à la maison. Il voit la photo. C'est ce qui a tout déclenché. La photo. Il la voit sur le comptoir de la cuisine, elle lui pose des questions, il reçoit un coup de fil de Dan. Puis il va dans son bureau…

Holà, stop. Son bureau.

À la hâte, Grace a traversé le couloir. « Bureau » était un bien grand mot pour cette ancienne véranda. Le plâtre se fissurait par endroits. L'hiver, il y avait toujours des courants d'air, et l'été on étouffait. On y trouvait des photos des enfants dans des cadres bon marché, et deux de ses tableaux à elle, plus luxueusement encadrés. La pièce lui a paru étrangement impersonnelle. Rien ici n'évoquait le passé du maître de céans — pas de souvenirs, pas de ballon de softball signé par des copains, pas de photo à quatre sur un terrain de golf. Outre les gadgets offerts par son labo — blocs, stylos, planchette à pince —, il n'y avait aucun indice sur la véritable personnalité de Jack, aucun moyen de savoir qui il était vraiment, en dehors du père de famille et du chercheur.

Mais peut-être n'y avait-il rien d'autre.

Grace se sentait bizarre, à fouiner de la sorte. La force de leur couple résidait notamment dans le respect mutuel du jardin secret de l'autre. Chacun avait une pièce à lui, dont l'accès était fermé au conjoint. Ça ne la dérangeait pas. Elle s'était même convaincue que c'était plus sain ainsi. Voilà pourquoi elle répugnait à fourrer son nez dans les affaires de Jack. Mais était-ce le désir de préserver son intimité — son besoin d'espace ? — ou bien la peur de tomber sur un guêpier ?

L'ordinateur était allumé et branché sur le Net. Comme page d'accueil, Jack utilisait le site « officiel » de Grace Lawson. Elle a contemplé son fauteuil, un siège gris ergonomique acheté au Staples du coin, en imaginant Jack qui s'asseyait là-dedans, allumait son ordinateur tous les matins, accueilli par son visage. Car le site comportait un portrait photographique de Grace, au même titre que plusieurs exemples de ses œuvres. Farley, son agent, avait récemment insisté pour qu'elle inclue sa photo dans tous les supports publicitaires car, selon son expression, elle était « à croquer ». Grace avait consenti à contrecœur. Tous les artistes jouaient sur leur physique pour promouvoir leur travail. Sur scène et à l'écran, l'importance du look n'était plus à démontrer. Mais même les écrivains s'y mettaient, avec leurs portraits retouchés, leurs yeux de braise du prochain prodige de la littérature, leur apparence marketée. L'univers de Grace — celui de la peinture — avait jusque-là échappé au phénomène, la beauté du créateur n'entrant pas en ligne de compte, peut-être parce que la forme contenait en elle le monde physique.

Mais plus maintenant.

L'aspect esthétique est certes primordial aux yeux

d'un artiste. Il ne modifie pas seulement la perception, il déforme la réalité. Exemple type : si Grace avait été grosse ou bien quelconque, les équipes de télévision n'auraient pas surveillé de si près ses constantes après qu'on l'avait sortie du massacre de Boston. Si elle avait été dépourvue d'attraits, jamais le public ne l'aurait adoptée comme la « survivante du peuple », l'innocente, l'« ange broyé », selon le gros titre d'un tabloïd. Les médias diffusaient son image en même temps que ses bulletins de santé. La presse — non, le pays tout entier — réclamait sans cesse de ses nouvelles. Les familles des victimes lui rendaient visite dans sa chambre d'hôpital, passaient des heures avec elle, cherchant sur son visage les reflets fantomatiques de leurs propres enfants disparus.

Auraient-ils réagi de la même façon si elle avait eu un physique ingrat ?

Grace ne tenait pas à se perdre en suppositions. Mais comme lui avait asséné un critique d'art un peu trop honnête : « Une œuvre sans valeur esthétique offre peu d'intérêt à nos yeux — pourquoi en irait-il autrement d'un être humain ? »

Même avant le massacre de Boston, Grace aurait voulu se consacrer à la peinture. Mais il lui avait manqué quelque chose... quelque chose d'impalpable, d'impossible à expliquer. Toute cette épreuve lui avait permis de franchir une étape en matière de sensibilité artistique. Dit comme ça, cela semblait prétentieux. Elle-même avait dédaigné les poncifs chers aux écoles des beaux-arts : il faut souffrir pour créer. Il faut de la tragédie pour donner du corps à votre travail. À l'époque, ça n'avait aucun sens ; maintenant, elle se rendait compte que ce n'était peut-être pas entièrement faux.

Sans changer son avis sur la question, son travail avait acquis cette qualité vague et indéfinissable. Il véhiculait plus d'émotion, plus de vie, plus de... mouvement. Il était devenu plus sombre, plus rageur, plus saisissant. Les gens se demandaient souvent si elle peignait des scènes de cette terrible journée. La réponse évidente se résumait à un seul portrait — un jeune visage si plein d'espoir qu'on savait qu'il serait bientôt saccagé —, mais la véritable explication était la suivante : le massacre de Boston empreignait et colorait tout ce qu'elle touchait.

Grace s'est assise dans le fauteuil de Jack. Le téléphone était à sa droite. Elle a décidé de commencer par le plus simple : essayer la touche « Bis ».

L'appareil — un Panasonic nouveau modèle choisi par ses propres soins — était équipé d'un écran à cristaux liquides qui permettait de visualiser le dernier numéro composé. L'indicatif, 212, était celui de la ville de New York. Elle a attendu. À la troisième sonnerie, une femme a répondu :

— Burton et Crimstein, cabinet d'avocats.

Grace ne savait pas trop comment présenter sa requête.

— Allô ?
— Bonjour, je suis Grace Lawson.
— Qui demandez-vous ?

Bonne question.

— Combien d'avocats travaillent dans votre cabinet ?
— Je ne saurais vous le dire. Désirez-vous que je vous en passe un ?
— S'il vous plaît.

Il y a eu une pause. Avec l'impatience de quelqu'un qui s'efforce de rester aimable, la femme a demandé :

— Vous voulez parler à une personne précise ?

Grace a consulté le numéro affiché sur l'écran. Il y avait trop de chiffres. Généralement, les appels autres que locaux en comportaient onze. Mais là, il y en avait quinze, dont un astérisque. Elle a retourné le problème dans sa tête. Si Jack avait appelé ce numéro, ce devait être tard dans la soirée. Les standardistes étaient déjà parties. Il avait certainement tapé l'astérisque, avant de composer le numéro du poste.

— Madame ?

— Poste quatre cent soixante-trois, a-t-elle lu sur l'écran.

— Ne quittez pas.

Le téléphone a sonné trois fois.

— Ligne de Sandra Koval.

— Je voudrais parler à Mme Koval, s'il vous plaît.

— De la part de qui, je vous prie ?

— Mon nom est Grace Lawson.

— C'est à quel sujet ?

— Au sujet de mon mari, Jack.

— Un instant, s'il vous plaît.

Grace a agrippé le téléphone. Trente secondes plus tard, la voix reprenait :

— Je regrette, Mme Koval est en réunion.

— C'est urgent.

— Désolée…

— Je demande juste une seconde de son temps. Dites-lui que c'est très important.

Un soupir ostentatoire a résonné dans le combiné.

— Ne quittez pas.

La musique de mise en attente était une version ascenseur d'une chanson de Nirvana. Grace l'a trouvée étrangement apaisante.

— Que puis-je pour vous ?

La voix était sèche, professionnelle.

— Madame Koval ?

— Oui.

— Mon nom est Grace Lawson.

— Que désirez-vous ?

— Mon mari, Jack Lawson, a appelé votre bureau hier.

Pas de réponse.

— Il a disparu.

— Navrée, mais je ne vois pas…

— Savez-vous où il est, madame Koval ?

— Voyons, comment le saurais-je ?

— Il a donné un coup de fil hier soir. Avant de disparaître.

— Et alors ?

— J'ai appuyé sur la touche « Bis ». Votre numéro s'est affiché.

— Madame Lawson, ce cabinet emploie plus de deux cents avocats. Il a pu appeler n'importe lequel d'entre eux.

— Non, c'est le numéro de votre poste que j'ai là, sur l'écran. C'est vous qu'il a appelée.

Silence.

— Madame Koval ?

— Je suis là.

— Pourquoi mon mari vous a-t-il téléphoné ?

— Je n'ai rien de plus à vous dire.

— Savez-vous où il est ?

— Madame Lawson, avez-vous entendu parler du secret professionnel ?

— Bien sûr.

Nouveau silence.

— Êtes-vous en train de me dire que mon mari vous a contactée à titre professionnel ?
— Je n'ai pas à poursuivre cette conversation avec vous. Au revoir.

9

Grace n'a pas mis longtemps à faire le rapprochement.
Internet peut être un outil formidable quand on sait s'en servir. Elle avait entré les mots « Sandra Koval » en essayant divers serveurs, groupes de discussion, forums d'images. Elle avait consulté le site de Burton et Crimstein. On y trouvait les bios de tous leurs avocats. Diplômée de Northwestern, Sandra Koval avait suivi des études de droit à l'UCLA. D'après l'année de son diplôme, elle devait avoir dans les quarante-deux ans. Elle était mariée, lisait-on sur le site, à un certain Harold Koval. Ils avaient trois enfants.
Et ils résidaient à Los Angeles.
C'est ça qui a fait tilt.
Grace s'était livrée à d'autres recherches, par le biais d'un moyen plus traditionnel, celui-là : le téléphone. Les pièces commençaient à se mettre en place. L'ennui, c'est que le tableau n'avait aucun sens.
Le trajet jusqu'à Manhattan avait pris moins d'une heure. La réception du cabinet Burton et Crimstein était située au cinquième étage. La cerbère-réceptionniste l'a gratifiée d'un sourire pincé.
— Oui ?

— Grace Lawson pour Sandra Koval.

La réceptionniste a donné un coup de fil, parlant dans un murmure à peine audible. Puis elle a dit :

— Mme Koval arrive.

Grace a été prise de court. Elle qui s'était préparée à une longue attente, à les menacer au pire des cas. Ayant vu la photo de Koval sur le site du cabinet, elle s'était même résignée à l'intercepter au moment de son départ.

Pour finir, elle avait décidé de tenter sa chance et de débarquer sans prévenir. Outre l'avantage que lui conférait l'effet de surprise, elle avait très envie de rencontrer Sandra Koval en chair et en os. Appelez ça nécessité. Appelez ça curiosité. Il fallait que Grace la voie.

Il était encore relativement tôt. Emma était invitée chez une copine après l'école. Max participait à un « programme d'éveil ». Elle disposait de quelques bonnes heures.

La réception de Burton et Crimstein évoquait en partie les cabinets d'avocats à l'ancienne — acajou chatoyant, moquette moelleuse, sièges en tapisserie, le décor laissant présager le montant de la note —, et en partie le mur des célébrités de chez Sardi. Des photos, principalement de Hester Crimstein, l'ultramédiatique diva du barreau, ornaient les murs. Elle animait une émission sur Court TV, astucieusement baptisée *Le Crime selon Crimstein.* Sur les photos, Mlle Crimstein figurait en compagnie d'une pléiade d'acteurs, d'hommes politiques, de clients et des trois combinés.

Grace était en train d'examiner une photo de Hester Crimstein aux côtés d'une jolie femme à la peau mate quand quelqu'un a dit derrière elle :

— C'est Esperanza Diaz. Une lutteuse professionnelle injustement accusée de meurtre.

Grace s'est retournée.
— Petite Pocahontas, a-t-elle lâché.
— Pardon ?
Elle a désigné la photo.
— Son nom de ring était Petite Pocahontas.
— Comment le savez-vous ?
Grace a haussé les épaules.
— Je suis une mine d'informations inutiles.
L'espace d'un instant, elle a ouvertement dévisagé Sandra Koval. Cette dernière s'est raclé la gorge et, d'un geste ostentatoire, a consulté sa montre.
— Je n'ai pas beaucoup de temps. Par ici, je vous prie.

Sans échanger un mot, les deux femmes ont longé le couloir avant de pénétrer dans une salle de réunion au classique décor impersonnel. Il y avait une longue table, une vingtaine de chaises, un faisceau de micros au centre ressemblant étrangement à une pieuvre avachie. Dans un coin de la pièce, un bar offrait un choix de boissons non alcoolisées et d'eaux minérales en bouteille.

Sandra Koval restait sur la réserve. Croisant les bras, elle a esquissé un geste comme pour dire : Eh bien ?
— J'ai fait des recherches sur vous, a commencé Grace.
— Vous voulez une chaise ?
— Non.
— Vous permettez que je m'assoie ?
— Faites.
— Quelque chose à boire ?
— Non.

Sandra Koval s'est servi un Coca light. Elle n'était pas belle à proprement parler, mais elle avait de l'allure. Ses cheveux grisonnants lui allaient bien. Elle avait la taille fine et des lèvres pulpeuses. Sa posture respirait l'aisance de quelqu'un à qui tout réussit et qui n'a pas peur de se battre.

— Pourquoi ne sommes-nous pas dans votre bureau ? a demandé Grace.

— Elle ne vous plaît pas, cette pièce ?

— C'est un peu grand à mon goût.

Sandra Koval a haussé les épaules.

— Vous n'avez pas de bureau ici, n'est-ce pas ?

— Voyez-vous ça.

— Quand j'ai téléphoné, une femme m'a répondu : « Ligne de Sandra Koval. »

— Hum.

— Ligne, elle a dit. Ligne. Pas bureau.

— Et c'est censé avoir une quelconque importance ?

— En soi, non, a répliqué Grace. Mais j'ai été sur le site du cabinet. Vous habitez Los Angeles. À côté des bureaux de Burton et Crimstein sur la côte Ouest.

— En effet.

— Votre secteur d'activité se trouve là-bas. Or, vous êtes ici. Pourquoi ?

— Une affaire criminelle. Un innocent accusé à tort.

— Ne le sont-ils pas tous ?

— Non, a dit Sandra Koval lentement. Non, pas tous.

Grace s'est rapprochée d'elle.

— Vous n'êtes pas l'avocate de Jack. Vous êtes sa sœur.

Koval fixait le fond de son verre.

— J'ai appelé votre fac de droit. Ils ont confirmé mes soupçons. Sandra Koval est votre nom de femme mariée. Le diplôme, vous l'avez obtenu sous le nom de Sandra Lawson. Je me suis aussi renseignée auprès de la LawMar, la société fiduciaire de votre grand-père. Sandra Koval fait partie du conseil d'administration.

L'avocate a eu un sourire dénué d'humour.
— Mais c'est qu'on a joué les Sherlock Holmes !
— Alors, où est-il ? a demandé Grace.
— Ça fait combien de temps que vous êtes mariés ?
— Dix ans.
— Et pendant tout ce temps, combien de fois Jack vous a-t-il parlé de moi ?
— Pratiquement jamais.
Sandra Koval a écarté les mains.
— Vous voyez bien. Comment saurais-je, moi, où il est ?
— Il vous a appelée.
— C'est vous qui le dites.
— J'ai appuyé sur la touche « Bis ».
— Oui, vous me l'avez déjà expliqué au téléphone.
— Vous êtes en train de m'affirmer qu'il ne vous a pas appelée ?
— Quand a-t-il eu lieu, ce prétendu coup de fil ?
— Prétendu ?
Sandra Koval a eu un haussement d'épaules.
— Déformation professionnelle.
— Hier soir. Autour de dix heures.
— Eh bien, la voilà, votre réponse. Je n'étais pas ici.
— Et où étiez-vous ?
— À mon hôtel.
— Mais Jack a appelé votre numéro.
— S'il l'a fait, il n'a eu personne. Pas à cette heure-là. Il sera tombé sur la boîte vocale.
— Vous avez écouté vos messages aujourd'hui ?
— Évidemment. Et je n'en avais aucun de Jack.
Grace a essayé de digérer cette information.
— Quand avez-vous parlé à Jack pour la dernière fois ?
— Il y a longtemps.

— Longtemps comment ?

Sandra Koval a détourné les yeux.

— On ne s'est pas parlé depuis qu'il est parti à l'étranger.

— C'était il y a quinze ans.

Elle a bu une gorgée de Coca.

— Comment se fait-il qu'il se rappelait votre numéro de téléphone ? a interrogé Grace.

Pas de réponse.

— Sandra ?

— Vous habitez au 221, North End Avenue à Kasselton. Vous avez deux lignes téléphoniques, une pour le téléphone, une pour le fax.

Sandra a répété les deux numéros de mémoire.

Les deux femmes se sont regardées.

— Mais vous n'avez jamais appelé ? a demandé Grace.

Sandra a murmuré :

— Jamais.

L'un des micros a grésillé.

— Sandra ?

— Oui.

— Hester veut vous voir dans son bureau.

— J'arrive tout de suite.

Le regard de Sandra Koval a quitté le visage de Grace.

— Il faut que j'y aille.

— Pourquoi Jack aurait-il cherché à vous contacter ?

— Je n'en sais rien.

— Il a des ennuis, Sandra.

— Vous me l'avez déjà dit.

— Il a disparu.

— Ce ne sera pas la première fois, Grace.

La pièce semblait s'être rapetissée.

— Sandra, que s'est-il passé entre Jack et vous ?

— Ce n'est pas à moi d'en parler.
— Ben, voyons.
Sandra a changé de position sur sa chaise.
— Vous dites qu'il a disparu ?
— Oui.
— Et il n'a pas appelé ?
— En fait, si.
L'avocate a semblé décontenancée.
— Et qu'est-ce qu'il a dit ?
— Qu'il avait besoin d'espace, mais il ne parlait pas sérieusement. C'est une espèce de code entre nous.
Sandra a fait la moue. Alors Grace a sorti la photo et l'a posée sur la table. L'air a paru brusquement déserter la pièce. Sandra Koval a baissé les yeux, et Grace l'a vue tressaillir.
— Qu'est-ce que c'est que ça ?
— C'est drôle, a remarqué Grace.
— Quoi ?
— Ce sont les mots exacts qu'a employés Jack quand il l'a vue.
Sandra continuait à fixer la photo.
— C'est bien lui, n'est-ce pas ? Au centre, avec la barbe ?
— Je ne sais pas.
— Évidemment que vous savez. Qui est la blonde à côté de lui ?
Grace a laissé tomber sur la table la photo agrandie de la jeune fille. Sandra Koval a levé les yeux.
— Où avez-vous eu cela ?
— Au Photomat.
Grace le lui a expliqué rapidement. Le visage de l'avocate s'est assombri. Elle ne la croyait pas.
— C'est Jack, oui ou non ?

— Je ne sais vraiment pas. Je ne l'ai jamais vu avec une barbe.
— Pourquoi vous aurait-il appelée sitôt après avoir vu cette photo ?
— Je ne sais pas, Grace.
— Vous mentez.
Sandra Koval s'est levée.
— J'ai une réunion.
— Qu'est-ce qui est arrivé à Jack ?
— Comment pouvez-vous être aussi sûre qu'il n'est pas parti, tout simplement ?
— Nous sommes mariés. Nous avons deux enfants. Vous, Sandra, avez un neveu et une nièce.
— Et j'avais un frère, a reparti l'autre. Peut-être que ni vous ni moi ne le connaissons si bien que ça.
— Vous l'aimez ?
Sandra se tenait devant elle, les épaules rentrées.
— Laissez tomber, Grace.
— Je ne peux pas.
Secouant la tête, Sandra s'est tournée vers la porte.
— Je le retrouverai, a dit Grace.
— N'y comptez pas.
Et elle est sortie.

10

OK, s'est dit Charlaine, occupe-toi de tes fesses.
Elle a tiré les rideaux et renfilé son pull et son jean. Elle a rangé le bustier au fond de son tiroir, prenant son

temps, le pliant avec le plus grand soin. Comme si Freddy avait été capable de remarquer s'il était froissé. Enfin bon.

Elle a pris une bouteille d'eau gazeuse et y a ajouté un peu de punch Twister Fruit de son fils. Assise sur un tabouret de bar devant le plan de travail en marbre, Charlaine a fixé son verre. Ses doigts traçaient des arabesques dans la buée. Elle a jeté un coup d'œil sur le réfrigérateur, le SubZero modèle 690 tout habillé d'inox. Il n'y avait rien sur sa porte — ni dessins d'enfant, ni photos de famille, ni marques de doigts, même pas un magnet. Leur vieux Westinghouse jaune en avait été couvert. Il y avait de la vitalité là-dedans, de la couleur. Cette cuisine refaite, la cuisine de ses rêves, était stérile, sans vie.

Qui était cet Asiatique qui conduisait la voiture de Freddy ?

Ce n'est pas qu'elle le surveillait, mais Freddy avait très peu de visites. À vrai dire aucune, à sa connaissance. Cela ne signifiait pas que personne ne venait le voir. Elle ne passait pas ses journées à lorgner sa maison. Cependant, il y a une routine dans le voisinage, une vibration particulière, si vous préférez. Un voisinage est une entité, un corps, et quand quelque chose ne va pas, ça se sent.

La glace dans son verre était en train de fondre. Charlaine n'avait pas encore bu. Elle avait des courses à faire. Les chemises de Mike à aller chercher au pressing. À midi, elle déjeunait chez Baumgart avec sa copine Myrna. Clay avait un cours de karaté avec maître Kim après l'école.

Elle a parcouru mentalement le reste de sa liste en essayant d'établir un ordre de priorités. Quelle plaie !

Aurait-elle le temps de faire les courses et de repasser à la maison avant le déjeuner ? Probablement pas. Les surgelés allaient se décomposer dans la voiture. Cette corvée-là devrait attendre.

Elle s'est interrompue. Oh ! et puis zut !

Freddy devrait être à son travail à cette heure.

Ç'avait toujours fonctionné comme ça. Leur petite danse perverse durait entre dix heures et dix heures trente. Vers dix heures quarante-cinq, Charlaine entendait généralement s'ouvrir la porte du garage. Elle regardait sortir sa Honda Accord. Freddy travaillait chez H&R Block, dans le même centre commercial que le Blockbuster où elle louait ses DVD. Son bureau était à côté de la fenêtre. Elle évitait de passer devant, mais certains jours, quand elle se garait, elle l'apercevait figé derrière la vitre, un crayon sur les lèvres et le regard perdu.

Charlaine a cherché le numéro de téléphone dans les pages jaunes. Un homme, qui s'est présenté comme étant le chef de service, a répondu que M. Sykes n'était pas encore là mais qu'il était attendu d'une minute à l'autre. Elle a feint l'étonnement.

— Il m'a dit qu'il serait là à cette heure-ci. Normalement, il arrive à onze heures, non ?

Le chef de service a confirmé que oui.

— Alors où est-il ? J'ai vraiment besoin de renseignements pour mon dossier.

L'homme s'est excusé et l'a assurée que M. Sykes l'appellerait dès son arrivée au bureau. Elle a raccroché.

Et maintenant ?

Elle avait toujours l'impression que quelque chose ne tournait pas rond.

Et alors ? Que lui était Freddy Sykes ? Rien. En un

sens, moins que rien. C'était un témoin de ses ratages, un symptôme de sa déchéance. Elle ne lui devait rien. Et puis imaginez juste une minute qu'à force de fouiner elle se fasse prendre la main dans le sac. Imaginez que la vérité éclate au grand jour.

Charlaine a regardé la maison de son voisin. La vérité qui éclate au grand jour.

Bizarrement, tout à coup ça ne la dérangeait plus tant que ça.

Elle a attrapé sa veste et s'est dirigée vers la maison de Freddy.

11

Eric Wu avait vu la femme en petite tenue à la fenêtre.

La nuit avait été longue. Il ne s'était pas attendu à des interférences, et même si le colosse — d'après ses papiers, son nom était Rocky Conwell — n'avait présenté aucun danger, Wu avait maintenant un cadavre et une voiture de plus sur les bras. Ce qui signifiait un voyage supplémentaire à Central Valley, État de New York.

Mais chaque chose en son temps. Il a enfourné Rocky Conwell dans le coffre de sa Toyota Celica. Il a transféré Jack Lawson, qu'il avait au départ fourré dans le coffre de la Honda Accord, à l'arrière de la Ford Windstar. Une fois les corps dissimulés, Wu a changé les plaques d'immatriculation, s'est débarrassé du EZ Pass et a ramené la Ford Windstar à Ho-Ho-Kus. Il a rentré le minivan dans le garage de Freddy Sykes. Il restait encore suffisamment de temps pour retourner à Central Valley en autocar. Wu a fouillé la voiture de Conwell. Satisfait du résultat, il l'a déposée sur un parking réservé aux usagers des transports publics au bord de la route 17. Il a choisi un coin reculé, près de la clôture. Un véhicule qu'on laissait là plusieurs jours, voire plusieurs semaines, ce n'était pas chose rare. L'odeur finirait bien par attirer l'attention, mais ce ne serait pas demain la veille.

Le parking se trouvait à cinq kilomètres seulement de la maison de Sykes à Ho-Ho-Kus. Wu est rentré à pied. Le lendemain matin, il s'est levé de bonne heure et a repris l'autocar, direction Central Valley. Là, il a récupéré la Honda de Sykes. Sur le chemin du retour, il a fait un crochet par la maison des Lawson.

Il y avait une voiture de police dans l'allée.

Wu a réfléchi. Cela ne l'inquiétait pas outre mesure, mais peut-être qu'il valait mieux étouffer toute implication de la police dans l'œuf. Et ce n'était pas un problème.

Une fois chez Freddy, Wu a allumé la télévision. Il aimait les programmes de la journée. Les émissions comme *Springer* ou *Ricki Lake*. La plupart des gens les traitaient par le dédain. Pas lui. Seule une société extrêmement évoluée, une société libre, pouvait se permettre de diffuser des âneries pareilles. Qui plus est, la sottise le rendait heureux. Les gens étaient des veaux. La faiblesse des uns fait la force des autres. Quoi de plus rassurant et de plus divertissant ?

Pendant la pause publicitaire — le thème de l'émission, inscrit sur le bandeau au bas de l'écran, étant : « Maman ne veut pas que je me fasse percer les mamelons ! » —, Wu s'est levé. Il était temps de s'occuper de l'histoire de la police.

Il n'a pas eu à toucher Jack Lawson. Il lui a suffi d'une phrase :
— Je sais que vous avez deux enfants.
Lawson a coopéré. Il a appelé sa femme sur son portable et lui a dit qu'il avait besoin d'espace.
À dix heures quarante-cinq, pendant qu'il regardait une mère et sa fille se crêper le chignon sur la scène avec la foule qui scandait : « Jerry ! », il a reçu un coup de fil d'une connaissance de la prison.
— Tout va bien ?
Wu a répondu que oui.
Il a sorti la Honda Accord du garage. Ce faisant, il a aperçu la femme qui habitait à côté. Elle se tenait à la fenêtre, vêtue de ses dessous. Il n'y aurait pas accordé beaucoup d'importance — une femme en sous-vêtements après dix heures du matin — si quelque chose dans la précipitation avec laquelle elle s'était reculée...
Ç'aurait pu être une réaction naturelle. Vous vous baladez en petite culotte, oubliant de baisser votre store, quand soudain vous remarquez un inconnu. La plupart des gens s'écarteraient ou se couvriraient. Jusque-là, rien d'anormal.
Mais elle avait réagi très vivement, comme prise de panique. Mieux que ça, elle n'avait pas bougé quand la voiture était sortie — seulement quand elle a repéré Wu. Si elle avait eu peur d'être vue, n'aurait-elle pas baissé le store, ne se serait-elle pas éclipsée en entendant la voiture ?
Wu a tourné et retourné cette question dans sa tête. Toute la journée, en fait.
Il a pris son téléphone portable et a appuyé sur une touche pour composer le numéro du dernier appel entrant.

— Un problème ? lui a-t-on demandé.
— Je ne crois pas.
Wu a fait demi-tour en direction de la maison de Sykes.
— Mais je risque d'être en retard.

12

Grace n'avait pas envie de téléphoner.
Elle était toujours à Manhattan. La loi interdit d'utiliser un téléphone mobile en conduisant, à moins qu'il ne soit équipé d'un kit mains libres, mais ce n'était pas la raison de son hésitation. Une main sur le volant, elle a tâtonné sur le plancher de la voiture. Après avoir localisé l'oreillette, elle a réussi à démêler le fil et s'est enfoncé l'écouteur dans l'oreille.

Et c'était censé être moins dangereux que de tenir le téléphone à la main ?

Elle a allumé son portable. Même si elle n'avait pas appelé ce numéro-là depuis des années, elle l'avait quand même rentré dans son répertoire. En cas d'urgence, sans doute. Comme maintenant.

On lui a répondu dès la première sonnerie.
— Oui ?
Pas de nom. Pas d'allô. Pas de raison sociale.
— Grace Lawson à l'appareil.
— Un instant.
Elle n'a pas eu à attendre longtemps. D'abord, elle a entendu de la friture, puis :

— Grace ?
— Bonjour, monsieur Vespa.
— Je t'en prie, appelle-moi Carl.
— D'accord, Carl.
— Tu as eu mon message ?
— Oui.

Elle ne lui a pas révélé que son appel n'avait rien à voir avec le message en question. Il y avait de l'écho sur la ligne.

— Où êtes-vous ? a-t-elle demandé.
— Dans mon jet. Nous sommes à peu près à une heure de Stewart.

Stewart était une base de l'armée de l'air avec un aérodrome à environ une heure et demie de chez elle. Silence.

— Ça ne va pas, Grace ?
— Vous m'avez dit de vous appeler si jamais j'avais besoin de vous.
— Et tu le fais maintenant, quinze ans après ?
— Je crois que oui.
— Bien. Tu ne pouvais pas mieux tomber, j'ai quelque chose à te montrer.
— Qu'est-ce que c'est ?
— Tu es chez toi, là ?
— J'y serai bientôt.
— Je passerai te prendre dans deux heures, deux heures et demie. On parlera à ce moment-là, OK ? Tu as quelqu'un pour garder les gosses ?
— Je me débrouillerai.
— Si tu ne trouves pas, je te laisserai mon assistant. À tout à l'heure.

Carl Vespa a raccroché. Grace a continué à rouler. Que lui voulait-il ? Elle se demandait si elle avait bien fait de l'appeler. Elle a appuyé sur la touche du premier numéro de son répertoire — celui du portable de Jack —, toujours sans résultat.

Elle a eu alors une autre idée. Elle a téléphoné à son amie du « ménage à un », Cora.

— Tu n'es pas sortie avec un type qui travaillait dans les spams ?

— Si, a confirmé Cora. Une espèce d'obsessionnel compulsif nommé — ça ne s'invente pas — Gus. J'ai eu du mal à m'en dépêtrer, il a fallu sortir l'artillerie lourde.

— Comment tu as fait ?

— Je lui ai dit qu'il avait un petit zizi.

— Aïe.

— L'artillerie lourde, quoi. Ça marche à tous les coups, mais il y a, euh... des dégâts collatéraux.

— Je risque d'avoir besoin de lui.

— De quelle façon ?

Grace ne savait pas trop. Elle a décidé d'axer ses recherches sur la blonde avec le X sur la figure, celle qu'elle était sûre d'avoir déjà vue.

— J'ai trouvé une photo... a-t-elle commencé.

— Oui ?

— Il y a une fille dessus. D'une vingtaine d'années.

— Mmm.

— C'est une vieille photo, elle doit remonter à quinze ou vingt ans. Bref, il faut que je sache qui est cette fille. J'ai pensé que peut-être je pourrais la diffuser par le biais du multipostage, en demandant d'identifier la fille pour les besoins d'une enquête, par exemple. Tu me diras, la plupart des gens effacent ces messages-là, mais s'il y en a qui les ouvrent... enfin, on ne sait jamais.

— On peut toujours rêver.

— Ouais, je sais bien.

— Et tiens, en parlant de faire sortir le loup du bois… Imagine un peu les réponses.

— Tu as une meilleure idée ?

— Pas vraiment, non. C'est possible que ça marche. Au fait, tu remarqueras que je ne te demande pas pourquoi tu veux identifier une fille sur une photo vieille de vingt ans.

— C'est vrai.

— Je tenais à ce que ça figure dans les annales.

— C'est fait. L'histoire n'est pas simple.

— Tu as besoin d'une oreille attentive ?

— Peut-être. Je pourrais aussi avoir besoin de quelqu'un pour garder les enfants pendant quelques heures.

— Je suis seule et disponible.

Pause.

— Zut, il faut que j'arrête de dire ça.

— Où est Vickie ?

Vickie était la fille de Cora.

— Elle dort chez mon ex et sa femme au faciès chevalin. Ou, pour être plus précise, elle passe la nuit dans le bunker, chez Adolf et Eva.

Grace a souri faiblement.

— Ma voiture est au garage, a poursuivi Cora. Tu peux passer me prendre ?

— Oui, juste après avoir récupéré Max.

Grace s'est garée devant l'école Montessori et a récupéré son fils. Il était presque en larmes d'avoir perdu plusieurs de ses cartes Yu-Gi-Oh à quelque jeu stupide avec des copains. Elle a essayé de le dérider, en vain. Grace a renoncé et l'a aidé à enfiler son blouson. Son bonnet avait disparu, un de ses gants itou. Une autre mère, tout sourires, emmitouflait en sifflotant son petit bout de chou : écharpe, gants et bonnet en laine, le tout assorti (et sans doute tricoté à la main). Elle a regardé Grace et lui a souri d'un air faussement compréhensif. Grace, qui ne connaissait pas cette bonne femme, l'a immédiatement prise en grippe.

Être mère, pensait-elle, c'est un peu comme être artiste : on vit dans l'insécurité permanente, on a l'impression d'être un imposteur, on *sait* que les autres se débrouillent beaucoup mieux que vous. Ces mères qui gâtifient avec leur progéniture, qui s'acquittent de toutes les corvées avec un sourire immuable sur les lèvres et une patience surhumaine — vous savez, ces mères qui ont toujours, *toujours*, le matériel qu'il faut pour les travaux manuels… Eh bien, Grace les soupçonnait d'être sérieusement dérangées.

Cora attendait dans l'allée de sa maison rose bonbon. Tous les habitants de sa rue détestaient cette couleur. Une voisine, une espèce de bégueule prénommée Missy, avait même lancé une pétition pour obliger Cora à la repeindre. Grace avait vu Missy la chochotte faire circuler cette pétition lors d'un match de foot entre les classes de CP. Elle avait demandé à voir le papier, l'avait déchiré et avait tourné les talons.

Cette teinte n'était pas franchement à son goût, mais c'était une façon de dire à toutes les Missy du monde : « Lâchez-vous. »

Cora s'est avancée vers eux en vacillant sur ses talons aiguilles. Elle s'était habillée un peu plus sagement — un sweat par-dessus le body —, mais ça ne changeait pas grand-chose. Certaines femmes respirent la sensualité, même vêtues d'un sac de toile, et Cora en faisait partie. Lorsqu'elle bougeait, de nouvelles courbes se dessinaient au moment même où les anciennes s'effaçaient. Chaque phrase qu'elle prononçait de sa voix rauque, aussi banale soit-elle, prenait des allures de sous-entendu. Chaque mouvement de la tête avait l'air d'une invite.

Se glissant sur le siège du passager, Cora s'est tournée vers Max.

— Salut, beau gosse.

Max a grogné sans lever les yeux.

— On dirait mon ex. (Elle a repris sa position initiale.) Tu l'as, cette photo ?

— Oui.

— J'ai appelé Gus. Il est d'accord.

— Tu as promis quelque chose en retour ?

— Tu te souviens de ce que je t'ai dit à propos du syndrome du cinquième rendez-vous ? Bon alors, tu es libre samedi soir ?

Grace l'a regardée.

— Je rigole.

— Je le savais.

— Parfait. Gus a demandé de scanner la photo et de la lui envoyer par mail. Il peut créer une adresse e-mail anonyme qui te servira de boîte aux lettres. Personne ne saura qui tu es. On en dira le moins possible : mettons, une journaliste doit écrire un article et veut connaître l'origine de cette photo. Ça te va ?

— Oui, je te remercie.

Ils étaient arrivés. Max a grimpé l'escalier quatre à quatre en criant :

— Je peux regarder *Bob l'éponge* ?

Grace a acquiescé. Comme tout parent, elle avait des règles très strictes : pas de télé en plein jour. Et comme tout parent, elle savait que les règles étaient faites pour être transgressées. Cora est allée droit vers le placard pour préparer le café. Grace se demandait quelle photo envoyer ; elle a fini par opter pour un agrandissement de la partie droite, avec la blonde barrée d'un X et la rousse à côté d'elle. Elle préférait laisser Jack — à supposer que ce soit lui — en dehors, ne pas le mêler à ça, pas encore. Un portrait de deux personnes, ça augmentait ses chances d'obtenir une réponse, et sa requête ressemblait moins à l'œuvre d'un obsédé.

Cora a examiné la photo originale.

— Je peux faire une remarque ?
— Oui.
— Tout ça est très bizarre.
— Ce type, là… (Grace a pointé le doigt.) Avec la barbe. À qui il te fait penser ?

Cora a plissé les yeux.

— À mon avis, ça pourrait être Jack.
— Ça pourrait ou bien c'est ?
— Dis-moi, toi.
— Jack a disparu.
— Répète-moi ça ?

Grace lui a raconté toute l'histoire. Cora écoutait, tapotant sur la table avec un ongle trop long, peint en *Rouge noir* de Chanel, dont la couleur n'était pas sans rappeler celle du sang. Quand Grace a eu terminé, Cora a dit :

— Tu connais, bien sûr, ma piètre opinion des hommes.
— Oui.
— La plupart, je les classe deux rangs au-dessous de la crotte de chien.
— Je sais.
— La réponse évidente est : oui, c'est une photo de Jack. Oui, cette blondinette qui le couve du regard

comme s'il était le messie est une ancienne chérie à lui. Oui, Jack a une liaison avec Marie-Madeleine. Quelqu'un, son mari actuel peut-être, a voulu te mettre au courant, il t'a donc envoyé cette photo. Et tout s'est précipité quand Jack a réalisé que tu allais lui demander des comptes.

— C'est pour ça qu'il aurait pris le large ?
— Tout à fait.
— Ça ne tient pas debout, Cora.
— Tu as une meilleure explication ?
— J'y travaille.
— Tant mieux, a dit Cora, parce que je n'y crois pas non plus, c'était juste pour causer. La règle est celle-ci : les hommes sont des ordures. Jack, cependant, m'est toujours apparu comme l'exception qui confirme la règle.
— Je t'aime, tu sais.

Cora a hoché la tête.
— Tout le monde m'aime.

Entendant un bruit, Grace a jeté un coup d'œil par la fenêtre. Une limousine ultralongue, noire et brillante, s'est glissée dans l'allée avec l'aisance d'un crooner de chez Motown. Le chauffeur, un homme à face de rat bâti comme une levrette, s'est empressé d'aller ouvrir la portière.

Carl Vespa était là.

Malgré les rumeurs qui couraient sur ses activités, Carl Vespa ne portait pas de costumes en velours rasé dans le style de la famille Soprano. Il préférait le kaki, les vestes de sport Joseph Abboud et les mocassins sans chaussettes. La soixantaine bien sonnée, il paraissait facilement dix ans de moins. Ses cheveux, d'un blond élégamment grisonnant, lui frôlaient les épaules. Son visage était bronzé et lisse, avec cette texture soyeuse qui sent le Botox. Ses dents étaient couronnées avec ostentation, comme si les cuspides de devant avaient pris des hormones de croissance.

Il a fait signe au chauffeur-levrette et s'est dirigé vers la maison, seul. Grace a ouvert la porte pour l'accueillir. Carl Vespa lui a souri de toutes ses dents, elle a souri aussi, contente de le voir. Il l'a embrassée sur la joue. Ni l'un ni l'autre n'avaient dit un mot, c'était inutile. Lui prenant les deux mains, il l'a dévisagée. Elle a vu alors qu'il avait les larmes aux yeux.

Max est venu se poster à droite de sa mère. Vespa a lâché Grace et a fait un pas en arrière.

— Max, a commencé Grace, voici M. Vespa.
— Salut, Max.
— Elle est à vous, la voiture ? a demandé Max.
— Oui.

Son regard est allé de la limousine au visiteur.

— Vous avez la télé dedans ?
— Eh oui.
— Waouh !

Cora s'est raclé la gorge.

— Ah ! et voici mon amie Cora.
— Enchanté, a dit Vespa.

Cora aussi a regardé la voiture, avant de reporter son attention sur lui.

— Vous êtes célibataire ?
— Oui.
— Waouh !

Grace a répété ses instructions pour la sixième fois, et Cora a fait semblant d'écouter. Grace lui a donné vingt dollars pour commander une pizza et ce pain au fromage dont Max raffolait depuis quelque temps. La maman d'une copine de classe devait ramener Emma d'ici une heure.

Grace et Vespa se sont approchés de la limousine. Le chauffeur à face de rat leur tenait la portière.

— Je te présente Crash, a indiqué Vespa en le désignant.

Quand il lui a serré la main, Grace a failli hurler.

— Très heureux, a dit Crash.

Son sourire faisait penser aux documentaires de Discovery Channel sur les prédateurs marins. Elle s'est glissée à l'intérieur, et Carl Vespa a suivi.

Il y avait là des verres Waterford et une carafe assortie, remplie à demi d'un liquide moiré couleur caramel. Il y avait aussi, évidemment, un poste de télévision. Au-dessus de son siège, un lecteur de DVD, un lecteur de CD, les commandes de la climatisation et suffisamment de boutons pour plonger dans la confusion un pilote d'avion. L'ensemble — le cristal, la carafe, l'électronique — était outrancier, mais c'était peut-être ce qu'on s'attendait à trouver dans une limousine de cette longueur.

— Où allons-nous ? a demandé Grace.

— C'est un peu dur à expliquer.

Ils étaient assis côte à côte et regardaient devant.

— J'aime mieux te le montrer, si ça ne t'ennuie pas.

Carl Vespa avait été le premier parent éploré à se pencher sur son lit d'hôpital. Quand Grace était sortie du coma, le premier visage qu'elle avait vu, c'était le sien. Elle ne savait ni qui il était, ni où elle était, ni quel jour ils étaient. Plus d'une semaine avait été effacée des banques de sa mémoire. Carl Vespa avait fini par rester à son chevet jour après jour, dormant dans le fauteuil à côté du lit. Il avait veillé à remplir sa chambre d'un océan de fleurs. Il avait veillé aussi à ce qu'elle ait une belle vue, une musique apaisante, des antalgiques en abondance, une infirmière particulière. Il avait encore veillé, une fois que Grace avait été en état de manger, à ce que le personnel hospitalier ne lui serve pas la tambouille ordinaire.

Il ne lui avait jamais demandé les détails de cette soirée-là car, à vrai dire, elle aurait été incapable de les fournir. Dans les mois suivants, ils avaient discuté des heures durant. Il lui racontait des anecdotes, principalement pour montrer quel mauvais père il avait été. Il avait fait jouer ses relations pour être admis dans sa chambre dès le premier soir. Il avait soudoyé le service de sécurité — curieusement, ce dernier était contrôlé par la mafia —, juste pour pouvoir demeurer à côté d'elle.

Pour finir, d'autres parents lui avaient emboîté le pas. C'était étrange. Ils voulaient être auprès d'elle, c'est tout. Ça les réconfortait. Leur enfant était mort en présence de Grace, et c'était un peu comme si une petite parcelle de son âme — de leur fils ou fille à jamais disparu — avait survécu en elle. Ça n'avait aucun sens, et pourtant Grace avait l'impression de comprendre.

Ces parents effondrés venaient lui parler de leurs enfants morts, et elle écoutait. Elle leur devait bien ça, pensait-elle. Ces liens, elle se doutait qu'ils étaient malsains, mais elle n'avait aucun moyen de s'y soustraire. Car Grace n'avait pas de famille à elle. Pendant quelque temps au moins, elle avait savouré toute cette attention. Ils avaient besoin d'un enfant, elle avait besoin de parents. Ce n'était pas si simple — cette projection croisée, source de malaise —, mais Grace n'aurait pas su l'expliquer autrement.

La limousine filait maintenant sur la route à plusieurs voies bordée d'espaces verts, en direction du sud. Crash avait mis la radio. De la musique classique, un concerto pour violon manifestement, s'est déversée par les enceintes.

— Tu sais, bien sûr, a dit Vespa, que la date anniversaire approche.

— Oui.

Même si elle faisait son possible pour ne pas y songer. Quinze ans. Quinze ans depuis cette soirée de cauchemar au Boston Garden. Les journaux avaient publié le traditionnel « Que sont-ils devenus ? » à titre de commémoration. Les parents et les survivants avaient tous une approche différente. La plupart avaient participé pour entretenir la flamme du souvenir. Il y avait eu des articles déchirants sur les Garrison, les Reed, les Weider. Gordon MacKenzie, l'agent de sécurité qui, disait-on, avait sauvé de nombreuses vies en forçant les issues de secours bloquées, occupait aujourd'hui un poste de capitaine de police à Brookline, dans la banlieue de Boston. Même Carl Vespa s'était laissé photographier avec sa femme, Sharon : assis dans leur jardin, tous deux semblaient avoir été vidés de l'intérieur.

Grace avait choisi l'autre camp. À l'apogée de sa carrière artistique, elle répugnait ne serait-ce qu'à donner l'impression de vouloir tirer son épingle du jeu. Elle avait été blessée, point, et revenir là-dessus lui faisait penser à ces acteurs tombés aux oubliettes qui resurgissent soudain pour verser des larmes de crocodile à la mort d'un rival haï. Elle n'y tenait pas. C'étaient les morts qui méritaient l'attention, les morts et ceux qui portaient leur deuil.

— Il a redemandé la libération conditionnelle, a annoncé Vespa. Wade Larue, j'entends.

Elle avait bien compris.

La panique déclenchée ce soir-là avait été imputée à Wade Larue, actuellement incarcéré à la prison de Walden à côté d'Albany, État de New York. C'est lui qui avait tiré les coups de feu à l'origine de la ruée. La position de la défense était intéressante. Elle prétendait qu'il n'y était pour rien — et tant pis pour les traces de poudre sur ses mains, l'arme qui lui appartenait, les balles qui correspondaient à l'arme, les témoins qui l'avaient vu tirer —, et même à supposer que ce soit lui, il était trop défoncé pour s'en souvenir. Oh ! et si aucune de ces raisons ne suffisait à vous convaincre, Wade Larue ne pouvait pas savoir que le fait de tirer un coup de feu causerait la mort de dix-huit personnes et ferait des dizaines de blessés !

Le procès a donné naissance à une controverse. Le parquet a requis dix-huit chefs d'accusation pour meurtre, mais le jury ne l'entendait pas de cette oreille. L'avocat de Larue a fini par obtenir dix-huit chefs d'accusation pour homicide involontaire. Personne ne se préoccupait vraiment de la sentence. Le fils unique de Carl Vespa avait trouvé la mort ce soir-là. Tout le monde se rappelle ce qui est arrivé quand le fils de Gotti, le parrain de la mafia, a été tué dans un accident de voiture : on n'a plus jamais revu le conducteur, pourtant père de famille. Un sort similaire attendait Wade Larue, avec l'approbation générale cette fois.

Pendant un moment, Larue a été maintenu dans l'isolement à la prison de Walden. Grace n'avait pas suivi l'affaire de près, mais les parents — des parents comme Carl Vespa — continuaient à appeler et à écrire. Ils avaient besoin de la voir de temps à autre. En tant que survivante, elle était devenue une sorte de réceptacle contenant tous les disparus. La récupération physique mise à part, cette pression émotionnelle — cette effarante, impossible responsabilité — avait en grande partie conditionné sa décision de partir à l'étranger.

Finalement, Larue a été transféré dans le quartier général de la prison. D'après la rumeur, il a subi des passages à tabac et des sévices sexuels de la part de ses codétenus, mais pour une raison ou une autre il a survécu. Carl Vespa avait renoncé au châtiment. Peut-être était-ce un signe de clémence, à moins que ce ne soit tout le contraire. Grace n'aurait su le dire.

— Il a enfin cessé de clamer son innocence, a poursuivi Vespa. Tu entends ça ? Il reconnaît qu'il a tiré un coup de feu, mais parce qu'il s'est affolé quand les lumières se sont éteintes.

Ce qui faisait sens. Personnellement, Grace n'avait rencontré Wade Larue qu'une seule fois. Elle avait été appelée à témoigner, même si sa déposition n'avait rien à voir avec innocence ou culpabilité — elle ne gardait pratiquement aucun souvenir de la bousculade, encore moins du coup de feu — et tout à voir avec le jeu sur la corde sensible du jury. Mais Grace n'aspirait pas à la vengeance. Pour elle, Wade Larue n'était qu'un punk survolté et complètement stone, plus digne de pitié que de haine.

— Vous pensez qu'ils vont le laisser sortir ? a-t-elle hasardé.

— Il a une nouvelle avocate. Très forte, celle-là.

— Et si elle arrive à le faire libérer ?

Vespa a souri.

— Il ne faut pas croire tout ce que la presse raconte sur moi.

Puis :

— D'ailleurs, Wade Larue n'est pas le seul responsable de ce qui s'est passé ce soir-là.

— Que voulez-vous dire ?

Il a ouvert la bouche, mais pour finir a préféré garder le silence. Au bout d'un moment, il a répondu :

— Je le répète : j'aime mieux te montrer.

Quelque chose dans sa voix a incité Grace à changer de sujet.

— Vous avez dit que vous étiez célibataire.

— Plaît-il ?

— Vous avez dit à mon amie que vous étiez célibataire.

Il a remué le doigt. Pas d'alliance.

— Sharon et moi avons divorcé il y a deux ans.

— Je suis désolée de l'apprendre.

— Ça ne marchait plus depuis longtemps. (Il a haussé les épaules, détourné le regard.) Et ta famille, comment ça va ?

— Ça va.

— Je sens comme une hésitation.

À son tour, Grace a eu un haussement d'épaules.

— Au téléphone, tu disais que tu avais besoin de mon aide.

— C'est possible.

— Alors, qu'est-ce qui t'arrive ?

— Mon mari… (Elle s'est interrompue.) Je crois que mon mari a des ennuis.

Elle lui a tout raconté. Il continuait à fixer un point droit devant lui, évitant de la regarder. Il hochait la tête, curieusement à contretemps. Son expression n'avait pas changé, ce qui était étrange. D'habitude, Carl Vespa se montrait plus extraverti. Après qu'elle s'est tue, il est resté silencieux un long moment.

— Cette photo, a-t-il fini par lâcher. Tu l'as sur toi ?
— Oui.

Elle la lui a tendue. Sa main, a-t-elle remarqué, tremblait légèrement. Il a examiné longuement le rectangle de papier.

— Je peux la garder ?
— Oui, j'ai des copies.

Les yeux toujours rivés sur la photo, Vespa a demandé :

— Ça ne t'ennuie pas si je te pose quelques questions personnelles ?
— Je pense que non.
— Tu l'aimes, ton mari ?
— Beaucoup.
— Et lui, il t'aime ?
— Oui.

Carl Vespa avait croisé Jack une seule fois. Il avait envoyé un cadeau le jour de leur mariage. Et il continuait d'en envoyer pour les anniversaires d'Emma et de Max. Grace lui écrivait des mots de remerciement et donnait ses cadeaux à des organisations caritatives. Ça ne la gênait pas d'entretenir des liens avec lui, mais elle ne voulait pas que ses enfants soient… quelle était l'expression, déjà ?… souillés par cette association.

— Vous vous êtes rencontrés à Paris, n'est-ce pas ?
— Dans le sud de la France, plus exactement. Pourquoi ?
— Et comment vous êtes-vous revus ?
— Qu'est-ce que ça change ?

Il a hésité une seconde de trop.

— J'essaie de me rendre compte jusqu'à quel point tu connais ton mari.

— On est mariés depuis dix ans.

— J'entends bien. (Il a changé de position sur son siège.) Tu étais en vacances là-bas quand tu l'as rencontré ?

— Je n'appellerais pas vraiment ça des vacances.

— Tu étais partie étudier la peinture.

— Oui.

— En fait, tu avais pris la fuite.

Elle n'a pas répondu.

— Et Jack ? a poursuivi Vespa. Pourquoi était-il là-bas ?

— Pour la même raison, je suppose.

— Il fuyait quelque chose ?

— Oui.

— Quoi donc ?

— Aucune idée.

— Je peux énoncer une évidence ? Quoi qu'il ait fui... (D'un geste, Vespa a désigné la photographie.)... ça a fini par le rattraper.

Cette pensée avait déjà effleuré Grace aussi.

— C'est de l'histoire ancienne.

— Tout comme le massacre de Boston. Le fait de fuir, ça t'a aidée à oublier ?

Dans le rétro, elle a intercepté le regard de Crash qui guettait sa réaction. Elle n'a pas bronché.

— On n'enterre pas le passé, Grace. Là-dessus, je ne t'apprends rien.

— J'aime mon mari.

Il a hoché la tête.

— Vous allez m'aider ?

— Tu sais bien que oui.

La voiture a quitté la grand-route. Devant eux se dressait une énorme structure arrondie surmontée d'une croix, qui ressemblait à un hangar à avions. Un panneau fluorescent annonçait qu'il y avait encore des places disponibles pour les «Concerts avec le Seigneur». Le nom du groupe était Rapture[1]. Crash a garé la limousine sur un parking suffisamment vaste pour prétendre à un statut d'État à part entière.

— Qu'est-ce qu'on vient faire ici?

— Chercher Dieu, a rétorqué Carl Vespa. Ou peut-être son contraire. Allons-y, j'ai quelque chose à te montrer.

13

C'est débile, se disait Charlaine.

Ses jambes la portaient inexorablement vers la maison de Freddy Sykes sans pensée ni émotion. L'idée qu'elle bravait peut-être le danger par désespoir lui avait traversé l'esprit, vu qu'elle était prête à tout et n'importe quoi pour mettre un peu de sel dans sa vie. Bon, une fois de plus, et alors? Franchement, quand on y pensait, que pourrait-il lui arriver de si terrible? À supposer que Mike l'apprenne, la quitterait-il? Serait-ce si grave que ça?

Cherchait-elle à se faire surprendre?

Oh! assez de psychanalyse de cuisine! Il n'y avait

---

1. Extase. *(N.d.T.)*

aucun mal à aller frapper à la porte de Freddy, en bonne voisine. Deux ans plus tôt, Mike avait installé une palissade d'un mètre vingt au fond du jardin. Il l'aurait voulue plus haute, mais la municipalité ne l'autorisait pas, à moins d'avoir une piscine.

Charlaine a ouvert la grille qui séparait son jardin de celui de Freddy. Bizarre. C'était une première. Elle n'avait encore jamais ouvert cette grille.

De près, elle s'est aperçue du triste état de sa propriété. La peinture s'écaillait, le jardin était envahi par la végétation, des mauvaises herbes poussaient dans les fissures de l'allée, la pelouse était moribonde. Elle s'est retournée vers sa propre maison, réalisant qu'elle ne l'avait jamais vue sous cet angle-là. Sa maison aussi semblait fatiguée.

Elle était arrivée à la porte de derrière, celle qui donnait sur le jardin.

OK, et maintenant ?

Eh bien, frappe, andouille.

C'est ce qu'elle a fait. Elle a commencé par tambouriner doucement. Pas de réponse. Elle a cogné plus fort. Rien. Elle a collé son oreille contre la porte, comme si elle pouvait entendre quelque chose. Genre cri étouffé ou autre.

Il n'y avait aucun bruit.

Les stores étaient toujours baissés, mais ils ne cachaient pas tout. Approchant un œil d'un interstice, elle a regardé à l'intérieur. Dans le séjour trônait un canapé vert pomme, tellement usé qu'on l'aurait dit en train de fondre. Dans un coin, un fauteuil relax en vinyle bordeaux. Le téléviseur avait l'air neuf. Les murs étaient ornés de vieux portraits de clowns. Le piano disparaissait sous un fatras de photos noir et blanc. Il y avait là une photo de mariage. Les parents de Freddy, a pensé Charlaine. Une autre du jeune marié, beau et poignant dans son uniforme de l'armée. Une autre encore du même homme avec un bébé dans les bras, le visage fendu d'un sourire. Puis c'en était fini de lui — du soldat, du jeune marié. Le reste des photos représentait Freddy seul ou avec sa mère.

La pièce était impeccable... ou plutôt bien conservée. Figée dans le temps, inutilisée, intacte. Une collection de figurines était rassemblée sur une console. Encore des photos. Une vie, s'est dit Charlaine. Freddy Sykes avait une vie, aussi étrange que cela puisse paraître.

Elle a fait le tour de la maison. Le garage était percé d'une fenêtre, à peine voilée d'un rideau de fausse dentelle. Elle s'est haussée sur la pointe des pieds. Ses doigts ont agrippé l'appui de fenêtre ; le bois était tellement vieux qu'il a failli céder, la peinture écaillée s'effritait, on aurait cru des pellicules.

Elle a jeté un œil dans le garage.

Il y avait là une autre voiture.

Enfin, un minivan plutôt. Une Ford Windstar. Quand on habite une petite ville comme celle-ci, on finit par connaître tous les modèles.

Freddy Sykes ne possédait pas de Ford Windstar.

Peut-être qu'elle appartenait à son visiteur asiatique. Ça tombait sous le sens, non ?

Mais elle n'était pas convaincue.

Bon, et après ?

Les yeux rivés au sol, Charlaine s'interrogeait. Elle s'interrogeait depuis qu'elle avait décidé de venir jusqu'ici. Elle avait su, avant même de quitter le cocon protecteur de sa cuisine, qu'elle n'obtiendrait pas de réponse en allant frapper à la porte. Elle savait aussi qu'épier par les fenêtres — mater le mateur ? — ne l'avancerait pas à grand-chose.

Le rocher.

Il était là, dans l'ancien potager. Elle avait vu Freddy le manipuler un jour. Ce n'était pas un vrai rocher, c'était une cachette pour les clés. C'était tellement courant aujourd'hui que les cambrioleurs devaient commencer par là avant de regarder sous le paillasson.

Se baissant, Charlaine a ramassé le rocher et l'a retourné. Il lui a suffi de faire glisser le petit panneau pour prendre la clé. Celle-ci reposait dans sa paume, étincelant au soleil.

Elle venait de franchir le point de non-retour.

Charlaine a rebroussé chemin vers la porte de derrière.

14

Sans se départir de son sourire de prédateur marin, Crash a ouvert la portière, et Grace est descendue de la limousine. Carl Vespa s'est glissé dehors de son côté. L'énorme enseigne fluo faisait état d'une congrégation dont Grace n'avait jamais entendu parler. Ça s'appelait, à en juger par plusieurs panonceaux autour de l'édifice, la « Maison de Dieu ». Si tel était le cas, Dieu aurait dû mieux choisir son architecte, car cette construction dégageait la chaleur et l'éclat d'un hypermarché de bord de route.

L'intérieur était encore pire — d'une ringardise telle

que Graceland, à côté, faisait figure d'un modèle de bon goût. La moquette était d'un écarlate généralement réservé au rouge à lèvres de supermarché. Le revêtement mural était plus foncé, couleur de sang, un machin en velours parsemé de centaines de croix et d'étoiles. Grace en avait le tournis. La nef centrale, ou plutôt l'amphithéâtre, comportait des gradins plutôt que des bancs. Ils n'avaient pas l'air bien confortables, mais n'était-ce pas pour obliger les gens à rester debout ? Grace, avec une pointe de cynisme, se disait que faire lever épisodiquement les ouailles pendant le service religieux n'avait rien à voir avec la dévotion : il s'agissait surtout de les empêcher de dormir.

En pénétrant dans l'arène, Grace a ressenti un pincement au cœur.

L'autel, peint en vert et or comme un uniforme de majorette, avait été relégué dans la coulisse. Elle a cherché des yeux les prédicateurs affublés de vilaines moumoutes, en vain. Les musiciens — ceux de Rapture, vraisemblablement — étaient en train de s'installer. Carl Vespa s'est arrêté en face d'elle, le regard fixé sur la scène.

— C'est votre église ? lui a-t-elle demandé.

Un petit sourire s'est dessiné sur ses lèvres.

— Non.

— Et je ne pense pas me tromper en disant que vous n'êtes pas un fan de… euh, Rapture ?

Vespa n'a pas répondu directement.

— Viens, on va se rapprocher.

Crash ouvrait la marche. Des agents de sécurité se sont écartés devant lui comme s'il était contagieux.

— Qu'est-ce qui se passe ici ? s'est enquise Grace.

Vespa se dirigeait vers les marches. Une fois à

l'orchestre — comment appelle-t-on les meilleures places dans une église ? —, elle a levé les yeux pour avoir une vue de l'ensemble. C'était un immense amphithéâtre circulaire, avec la scène au milieu. Grace a senti sa gorge se nouer.

Même revêtu d'un habit religieux, cela ne faisait pas de doute.

L'endroit ressemblait à un concert rock.

Vespa lui a pris la main.

— Ça va aller.

Non, ça n'irait pas, elle le savait. En quinze ans, elle n'avait pas assisté à un seul concert ou événement sportif dans une salle de ce type. Pourtant, elle adorait les concerts. Elle se rappelait avoir vu Bruce Springsteen et E Street Band à l'époque où elle était encore au lycée. Bizarrement, elle trouvait, même en ce temps-là, que la frontière entre un concert rock et un office religieux n'était pas si bien définie que ça. Au moment où Bruce avait interprété *Meeting Across the River* suivi de *Jungleland* — deux des morceaux préférés de Grace —, elle s'était retrouvée debout, les yeux clos, le visage en sueur, partie, perdue, vibrant de béatitude, cette même béatitude qu'elle avait observée à la télévision, quand la foule se levait comme un seul homme pour boire les paroles d'un télé-évangéliste.

Elle adorait cette sensation. Et voulait ne plus jamais avoir l'occasion de l'éprouver.

Grace a retiré sa main de la main de Vespa. Il a hoché la tête, pour lui signifier qu'il comprenait.

— Allez, viens, a-t-il dit avec douceur.

Grace a boitillé derrière lui, avec l'impression que sa claudication était plus prononcée. Sa jambe lui faisait mal. C'était psychologique, elle le savait bien, tout se passait dans sa tête. Les espaces confinés ne lui faisaient pas peur ; les immenses auditoriums, surtout remplis de gens, si. La salle était pratiquement vide, merci Celui Qui Vit Ici, mais son imagination est entrée en lice et a engendré la cohue qui manquait.

Le *feed-back* suraigu d'un amplificateur l'a stoppée net. Quelqu'un était en train de tester le son.

— C'est quoi, tout ça ? a-t-elle demandé à Vespa.

Le visage fermé, il a bifurqué sur la gauche. Grace a suivi. Un panneau lumineux au-dessus de la scène annonçait Rapture en concert pendant une durée de trois semaines — Rapture, la musique que « Dieu a sur Son MP3 ».

Le groupe est monté sur scène pour un essai de son. Massés au milieu, ils ont eu une brève discussion, puis ont commencé à jouer. À sa grande surprise, Grace les a trouvés plutôt bons. Les paroles étaient mièvres, truffées d'histoires de cieux, d'ailes déployées, d'ascensions et d'élévations en tout genre. Mais Eminem a bien dit à une fiancée potentielle de poser son « cul de pocharde sur cette p… de rampe, ho ». Alors, l'un dans l'autre…

La chanteuse du groupe, une blonde platine avec une frange, chantait en levant les yeux au ciel. On lui donnait quatorze ans, pas plus. À sa droite, le guitariste avait un look davantage *heavy metal*, avec ses boucles brunes plaquées telle une méduse sur son crâne et une croix géante tatouée sur son biceps droit. Il jouait brutalement, arrachant presque les cordes comme s'il avait une dent contre elles.

Pendant la pause, Carl Vespa a dit :

— Cette chanson a été écrite par Doug Bondy et Madison Seelinger.

Elle a haussé les épaules.

— Doug Bondy a composé la musique. Madison Seelinger — la chanteuse qui est là — a écrit les paroles.
— Et en quoi c'est censé m'intéresser ?
— Doug Bondy est à la batterie.

Ils se sont écartés sur le côté pour mieux voir. La musique a repris. Ils se tenaient à proximité d'une enceinte acoustique, dont les vibrations résonnaient aux oreilles de Grace. En temps ordinaire, elle y aurait pris plaisir. Doug Bondy, le batteur, était caché par une forêt de cymbales et de tambours. Elle s'est décalée encore un peu. Maintenant, elle le voyait bien. Il battait la caisse, comme on dit, les yeux clos, le visage en paix. Il paraissait plus vieux que les autres membres du groupe. Les cheveux en brosse, rasé de frais, il portait des lunettes noires à la Elvis Costello.

Le serrement que Grace ressentait dans sa poitrine s'est accentué.

— Je veux rentrer chez moi, a-t-elle soufflé.
— C'est lui, n'est-ce pas ?
— Je veux rentrer chez moi.

Le batteur continuait à taper, absorbé dans sa musique, quand il s'est tourné et l'a vue. Leurs regards se sont croisés, et elle a su. Lui aussi.

C'était Jimmy X.

Elle n'a pas attendu pour clopiner vers la sortie, poursuivie par la musique.

— Grace ?

Vespa l'appelait. Elle l'a ignoré. Elle a poussé la porte de l'issue de secours, et l'air frais s'est engouffré dans ses poumons. Elle a inhalé, s'efforçant de vaincre la sensation de vertige. Crash était déjà dehors, il avait dû se douter qu'elle passerait par là. Il lui a souri.

Carl Vespa est sorti derrière elle.

— C'est bien lui, non ?
— Et même si c'était lui ?
— Même si... a-t-il répété, surpris. Il n'est pas tout blanc dans cette affaire. Il est aussi coupable...
— Je veux rentrer chez moi.

Vespa a marqué un arrêt comme si elle l'avait giflé.

Elle avait eu tort de l'appeler, elle s'en rendait compte à présent. Elle avait survécu, s'était remise. D'accord, elle boitait. Elle avait mal quelquefois, elle faisait des cauchemars, mais elle allait bien. Elle s'en était sortie. Eux, les parents, ne s'en sortiraient jamais. Elle l'avait compris dès le premier jour — à la cassure dans leur regard —, et tandis que la vie reprenait son cours, qu'on progressait, qu'on recollait les morceaux, la cassure était toujours là. En regardant maintenant Carl Vespa — dans les yeux —, elle l'a sentie de plus belle.

— S'il vous plaît, a-t-elle dit. Je voudrais rentrer à la maison.

15

Wu a repéré la cachette à clé vide.

Le rocher était dans l'allée du jardin, couché sur le dos tel un crabe agonisant. Le couvercle avait été repoussé. Wu a remarqué que la clé n'y était plus. Il s'est rappelé la première fois où il s'était approché d'un domicile violé, il avait six ans à l'époque. La hutte — une seule pièce, pas de sanitaires — était la sienne. Le gouvernement de Kim ne s'embarrassait pas de civilités telles que les clés. Ils avaient enfoncé la porte et emmené sa mère de force. Wu l'avait retrouvée deux jours plus tard, pendue à un arbre. Personne n'avait le droit de la décrocher, sous peine de mort. Le lendemain, les oiseaux étaient là.

Sa mère avait été accusée à tort d'avoir trahi le Chef Suprême, mais coupable ou innocente, ça n'avait aucune importance. L'essentiel était d'en faire un exemple. Voilà ce qui arrive à ceux qui osent nous défier. Correction : voilà ce qui arrive à celui que nous *soupçonnons* de vouloir nous défier.

Il n'y avait eu personne pour recueillir le petit Eric. Aucun orphelinat ne lui avait ouvert ses portes, il n'était pas devenu pupille de l'État. Eric Wu s'était enfui. Il dormait dans les bois, mangeait dans les poubelles. Il avait survécu. À treize ans, il avait été arrêté pour vol et jeté en prison. Le gardien-chef, un homme bien plus tordu que les prisonniers placés sous sa surveillance, avait vu son potentiel. C'est comme ça que tout avait commencé.

Wu regardait fixement la cachette vide.

Il y avait quelqu'un dans la maison.

Il s'est tourné vers la maison d'à côté. À tous les coups, c'était la voisine. Elle passait son temps à la fenêtre, donc elle devait savoir où Freddy Sykes cachait sa clé.

Il a envisagé toutes les solutions possibles. Il n'y en avait que deux.

Un : partir.

Jack Lawson était dans le coffre. Wu avait un véhicule. Il pouvait lever le camp, voler une autre voiture, reprendre la route, aller élire domicile ailleurs.

Problème : ses empreintes digitales étaient partout

dans la maison, avec un Freddy Sykes grièvement blessé, peut-être mort. La femme en petite tenue, à supposer que ce soit elle, serait également capable de l'identifier. Fraîchement sorti de prison, Wu était en liberté conditionnelle. Le parquet le soupçonnait d'une série de crimes atroces, mais ils n'avaient pas été en mesure de les prouver. Ils avaient donc conclu un marché en échange de son témoignage. Wu avait purgé sa peine dans le quartier de haute sécurité du centre pénitentiaire de Walden. À côté de ce qu'il avait connu dans son pays, ce séjour en prison équivalait à un hôtel quatre étoiles.

Mais pour autant il n'avait pas envie d'y retourner.

Non, la première solution n'était pas la bonne. Restait la seconde.

Wu a ouvert la porte sans bruit et s'est faufilé à l'intérieur.

De retour dans la limousine, Grace et Carl Vespa se taisaient.

Grace n'arrêtait pas de penser à la dernière fois où elle avait vu Jimmy X — quinze ans plus tôt, à l'hôpital. On l'avait forcé à lui rendre visite, une opération promotionnelle organisée par son manager, mais il avait été incapable de la regarder, encore moins de lui parler. Il était demeuré à côté du lit, son bouquet de fleurs à la main, tête baissée comme un petit garçon qui s'attend à être grondé par son instituteur. Elle n'avait pas dit un mot. Pour finir, il lui avait tendu les fleurs et était parti.

Jimmy X a quitté le métier et s'est évanoui dans la nature. On racontait qu'il avait déménagé dans une île privée de l'archipel des Fidji. Et voilà que quinze ans après il était ici, dans le New Jersey, batteur dans un groupe de rock chrétien.

Une fois dans sa rue, Carl Vespa a dit :

— Ça ne s'est pas arrangé, tu sais.

Grace a regardé par la vitre.

— Ce n'est pas Jimmy X qui a tiré ce coup de feu.

— Je suis au courant.

— Alors que lui voulez-vous ?

— Il n'a jamais exprimé de regrets.

— Et vous pensez que ça suffirait ?

Il a réfléchi un instant.

— Ce garçon qui a survécu, David Reed, tu te souviens de lui ?

— Oui.

— Il se trouvait à côté de Ryan. Ils étaient corps à corps. Mais au moment de la bousculade, quelqu'un a hissé Reed sur son épaule. Il a réussi à monter sur la scène.

— Je sais.

— Tu te rappelles ce qu'ont dit ses parents ?

Oui, elle se rappelait, mais elle a gardé le silence.

— C'est Jésus qui a soulevé leur fils. C'était la volonté de Dieu.

Vespa n'avait pas changé de ton, mais elle sentait la rage contenue dans sa voix, tel un souffle d'air brûlant.

— Tu comprends, M. et Mme Reed ont prié, et Dieu leur a répondu. C'était un miracle, disaient-ils, Dieu avait repéré leur fils. C'est ce qu'ils répétaient à satiété — à croire que Dieu n'avait aucune envie ni intention de sauver le mien.

Ils se sont tus à nouveau. Grace aurait voulu lui dire que des tas de gens bien étaient morts ce soir-là, des gens dont les parents priaient eux aussi, que Dieu ne pratique pas la discrimination. Mais tout cela, Vespa le savait déjà, et ça ne le consolait guère.

Le temps de se garer dans l'allée, la nuit commençait à tomber. On distinguait les silhouettes de Cora et des enfants dans la cuisine. Vespa a repris :

— Je veux t'aider à retrouver ton mari.

— Je ne vois pas très bien ce que vous pourriez faire.

— Tu me connais mal. Tu as mon numéro, n'hésite pas à m'appeler à n'importe quelle heure du jour et de la nuit, ça ne me dérange pas. Je serai là.

Crash a ouvert la portière. Vespa l'a raccompagnée jusqu'au perron.

— Je te recontacterai, a-t-il ajouté.

— Merci.

— Je vais aussi charger Crash de faire surveiller ta maison.

Elle a regardé Crash. Il a eu ce qu'on pourrait appeler un sourire.

— Ce ne sera pas nécessaire.

— Fais-moi plaisir.

— Non, vraiment, je ne veux pas de ça. S'il vous plaît.

Après un instant de réflexion, Vespa a repris :

— Si jamais tu changes d'avis...

— Je vous préviendrai.

Il a tourné les talons. Elle l'a suivi des yeux, se demandant s'il était bien raisonnable de conclure un pacte avec le diable. Crash a ouvert la portière. La limousine a semblé avaler Vespa tout entier. Crash a adressé un signe de la tête à Grace. Elle n'a pas bougé. Elle se croyait bon juge de la nature humaine, or Carl Vespa avait ébranlé cette conviction. Jamais elle n'avait

vu ni senti une once de mal chez lui, pourtant elle savait que c'était là.
Le mal — le mal véritable — était ainsi.

Cora a mis de l'eau à bouillir pour les pâtes. Elle a vidé une boîte de sauce dans la poêle et s'est penchée vers l'oreille de Grace.
— Je vais voir si on a des e-mails, a-t-elle chuchoté.
Grace a hoché la tête. Elle aidait Emma à faire ses devoirs en s'efforçant de son mieux de prendre un air intéressé. Sa fille était affublée d'un maillot de basket. Elle se faisait appeler Bob. Elle voulait être une professionnelle du sport. Grace ne savait pas trop qu'en penser, mais ce n'était sans doute pas plus mal que d'aduler les boys bands.
Mme Lamb, la jeune mais rapidement vieillissante institutrice d'Emma, faisait apprendre aux enfants la table de multiplication. Ils en étaient au six. Grace a interrogé Emma. Au six fois sept, Emma a marqué une longue pause.
— Tu devrais savoir ça par cœur, a dit Grace.
— Pourquoi ? Je peux faire le calcul.
— Là n'est pas la question. Ça va te servir de base quand vous en viendrez à multiplier des nombres à plusieurs chiffres.
— Mme Lamb ne nous a pas demandé de les mémoriser.
— Tu devrais.
— Mais Mme Lamb...
— Six fois sept.
Et ainsi de suite.
Max devait trouver un objet à mettre dans le «Coffre

secret ». On plaçait quelque chose dans le coffre — en l'occurrence, un palet de hockey — et on inventait trois indices pour permettre à ses petits camarades de deviner ce que c'était. Indice numéro un : noir. Indice numéro deux : article de sport. Indice numéro trois : glace. Ça se tenait.

Cora est revenue de l'ordinateur en secouant la tête. Rien pour le moment. Elle a attrapé une bouteille de Lindemans, un chardonnay australien correct et cependant abordable, et a fait sauter le bouchon. Grace est allée coucher les enfants.

— Où est papa ? a demandé Max.

Emma a renchéri :

— J'ai écrit la strophe sur le hockey pour mon poème.

Grace a répondu vaguement que Jack avait du travail. Les gosses l'ont considérée d'un œil suspicieux.

— J'aimerais beaucoup entendre ton poème.

Emma, à contrecœur, a sorti son journal.

> *Crosse de hockey, crosse de hockey,*
> *Aimes-tu marquer des buts ?*
> *Quand on se sert de toi pour tirer,*
> *Crois-tu que tu en voudrais plus ?*

Elle a levé les yeux. Grace a dit :
— Waouh !

Et elle a applaudi. Mais elle ne savait pas se montrer aussi enthousiaste que Jack. Il lui manquait. Elle a embrassé ses enfants avant de redescendre. Cora et elle ont commencé à boire le vin que Cora avait ouvert. Jack était parti depuis moins de vingt-quatre heures — il lui était arrivé de s'absenter pour affaires bien plus longtemps que ça —, et pourtant la maison semblait courber le dos, comme si elle avait subi une perte irréparable. Son absence était déjà devenue douleur.

Grace et Cora ont continué à boire. Grace songeait à ses enfants. Elle songeait à la vie — à toute une vie — sans Jack. On ferait n'importe quoi pour empêcher ses enfants de souffrir. Perdre Jack allait sûrement l'anéantir, mais ce n'était pas grave, elle tiendrait le coup. Sa souffrance ne serait rien comparée au choc éprouvé par les deux gamins là-haut, qui étaient sans doute éveillés dans leurs lits, sentant bien que quelque chose clochait.

Grace a contemplé les photos qui tapissaient les murs. Cora s'est rapprochée.

— C'est un mec bien.
— Ouais.
— Ça va, toi ?
— J'ai trop bu, a dit Grace.
— Pas assez, si tu veux mon avis. Où est-ce qu'il t'a emmenée, le Parrain ?
— Voir un groupe de rock chrétien.
— Tu parles d'un premier rancard.
— C'est une longue histoire.
— Je suis tout ouïe.

Mais Grace a secoué la tête. Elle n'avait pas envie de penser à Jimmy X. Tout à coup, elle a eu une idée. Elle l'a examinée, lui a laissé le temps de se décanter.

— Quoi ? a fait Cora.
— Peut-être que Jack a passé plus d'un coup de fil.
— Tu veux dire, en dehors de sa sœur ?
— Oui.

Cora a acquiescé.

— Vous avez ouvert un compte sur le Net ?
— Nous avons AOL.

— Non, je te parle de ta facture de téléphone.
— Pas encore.
— Alors, c'est le moment ou jamais.

Cora s'est levée, vacillant légèrement. Le vin leur avait donné chaud.

— Vous utilisez quoi pour les appels longue distance ?
— Cascade.

Elles sont retournées dans le bureau de Jack. Cora s'est assise, a fait craquer ses doigts et s'est mise au travail. Elle s'est connectée sur le site de Cascade. Grace lui a fourni les renseignements nécessaires : adresse, numéro de sécurité sociale, carte de crédit. On leur a attribué un mot de passe. Cascade a expédié un mail sur le compte de Jack pour confirmer qu'il venait d'adhérer au système de facturation en ligne.

— On y est, a déclaré Cora.
— Je ne suis pas très bien.
— Un compte de facturation en ligne. Je l'ai ouvert à l'instant. Tu peux maintenant consulter et payer ta facture de téléphone sur Internet.

Grace a regardé par-dessus son épaule.

— C'est la facture du mois dernier.
— Ouais.
— Mais on n'y trouvera pas les appels d'hier soir.
— Hmm. Attends, je vais envoyer une requête par mail. On peut aussi téléphoner à Cascade et leur demander.
— Ils ne sont pas ouverts vingt-quatre heures sur vingt-quatre. C'est ça, le service au rabais. (Grace s'est penchée vers l'écran.) Voyons s'il a déjà appelé sa sœur avant hier soir.

Elle a parcouru la liste des yeux. Rien. Pas de numéros insolites non plus. Ça ne la gênait plus d'espionner un mari qu'elle aimait et en qui elle avait toute confiance.

— Qui paie les factures ? a questionné Cora.

— Normalement, c'est Jack.

— La facture de téléphone, vous la recevez chez vous ?

— Oui.

— Tu y jettes un œil ?

— Bien sûr.

Cora a hoché la tête.

— Jack a un téléphone portable, non ?

— Tout à fait.

— Et cette facture-là ?

— Quoi, cette facture-là ?

— Tu la regardes ?

— Non, c'est à lui.

Cora a souri.

— Qu'est-ce qu'il y a ?

— Quand mon ex me trompait, il utilisait son portable parce que je ne regardais jamais ces factures-là.

— Jack ne me trompe pas.

— Mais peut-être qu'il te cache des choses ?

— Possible, a concédé Grace. Oui, bon, d'accord, ça y ressemble.

— Où pourrait-il bien conserver les factures de son portable ?

Grace a inspecté le classeur. Les factures de Cascade étaient toutes là. Elle a vérifié sous la lettre V pour Verizon Wireless, leur opérateur de téléphonie mobile. Rien.

— Elles n'y sont pas.

Cora s'est frotté les mains.

— Ouh ! c'est louche ! (Elle était lancée.) Bon, eh bien, on n'a qu'à essayer notre formule magique.

— Et c'est quoi au juste, notre formule magique ?

— Mettons que Jack te cache quelque chose. Il doit détruire les factures à la minute où il les reçoit, tu ne crois pas ?

Grace a secoué la tête.

— Ça paraît tellement bizarre.

— Mais j'ai raison, non ?

— Oui, d'accord, si Jack a des secrets…

— Tout le monde a des secrets, Grace, tu le sais bien. Ne me dis pas que tu tombes des nues, face à ce qui t'arrive là.

En temps ordinaire, cette vérité lui aurait fait marquer une pause, mais l'heure n'était pas à la complaisance.

— OK, admettons que Jack ait détruit ses factures de téléphone… comment fait-on pour les obtenir ?

— Comme je l'ai fait tout à l'heure. On va ouvrir un autre compte en ligne, cette fois pour Verizon Wireless.

Cora s'est remise à pianoter.

— Cora ?

— Ouais.

— Je peux te poser une question ?

— Vas-y.

— Comment sais-tu tout ça ?

— Par expérience.

Elle s'est arrêtée de taper et s'est tournée vers Grace.

— Comment crois-tu que j'ai su, pour Adolf et Eva ?

— Tu les as espionnés ?

— Eh oui. J'ai acheté un bouquin qui s'appelait *L'Espionnage pour les nuls,* un truc comme ça. Tout y est. Je voulais recueillir un maximum de faits avant de lui mettre le nez dans son caca.

— Qu'est-ce qu'il a dit quand tu le lui as montré ?

— Qu'il était désolé, qu'il ne recommencerait pas, qu'il laisserait tomber sa blonde siliconée une bonne fois pour toutes.

Grace observait son amie.

— Tu l'aimes vraiment, n'est-ce pas ?

— Plus que la vie même.

Sans cesser de taper, Cora a ajouté :

— Si on ouvrait une autre bouteille de vin ?

— Seulement si on n'a pas besoin de prendre la voiture.

— Tu veux que je reste dormir ici ?

— On n'est pas en état de conduire, Cora.

— D'accord, ça marche.

Grace s'est levée et s'est dirigée vers la cuisine. L'alcool lui montait à la tête. Cora avait tendance à boire trop, mais ce soir-là Grace était heureuse de se joindre à elle. Elle a ouvert une autre bouteille de Lindemans. Comme le vin était tiède, elle a mis un glaçon dans chaque verre. Ça ne se faisait guère, mais elles le préféraient frais.

Quand elle a regagné le bureau, l'imprimante était en train de ronronner. Elle a tendu un verre à Cora, s'est assise, a contemplé le vin et s'est mise à secouer la tête.

— Quoi ? a dit Cora.

— J'ai fini par rencontrer la sœur de Jack.

— Et alors ?

— Alors, réfléchis deux secondes. Sandra Koval. Je ne connaissais même pas son nom.

— Tu n'as jamais demandé à Jack de te parler d'elle ?

— Pas vraiment.
— Pourquoi ?
Grace a bu une gorgée.
— Je ne saurais l'expliquer.
— Essaie toujours.
Elle a levé les yeux, songeuse.
— Je trouvais plus sain qu'on ait chacun notre jardin secret. Moi-même, je fuyais quelque chose. Il ne m'a jamais harcelée là-dessus.
— Du coup, tu ne l'as pas harcelé non plus.
— C'était plus que ça.
— Quoi ?
Grace a réfléchi avant de répondre.
— Je ne crois pas au « Il n'y a pas de secrets entre nous ». Jack avait une famille fortunée, dont il ne voulait pas entendre parler. Il y avait eu un conflit. Ça, je le savais.
— Fortunée d'où ?
— Comment ça ?
— Leur argent, il vient d'où ?
— D'une espèce de société fiduciaire. C'est le grand-père de Jack qui l'a fondée. Ils gèrent des fidéicommis, des options, des actions avec droit de vote, des choses comme ça. On est loin d'Onassis, mais ça marche plutôt bien. Jack ne veut rien avoir à faire avec eux. Il ne vote pas, refuse de toucher à leur argent ; il s'est arrangé pour que l'héritage saute une génération.
— Et qu'il aille à Emma et Max ?
— Oui.
— Et toi, tu en penses quoi ?
Grace a haussé les épaules.
— Tu sais ce que je suis en train de réaliser, là ?
— Je suis suspendue à tes lèvres.

— Pourquoi je n'ai jamais harcelé Jack? Ça n'a rien à voir avec les histoires de jardin secret.
— Quoi alors?
— Je l'aimais. Je l'aimais comme je n'avais aimé personne avant lui…
— Je sens un « mais » poindre à l'horizon.
Les yeux de Grace se sont emplis de larmes.
— Mais tout cela avait l'air tellement fragile, tu comprends? Quand j'étais avec lui — ça va te paraître idiot —, quand j'étais avec Jack, j'étais heureuse pour la première fois depuis, je ne sais pas, moi, depuis la mort de mon père.
— Tu as beaucoup souffert dans ta vie, a dit Cora.
Grace n'a pas répondu.
— Tu avais peur que tout ça disparaisse. Tu n'avais pas envie de creuser plus loin.
— J'ai donc choisi l'ignorance?
— Hé! l'ignorance est censée être une bénédiction, non?
— Et tu y crois?
Cora a haussé les épaules.
— Si je ne m'étais pas renseignée sur Adolf, il aurait probablement mis fin à son aventure, et je serais peut-être en train de vivre avec l'homme que j'aime.
— Tu peux encore te remettre avec lui.
— Sûrement pas.
— Pourquoi?
La question a fait réfléchir Cora.
— Sans doute que j'ai besoin d'ignorance.
Elle a pris son verre et bu une longue gorgée.
L'imprimante avait fini de ronronner. Grace a sorti les feuilles et les a examinées. Elle connaissait la plupart

des numéros de téléphone. À vrai dire, elle les connaissait quasiment tous.

Mais l'un d'eux lui a tout de suite sauté aux yeux.

— C'est où, l'indicatif six cent trois ?
— Aucune idée. Fais voir.

Grace lui a montré le numéro sur l'écran. Cora a fait glisser le curseur par-dessus.

— Qu'est-ce que tu fais ?
— Si tu cliques sur le numéro, on te dira à qui il est.
— C'est vrai ?
— Dans quel siècle vis-tu, bon sang ? Tu es au courant de l'invention du cinéma parlant ?
— Alors il suffit de cliquer sur le lien ?
— Oui, à moins que le numéro ne soit sur liste rouge.

Cora a pressé le bouton gauche de la souris. Un message encadré est apparu : NUMÉRO INCONNU.

— Et voilà. Liste rouge.

Grace a regardé sa montre.

— Il est seulement neuf heures et demie, ce n'est pas trop tard pour appeler.
— Dans le cadre de l'enquête sur un mari disparu, non, il n'est pas tard du tout.

Grace a décroché le téléphone et composé le numéro. Un son strident, un peu comme le *feed-back* au concert de Rapture, lui a transpercé le tympan. Puis une voix métallique : « Le numéro que vous avez demandé n'est plus attribué. Veuillez consulter l'annuaire. »

Grace a froncé les sourcils.

— Qu'est-ce qu'il y a ?
— Quand Jack l'a-t-il appelé pour la dernière fois ?

Cora a vérifié.

— Il y a trois semaines. Il a parlé pendant dix-huit minutes.
— Le numéro n'est plus attribué.
— Hmm, indicatif six cent trois.

Cora s'est déplacée sur un autre site. Elle a tapé « indicatif 603 » et a validé. La réponse est apparue aussitôt.

— C'est dans le New Hampshire. Attends, on va chercher sur Google.
— Et ça va donner quoi ?
— Ton numéro à toi est sur liste rouge, n'est-ce pas ?
— Exact.
— Eh bien, laisse-moi te montrer quelque chose. Ça ne marche pas à tous les coups, mais bon. Regarde.

Cora a rentré le numéro de téléphone de Grace dans le moteur de recherche.

— Maintenant, il va fouiller tout Internet à la recherche de ces numéros dans l'ordre. Pas seulement les annuaires téléphoniques. De toute façon, ça ne servira à rien, puisqu'il est sur liste rouge. Mais…

Cora a appuyé sur la touche d'envoi. Il n'y a eu qu'une seule réponse : un site consacré à un prix d'art attribué par l'université de Brandeis, là où Grace avait fait ses études. Cora a cliqué sur le lien : le nom et le numéro de téléphone de Grace ont paru sur l'écran.

— Tu faisais partie du jury ?

Grace a acquiescé.

— C'était pour l'attribution d'une bourse artistique.
— Tiens, ça y est. Ton nom, adresse et numéro de téléphone avec les autres membres du jury. Tu as dû leur donner.

Grace a secoué la tête.

— Jette tes quarante-cinq tours et bienvenue à l'âge de l'Information, a plaisanté Cora. Maintenant que je connais ton nom, je peux effectuer des millions de recherches différentes. Je vais tomber sur la page de ta galerie d'art, je saurai où tu as étudié, on aura l'embarras du choix. Allez, on va essayer la même chose avec ce numéro six cent trois...

Les doigts de Cora se sont remis à courir sur le clavier.

— Attends. On a une réponse. (Elle a scruté l'écran en plissant les yeux.) Bob Dodd.

— Bob ?

— Oui. Pas Robert, Bob.

Cora s'est retournée vers Grace.

— Ce nom-là t'évoque quelque chose ?

— Non.

— L'adresse est une boîte postale à Fitzwilliam, dans le New Hampshire. Tu es déjà allée là-bas ?

— Non.

— Et Jack ?

— Je ne crois pas. Enfin, il était à la fac dans le Vermont, donc il a pu aller faire un tour dans le New Hampshire, mais on n'y a jamais été ensemble.

Un bruit leur est parvenu d'en haut. Max avait crié dans son sommeil.

— Vas-y, a dit Cora. Je vais voir ce que je peux dénicher sur notre ami M. Dodd.

En montant à l'étage, Grace a ressenti un nouveau coup au cœur : normalement, la nuit, c'était Jack qui montait la garde dans la maison. Il gérait les cauchemars et les soifs nocturnes. C'était lui qui tenait la tête aux gamins quand ils se réveillaient à trois heures du matin pour, euh, vomir. Pendant la journée, Grace s'occupait de les moucher, de prendre la température, de réchauffer le bouillon de poule, de leur faire avaler les cachets. Et Jack assurait la garde de nuit.

Max sanglotait quand elle est arrivée dans sa chambre. Ses cris s'étaient mués en gémissements étouffés, plus pathétiques que n'importe quel hurlement. Grace l'a pris dans ses bras. Son petit corps était secoué de tremblements. Elle l'a bercé en murmurant doucement des paroles apaisantes. Maman était là, tout allait bien, il n'avait rien à craindre.

Max a mis un moment à se calmer. Elle l'a ensuite emmené aux toilettes. Même s'il avait à peine six ans, il pissait comme un homme — complètement à côté de la cuvette. Il oscillait, s'endormant debout. Quand il a eu fini, elle l'a aidé à remonter le pantalon de son pyjama « Nemo ». Puis elle l'a remis au lit et lui a demandé s'il voulait lui raconter son rêve. Il a secoué la tête et s'est rendormi.

Grace a regardé sa poitrine se soulever et s'abaisser. Il ressemblait beaucoup à son père.

Lorsqu'elle est redescendue, il n'y avait aucun bruit en bas, on n'entendait plus le cliquetis des touches. Grace est entrée dans le bureau. La chaise était vide. Debout dans un coin, Cora agrippait son verre de vin.

— Cora ?

— Je sais pourquoi le numéro de Bob Dodd n'est plus attribué.

Grace ne lui avait encore jamais entendu cette voix crispée. Elle attendait que son amie continue, mais Cora semblait se tasser dans son coin.

— Quoi ?

Cora a avalé une rapide gorgée.
— D'après un article du *New Hampshire Post*, Bob Dodd est mort il y a quinze jours. Assassiné.

16

Eric Wu a pénétré dans la maison de Sykes.

L'intérieur était plongé dans l'obscurité. En partant, il n'avait laissé aucune lumière. L'intrus — la personne qui avait pris la clé dans le rocher — n'avait pas allumé. Ça l'a interloqué.

Il avait supposé que cet intrus — l'intruse — était la bonne femme curieuse à sa fenêtre. Aurait-elle eu la présence d'esprit de ne pas allumer la lumière ?

Il a marqué une pause, surpris : si vous avez assez de bon sens pour ne pas allumer, vous serait-il venu à l'idée de laisser la planque à clés en pleine vue ?

Quelque chose ne collait pas.

Se baissant, Wu s'est glissé derrière le fauteuil. Il a tendu l'oreille. Rien. S'il y avait quelqu'un dans la maison, il l'entendrait bouger. Alors, il a attendu.

Toujours rien.

Wu se posait des questions. Se pouvait-il que l'intrus soit venu et reparti ?

Il en doutait. Un individu qui prendrait le risque d'entrer dans une maison avec une clé cachée ne manquerait pas d'inspecter les lieux. Il trouverait probablement Freddy Sykes là-haut, dans la salle de bains, et appellerait les secours. Et s'il partait sans rien remarquer d'anormal, il remettrait la clé à sa place, dans le rocher. Or, ce n'était pas le cas.

Quelle était donc la conclusion la plus logique ?

Que l'intrus était toujours dans la maison. Caché quelque part.

Wu s'est déplacé tout doucement. Il y avait trois issues. Il s'est assuré que toutes les trois étaient fermées à clé. Les deux portes étaient munies de verrous, qu'il a tirés avec précaution. Puis il est allé chercher des chaises dans la salle à manger et les a placées devant les trois issues. Histoire d'empêcher ou du moins d'entraver l'éventuelle fuite.

Piéger l'adversaire.

L'escalier était moquetté. Ça permettait de monter plus facilement sans faire de bruit. Wu voulait jeter un œil dans la salle de bains, pour voir si Freddy Sykes était toujours dans la baignoire. Il a repensé à la cachette vide en plein milieu de l'allée. Rien dans cette mise en scène ne faisait sens. Plus il y songeait, plus il ralentissait le pas.

Wu a essayé de réfléchir clairement. À commencer par le commencement : quelqu'un qui sait où Sykes cache sa clé ouvre la porte. Il ou elle entre. Et après ? S'il trouve Sykes, c'est forcément la panique. Il appelle la police. S'il ne trouve pas Sykes, eh bien, il ressort, remet la clé dans le rocher et range le rocher à l'écart.

Pourtant, il n'a fait ni l'un ni l'autre.

Une fois de plus, que fallait-il en conclure ?

La seule autre explication qui lui venait à l'esprit — à moins qu'il n'oublie quelque chose — était que l'intrus avait bel et bien trouvé Sykes, au moment même où Wu est entré dans la maison. Pris de court, il a tout juste eu le temps de se cacher.

Mais ce scénario non plus ne tenait pas la route. La personne n'aurait-elle pas allumé la lumière ? Peut-être qu'elle l'avait fait. Peut-être qu'elle avait allumé, mais en voyant Wu arriver elle avait éteint et s'était planquée là où elle était.

Dans la salle de bains avec Sykes.

Wu avait atteint la chambre à coucher. Il apercevait le jour sous la porte de la salle de bains. Il n'y avait pas de lumière. Ne jamais sous-estimer l'ennemi, a-t-il pensé. Il avait commis des erreurs dernièrement, beaucoup trop d'erreurs. D'abord, Rocky Conwell. Wu avait manqué de vigilance au point de se faire suivre, erreur numéro un. Ensuite, il avait été repéré par la voisine d'à côté. Encore un manque de vigilance.

Et maintenant ceci.

C'était dur d'avoir un regard critique sur soi-même ; néanmoins, Wu s'est efforcé de prendre du recul. Il n'était pas infaillible, seuls les imbéciles croient l'être. Serait-ce son séjour en prison qui l'aurait ramolli ? Peu importait. Il fallait qu'il se concentre. Sans perdre une minute.

Il y avait d'autres photos dans la chambre de Sykes, la chambre que sa mère avait occupée pendant un demi-siècle. Wu le savait grâce à leur correspondance sur le Net. Le père de Sykes avait été tué lors de la guerre de Corée, Sykes lui-même n'était encore qu'un bébé. Sa mère ne s'en était jamais remise. Les gens réagissent différemment à la mort d'un être cher. Mme Sykes avait choisi de vivre avec son fantôme plutôt qu'avec ses semblables. Elle avait passé le reste de sa vie dans cette chambre — voire dans ce lit — qu'elle avait partagée avec son soldat de mari. Elle dormait de son côté à elle, avait dit Freddy. Personne, pas même lui quand il était petit et faisait un cauchemar, n'avait le droit de toucher à cette moitié du lit où reposait jadis son bien-aimé.

Wu avait la main sur le bouton de la porte.

La salle de bains n'était pas grande. Il a essayé de se représenter un angle d'attaque éventuel. En fait, il n'y en avait pas. Wu avait une arme dans son sac marin. Devait-il la sortir ? Car si l'intrus était armé, ça risquait de poser un problème.

Trop sûr de lui ? Peut-être. Mais Wu ne pensait pas avoir besoin d'une arme.

Il a tourné le bouton et poussé fort.

Freddy Sykes était toujours dans la baignoire. Le bâillon dans la bouche, il avait les yeux fermés. Mort ? Possible. En tout cas, il était seul. Il n'y avait pas de place pour se cacher. Personne n'était venu à la rescousse de Freddy.

Wu s'est approché de la fenêtre et a regardé la maison d'à côté.

La femme — celle qui se baladait en tenue légère — était là.

Chez elle. À sa fenêtre.

Et elle le dévisageait.

C'est alors que Wu a entendu claquer une portière de voiture. Il n'y a pas eu de sirène, mais en se tournant vers l'allée il a distingué la lumière rouge d'un gyrophare.

La police.

Charlaine Swain n'était pas folle.

Elle voyait des films, lisait des romans. En grande

quantité. Pour s'évader, pensait-elle. Se distraire. Tromper l'ennui jour après jour. Mais ces films et ces romans, peut-être se révélaient-ils curieusement instructifs. Combien de fois n'avait-elle pas crié à la courageuse héroïne — la diaphane ingénue aux cheveux de jais — de ne pas mettre les pieds dans cette fichue baraque ?

Trop de fois. Du coup, quand ç'avait été son tour… non merci, sans façon. Charlaine Swain n'allait pas commettre cette erreur-là.

Plantée devant la porte de Freddy, elle avait contemplé la cachette à clés. Sa culture cinématographique et livresque ne l'autorisait pas à entrer, mais elle n'allait pas non plus rester là, bras ballants. Quelque chose ne tournait pas rond, il y avait un homme dans le pétrin. Si elle n'intervenait pas, ce serait non-assistance à personne en danger.

Alors elle a eu une idée.

C'était tout simple, au fond. Elle a sorti la clé de sa cachette, l'a glissée dans sa poche et a laissé le rocher en plein dans l'allée. Pas parce qu'elle voulait que l'Asiatique le voie, mais parce que ce serait son excuse pour appeler la police.

À l'instant où l'Asiatique est entré chez Freddy, elle a composé le neuf cent onze.

— Il y a quelqu'un chez le voisin, a-t-elle dit.

Et l'argument choc : la cachette à clés gisait dans l'allée.

Maintenant, la police était là.

Une seule voiture de patrouille s'était engagée dans la rue. Elle ne fonçait pas, sirène hurlante, mais roulait juste ce qu'il fallait au-dessus de la limite de vitesse autorisée. Charlaine a risqué un coup d'œil en direction de la maison de Freddy.

L'Asiatique était là et l'observait.

17

Grace regardait fixement le gros titre.

— Assassiné ?

Cora a hoché la tête.

— Comment ?

— D'une balle dans la tête sous les yeux de sa femme. Style règlement de comptes entre gangs.

— On a arrêté celui qui a fait ça ?

— Non.

— Quand ?

— Quand il a été assassiné ?

— Oui, quand ?

— Quatre jours après le coup de fil de Jack.

Cora est revenue vers l'ordinateur. Grace réfléchissait à la date.

— Ça ne pouvait pas être Jack.

— Hmm.

— C'est impossible, il n'a pas quitté le New Jersey depuis plus d'un mois.

— C'est toi qui le dis.

— Qu'est-ce que tu entends par là ?

— Rien, Grace. Je suis dans ton camp, OK ? Je ne pense pas, moi non plus, que Jack a tué qui que ce soit, mais enfin, soyons réalistes.

— C'est-à-dire ?

— Ton « Il n'a pas quitté le New Jersey » ne tient pas debout. Le New Hampshire n'est pas vraiment la Californie. C'est à quatre heures de voiture, à une heure d'avion.

Grace s'est frotté les yeux.

— Autre chose, a poursuivi Cora. Je sais pourquoi il est répertorié comme Bob, et pas comme Robert.

— Pourquoi ?

— Il est journaliste. C'est sa signature, Bob Dodd. Google a listé cent vingt-six réponses à son nom ces trois dernières années pour le *New Hampshire Post*. Dans la nécro, on le qualifie de — c'est quoi, déjà, la phrase ? — de « journaliste d'investigation à la dent dure, réputé pour ses révélations controversées »... comme si la mafia du New Hampshire l'avait liquidé pour le faire taire.

— À ton avis, ce n'est pas le cas ?

— Va savoir. Mais en parcourant ses articles, je dirais que Bob Dodd était plutôt du genre défenseur de la veuve et de l'orphelin — à démasquer les réparateurs de lave-vaisselle qui arnaquent les vieilles dames, les photographes de mariage qui mettent les voiles avec l'acompte, des choses comme ça.

— Peut-être qu'il a indisposé quelqu'un.

— C'est ça, a répondu Cora d'une voix atone. Et d'après toi, ce serait une coïncidence... le fait que Jack l'ait appelé juste avant sa mort ?

— Non, c'est tout sauf une coïncidence.

Grace s'efforçait de digérer ce qu'elle venait d'apprendre.

— Eh ! attends une minute.

— Quoi ?

— La photo. Il y avait cinq personnes dessus. Deux hommes, trois femmes. C'est un peu tiré par les cheveux...

Cora était déjà en train de taper.

— ... mais peut-être que l'un d'eux était Bob Dodd ? Ça existe, les banques d'images ?

— J'y suis déjà.

Ses doigts volaient, le curseur pointait, la souris glissait. Il y avait deux pages, douze photos au total de Bob Dodd. Sur la première page figurait un chasseur du Wisconsin qui portait le même nom. Sur la seconde — à la onzième photo —, elles ont trouvé un cliché pris lors d'une manifestation caritative à Bristol, dans le New Hampshire. Bob Dodd, journaliste au *New Hampshire Post*, était le premier visage à partir de la gauche.

Elles n'ont pas eu besoin de l'examiner de près : Bob Dodd était un Afro-Américain. Sur la photo mystère, tout le monde était blanc.

Grace a froncé les sourcils.

— Pourtant, il doit y avoir un lien.

— Voyons voir si j'arrive à dénicher sa bio. Peut-être qu'ils ont été à la fac ensemble, on ne sait jamais.

On a tambouriné doucement à la porte d'entrée. Grace et Cora ont échangé un regard.

— Il est bien tard, a fait observer Cora.

On a frappé à nouveau, toujours aussi discrètement. Le visiteur avait préféré ne pas sonner, il devait savoir qu'elle avait des enfants. Grace s'est levée, Cora lui a emboîté le pas. À la porte, Grace a allumé la lumière extérieure et jeté un œil par la fenêtre latérale. Elle aurait probablement dû être surprise, mais il fallait croire qu'elle n'en était plus à une secousse près.

— Qui c'est ? a demandé Cora.

— L'homme qui a changé ma vie, a répondu Grace tout bas.

Elle a ouvert la porte. Les yeux baissés, Jimmy X se tenait sur le perron.

Wu n'a pas pu s'empêcher de sourire.

Cette bonne femme. Sitôt qu'il a aperçu le gyrophare, il a compris. Elle était à la fois exaspérante et admirable d'ingéniosité.

Mais pas le temps de penser à ça.

Que faire… ?

Jack Lawson était ligoté dans le coffre. Wu réalisait maintenant qu'il aurait dû lever le camp en voyant la cachette à clés. Encore une erreur. Combien d'autres faux pas pouvait-il se permettre ?

Limiter la casse, c'était la seule solution. Il n'y avait pas moyen de l'éviter… la casse, s'entend. Il allait trinquer, c'était certain. La maison était tapissée de ses empreintes digitales. La voisine avait déjà dû fournir son signalement à la police. Sykes, vivant ou mort, serait découvert. Cela non plus, il ne pouvait pas l'éviter.

Conclusion : s'il était pris, il irait en prison et y resterait très, très longtemps.

La voiture de police s'est engagée dans l'allée.

Wu a basculé en mode survie. Il est redescendu à la hâte. Par la fenêtre, il a vu la voiture s'arrêter. Il faisait noir à présent, mais la rue était bien éclairée. Un grand Black en uniforme est sorti, a remis sa casquette. Son arme est restée dans son étui.

Tant mieux.

Le policier avait à peine posé le pied dans l'allée que Wu a ouvert la porte, un large sourire aux lèvres.

— Vous désirez, monsieur l'agent ?

Il n'a pas dégainé son arme. C'était ce que Wu escomptait. Ho-Ho-Kus était un quartier résidentiel dans la vaste immensité connue sous le nom de banlieue. Un agent de police, dans sa carrière, devait être appelé pour des centaines de cambriolages dont la plupart, sinon tous, étaient de fausses alertes.

— Nous avons reçu un coup de fil au sujet d'une éventuelle effraction, a répondu le policier.

Wu a froncé les sourcils, feignant l'incompréhension. Il a avancé d'un pas, tout en gardant ses distances. Pas maintenant, se disait-il. Ne sois pas menaçant. Ses mouvements étaient volontairement sobres, il donnait l'impression de bouger au ralenti.

— Attendez, je sais. J'avais oublié ma clé. Quelqu'un a dû me voir passer par-derrière.

— Vous habitez ici, monsieur... ?

— Chang, a complété Wu. Oui, j'habite ici. Mais la maison n'est pas à moi, si c'est ce que vous voulez dire. Elle appartient à mon ami, Frederick Sykes.

Il a esquissé un autre pas.

— Je vois, a dit le policier. Et M. Sykes est... ?

— En haut.

— Puis-je lui parler, s'il vous plaît ?

— Mais bien sûr, entrez.

Lui tournant le dos, Wu a crié dans l'escalier :

— Freddy ? Freddy, enfile quelque chose ! La police est là.

Il n'avait pas besoin de se retourner pour savoir que le grand Black le suivait, juste à cinq mètres. Wu est rentré dans la maison. Tenant la porte, il a décoché au policier ce qu'il pensait être un sourire efféminé. L'homme — d'après son badge, il se nommait Richardson — s'est dirigé vers lui.

Alors qu'il n'était plus qu'à un mètre, Wu a frappé.

L'agent Richardson avait hésité. Peut-être pressentait-il quelque chose, mais il était trop tard. Le coup, assené avec la paume, le visait au milieu du ventre. Richardson s'est plié en deux à la manière d'un transat. Wu s'est rapproché. Il voulait le neutraliser, il n'avait pas l'intention de tuer.

Un policier blessé, ça chauffe. Un policier mort fait exploser le thermomètre.

Le flic était courbé en deux. Wu l'a cogné derrière les jambes. Richardson est tombé à genoux. Utilisant la technique des points de pression, Wu a enfoncé les jointures de ses index de part et d'autre de sa tête, dans la cavité auriculaire sous le cartilage, une zone qu'on appelle le Triple Réchauffeur 17. Il faut trouver le bon angle. Mettez-y de la force et c'est la mort assurée. Tout est affaire de précision.

Les yeux de Richardson se sont révulsés. Wu a lâché prise. Le flic est retombé comme un pantin dont on aurait coupé les fils.

L'évanouissement ne durerait pas longtemps. Wu a décroché les menottes de son ceinturon et l'a attaché par le poignet à la rampe de l'escalier. Il a arraché la radio de son épaule.

La bonne femme d'à côté.

Elle était sûrement en train d'épier. Elle allait rappeler la police. Le temps pressait. S'il essayait de lui régler son compte, elle le verrait et verrouillerait sa porte. Ce serait trop long. Non, mieux valait faire vite, jouer sur l'effet de surprise. Il s'est hâté dans le garage et a grimpé dans le minivan de Jack Lawson. Se retournant, il a jeté un œil dans le compartiment à bagages.

Jack Lawson était toujours là.

Wu s'est installé au volant. Il avait un plan.

Dès l'instant où elle a vu le policier descendre de voiture, Charlaine a eu un mauvais pressentiment.

Tout d'abord, il était seul. Elle avait cru qu'ils seraient deux, des coéquipiers, comme à la télé : Starsky et Hutch, Deux flics à Miami, Auto-patrouille. Elle se rendait compte maintenant de son erreur. Son appel avait été trop anodin, elle aurait dû invoquer un danger, une menace quelconque, afin qu'ils se méfient davantage, qu'ils arrivent mieux préparés. Au lieu de quoi, elle passait pour la commère du voisinage, une écervelée qui n'avait rien d'autre à faire que d'appeler la police pour un oui ou pour un non.

Ensuite, l'attitude même du policier : il avait tout faux. Il s'est dirigé vers la porte d'un pas nonchalant, sans se presser, l'insouciance personnifiée. Charlaine ne pouvait voir l'entrée de son poste d'observation. Quand elle l'a perdu de vue, elle a senti son estomac se nouer.

Elle a pensé crier un avertissement. Le problème — ça peut paraître bizarre —, c'étaient les nouvelles fenêtres Pella qu'ils avaient fait installer l'année dernière. Elles s'ouvraient verticalement, à l'aide d'une manivelle. Le temps de pousser les deux loquets et d'actionner la poignée, le policier avait déjà disparu. D'ailleurs, qu'aurait-elle pu crier, hein ? Quel genre d'avertissement ? Que savait-elle au juste ?

Du coup, elle a attendu.

Mike était à la maison. En bas, dans le séjour, en train

de regarder les Yankees sur la chaîne YES. Ils ne faisaient plus soirée commune, ils ne regardaient plus la télé ensemble. Mike avait une façon de zapper qui la rendait folle. De toute façon, ils n'aimaient pas les mêmes émissions. Mais en fait, le problème n'était pas là, elle pouvait regarder n'importe quoi, ça ne la dérangeait pas. Et cependant, Mike occupait le séjour tandis qu'elle s'installait dans la chambre, et ils regardaient la télé chacun de son côté, dans l'obscurité. Une fois de plus, elle n'aurait su dire quand ça avait commencé. Les enfants n'étaient pas à la maison ce soir — le frère de Mike les avait emmenés au cinéma —, mais quand ils étaient là, chacun restait dans sa chambre. Charlaine avait beau essayer de limiter le temps passé à surfer sur le Net, la tâche se révélait impossible. Dans sa jeunesse à elle, les amis discutaient des heures au téléphone. Aujourd'hui, ils échangeaient des messages instantanés et Dieu sait quoi d'autre sur Internet.

Voilà ce qu'elle était devenue, sa famille — quatre entités distinctes dans le noir, communiquant seulement en cas de nécessité.

Elle a vu la lumière s'allumer dans le garage de Sykes. Par la fenêtre, celle qui était voilée de dentelle, Charlaine pouvait distinguer une ombre. Du mouvement. Dans le garage. Pourquoi ? Le policier n'avait aucune raison d'aller là-dedans. Elle a attrapé le téléphone et composé le neuf cent onze, tout en se dirigeant vers l'escalier.

— Je vous ai appelée tout à l'heure, a-t-elle dit à l'opératrice.

— Oui ?

— Au sujet d'une effraction chez mon voisin.

— Un agent est sur place.

— Oui, je sais. Je l'ai vu se garer.

Silence. Elle se sentait stupide.

— Je crois qu'il est arrivé quelque chose.

— Qu'avez-vous vu ?

— À mon avis, il a dû se faire agresser, votre agent. S'il vous plaît, envoyez quelqu'un, vite.

Elle a raccroché. Plus elle s'expliquait, plus elle risquait de s'enferrer.

Un bourdonnement familier lui est parvenu aux oreilles. La porte électrique du garage de Freddy. Cet homme avait fait quelque chose au flic, et il était sur le point de s'échapper.

C'est là que Charlaine a pris une décision réellement aberrante.

Elle a repensé à toutes ces héroïnes évanescentes, ces nymphes avec un pois chiche dans le crâne, et s'est demandé s'il y en avait une parmi elles, même chez les plus atteintes, qui serait capable de commettre une bêtise aussi monumentale. Elle en doutait. Avec le recul, face au choix qu'elle s'apprêtait à faire — à supposer qu'elle y survive —, elle en rirait et peut-être, peut-être, concevrait un peu plus de respect pour les personnages qui s'aventurent dans une demeure obscure juste en culotte et soutien-gorge.

Le problème était simple. L'Asiatique se préparait à prendre la fuite. Il avait estourbi Freddy. Il avait estourbi un flic, elle en était sûre. Le temps que la police réagisse, il serait parti, et ensuite, pour lui mettre la main dessus…

Or, que se passerait-il s'il parvenait à s'échapper ?

Il l'avait vue à sa fenêtre. Sans doute avait-il déjà pigé que c'était elle qui avait appelé la police. Si ça se trouve, Freddy était mort. Le flic itou. Et qui était le seul témoin ?

Il reviendrait lui régler son compte. Et même s'il ne revenait pas, même s'il choisissait de lui fiche la paix, au mieux elle vivrait dans l'angoisse. Se réveillerait en sursaut la nuit. Le chercherait des yeux dans la foule le jour. Et si jamais il décidait de se venger ? S'il s'en prenait à Mike ou aux gosses ?

Non, elle ne pouvait pas le laisser partir. Elle devait le stopper maintenant.

Comment ?

L'empêcher de fuir, c'était bien gentil, mais il fallait quand même rester réaliste. Que pouvait-elle faire ? Ils ne possédaient pas d'arme. Elle n'allait pas se précipiter là-bas, sauter sur son dos et essayer de lui arracher les yeux. Non, elle devait se montrer plus maligne que ça.

Elle allait le suivre.

À première vue, cela semblait ridicule, mais réfléchissez un peu. S'il s'en tirait, c'était la peur assurée. Une peur panique, animale, une peur sans fin jusqu'à son arrestation, qui pourrait n'avoir jamais lieu. Charlaine avait vu le visage de l'homme. Elle avait vu ses yeux. Elle serait incapable de vivre avec ça.

Le suivre — le prendre en filature, comme on disait à la télé — faisait sens, si on considérait toutes les autres options. Elle le suivrait avec sa voiture, roulant à distance. Elle aurait son téléphone portable sur elle et pourrait donc transmettre ses coordonnées à la police. Il ne s'agissait pas de le filer longtemps, juste le temps que la police prenne le relais. Si elle ne réagissait pas maintenant, tout de suite, elle savait ce qui allait se passer : quand la police débarquerait, l'Asiatique serait déjà loin.

Il n'y avait pas d'autre choix.

Plus elle y pensait, moins ça lui semblait délirant. Elle serait dans une voiture en marche, à bonne distance derrière lui. Et elle resterait en contact téléphonique avec une opératrice du neuf cent onze.

N'était-ce pas plus sécurisant que de le laisser partir ?

Elle est descendue en courant.

— Charlaine ?

C'était Mike. Debout au-dessus de l'évier, il était en train de manger des crackers au beurre de cacahuètes. Elle a marqué une brève pause. Il a scruté son visage comme lui seul savait le faire. Elle a songé à leur rencontre quand elle était à la fac à Vanderbilt, à la façon dont il la regardait à l'époque, la façon dont il la regardait maintenant. Il était plus maigre alors, et tellement beau. Mais le regard, les yeux n'avaient pas changé.

— Qu'est-ce qui se passe ? a-t-il demandé.

— Il faut... (Elle a repris son souffle.) Il faut que j'aille quelque part.

Ses yeux. Ses yeux scrutateurs. Elle a repensé à la première fois où elle l'avait vu, par une journée ensoleillée à Centennial Park, à Nashville. Que de chemin parcouru ! Mais Mike voyait toujours, il la voyait comme personne ne l'avait jamais vue. Pétrifiée, Charlaine a cru un instant qu'elle allait fondre en larmes. Mike a laissé tomber les crackers dans l'évier.

— Je vais te conduire, a-t-il dit.

18

Grace et le célèbre rocker connu sous le nom de Jimmy X étaient seuls dans le séjour alias salle de jeux.

La Gameboy de Max gisait sur le dos. Le compartiment à piles était cassé, si bien que les deux piles AA étaient maintenues en place avec du Scotch. La cartouche, qui se trouvait à côté comme si on l'avait recrachée, s'appelait Super Mario Cinq, ce qui, pour une béotienne telle que Grace, ne faisait strictement aucune différence par rapport à Super Mario Un, Deux, Trois et Quatre.

Cora les avait laissés en tête à tête pour retourner à son poste de cyberlimier. Jimmy n'avait toujours pas prononcé un mot. Les bras sur les cuisses, la tête pendante, il rappelait à Grace le jour où elle l'avait vu dans sa chambre d'hôpital, peu après avoir repris connaissance.

Il voulait qu'elle parle la première, c'était évident. Sauf qu'elle n'avait rien à lui dire.

— Je m'excuse d'être passé si tard.
— Vous n'aviez pas un concert ce soir ?
— Ça y est, c'est fini.
— Ça s'est terminé de bonne heure.
— Les concerts finissent généralement à neuf heures. Les organisateurs préfèrent ça.
— Comment saviez-vous où j'habitais ?

Jimmy a haussé les épaules.

— Je crois que je l'ai toujours su.
— Que voulez-vous dire par là ?

Il n'a pas répondu, et elle n'a pas insisté. Pendant quelques secondes, un silence de mort a envahi la pièce.

— Je ne sais pas par où commencer, a repris Jimmy.

Puis, après une courte pause :

— Vous boitez toujours.
— Excellent préambule, a-t-elle répliqué.

Il s'est efforcé de sourire.

— Oui, je boite.

— Depuis… ?
— Oui.
— Je suis désolé.
— Je m'en suis tirée à bon compte.

Le visage de Jimmy s'est assombri. Sa tête, qu'il avait finalement eu le courage de relever, est retombée comme si elle avait retenu la leçon.

Il avait toujours les mêmes pommettes. Les fameuses boucles blondes avaient disparu, pour des raisons génétiques ou alors du fait d'une lame de rasoir. Il avait vieilli, bien sûr. Sa jeunesse s'était évanouie, et Grace s'est demandé si c'était vrai pour elle aussi.

— J'ai tout perdu ce soir-là, a commencé Jimmy.

Il s'est interrompu et a secoué la tête.

— Non, ça ne va pas. Je ne suis pas venu ici pour me faire plaindre.

Elle n'a pas commenté.

— Vous vous rappelez, quand je suis allé vous voir à l'hôpital ?

Elle a fait signe que oui.

— J'avais lu tous les articles de presse, suivi tous les bulletins d'information. Je peux vous parler de chacun des jeunes qui sont morts ce soir-là. Du premier jusqu'au dernier. Je connais leurs visages. Quand je ferme les yeux, je les vois encore.

— Jimmy ?

Il l'a regardée à nouveau.

— Vous ne devriez pas me dire ça. Ces jeunes-là avaient une famille.

— Je suis au courant.
— Ce n'est pas à moi de vous donner l'absolution.
— Vous croyez que je suis là pour ça ?

Grace se taisait.

— C'est que... je ne sais pas pourquoi je suis venu, OK ? Je vous ai vue ce soir, à l'église. Et j'ai vu que vous m'aviez reconnu. (Il a penché la tête.) Comment m'avez-vous retrouvé, au fait ?

— Ce n'est pas moi.

— C'est l'homme avec qui vous étiez ?

— Carl Vespa.

— Oh ! nom de Dieu ! (Il a fermé les yeux.) Le père de Ryan.

— Oui.

— C'est lui qui vous a amenée ?

— Oui.

— Qu'est-ce qu'il veut ?

Grace a réfléchi avant de répondre.

— À mon avis, il ne doit pas le savoir lui-même.

Ç'a été au tour de Jimmy de se taire.

— Il pense qu'il veut des excuses.

— Il pense ?

— En réalité, ce qu'il veut, c'est son fils.

L'atmosphère était lourde. Grace a remué dans son fauteuil. Le visage de Jimmy s'était vidé de son sang.

— J'ai essayé, vous savez. De présenter mes excuses, j'entends. Il a raison là-dessus, je leur dois bien ça, c'est la moindre des choses. Et je ne parle pas de cette stupide séance de photos avec vous à l'hosto. C'est mon manager qui a l'a voulue. J'étais tellement défoncé que je l'ai suivi, mais je tenais à peine sur mes jambes.

Il l'a regardée fixement. Il avait toujours ces yeux intenses qui, du jour au lendemain, avaient fait de lui la coqueluche de MTV.

— Vous vous souvenez de Tommy Garrison ?

Oui, elle s'en souvenait, il était mort dans la bousculade. Ses parents s'appelaient Ed et Selma.

— Sa photo m'a touché. Enfin, tous, ils m'ont touché. Ces vies qui commençaient tout juste...

Il s'est arrêté, a inspiré profondément avant de se lancer à nouveau.

— Mais Tommy, on aurait dit mon petit frère. Je n'arrivais pas à me le sortir de la tête. Alors je suis allé chez lui. Je voulais demander pardon à ses parents...

— Ça s'est passé comment ?

— J'ai débarqué là-bas. On s'est assis autour de la table de cuisine, je me rappelle, je m'y suis accoudé, et tout a vacillé. Ils avaient du lino par terre, à moitié en lambeaux. Le papier peint, un horrible machin jaune à fleurs, se barrait par endroits. Tommy était leur unique enfant. J'ai regardé leur vie, leurs visages éteints... Je n'ai pas pu le supporter.

Grace se taisait.

— C'est là que j'ai pris le large.

— Jimmy ?

Il a levé les yeux.

— Où étiez-vous ?

— Un peu partout.

— Pourquoi ?

— Pourquoi quoi ?

— Pourquoi avoir tout laissé tomber ?

Il a haussé les épaules.

— Ce n'était pas grand-chose, en fait. Le show-biz... bon, bref, je n'entrerai pas dans les détails, disons simplement que je ne gagnais pas gros à l'époque. Je débutais. Il faut un moment pour commencer à se faire du fric. Moi, je m'en fichais. Tout ce que je voulais, c'était disparaître.

— Et vous êtes allé où ?

— D'abord en Alaska. J'y ai bossé un an. À vider le

poisson, vous pouvez imaginer ça ? Puis j'ai voyagé. J'ai joué dans des bars, avec une ou deux petites formations. À Seattle, je suis tombé sur un groupe d'anciens hippies. Ils avaient fabriqué de faux papiers pour les membres de Weather Underground [1], des trucs comme ça. Ils m'ont fourni une nouvelle identité. Le plus près que je me suis rapproché d'ici, c'est quand j'ai joué avec un orchestre qui reprenait de vieux tubes dans un casino d'Atlantic City. Le Tropicana, ça s'appelait. Je me suis teint les cheveux, je m'en tenais aux percussions. Personne ne m'a reconnu, ou alors ils s'en foutaient.

— Vous étiez heureux ?

— Vous voulez la vérité ? Non. Je rêvais de revenir ici, de m'amender et de reprendre ma vie. Mais plus j'étais absent, plus c'était dur, et plus ça me manquait. Le cercle vicieux, quoi. Pour finir, j'ai rencontré Madison.

— La chanteuse de Rapture ?

— Ouais. Madison. Vous imaginez, le nom ? C'est archicourant maintenant. Vous vous rappelez le film *Splash,* avec Tom Hanks et comment s'appelle-t-elle, déjà ?

— Daryl Hannah, a répondu Grace machinalement.

— C'est ça, la sirène blonde. Vous vous souvenez de la scène où Tom Hanks lui cherche un prénom ? Il essaie toutes sortes de choses, genre Jennifer ou Stephanie ; ils traversent Madison Avenue, il mentionne le nom de la rue, et elle veut s'appeler comme ça — c'est un gros gag dans le film, une femme nommée Madison. Eh bien, on n'entend plus que ça aujourd'hui.

---

1. Groupe d'étudiants qui, pendant la guerre du Vietnam, voulaient renverser le gouvernement de Nixon. *(N.d.T.)*

Grace n'a pas relevé.

— Bref, elle vient d'un bled paumé dans le Minnesota. Elle a fugué à l'âge de quinze ans pour monter à la Grosse Pomme et s'est retrouvée camée et SDF à Atlantic City, avant d'atterrir dans un foyer pour jeunes de la rue. Là, elle a rencontré Jésus, vous connaissez la chanson, on troque une addiction contre une autre, et elle s'est mise au chant. Elle a la voix de Janis Joplin version ange.

— Elle sait qui vous êtes ?

— Non. J'aime bien travailler avec elle, la musique me plaît, mais je préfère rester loin des projecteurs. En tout cas, c'est ce que je me dis. Madison est d'une timidité maladive. Elle refuse de chanter si je ne suis pas sur scène avec elle. Ça va lui passer, mais en attendant je croyais que batteur, c'était une bonne planque.

Dans son sourire, on retrouvait l'ombre de l'ancien charme dévastateur.

— Apparemment, je me suis trompé.

Ils se sont tus pendant un moment.

— Je ne comprends toujours pas, a fait Grace.

Il l'a regardée.

— J'ai dit tout à l'heure que ce n'était pas à moi de vous donner l'absolution. Mais le fait est que vous n'avez pas tiré ce coup de feu.

Jimmy ne bougeait pas.

— Les Who. Quand il y a eu cette bousculade à Cincinnati, ils s'en sont remis. Et les Stones, quand ce Hell's Angel a tué un gars pendant leur concert... Ils continuent à jouer. Je conçois qu'on veuille faire un break d'un an ou deux...

Jimmy a tourné la tête.

— Il faut que je parte.

Il s'est levé.

— Pour disparaître à nouveau ? a-t-elle demandé.

Il a hésité, puis, glissant la main dans sa poche, il a sorti une carte et la lui a donnée. Dessus, il y avait un numéro à dix chiffres et rien d'autre.

— Je n'ai pas d'adresse personnelle, seulement ce téléphone portable.

Il s'est dirigé vers la porte. Grace ne l'a pas raccompagné. En temps normal, elle l'aurait peut-être retenu pour en savoir davantage, mais là, sa visite n'était qu'une parenthèse sans grande importance dans le cours actuel de sa vie. Son passé exerçait une curieuse force d'attraction, sans plus. Surtout maintenant.

— Prenez soin de vous, Grace.

— Vous aussi, Jimmy.

Assise dans le séjour, avec la fatigue qui commençait à peser sur ses épaules, elle s'est demandé où Jack pouvait bien être en cet instant.

Mike a bel et bien pris le volant. L'Asiatique avait une bonne minute d'avance sur eux, mais l'avantage de leur tortueux dédale de culs-de-sac, de lotissements et de terrains joliment boisés — cet extraordinaire patchwork suburbain à perte de vue —, résidait dans le fait qu'il y avait une seule entrée et une seule sortie.

Dans ce quartier de Ho-Ho-Kus, tous les chemins menaient à Hollywood Avenue.

En deux mots, Charlaine a mis Mike au courant. Elle lui a raconté presque tout : comment elle avait regardé par la fenêtre et repéré cet homme qui avait éveillé ses soupçons. Mike écoutait sans l'interrompre. Il y avait dans son récit des trous de la taille d'un éléphant. Ainsi, elle a omis de préciser pourquoi elle regardait par la fenêtre, d'abord. Ces trous, Mike les a sûrement remarqués, mais pour l'instant il ne disait rien.

En étudiant son profil, Charlaine a remonté le cours du temps jusqu'au jour de leur rencontre. Elle venait d'entrer à l'université de Vanderbilt. Il y avait un parc à Nashville, pas loin du campus, avec une réplique du Parthénon, celui d'Athènes. Construit en 1897 pour l'Exposition du siècle, l'édifice était considéré comme la copie la plus fidèle du célèbre site perché au sommet de l'Acropole. Quand on voulait savoir à quoi ressemblait le Parthénon du temps de sa splendeur, on se rendait à Nashville, dans le Tennessee.

Elle était assise là par une douce journée d'automne, dix-huit ans tout juste, en train d'imaginer la vie dans la Grèce antique, lorsqu'une voix a dit :

— Ça ne marche pas, hein ?

Elle s'est retournée. Mike avait les mains dans les poches. Et il était beau comme un dieu.

— Pardon ?

Il a fait un pas en avant, un demi-sourire aux lèvres, les gestes empreints d'une assurance qui l'a séduite d'emblée. D'un mouvement de la tête, il a désigné la majestueuse bâtisse.

— C'est la copie conforme, n'est-ce pas ? C'est ce qu'ils voyaient, les grands philosophes comme Platon ou Socrate, mais moi, je ne pense qu'à une chose…

Il a haussé les épaules.

— … tout ça pour ça ?

Elle lui a souri. En voyant ses yeux s'agrandir, elle a compris qu'elle avait mis dans le mille.

— Ça ne laisse rien à l'imagination, a-t-elle dit.

Mike a penché la tête.

— Comment ça ?

— Quand on regarde les ruines du véritable Parthénon, on essaie d'imaginer comment il aurait pu être. Mais la réalité, cette réalité-ci, n'égalera jamais les créations de notre esprit.

Mike a acquiescé lentement, songeur.

— Tu n'es pas d'accord ? a-t-elle demandé.

— J'ai une autre explication.

— J'aimerais l'entendre.

Il s'est rapproché, s'est penché, les genoux fléchis.

— Il n'y a pas de fantômes.

À elle d'incliner la tête.

— On a besoin de l'histoire. On a besoin d'individus qui déambulent ici en sandales. On a besoin des ans, du sang, des morts, de la sueur d'il y a... quoi, quatre siècles avant notre ère. Socrate n'a jamais prié ici. Platon n'a jamais débattu devant cette porte. Les copies n'ont pas de fantômes. Ce sont des corps sans âme.

La jeune Charlaine a souri encore.

— Ce baratin, tu le sers à toutes les filles ?

— Non, en fait, c'est nouveau. Je suis en train de le tester. Qu'est-ce que tu en penses ?

Elle a levé la main, paume vers le haut, et l'a tournée plusieurs fois dans les deux sens.

— Eh...

Depuis ce jour-là, Charlaine n'avait été avec aucun autre homme. Pendant des années, ils sont retournés au faux Parthénon le jour anniversaire de leur rencontre. C'était la première fois qu'ils n'y allaient pas.

— Le voilà, a annoncé Mike.

La Ford Windstar roulait vers l'ouest dans Hollywood Avenue en direction de la route 17. Charlaine était à nouveau en ligne avec le neuf cent onze. L'opératrice l'avait enfin prise au sérieux.

— Nous avons perdu le contact radio avec notre agent sur place, a-t-elle dit.

— Il se dirige vers la route 17, entrée Hollywood Avenue. Il conduit une Ford Windstar.

— Numéro d'immatriculation ?

— Je ne le vois pas d'ici.

— Nous avons envoyé une patrouille aux deux endroits. Vous pouvez cesser votre poursuite.

Elle a abaissé le téléphone.

— Mike ?

— C'est bon, a-t-il répondu.

Se calant dans son siège, elle a songé à sa propre maison, aux fantômes, aux corps sans âme.

Eric Wu ne se laissait pas démonter facilement.

Que la femme d'à côté et l'homme qu'il supposait être son mari lui filent le train... il se serait attendu à tout sauf à ça. Maintenant, il se demandait que faire.

Cette bonne femme !

Elle l'avait piégé, elle le suivait, et elle avait prévenu la police. Ils avaient dépêché un agent. Et Wu avait compris qu'elle les rappellerait.

Il avait cependant tablé sur le fait que, avant que la police réagisse à son appel, il aurait mis une distance suffisante entre lui et la maison de Sykes. Quand il s'agit de localiser un véhicule, les flics sont loin d'être omnipotents. Souvenez-vous du tireur de Washington, il y a quelques années. Malgré des centaines d'hommes, malgré les barrages routiers, le temps qu'il leur a fallu pour identifier deux amateurs.

Si Wu arrivait à prendre une bonne longueur d'avance, il serait en sécurité.

Mais il y avait ce nouveau problème.

Toujours cette bonne femme.

Cette femme et son mari étaient en train de le suivre. Ils seraient en mesure de signaler à la police où il allait, par quel chemin, dans quelle direction.

Conclusion : il devait les en empêcher.

Il a repéré le panneau du centre commercial de Paramus et a pris la bretelle de sortie qui enjambait la route. La femme et son mari ont suivi. Il était tard, les magasins étaient fermés. Wu s'est engagé sur le parking désert. L'autre voiture restait à distance.

Aucune importance.

C'était le moment de les coincer.

Wu avait une arme, un Walther PPK. Il n'aimait pas s'en servir. Pas parce qu'il avait des scrupules, simplement il préférait ses mains. S'il était un tireur honnête, les mains, c'était sa spécialité. Il les maîtrisait à la perfection, elles faisaient partie de lui. Avec une arme, on est obligé de faire confiance à la mécanique, à une source extérieure. Wu n'aimait pas ça.

Mais il en concevait l'utilité.

Il a arrêté la voiture, s'est assuré que le pistolet était chargé. Sa portière était déverrouillée. Il a abaissé la poignée et, une fois dehors, a visé l'autre véhicule.

— Mais qu'est-ce qu'il fout, bon sang ? a lâché Mike.

Charlaine a regardé la Ford Windstar pénétrer sur le parking du centre commercial. Bien éclairé, baigné de la lumière fluorescente des enseignes, celui-ci était entièrement vide.

La Ford Windstar s'est arrêtée.

— N'avance pas, a-t-elle soufflé.

— Les portières sont toutes verrouillées. Que veux-tu qu'il fasse ?

L'Asiatique se déplaçait avec grâce et fluidité, mais en même temps chaque mouvement semblait soigneusement calculé. C'était une étrange combinaison, cette façon de se mouvoir — ça avait quelque chose d'inhumain. Pour le moment, l'homme se tenait à côté de sa voiture, immobile. Son bras s'est soulevé, uniquement le bras ; le reste de sa personne semblait si peu affecté par ce geste qu'on aurait presque cru à une illusion d'optique.

Et là, leur pare-brise a explosé.

Le bruit a été soudain, assourdissant. Charlaine a hurlé. Quelque chose lui a éclaboussé le visage — c'était gluant et mouillé. Une odeur métallique s'est répandue dans l'air. Instinctivement, elle a plongé. Une pluie de verre s'est abattue sur sa tête. Puis une masse s'est affalée sur elle, l'écrasant sous son poids.

Mike.

Elle a hurlé de nouveau. Son cri s'est perdu dans une deuxième déflagration. Il fallait qu'elle se remue, qu'elle les sorte de là. Mike ne bougeait pas. Elle l'a repoussé et s'est risquée à relever la tête.

Une autre balle a sifflé à proximité.

Charlaine n'avait pas la moindre idée de l'endroit où elle avait pu se loger. Elle s'est recroquevillée de plus belle. Un rugissement lui emplissait les oreilles. Quelques secondes se sont écoulées. Finalement, elle a hasardé un coup d'œil.

L'homme se dirigeait vers elle.

Que faire ?

Fuir. Se sauver. C'est la seule pensée cohérente qui lui est venue à l'esprit.

Comment ?

Elle a passé la marche arrière. Le pied de Mike était toujours sur la pédale de frein. Aplatie sur le plancher, elle a empoigné sa cheville inerte et a ôté son pied du frein. Toujours blottie contre le siège, Charlaine a plaqué sa main sur l'accélérateur et a appuyé de toutes ses forces. La voiture a fait un bond en arrière. Elle était coincée. Elle ne savait absolument pas où elle allait.

Mais ils reculaient.

Elle gardait sa paume sur la pédale. La voiture a rebondi sur quelque chose, un trottoir peut-être. Sa tête a cogné contre la colonne de direction. Avec ses omoplates, elle essayait de maintenir le volant droit tandis que sa main gauche continuait d'écraser l'accélérateur. Ils ont heurté un autre obstacle. Elle tenait bon. La chaussée était plus lisse à présent, mais pas pour longtemps. Charlaine a entendu des coups de Klaxon, un crissement de pneus et le sinistre vrombissement de véhicules qui échappent au contrôle de leur conducteur.

Il y a eu un choc, un fracas épouvantable et, quelques secondes plus tard, le noir.

19

L'agent Daley a changé de couleur.
Perlmutter s'est redressé.
— Quoi ?

Daley était en train de fixer la feuille de papier dans sa main comme s'il craignait de la voir partir en fumée.

— Il y a un truc qui ne va pas là-dedans, capitaine.

Lorsqu'il avait débuté dans la police, le capitaine Perlmutter détestait les gardes de nuit. Le silence et la solitude lui portaient sur les nerfs. Il faut dire qu'il venait d'une famille nombreuse, sept gosses, et qu'il adorait cette vie-là. Lui et sa femme, Marion, voulaient plein d'enfants. Il avait tout prévu — les barbecues, les week-ends passés à entraîner un gamin après l'autre, les conférences à l'école, le cinéma du vendredi en famille, les soirées d'été sur la terrasse —, bref, l'existence qu'il avait connue à Brooklyn, mais version banlieue résidentielle.

Sa grand-mère avait coutume d'émailler ses propos de toutes sortes de dictons yiddish. L'adage préféré de Stu Perlmutter avait été celui-ci : « L'homme fait des projets et Dieu rigole. » Marion, la seule femme qu'il ait jamais aimée, a été foudroyée par une embolie à l'âge de trente et un ans. Elle était dans la cuisine, en train de préparer un sandwich pour Sammy, leur fils — leur unique enfant —, quand l'embolie a frappé. Elle était morte avant d'avoir touché le lino.

La vie de Perlmutter s'était pratiquement arrêtée ce jour-là. Il a fait son possible pour élever Sammy, mais à dire vrai le cœur n'y était pas. Il aimait son fils et se plaisait bien dans son travail, seulement il avait vécu pour Marion. Ce quartier, ce métier étaient devenus sa seule consolation. La maison, la présence de Sammy lui rappelaient Marion et tout ce qu'ils ne connaîtraient jamais. Ici, tout seul, il arrivait presque à oublier.

Tout cela était de l'histoire ancienne. Sammy allait à la fac maintenant. C'était un brave garçon, malgré le manque d'attention de la part de son père. Il y avait sûrement des choses à dire là-dessus, cependant Perlmutter ne savait pas lesquelles.

Il a fait signe à Daley de s'asseoir.

— Alors, qu'est-ce qui se passe ?
— Cette femme. Grace Lawson.
— Ah ! a dit Perlmutter.
— Ah ?
— Justement, j'étais en train de penser à elle.
— Quelque chose vous chiffonne dans cette affaire, capitaine ?
— Ouaip.
— Je croyais que c'était juste moi.

Perlmutter s'est renversé dans son siège et :

— Savez-vous qui elle est ?
— Mme Lawson ?
— Ouais.
— Elle est peintre.
— Plus que ça. Vous avez remarqué le boitillement ?
— Oui.
— Son nom de femme mariée est Grace Lawson. Autrefois, elle s'appelait Grace Sharpe.

Daley l'a regardé sans comprendre.

— Jamais entendu parler du massacre de Boston ?
— Attendez, vous voulez dire l'émeute pendant un concert de rock ?
— Une bousculade plutôt, mais c'est ça, oui. Il y a eu beaucoup de morts.
— Elle y était ?

Perlmutter a hoché la tête.

— Et elle a été grièvement blessée, elle est restée un moment dans le coma. Elle a fait la une des journaux.
— C'était il y a combien de temps ?

— Quinze ou seize ans.
— Mais vous vous en souvenez ?
— Ça a fait pas mal de bruit à l'époque. Et puis, j'étais un grand fan de Jimmy X.

Daley a eu l'air surpris.

— Vous ?
— Dites donc, je n'ai pas toujours été un vieux chnoque.
— J'ai écouté leur CD, c'était drôlement bien. On entend encore souvent *L'Encre pâle* à la radio.
— Une des plus belles chansons de tous les temps.

Marion avait aimé Jimmy X. Perlmutter la revoyait, un vieux Walkman sur les oreilles, les yeux clos, remuant les lèvres tandis qu'elle chantait silencieusement avec Jimmy. Il a cillé pour chasser cette vision.

— Et que sont-ils devenus ?
— Le massacre a détruit le groupe. Ils se sont séparés. Jimmy X — je ne me rappelle plus son vrai nom — était le leader, c'est lui qui écrivait les chansons. Il a tout laissé tomber du jour au lendemain.

Perlmutter a désigné le papier dans la main de Daley.

— Alors, c'est quoi ?
— Quelque chose dont je voulais vous parler.
— En rapport avec l'affaire Lawson ?
— J'en sais rien.

Puis :

— Ouais, peut-être bien.

Perlmutter a croisé les mains derrière sa tête.

— Je vous écoute.
— DiBartola a reçu un coup de fil en début de soirée, a commencé Daley. Encore une affaire de mari disparu.
— Des similitudes avec Lawson ?

— Non. Enfin, pas de prime abord. Ce type n'était même plus vraiment son mari. Un ex plutôt, et pas tout à fait blanc comme neige.
— Il a un casier ?
— Il a fait de la taule pour agression.
— Son nom ?
— Rocky Conwell.
— Rocky ? Pour de bon ?
— Ouais, c'est marqué sur son extrait de naissance.
— Ah ! les parents ! (Perlmutter a esquissé une moue.) Attendez, pourquoi ce nom-là m'évoque quelque chose ?
— Il a joué quelque temps au foot en tant que pro.
Perlmutter a fouillé sa mémoire avant de hausser les épaules.
— Et c'est quoi, l'histoire ?
— Bon, d'accord, cette affaire a l'air encore plus cousue de fil blanc que Lawson. Un ex-mari qui était censé emmener sa femme faire du shopping dans la matinée. Je veux dire, c'est rien, moins que rien, mais DiBartola rencontre la femme... elle s'appelle Lorraine et elle est top canon. Vous connaissez DiBartola.
— Un saute-au-crac de première, a acquiescé Perlmutter.
— Tout à fait, du coup il se dit : Caressons-la dans le sens du poil. Elle est séparée, on ne sait jamais, peut-être qu'il y en aura pour ma pomme.
— Très professionnel. (Perlmutter a froncé les sourcils.) Continuez.
— C'est là que ça se corse.
Daley s'est humecté les lèvres.
— DiBartola, il fait au plus simple. Il interroge l'EZ Pass.
— Comme vous.

— *Exactement* comme moi.
— Ce qui signifie ?
— Il obtient une réponse.
Daley s'est penché en avant.
— Rocky Conwell a franchi le péage à la sortie numéro seize de la voie express de New York. Hier soir, à vingt-deux heures vingt-six.
Perlmutter l'a regardé.
— Ouais, je sais. Même heure et même endroit que Jack Lawson.
Le capitaine a parcouru le rapport.
— Vous en êtes sûr, de ça ? DiBartola n'aurait pas rentré par erreur le même numéro que nous ?
— J'ai vérifié deux fois. Y a pas photo. Conwell et Lawson ont franchi le péage au même moment. À tous les coups, ils étaient ensemble.
Perlmutter a ruminé cette information et a secoué la tête.
— Non.
Daley semblait déconcerté.
— Vous croyez que c'est une coïncidence ?
— Deux voitures différentes qui franchissent le péage en même temps ? Ça m'étonnerait.
— Alors, vous voyez ça comment ?
— Ce n'est pas très clair, a répondu Perlmutter. Mettons, je ne sais pas, qu'ils se soient enfuis ensemble. Ou que Conwell ait kidnappé Lawson. Ou que Lawson, nom d'une pipe, ait kidnappé Conwell. Au choix. Ils seraient dans la même voiture, il n'y aurait qu'un seul passage d'enregistré, pas deux.
— C'est juste.
— Or, ils étaient dans deux voitures différentes, c'est ça qui me dépasse. Deux hommes dans deux voitures

différentes franchissent le péage au même moment. Et tous les deux sont portés disparus.

— Sauf que Lawson a appelé sa femme, a ajouté Daley. Il avait besoin d'espace, rappelez-vous.

Ils réfléchissaient, l'un et l'autre.

— Vous voulez que je téléphone à Mme Lawson? a demandé Daley. Pour savoir si elle connaissait ce Conwell?

Perlmutter a tiré sur sa lèvre inférieure.

— Pas tout de suite. Et puis, il est tard. Elle a des mômes.

— Alors, qu'est-ce qu'on fait?

— On continue l'enquête. Pour commencer, on va parler à l'ex-femme de Rocky Conwell. Des fois qu'il y aurait un lien entre Conwell et Lawson. Entrez le numéro de sa plaque, on va voir si on trouve quelque chose.

Le téléphone a sonné. Daley s'occupait également du standard. Il a décroché, écouté et s'est tourné vers Perlmutter.

— Qui c'était?

— Phil, de Ho-Ho-Kus.

— Il y a un problème?

— Ils pensent qu'un de leurs agents pourrait avoir des ennuis. Ils auraient besoin d'un coup de main.

20

Beatrice Smith était une veuve de cinquante-trois ans. Eric Wu avait repris la Windstar. Il a suivi Ridgewood

Avenue jusqu'à la route à quatre voies. Puis il a emprunté l'autoroute 287, direction le pont de Tappan Zee. Il est sorti à Armonk, État de New York, et il a continué par des routes secondaires. Il savait exactement où il allait. D'accord, il avait commis des erreurs, mais il n'en avait pas moins assuré ses arrières.

Entre autres : avoir un domicile de rechange en vue.

Le mari de Beatrice Smith avait été un cardiologue réputé, il avait même été élu maire de sa petite ville. Ils avaient eu beaucoup d'amis, mais c'étaient tous des amis du «couple». Quand Maury — c'était le prénom du mari — avait été brutalement terrassé par une crise cardiaque, les amis sont restés dans les parages un mois ou deux avant de se disperser. Son fils unique, médecin comme son père, habitait San Diego avec sa femme et leurs trois enfants. Elle a gardé la maison, cette même maison où elle avait vécu avec Maury, qui maintenant lui semblait grande et vide. Elle pensait la vendre pour aller s'installer à Manhattan, sauf qu'en ce moment les prix avaient tendance à grimper de façon effarante. Et puis, elle avait peur. Elle n'avait jamais connu autre chose qu'Armonk. Avait-elle raison de vouloir changer de vie ?

Tout cela, elle l'avait confié *via* Internet au soi-disant Stephen Fleisher, un veuf de Philadelphie qui envisageait d'emménager à New York. Arrivé dans sa rue, Wu a ralenti. Le quartier était calme, noyé dans la verdure et très protégé. Il était tard. À cette heure-ci, le coup de la livraison ne marcherait pas. Il n'avait pas de temps à perdre en finasseries, d'ailleurs ce ne serait pas utile, il n'était pas en mesure de garder son hôtesse en vie.

Rien, aucun lien, ne reliait Beatrice Smith à Freddy Sykes.

En conséquence, il serait impossible de localiser Beatrice Smith. Totalement impossible.

Wu a garé la voiture, enfilé des gants — pas d'empreintes, cette fois-ci — et s'est approché de la maison.

21

À cinq heures du matin, Grace a enfilé un peignoir de bain — celui de Jack — et est descendue au rez-de-chaussée. Elle s'habillait toujours avec les affaires de Jack. Il avait beau lui suggérer de porter de la lingerie fine, elle préférait sa veste de pyjama.

— Alors ? disait-elle en paradant devant lui.

— Pas mal, rétorquait-il, mais si tu mettais le bas plutôt que le haut, ça le ferait encore plus.

Avant toute chose, Grace a consulté l'adresse e-mail qu'elles avaient créée pour recevoir les réponses à la suite de l'envoi de la photo en multipostage. Et là, surprise.

Il n'y avait pas de réponse.

Pas une seule.

Comment était-ce possible ? Il se pouvait que personne n'ait reconnu la fille sur la photo. Elle avait envisagé cette probabilité. Mais, entre-temps, elles avaient envoyé des centaines de milliers de mails. Même avec des systèmes anti-spam et tout ça, *quelqu'un* aurait bien dû répondre, ne serait-ce que pour l'insulter, un fêlé qui avait du temps à perdre, un internaute qui en avait marre de se faire inonder de messages indésirables.

Or, elle avait reçu zéro réponse.

Que fallait-il en penser ?

La maison était silencieuse. Emma et Max dormaient encore. Cora aussi. Allongée sur le dos, elle ronflait, la bouche ouverte.

Passe la seconde, a songé Grace.

Bob Dodd, le journaliste assassiné, était à présent sa meilleure, voire sa seule piste — bien mince, à vrai dire. Elle ne connaissait ni son numéro de téléphone, ni sa famille, ni même son adresse. Mais puisqu'il avait travaillé pour un journal relativement important, le *New Hampshire Post*, elle a décidé de commencer par là.

Les journaux ne ferment jamais complètement — du moins, c'est ce qu'elle croyait. Il devait bien rester quelqu'un au *Post*, au cas où une nouvelle de taille leur parviendrait. Et un journaliste coincé au bureau à cinq heures du matin se montrerait peut-être loquace, surtout s'il s'ennuyait ferme. Elle a donc décroché le téléphone.

Grace ne savait pas trop comment s'y prendre. Elle a imaginé plusieurs approches : elle pouvait, par exemple, se faire passer pour une journaliste et demander de l'aide, entre confrères, mais elle n'était pas certaine de trouver les bons mots.

Pour finir, elle a résolu de s'en tenir le plus possible à la vérité.

Elle a composé *67 pour masquer la présentation de numéro. Le journal disposait d'un numéro vert. Grace ne l'a pas utilisé : on ne peut pas masquer son numéro lorsque l'appel est gratuit. Elle avait appris ça quelque part et l'avait stocké dans le placard du fond de son cerveau, le même placard qui contenait le nom de l'interprète de *Splash* et le pseudo professionnel d'Esperanza

Diaz, et qui faisait de Grace, selon l'expression de Jack, « la star de l'info inutile ».

Les deux premiers appels au *New Hampshire Post* n'ont abouti à rien. Le type qui tenait le standard n'avait pas envie de se fatiguer. Il n'avait pas vraiment connu Bob Dodd et a tout juste prêté attention à son laïus. Grace a attendu vingt minutes avant de refaire une tentative. Cette fois, elle a été dirigée sur les informations locales, où une femme qui paraissait très jeune lui a avoué qu'elle venait de commencer au journal, que c'était son tout premier job, qu'elle ne connaissait pas Bob Dodd, mais oh ! la la ! c'était affreux, ce qui lui était arrivé, vous ne trouvez pas ?

Grace a de nouveau consulté ses e-mails. Toujours rien.

— Maman !

C'était Max.

— Maman, viens !

Elle est montée en toute hâte.

— Qu'est-ce qu'il y a, chéri ?

Assis dans son lit, Max a désigné son pied.

— Mon orteil, il grandit trop vite.

— Ton orteil ?

— Regarde.

Elle est venue s'asseoir à côté de lui.

— T'as vu ?

— Vu quoi, chéri ?

— Mon deuxième orteil. Il est plus gros que le gros orteil. Il grandit trop vite.

Grace a souri.

— C'est normal, chéri.

— Hein ?

— Plein de gens ont un deuxième orteil plus long que le gros. Ton papa, c'est pareil.

— C'est pas vrai.

— Mais si, je t'assure. Son deuxième orteil dépasse largement le gros.

Cela a eu l'air de l'apaiser. Une fois de plus, Grace a ressenti un pincement au cœur.

— Tu veux regarder les Wiggles ? lui a-t-elle proposé.

— C'est pour les petits, ça.

— Voyons ce qu'il y a sur Disney Playhouse, OK ?

Il y avait *Rolie Polie Olie*, et Max s'est lové sur le canapé pour regarder. Il aimait bien utiliser les coussins en guise de couverture, créant un joyeux désordre autour de lui. Mais Grace n'était pas en état de s'en préoccuper. Elle a rappelé le *New Hampshire Post* et a demandé la rédaction.

L'homme qui a répondu avait une voix de rogomme : on aurait cru de vieux pneus dans une allée de gravier.

— C'est pour quoi ?

— Bonjour, a lancé Grace avec trop d'entrain, souriant comme une imbécile dans le téléphone.

Il a émis un son qui, traduit de façon approximative, signifiait : Venez-en au fait.

— Je cherche à recueillir des informations sur Bob Dodd.

— Qui est à l'appareil ?

— Je préfère ne pas le dire.

— Vous rigolez, hein ? Écoutez, ma belle, je vais raccrocher, là...

— Holà, minute ! Je ne peux pas vous donner de détails, mais si jamais c'était un gros scoop...

— Un gros scoop ? Vous avez dit un gros scoop ?

— Oui.

L'homme s'est esclaffé.

— Vous me prenez pour un chien de Pavlov ou quoi ? Dites « gros scoop » et je vais me mettre à saliver.

— J'ai besoin d'en savoir plus sur Bob Dodd.

— Pourquoi ?

— Parce que mon mari a disparu, et je pense que ça pourrait être lié à son assassinat.

Il a marqué une pause.

— C'est une plaisanterie, n'est-ce pas ?

— Non, a répondu Grace. Sérieusement, je cherche quelqu'un qui a connu Bob Dodd.

— Moi, je l'ai connu.

La voix s'était radoucie.

— De près ?

— Suffisamment, oui. Qu'est-ce que vous voulez ?

— Savez-vous sur quoi il était en train de travailler ?

— Dites, ma petite dame, vous avez des informations sur l'assassinat de Bob ? Car si c'est le cas, laissez tomber vos conneries de scoop et adressez-vous à la police.

— Ça n'a rien à voir.

— C'est quoi, alors ?

— J'ai consulté de vieilles factures de téléphone. Mon mari a parlé à Bob Dodd peu de temps avant sa mort.

— Qui c'est, votre mari ?

— Ça, je ne vous le révélerai pas. C'est probablement juste une coïncidence.

— Mais vous dites qu'il a disparu.

— Oui.

— Et ça vous inquiète au point de vous intéresser à cet ancien coup de fil ?

— Je n'ai rien d'autre.

Nouvelle pause.

— Il va falloir trouver mieux que ça, madame.
— Je ne peux pas.
Silence.
— Oh! et puis où est le mal? Je ne sais rien. Bob ne se confiait pas à moi.
— Et à qui se confiait-il?
— Essayez toujours de contacter sa femme.
Grace a failli se donner une claque sur le front. Comment n'y avait-elle pas pensé? Où avait-elle la tête?
— Savez-vous où je peux la joindre?
— Pas trop, non. Je l'ai rencontrée une fois ou deux, tout au plus.
— Comment s'appelle-t-elle?
— Jillian. Avec un J, me semble-t-il.
— Jillian Dodd?
— Ce doit être ça.
Elle l'a noté.
— Il y a quelqu'un d'autre que vous pourriez questionner : le père de Bob, Robert Senior. Il a plus de quatre-vingts balais maintenant, mais je crois qu'ils étaient très proches.
— Avez-vous son adresse?
— Oui, il est dans une maison de vieux, dans le Connecticut. C'est là que nous avons expédié les affaires de Bob.
— Les affaires de Bob?
— C'est moi qui ai vidé son bureau, j'ai tout mis dans un carton.
Grace a froncé les sourcils.
— Et vous avez expédié ça à son père?
— Ouais.
— Pourquoi pas à Jillian, sa femme?
Il n'a pas répondu tout de suite.

— Je n'en sais rien, je crois bien qu'elle a craqué, après l'assassinat. Ça s'est passé devant elle. Attendez une minute, je vais vous trouver le numéro de la maison de retraite. Vous n'avez qu'à lui demander vous-même.

Charlaine voulait s'asseoir à côté du lit d'hôpital.

C'est bien ce qu'on voit dans les films — l'épouse aimante au chevet de son cher et tendre, en train de lui tenir la main —, sauf qu'ici il n'y avait pas de siège prévu à cet effet. Le seul fauteuil dans la chambre était trop bas, presque au ras du sol. Il était du genre convertible; plus tard, oui, Charlaine pourrait en avoir besoin, mais pour le moment elle avait juste envie de s'asseoir, de prendre la main de son mari dans la sienne.

Au lieu de quoi, elle restait debout. De temps à autre, elle se perchait sur le bord du lit, mais comme elle craignait de déranger Mike, elle se relevait. Ce qui, au fond, n'était peut-être pas plus mal. Ça ressemblait un peu à une pénitence.

La porte s'est ouverte derrière elle. Charlaine lui tournait le dos, elle n'a pas pris la peine de se retourner. Une voix masculine, une voix qu'elle ne connaissait pas, lui a demandé :

— Comment vous sentez-vous ?
— Ça va.
— Vous avez eu de la chance.

Elle a hoché la tête.

— J'ai l'impression d'avoir gagné au loto.

Charlaine a touché le bandage sur son front. Plusieurs points de suture, probablement une légère contusion.

Les seules séquelles de l'accident. Bleus, égratignures, quelques points.

— Comment va votre mari ?

Elle n'a pas répondu. La balle avait atteint Mike au cou. Il n'avait toujours pas repris connaissance, même si les médecins l'avaient informée que « le pire était passé », quoi que cela veuille dire.

— M. Sykes vivra, a poursuivi l'homme derrière elle, grâce à vous. Il vous doit la vie. Quelques heures de plus dans cette baignoire...

L'inconnu — il devait lui aussi être de la police — s'est tu. Elle a fini par se tourner vers lui. Oui, c'était bien un flic ; en uniforme, celui-là. L'écusson sur sa manche indiquait qu'il appartenait à la police de Kasselton.

— J'ai déjà parlé aux inspecteurs de Ho-Ho-Kus, a-t-elle dit.

— Je suis au courant.

— Je ne sais rien de plus, monsieur...

— Perlmutter, a-t-il complété. Capitaine Stuart Perlmutter.

Elle s'est retournée vers le lit. On avait retiré sa chemise à Mike. Son ventre se soulevait et retombait comme si on était en train de le gonfler dans une station-service. Il était trop gros, Mike, et le simple fait de respirer semblait lui réclamer un effort supplémentaire. Il aurait dû faire plus attention à sa santé, elle aurait dû le pousser.

— Qui garde vos enfants ? s'est enquis Perlmutter.

— Mon beau-frère et ma belle-sœur.

— Vous avez besoin de quelque chose ?

— Non.

Charlaine a lâché la main de Mike pour mieux la reprendre.
— J'ai étudié votre déposition.
Elle est restée silencieuse.
— Ça ne vous ennuie pas si je vous pose quelques questions complémentaires ?
— Je ne comprends pas très bien.
— Pardon ?
— J'habite à Ho-Ho-Kus. Quel rapport avec Kasselton ?
— J'aide mes collègues, c'est tout.
Elle a hoché la tête, sans trop savoir pourquoi.
— Je vois.
— D'après votre déposition, vous regardiez par la fenêtre de votre chambre quand vous avez aperçu la cachette à clés dans l'allée du jardin de M. Sykes. C'est bien ça ?
— Oui.
— C'est pour cela que vous avez appelé la police ?
— Oui.
— Vous connaissez M. Sykes ?
Elle a haussé les épaules, les yeux rivés sur cet estomac en train de se lever et de s'abaisser.
— De loin, bonjour-bonsoir.
— Comme entre voisins ?
— Oui.
— Quand lui avez-vous parlé pour la dernière fois ?
— Je ne lui ai jamais vraiment parlé.
— Juste pour dire bonjour, alors ?
Elle a acquiescé.
— Et c'était quand, la dernière fois ?
— Que je lui ai dit bonjour ?
— Oui.
— Je ne sais plus. Il y a huit jours, peut-être.

— Je suis un peu perdu là, madame Swain, il faut que vous m'éclairiez. Vous voyez une cachette à clés dans l'allée et, ni une ni deux, vous décidez d'appeler la police...

— J'ai vu bouger également.

— Excusez-moi ?

— J'ai vu quelqu'un bouger dans la maison.

— À l'intérieur ?

— Oui.

— Et comment saviez-vous que ce n'était pas M. Sykes ?

Elle a fait volte-face.

— Je ne savais pas. Mais il y avait cette cachette à clés.

— En plein milieu de l'allée.

— Oui.

— Très bien. C'est ça qui vous a alertée.

— Tout à fait.

Perlmutter a hoché la tête comme s'il venait de comprendre.

— Et si M. Sykes s'en était servi en dernier, il ne l'aurait pas abandonnée dans l'allée, n'est-ce pas ? C'est ce que vous vous êtes dit ?

Charlaine a gardé le silence.

— Parce que, voyez-vous, je trouve cela étrange, madame Swain. Ce type qui a pénétré chez M. Sykes et l'a agressé, pourquoi aurait-il laissé ce rocher comme ça, bien en vue ? Pourquoi ne l'a-t-il pas caché ou alors emporté dans la maison ?

Silence.

— Autre chose. Les blessures de M. Sykes remontent à vingt-quatre heures au moins avant le moment où nous l'avons découvert. Pensez-vous que la cachette à clés est restée dans l'allée pendant tout ce temps ?

— Je n'en sais rien.

— Oui, sûrement. Vous n'êtes pas du genre à surveiller ce qui se passe chez lui, n'est-ce pas ?

Elle s'est contentée de le regarder.

— Pourquoi l'avez-vous suivi, vous et votre mari ? L'individu qui s'est introduit chez Sykes, j'entends.

— J'ai dit à votre collègue…

— Vous avez voulu vous rendre utile, pour qu'on ne perde pas sa trace.

— Et puis, j'avais peur.

— Peur de quoi ?

— Qu'il sache que j'avais appelé la police.

— Qu'est-ce qui vous inquiétait, exactement ?

— J'étais en train de regarder par la fenêtre. Quand la police est arrivée, il a jeté un coup d'œil dehors et il m'a vue.

— Et vous avez pensé quoi, qu'il allait s'en prendre à vous ?

— Je ne sais pas. J'avais la trouille, c'est tout.

Perlmutter s'est remis à hocher la tête avec application.

— Ça paraît coller. Bon, d'accord, certaines pièces, il faut les forcer un peu pour qu'elles s'imbriquent, mais c'est normal. La plupart des affaires criminelles ont un côté irrationnel.

Elle s'est détournée à nouveau.

— Vous dites qu'il conduisait une Ford Windstar ?

— C'est ça.

— Il l'a sortie du garage ?

— Oui.

— Avez-vous vu la plaque d'immatriculation ?

— Non.

— Hmm. Pourquoi il a fait ça, à votre avis ?

— Fait quoi ?

— Rangé son véhicule dans le garage ?

— Je n'en ai pas la moindre idée. Peut-être pour qu'on ne le voie pas.

— Oui, ça tombe sous le sens.

Charlaine a repris la main de son mari. La dernière fois qu'ils s'étaient tenus par la main, c'était deux mois avant, quand ils étaient allés voir une comédie romantique avec Meg Ryan. Curieusement, Mike raffolait des films à l'eau de rose. Il versait des larmes devant un navet tant soit peu sentimental. Dans la vraie vie, elle l'avait vu pleurer une seule fois, à la mort de son père. Mais au cinéma, assis dans le noir, on voyait son visage se mettre à trembler, et c'était parti, les larmes commençaient à couler. Ce soir-là, il s'était emparé de sa main, et ce dont Charlaine se souvenait surtout — ce qui la tourmentait le plus, aujourd'hui —, c'est que ce geste l'avait laissée de glace. Mike avait tenté d'entrelacer leurs doigts, mais elle avait déplacé les siens, de façon à l'en empêcher. C'est tout ce que ça lui faisait, à Charlaine, pas grand-chose en réalité, ce gros homme aux cheveux plaqués sur le crâne, qui recherchait son contact.

— Vous pouvez me laisser, maintenant ? a-t-elle demandé à Perlmutter.

— Vous savez bien que non.

Elle a fermé les yeux.

— Je suis au courant de vos problèmes fiscaux.

Elle n'a pas bronché.

— Ce matin, vous avez appelé H&R Block. La société où travaille M. Sykes.

Elle n'avait pas envie de lâcher cette main, mais elle avait l'impression que Mike était en train de lui échapper.

— Madame Swain ?

— Pas ici, a dit Charlaine à Perlmutter. (Elle a laissé retomber la main.) Pas devant mon mari.

22

Les pensionnaires d'une maison de retraite sont toujours là et toujours heureux de recevoir une visite. Grace a composé le numéro, et une femme a répondu, toute fringante :

— Résidence médicalisée L'Étoile !

— Je voudrais connaître vos heures de visite.

— On n'en a pas !

Elle s'exprimait par des exclamations.

— Je vous demande pardon ?

— On n'a pas d'heures de visite. Nous recevons vingt-quatre heures sur vingt-quatre, sept jours sur sept.

— Oh ! J'aimerais voir M. Robert Dodd.

— Bobby ? Je vais vous passer sa chambre. Non, attendez, il est huit heures, il doit être à son cours de gym. Bobby tient à garder la forme.

— Y a-t-il un moyen de prendre rendez-vous ?

— Pour une visite ?

— Oui.

— Pas la peine, venez directement.

Deux heures de route. Mais c'était mieux que d'essayer de s'expliquer par téléphone, d'autant plus qu'elle n'avait pas l'ombre d'une idée de ce qu'elle allait lui demander. Les personnes âgées, c'était plus facile de leur parler face à face, de toute façon.
— Vous croyez qu'il sera là ce matin ?
— Oh oui ! Ça fait deux ans que Bobby ne conduit plus. Il ne bougera pas d'ici.
— Je vous remercie.
— À votre service.
Au petit déjeuner, Max a plongé la main au fond de la boîte de Cap'n Crunch. Ce spectacle — son fils cherchant le jouet — lui a fait marquer un temps d'arrêt. Ça avait l'air tellement normal. Les enfants sentent les choses, mais ils ont aussi cette faculté d'abstraction extraordinaire qui, en ce moment, lui était un soulagement.
— Tu as déjà sorti le jouet, lui a-t-elle dit.
Max a suspendu son geste.
— Ah bon ?
— Toutes ces boîtes pour des jouets aussi nuls.
— Quoi ?
À vrai dire, elle avait fait pareil quand elle était gamine — fouiller dans une boîte de céréales en quête d'un cadeau de pacotille. C'étaient les mêmes céréales, d'ailleurs.
— Peu importe.
Elle a tranché une banane et l'a mélangée aux céréales. En douce, Grace s'efforçait d'augmenter la quantité de banane et de réduire celle de Cap'n. Pendant un temps, elle ajoutait des Cheerios — moins de sucre —, mais Max avait eu tôt fait de la démasquer.
— Emma ! Allez, debout !
Un gémissement. Sa fille était trop jeune pour avoir

la force d'âme de sortir du lit. Grace elle-même n'y était parvenue qu'à partir du lycée. D'accord, du collège, mais sûrement pas à l'âge de huit ans. Elle a songé à ses propres parents, morts depuis si longtemps déjà. Parfois, un de ses gosses lui faisait penser à son père ou à sa mère. Quand Emma faisait la moue, elle ressemblait tellement à la maman de Grace qu'elle en avait la chair de poule. Max avait le sourire de son père. Cet écho génétique, Grace ne savait jamais s'il lui était une consolation ou bien une douloureuse piqûre de rappel.

— Emma, on se dépêche !

Un bruit. Peut-être un enfant s'extirpant du lit.

Grace s'est attaquée à la préparation du déjeuner. Max mangeait à l'école, et ça l'arrangeait. Préparer un repas de bon matin était une véritable corvée. Pendant un certain temps, Emma s'était restaurée sur place elle aussi, mais dernièrement quelque chose l'avait rebutée, quelque odeur indiscernable à la cafétéria qui lui inspirait une aversion au point de lui donner des nausées. Elle mangeait dehors, même dans le froid, mais l'odeur, s'est-elle rendu compte, était également dans la nourriture. Maintenant, elle restait à la cafétéria et apportait son déjeuner dans un coffret à pique-nique Batman.

— Emma !

— Je suis là.

Elle arborait son traditionnel accoutrement de sport : un short bordeaux, une paire de Converse montantes bleues et un maillot des New Jersey Nets. Rien n'allait avec rien, mais c'était peut-être le but. Emma refusait de porter quoi que ce soit de féminin. Le fait de mettre une robe nécessitait des négociations au moins aussi délicates que celles du Moyen-Orient, avec souvent un résultat d'une égale violence.

— Tu veux quoi pour ton casse-croûte ? a demandé Grace.
— Gelée et beurre de cacahuètes.
Grace l'a dévisagée.
Emma a fait l'innocente.
— Quoi ?
— Ça fait combien de temps que tu vas à l'école ?
— Hein ?
— Quatre ans, n'est-ce pas ? Une année de maternelle. Et maintenant, tu es en CE2. Ça fait quatre ans.
— Et alors ?
— Pendant tout ce temps, combien de fois tu m'as demandé du beurre de cacahuètes pour l'école ?
— J'en sais rien.
— Une centaine, peut-être ?
Haussement d'épaules.
— Et combien de fois t'ai-je répondu que le beurre de cacahuètes n'est pas autorisé dans ton école, parce que certains enfants risquent de faire une réaction allergique ?
— Ah ouais.
— Ah ouais.
Grace a consulté la pendule. Elle avait quelques en-cas Oscar Meyer — des collations toutes prêtes et passablement infectes — qu'elle réservait aux situations d'urgence, à savoir quand elle n'avait pas le temps ou l'envie de préparer un casse-croûte. Les gamins, bien sûr, adoraient ça. Elle a demandé doucement à Emma si elle en voulait un — doucement, car si Max entendait ce serait la fin des déjeuners à l'école. Emma a accepté gracieusement et l'a fourré dans son coffret Batman.
Elles se sont assises pour prendre le petit déjeuner.
— Maman ?

— Oui, Emma.
— Quand vous vous êtes mariés, papa et toi…
Elle s'est interrompue.
— Eh bien ?
— Quand vous vous êtes mariés, papa et toi… À la fin, quand le bonhomme dit : « Vous pouvez embrasser la mariée… »
— Oui ?
— Ben… (Penchant la tête, Emma a fermé un œil.) Tu as été obligée ?
— De l'embrasser ?
— Ouais.
— Obligée ? Je ne crois pas. J'en avais envie.
— Mais c'est obligé ? a insisté Emma. Je veux dire, on ne peut pas juste se taper dans la main ?
— Se taper dans la main ?
— Au lieu de s'embrasser. Tu sais, on se tourne l'un vers l'autre et on se tape dans la main.
Elle a joint le geste à la parole.
— Possible. Si c'est ça que tu veux.
— C'est ça que je veux, a déclaré Emma, catégorique.
Grace les a accompagnés à l'arrêt du bus. Cette fois, elle n'a pas suivi le bus jusqu'à l'école, se contentant de le regarder partir en se mordillant la lèvre. La façade de calme était en train de se fissurer. Maintenant qu'Emma et Max n'étaient plus là, c'était moins grave.

Lorsqu'elle a regagné la maison, Cora était réveillée et gémissait devant l'ordinateur.
— Tu veux quelque chose ? a demandé Grace.
— Un anesthésiste. Hétéro de préférence, mais ce n'est pas obligatoire.
— Je pensais plutôt au café.
— Encore mieux.

Les doigts de Cora dansaient sur le clavier. Elle a plissé les yeux, froncé les sourcils.

— Il y a un truc qui ne va pas.

— Tu parles des mails en réponse à notre message ?

— On n'a pas de réponses, justement.

— Je m'en suis aperçue.

Cora s'est carrée dans le fauteuil. Grace s'est rapprochée et s'est mise à mâchonner une cuticule. Au bout de quelques secondes, Cora s'est penchée en avant.

— Je vais essayer quelque chose.

Elle est allée dans la boîte d'envoi, a tapé un e-mail et l'a expédié.

— Qu'est-ce que tu fais, là ?

— Je viens d'envoyer un mail à notre adresse spam. On va voir s'il arrive.

Elles ont attendu. Aucun mail n'est apparu.

— Hmm. (Cora s'est redressée.) Soit la messagerie déconne…

— Soit ?

— Soit Gus n'a toujours pas digéré l'histoire du petit zizi.

— Et comment savoir ?

Cora continuait à fixer l'ordinateur.

— À qui téléphonais-tu tout à l'heure ?

— J'ai appelé la maison de retraite du père de Bob Dodd. Je vais passer le voir ce matin.

— Parfait.

Cora ne quittait pas l'écran des yeux.

— Qu'est-ce qu'il y a ?

— Je voudrais vérifier quelque chose.

— Quoi ?

— Oh ! trois fois rien, c'est au sujet de factures de

téléphone. (Elle s'est remise à taper.) Je t'appelle s'il y a du nouveau.

Perlmutter a laissé Charlaine Swain en compagnie du dessinateur portraitiste du comté de Bergen. Il lui avait soutiré la vérité, exhumant un secret sordide qui aurait mieux fait de rester enfoui. Elle avait eu raison de vouloir le lui cacher, cette digression honteuse et peu ragoûtante n'avait aucun intérêt.

Assis devant un calepin, il a griffonné le mot « Windstar » et a passé le quart d'heure suivant à l'entourer.

Une Ford Windstar.

Kasselton n'était pas un trou paumé. La police municipale employait trente-huit personnes. Ils enquêtaient sur des cambriolages, contrôlaient les véhicules suspects, surveillaient les problèmes de drogue à l'école. Ils s'occupaient de cas de vandalisme, géraient les embouteillages en ville, le stationnement illicite, les accidents de la circulation. Ils faisaient leur possible pour maintenir la déchéance urbaine de Paterson — cinq kilomètres tout juste de la frontière de Kasselton — à bonne distance. Ils répondaient à trop de fausses alertes, d'appels émis le soir au fond des bois par un trop grand nombre de détecteurs de mouvement dernier cri.

Perlmutter n'avait jamais utilisé son arme de service, sauf sur un stand de tir. En fait, il n'avait jamais sorti son revolver durant ses heures de travail. En trente ans, il n'y avait eu que trois décès susceptibles d'être taxés de « suspects », et chaque fois le coupable avait été arrêté en l'espace de quelques heures. L'un était un ex-époux qui s'était soûlé et avait décidé de prouver son éternel amour en projetant de tuer la femme qu'il était censé adorer avant de retourner le fusil de chasse contre lui-même. Ledit époux a réussi la première partie de son plan — deux coups de fusil dans la tête de son ex —, mais à l'instar du reste de sa pitoyable existence, il a raté la seconde partie. Il n'avait emporté que deux cartouches. Une heure après, il était en garde à vue. Mort suspecte numéro deux était un ado, une grosse brute poignardée par une frêle victime de l'école primaire. Le gamin a été placé en maison de redressement, où il a connu le véritable sens du mot « maltraitance ». La dernière affaire concernait un homme atteint d'un cancer en phase terminale, qui avait supplié sa femme âgée de quarante-huit ans de mettre fin à ses souffrances. Elle l'a fait. Elle a bénéficié d'une libération conditionnelle, et Perlmutter la soupçonnait de ne pas regretter son geste.

Quant aux coups de feu, il y en avait eu plein à Kasselton, mais presque tous visaient leurs propres auteurs. Perlmutter n'était pas très porté sur la politique. Il n'était pas vraiment convaincu des mérites relatifs du contrôle des armes, mais il savait par expérience qu'une arme achetée pour la protection du domicile avait plus de chances — beaucoup, beaucoup plus de chances — de servir au suicide de son propriétaire plutôt que de dissuader un éventuel agresseur. D'ailleurs, de toute sa carrière dans les forces de l'ordre, Perlmutter n'avait pas rencontré un seul cas où une arme avait été utilisée pour abattre, arrêter ou éloigner un intrus. En revanche, les suicides à l'arme de poing se multipliaient d'une manière inquiétante.

Ford Windstar. Il a tracé un nouveau cercle.

Et voilà qu'après toutes ces années il avait sur les bras une affaire comprenant une tentative de meurtre, un étrange enlèvement, une agression d'une rare violence — et Dieu sait quoi encore. Il s'est remis à gribouiller. Il a écrit « Jack Lawson » dans le coin supérieur gauche. Puis il a inscrit le nom de Rocky Conwell dans le coin supérieur droit. Les deux hommes, tous deux portés disparus, avaient franchi un péage dans un État voisin exactement à la même heure. Il a tiré un trait d'un nom à l'autre.

Lien numéro un.

Perlmutter a noté le nom de Freddy Sykes en bas à gauche. La victime de violences aggravées. Il a écrit « Mike Swain » en bas à droite. Coup de feu, tentative de meurtre. Le lien entre ces deux hommes, lien numéro deux, était évident. La femme de Swain avait vu l'auteur des deux délits, un Chinois baraqué : à en croire sa description, il ressemblait au fils d'Oddjob sorti droit d'un vieux film de James Bond.

Mais rien, en réalité, ne reliait les quatre affaires. Rien ne reliait les deux disparus aux œuvres du descendant d'Oddjob. Excepté peut-être une chose.

La Ford Windstar.

Jack Lawson conduisait une Ford Windstar bleue quand il a disparu. Oddjob Junior conduisait une Ford Windstar bleue quand il a quitté la maison de Sykes et tiré sur Swain.

Certes, le lien était ténu. Parler de Ford Windstar dans cette banlieue, c'était comme parler d'implants dans une boîte de strip-tease. Il n'y avait pas de quoi en faire un fromage, mais en tenant compte du fait qu'un père de famille ne devrait pas disparaître du jour au lendemain, qu'une petite ville comme Kasselton connaît rarement une telle activité..., non, ce n'était pas grand-chose, mais ça pouvait suffire pour aboutir à une conclusion : tout ceci était lié.

Comment, Perlmutter n'en avait pas la moindre idée, et il n'avait pas très envie d'y réfléchir maintenant. Que les techniciens et les gars du labo fassent leur travail d'abord. Qu'ils passent le domicile de Sykes au peigne fin à la recherche d'empreintes et de cheveux. Que le dessinateur termine son portrait-robot. Que Veronique Baltrus, leur petit génie de l'informatique et un canon avec ça, fouille dans l'ordinateur de Sykes. Il était simplement trop tôt pour se livrer à des suppositions.

— Capitaine ?

C'était Daley.

— Quoi de neuf ?

— On a retrouvé la voiture de Rocky Conwell.

— Où ?

— Vous voyez le parking pour usagers des transports sur la route 17 ?

Perlmutter a ôté ses lunettes de lecture.

— Celui qui est au bout de la rue ?

Daley a hoché la tête.

— Je sais, ça ne tient pas debout. Il a pourtant quitté l'État, non ?

— Qui l'a trouvée ?

— Pepe et Pashaian.

— Dites-leur d'établir un périmètre de sécurité, a-t-il ordonné en se levant. Nous allons examiner le véhicule nous-mêmes.

23

Grace a mis un CD de Coldplay pour la distraire pendant le trajet. Ça n'a marché qu'à moitié. D'un côté, elle était parfaitement consciente de ce qui lui arrivait, sans avoir besoin d'explication de texte. Mais la vérité, en un sens, était trop brutale. La regarder en face aurait un effet paralysant. Ce devait être ça, l'origine du surréalisme — l'instinct de conservation, le désir de protéger, voire de filtrer ses perceptions. Le surréalisme lui insufflait la force de continuer, d'aller de l'avant dans sa quête, contrairement à la réalité brute, nue et solitaire, qui lui donnait envie de se rouler en boule ou de hurler jusqu'à ce qu'on vienne la chercher.

Son portable a sonné. Instinctivement, elle a jeté un œil sur l'écran avant d'appuyer sur le bouton du kit mains libres. Non, ce n'était toujours pas Jack, c'était Cora.

— Alors ? a fait Grace.

— Je ne dirai pas que les nouvelles sont bonnes ou mauvaises. Plutôt : tu veux d'abord savoir ce qui est bizarre ou ce qui est *vraiment* bizarre ?

— Bizarre d'abord.

— Impossible de joindre Gus au petit zizi. Il ne prend pas ses appels, je n'arrête pas de tomber sur sa boîte vocale.

Coldplay s'est mis à chanter une chanson de circonstance, un morceau lancinant intitulé *Shiver*[1]. Grace gardait les deux mains sur le volant, pile à dix heures dix. Elle restait dans la file du milieu et roulait exactement à la limite de la vitesse autorisée. Les voitures la doublaient à gauche comme à droite.

— Et le vraiment bizarre ?

— Tu te souviens, on a essayé de consulter les appels d'il y a deux jours ? Les coups de fil éventuels de Jack ?

1. Frisson. *(N.d.T.)*

— Oui.

— J'ai contacté son opérateur... en me faisant passer pour toi. J'ai pensé que tu n'y verrais pas d'objection.

— Et tu as eu raison.

— Oui, bon, peu importe. La seule fois où Jack a utilisé son portable ces trois derniers jours, c'est quand il t'a appelée hier.

— Au moment où j'étais au poste de police.

— Tout à fait.

— Et qu'est-ce que ça a de bizarre ?

— Rien. La partie bizarre concerne ta ligne fixe.

Silence. Elle continuait à rouler, les mains à dix heures dix.

— Et ?

— Tu sais, pour le coup de fil au cabinet de sa sœur ? a demandé Cora.

— Oui, j'ai trouvé cet appel en appuyant sur la touche « Bis ».

— Sa sœur... quel est son nom, déjà ?

— Sandra Koval.

— Sandra Koval, c'est ça. Elle t'a affirmé qu'elle n'était pas là, qu'ils ne se sont pas parlé.

— Oui.

— La conversation téléphonique a duré neuf minutes.

Un petit frémissement a parcouru Grace. Elle s'est forcée à garder les mains à dix heures dix.

— Donc, elle a menti.

— Il semble bien.

— Alors, qu'est-ce que Jack lui a dit ?

— Et que lui a-t-elle répondu ?

— Et pourquoi a-t-elle menti ?

— Désolée de t'annoncer ça comme ça, a soupiré Cora.

— Tu as bien fait.

— Dans quel sens ?

— C'est une piste. Avant, Sandra était une impasse. Maintenant, nous savons qu'elle est impliquée d'une façon ou d'une autre.

— Que vas-tu faire ?

— Je ne sais pas, a dit Grace. Essayer de la coincer, peut-être.

Après avoir raccroché, elle a poursuivi sa route encore un peu, tout en échafaudant divers scénarios dans sa tête. Le lecteur de CD était en train de jouer *Trouble*. Elle a bifurqué dans une station Exxon. Comme il n'y a pas de libre-service dans le New Jersey, contrairement au Connecticut, pendant un moment elle est restée assise dans sa voiture sans réaliser qu'elle devait faire le plein elle-même.

Elle a acheté une bouteille d'eau fraîche à la supérette de la station et a jeté la monnaie dans une boîte de bonnes œuvres. Elle voulait réfléchir, mieux analyser ce lien avec la sœur de Jack, mais elle avait trop peu de temps pour fendre les cheveux en quatre.

Grace se rappelait le numéro du cabinet Burton et Crimstein. Elle a sorti son téléphone. Deux sonneries plus tard, elle a demandé le poste de Sandra Koval. À sa grande surprise, Sandra en personne lui a répondu.

— Allô ?

— Vous m'avez menti.

Pas de réaction. Grace s'est dirigée vers sa voiture.

— Le coup de fil a duré neuf minutes. Vous avez parlé à Jack.

Toujours rien.

— Que se passe-t-il, Sandra ?
— Je ne sais pas.
— Pourquoi Jack vous a-t-il contactée ?
— Je vais raccrocher. Soyez gentille, ne cherchez plus à me joindre.
— Sandra ?
— Il vous a appelée, n'est-ce pas ?
— Oui.
— Je vous conseille d'attendre qu'il rappelle.
— Je ne veux pas de vos conseils, Sandra, je veux savoir ce qu'il vous a dit.
— À mon avis, vous devriez vous arrêter.
— M'arrêter ?
— Vous téléphonez d'un portable ?
— Oui.
— Où êtes-vous ?
— Dans une station-service du Connecticut.
— Pour quoi faire ?
— Sandra, écoutez-moi.

Comme la ligne grésillait, Grace s'est tue un instant. Elle a fini de remplir son réservoir et a attrapé le reçu, puis :

— Vous êtes la dernière personne à avoir parlé à mon mari avant sa disparition. Vous m'avez menti à ce sujet. Vous ne voulez toujours pas me révéler la teneur de votre conversation. Pourquoi moi, je vous dirais quoi que ce soit ?

— C'est vrai, Grace. Maintenant, c'est vous qui allez m'écouter. Je vais vous donner une recommandation pour la route, avant de raccrocher : rentrez chez vous et occupez-vous de vos enfants.

Fin de la communication. Grace est remontée dans la voiture. Elle a appuyé sur « Bis » et demandé Sandra.

Pas de réponse. Elle a recommencé, sans succès. Que faire ? Débarquer là-bas sans crier gare ?

Trois kilomètres et demi après avoir dépassé la station-service, elle a aperçu un panneau portant l'inscription « Résidence médicalisée L'Étoile ». Grace ne savait pas trop à quoi s'attendre. Les maisons de retraite de sa jeunesse étaient des bâtisses de plain-pied en brique, où la substance l'emportait sur le style et qui, ironiquement, n'étaient pas sans rappeler les écoles élémentaires. La vie, hélas ! est cyclique. On commence dans une de ces bâtisses en brique, on finit dans une autre. Tournez, manège.

La résidence médicalisée L'Étoile s'est cependant révélée être un pseudo-manoir victorien de trois étages, avec des tourelles, des terrasses et le jaune canari des tableaux d'antan, le tout agrémenté d'un immonde revêtement en aluminium. Le parc était entretenu avec un soin qui le rendait presque artificiel. L'ensemble était censé dégager une impression de gaieté, mais là, c'en était trop. Il faisait penser à Epcot Center à Disney World — une imitation sympa, mais qu'on ne risquait pas de confondre avec la réalité.

Une vieille femme en train de lire le journal était assise dans un rocking-chair sur la terrasse, près de l'entrée. Elle a salué Grace, qui lui a répondu sur le même ton. La réception aussi se donnait des airs de gentilhommière du temps jadis. Il y avait des peintures à l'huile, par exemple, des classiques dans des cadres tape-à-l'œil, mais on aurait cru de la camelote achetée pour 19,99 dollars. Les reproductions ressemblaient à des reproductions, même si on n'avait jamais vu le *Déjeuner au bord de la rivière* de Renoir ou les *Nighthawks* de Hopper.

Une animation surprenante régnait dans le hall. On y trouvait des personnes âgées, bien sûr, beaucoup de personnes âgées, à divers stades de décrépitude. Certaines se déplaçaient sans assistance, d'autres traînaient les pieds, d'autres encore étaient équipées d'une canne, d'un déambulateur, d'un fauteuil roulant. Quelques-unes dormaient.

Le hall, bien que clair et propre, exhalait — Grace s'en voulait terriblement de penser ça — une odeur de vieux, l'odeur d'un canapé en train de moisir. Les employés essayaient de la masquer avec un truc à la cerise, qui lui a rappelé ces arbres désodorisants qui se balancent dans les taxis clandestins, mais certaines odeurs sont impossibles à étouffer.

La seule personne jeune dans le lot — une femme de vingt et quelques années — était assise derrière un bureau censé, là encore, avoir des allures d'époque, mais qui semblait sortir tout droit de chez Bombay Company. Elle a souri à Grace.

— Bonjour. Je m'appelle Lindsey Barclay.

Grace a reconnu la voix entendue au téléphone.

— Je viens voir M. Dodd.

— Bobby est dans sa chambre. Deuxième étage, chambre 211. Je vous accompagne.

Lindsey s'est levée. Elle était charmante comme seuls les jeunes gens savent l'être, avec un entrain et un sourire qu'on rencontre exclusivement chez les innocents ou les recruteurs des sectes.

— Ça ne vous ennuie pas si on prend l'escalier ? a-t-elle demandé.

— Pas du tout.

La plupart des pensionnaires s'arrêtaient pour dire bonjour. Lindsey avait du temps pour chacun, elle rendait joyeusement chaque salut, même si Grace la cynique n'a pas pu s'empêcher de penser que c'était peut-être une manière d'impressionner les visiteurs. Il n'en restait pas moins que Lindsey connaissait tous les noms, et tout le monde a eu droit à un mot, à une remarque personnelle, ce que, visiblement, ils semblaient apprécier.

— On dirait qu'il y a une majorité de femmes, a commenté Grace.

— Quand je faisais mes études, on nous a appris que le rapport national dans les maisons de retraite était de cinq femmes pour un homme.

— Ça alors !

— Eh oui ! Bobby dit en rigolant que toute sa vie il a rêvé d'une pareille aubaine.

Grace a souri.

Lindsey a esquissé un geste de la main.

— Oh ! mais ce sont des paroles en l'air ! Sa femme — il l'appelle « sa Maudie » — est morte il y a une trentaine d'années. À mon avis, depuis il n'a eu d'yeux pour personne.

Du coup, elles se sont tues. Le couloir était peint en vert sapin et rose ; les murs étaient ornés d'images familières — estampes de Rockwell, chiens jouant au poker, photos noir et blanc tirées de vieux films tels *Casablanca* ou *L'Inconnu du Nord-Express*. Grace avançait en boitillant. Lindsey l'a remarqué mais, à l'exemple de la plupart des gens, elle n'a rien dit.

— On a plusieurs quartiers à L'Étoile, a-t-elle expliqué. C'est comme ça que nous appelons ces couloirs, des quartiers. Chacun a un thème différent. Celui où nous sommes maintenant c'est Nostalgie. Nous pensons que ça rassure les pensionnaires.

Elles se sont arrêtées à une porte. Une plaque sur le côté droit indiquait « B. Dodd ». Lindsey a frappé.

— Bobby ?

Pas de réponse. Elle a ouvert quand même. La pièce était petite, confortable. À droite, un minuscule coin cuisine. Sur la table basse, placée de sorte qu'on puisse la voir et de la porte et du lit, trônait une grande photo en noir et blanc d'une très belle femme ressemblant un peu à Lena Horne. Elle devait avoir dans les quarante ans, mais on voyait bien que la photo était vieille.

— La voilà, sa Maudie.

Grace a hoché la tête, perdue momentanément dans cette image au cadre en argent. Elle a songé à « son Jack ». Pour la première fois, elle s'est autorisée à envisager l'impensable : que Jack puisse ne jamais revenir. Cette pensée, elle l'éludait depuis l'instant où elle avait entendu démarrer le minivan. Elle pourrait ne plus jamais revoir Jack. Elle pourrait ne plus jamais le serrer dans ses bras. Elle pourrait ne plus jamais rire à une de ses blagues éculées. Elle pourrait — c'était de circonstance — ne pas vieillir avec lui.

— Tout va bien ?

— Ça va.

— Bobby doit être là-haut, à Réminiscence, en train de jouer aux cartes avec Ira.

Elles ont quitté la pièce à reculons.

— C'est un autre… euh, quartier ?

— Non. Réminiscence, c'est le nom que nous donnons au troisième étage. Il est réservé aux résidents qui souffrent d'Alzheimer.

— Ah !

— Ira ne reconnaît pas ses propres enfants, mais il se défend encore drôlement bien à la belote.

De retour dans le couloir, Grace a remarqué une espèce de vitrine à côté de la porte de Bobby Dodd. Elle l'a examinée de près. C'était une de ces boîtes vitrées qui servent à exposer des bibelots. Elle contenait des médailles militaires, une vieille balle de base-ball brunie par les ans, des images de toute une vie. Il y avait là la photo de son fils Bob, celle-là même que Grace avait vue la veille sur son ordinateur.

— La boîte à souvenirs, a commenté Lindsey.

— Sympa, a opiné Grace, qui ne savait pas quoi dire.

— Chaque patient en a une devant sa porte. C'est une façon de faire connaître aux autres qui on est.

Grace a acquiescé d'un signe de la tête. Enfermer une vie entière dans une boîte de vingt centimètres sur trente. Comme tout le reste dans cette maison, c'était approprié et en même temps ça donnait la chair de poule.

Pour accéder à Réminiscence, il fallait prendre un ascenseur qui fonctionnait avec un digicode.

— Pour que les pensionnaires n'aillent pas s'égailler dans la nature, a expliqué Lindsey.

Encore un point à ajouter au chapitre « Logique mais flippant ».

L'étage de Réminiscence était accueillant, parfaitement entretenu, bien équipé et angoissant. Certains pensionnaires paraissaient autonomes, mais la plupart étaient affalés dans un fauteuil roulant comme des fleurs fanées. D'autres tenaient encore debout et traînaient les pieds. Quelques-uns marmonnaient dans leur barbe. Tous avaient un regard vitreux, perdu dans le lointain.

Une femme, quatre-vingts ans bien tassés, s'est dirigée vers l'ascenseur, faisant tinter ses clés.

— Où allez-vous, Cécile ? a demandé Lindsey.

La vieille femme s'est retournée.

— Il faut que j'aille chercher Danny à l'école, il doit m'attendre.

— C'est bon, a répliqué Lindsey. Il ne sortira pas avant deux heures.

— Vous êtes sûre ?

— Mais oui. On va déjeuner d'abord, et ensuite vous irez chercher Danny, OK ?

— Il a sa leçon de piano aujourd'hui.

— Je sais.

Un membre du personnel est venu récupérer Cécile. Lindsey l'a regardée partir.

— Nous appliquons les techniques de la validation à nos patients qui en sont à un stade avancé d'Alzheimer.

— Les techniques de la validation ?

— Nous ne discutons pas avec eux, n'essayons pas de les confronter à la réalité. Par exemple, je ne lui dis pas que son Danny est maintenant un banquier de soixante-deux ans avec trois petits-enfants. Nous tâchons simplement de les réorienter.

Elles ont longé le couloir — pardon, le « quartier » — rempli de poupons plus vrais que nature. On y voyait aussi des ours en peluche et une table à langer.

— La nursery, a dit Lindsey.

— Ils jouent à la poupée ?

— Les plus valides, oui. Cela leur permet de se préparer aux visites de leurs petits-enfants.

— Et les autres ?

Lindsey n'a pas ralenti le pas.

— Certaines se prennent pour de jeunes mères.

Inconsciemment, ou peut-être pas, elles ont accéléré l'allure. Quelques secondes plus tard, Lindsey a lancé :

— Bobby ?

Bobby Dodd s'est levé de la table de jeu. Le premier mot qui venait à l'esprit en le voyant était « sémillant ». L'air frais et dispos, il avait une peau d'ébène, striée de rides profondes, un peu comme chez un alligator. Il était vêtu avec recherche : veste en tweed, mocassins bicolores, lavallière rouge avec pochette assortie. Ses cheveux gris coupés court étaient lissés avec de la brillantine.

Il s'est montré enjoué, même quand il a su que Grace était là pour lui parler de son fils assassiné. Elle cherchait des signes de dévastation — une lueur humide dans l'œil, un tremblement dans la voix —, mais Bobby Dodd ne manifestait rien de tel. Bon, d'accord, c'était peut-être un cliché... se pouvait-il cependant que la mort et les grandes tragédies affectent moins les personnes âgées que le reste d'entre nous ? Grace se posait la question. Les vieilles gens s'affolaient facilement pour des broutilles — retard dans les transports, file d'attente à l'aéroport, service de mauvaise qualité. Mais les choses importantes ne semblaient pas les atteindre. Était-ce une étrange forme d'égocentrisme qui venait avec l'âge ? Était-ce la proximité de l'inéluctable qui vous poussait à intérioriser, occulter ou chasser de votre tête les catastrophes majeures ? Serait-ce qu'une constitution fragile, un mécanisme de défense, un instinct de survie prenait le relais ?

Bobby Dodd était prêt à l'aider, mais il ne savait pas grand-chose, Grace l'a compris presque tout de suite. Son fils venait le voir deux fois par mois. Oui, il avait bien reçu le carton avec les affaires de Bob, seulement il ne l'avait pas ouvert.

— C'est au garde-meuble, a dit Lindsey à Grace.
— Ça vous ennuie que j'y jette un coup d'œil ?

Bobby Dodd lui a tapoté la cuisse.

— Pas du tout, mon enfant.
— Il faudra qu'on vous l'envoie, est intervenue Lindsey. Le garde-meuble n'est pas ici.
— C'est très urgent.
— Je le fais partir aujourd'hui.
— Je vous remercie.
Lindsey les a laissés seuls.
— Monsieur Dodd...
— Bobby, je vous prie.
— Bobby, a répété Grace. Quand avez-vous vu votre fils pour la dernière fois ?
— Trois jours avant sa mort.
C'est sorti spontanément, sans arrière-pensée. Elle a finalement surpris un frémissement derrière la façade et s'est interrogée sur le bien-fondé de ses réflexions — la vieillesse rendait-elle insensible à la souffrance ou était-ce simplement le masque qui gagnait en solidité ?
— Vous a-t-il paru différent ?
— Différent ?
— Préoccupé, quelque chose comme ça.
— Non.
Puis :
— Ou alors, je ne m'en suis pas rendu compte.
— De quoi avez-vous discuté ?
— On n'a pas grand-chose à se dire. Des fois, on parle de sa maman, mais surtout on regarde la télé. On a le câble ici, vous savez.
— Jillian était là aussi ?
— Non.
Il a répondu trop vite. Une ombre a traversé son visage.
— Mais il lui est déjà arrivé de venir ?
— Quelquefois.

— Pas cette fois-là ?
— Eh non.
— Ça vous a étonné ?
— Non, *ça* — lourdement accentué — ne m'a pas étonné.
— Et qu'est-ce qui vous a étonné alors ?
Il a détourné la tête et s'est mordu la lèvre.
— Elle n'était pas à l'enterrement.
Grace a cru avoir mal entendu. Bobby Dodd a hoché la tête, comme s'il pouvait lire dans ses pensées.
— Parfaitement. Sa propre femme.
— Ils avaient des problèmes de couple ?
— S'ils en avaient, Bob ne m'en a jamais parlé.
— Ils avaient des enfants ?
— Non.
Il a rajusté la lavallière.
— Pourquoi toutes ces questions, madame Lawson ?
— Grace, je vous prie.
Il n'a pas répondu. Son regard exprimait la sagacité et la tristesse. Peut-être l'explication à la froideur du grand âge est-elle beaucoup plus simple : ces yeux-là ont vu trop de mal. Ils ne veulent pas en voir davantage.
— Mon propre mari a disparu, a repris Grace. Je pense, mais je n'en suis pas certaine, qu'il y a un lien entre les deux.
— Comment s'appelle votre mari ?
— Jack Lawson.
Il a secoué la tête. Ce nom ne lui évoquait rien. Elle lui a demandé s'il avait un numéro de téléphone ou une idée pour joindre Jillian Dodd. Nouveau geste de dénégation. Ils se sont dirigés vers l'ascenseur. Comme Bobby ne connaissait pas le code, un garçon de salle les a raccompagnés, et ils sont descendus en silence.

Une fois à la porte, Grace l'a remercié.
— Votre mari, a-t-il soufflé. Vous l'aimez, n'est-ce pas ?
— Oui, beaucoup.
— J'espère que vous êtes plus forte que moi.
Bobby Dodd s'est éloigné. Grace a repensé à la photo dans le cadre d'argent, à sa Maudie, puis elle a gagné la sortie.

24

Conscient qu'il n'était pas habilité à ouvrir la voiture de Rocky Conwell, Perlmutter a pris Daley à part.
— Est-ce que DiBartola est en service ?
— Non.
— Appelez la femme de Rocky Conwell, demandez-lui si elle a un double des clés de la voiture. Dites-lui que nous l'avons retrouvée et que nous avons besoin de son autorisation pour la fouiller.
— C'est son ex-femme. Est-ce qu'elle a voix au chapitre ?
— Assez pour ce qu'il nous faut.
— Ça marche.
Aussitôt dit, aussitôt fait. La femme a accepté de coopérer. Ils ont fait un détour par Maple Street, Daley est monté en courant récupérer les clés. Cinq minutes plus tard, ils pénétraient dans le parking.
Il n'y avait aucune raison de soupçonner un acte criminel. Bien au contraire, tout laissait croire à une

issue banale. Généralement, quand on se garait là, c'était pour continuer le voyage. Un car emmenait son lot d'humanité harassée au cœur de Manhattan. Un autre vous déposait à la pointe nord de la fameuse île, près du pont George-Washington. D'autres encore vous conduisaient aux trois aéroports internationaux les plus proches — JFK, La Guardia, Newark Liberty —, et là, le monde entier s'offrait à vous. Non, le fait d'avoir retrouvé le véhicule de Rocky Conwell n'avait rien de suspect en soi.

Du moins au début.

Pepe et Pashaian, les deux flics qui gardaient la voiture, n'avaient rien remarqué. Le regard de Perlmutter a glissé sur Daley. Son visage non plus n'exprimait pas grand-chose. Tout ce monde affichait une tranquille assurance, persuadés qu'ils étaient d'avoir abouti à un cul-de-sac.

Rajustant leurs ceinturons, Pepe et Pashaian se sont approchés d'un pas nonchalant.

— B'jour, capitaine.

Perlmutter était en train de fixer la voiture.

— Vous voulez qu'on commence à interroger les agents de service ? a proposé Pepe. Peut-être que l'un d'eux se souviendra d'avoir vendu un ticket à Conwell.

— Je ne le crois pas, a répliqué Perlmutter.

Quelque chose dans le ton de sa voix a interloqué ses trois plus jeunes collègues. Ils se sont regardés en haussant les épaules. Perlmutter n'a pas donné d'explications.

Conwell possédait une Toyota Celica. Petite voiture, vieux modèle. Mais la taille et l'âge n'y étaient pour rien. Pas plus que la rouille le long des jantes, les deux enjoliveurs manquants et les deux autres tellement crasseux qu'on ne faisait plus la différence entre le métal et le caoutchouc. Non, rien de tout cela ne dérangeait Perlmutter.

En contemplant l'arrière de la voiture, il songeait à ces shérifs de province dans les films d'horreur — vous savez, quand tout va mal, que les habitants de la ville ont un comportement bizarre et que le nombre de cadavres est en constante progression, le shérif, ce brave type loyal, généreux et intelligent assiste, impuissant, à la débâcle. C'est ce que Perlmutter ressentait en ce moment, car l'arrière de la voiture était bas.

Beaucoup trop bas.

Il n'y avait qu'une seule raison à cela : le coffre contenait quelque chose de lourd.

Ce pouvait être n'importe quoi, bien sûr. Rocky Conwell avait été footballeur. Il devait soulever des poids. Peut-être transportait-il un jeu d'haltères. Si ça se trouve, la réponse était aussi simple que ça : ce cher Rocky se baladait avec tout son matos. Pour le rapporter, qui sait, dans l'appartement de Maple Street occupé par son ex. Elle s'inquiétait pour lui. Ils étaient sur le point de se rabibocher. Alors Rocky avait chargé sa voiture — OK, pas toute la voiture, juste le coffre, car on voyait bien qu'il n'y avait rien sur la banquette arrière —, bref, il l'avait chargée pour emménager chez elle.

Faisant tinter les clés, Perlmutter s'est dirigé vers la Toyota Celica. Daley, Pepe et Pashaian restaient à l'écart. Il a jeté un œil sur les clés. Le porte-clés représentait un casque de footballeur de l'université de Penn State. Il avait l'air vieux et éraflé. Le capitaine s'est demandé pourquoi la femme de Rocky — elle s'appelait

Lorraine, si ses souvenirs étaient bons — avait gardé ce porte-clés, à quoi elle pensait en le regardant.

S'arrêtant devant le coffre, il a humé l'air. Rien, aucune trace. Il a mis la clé dans la serrure, l'a tournée. La serrure s'est ouverte dans un déclic sonore. Il a soulevé le couvercle, l'air s'est échappé de manière quasi audible. Cette fois-ci, oui, l'odeur était incontestable.

Quelque chose de volumineux était entassé dans le coffre comme un oreiller géant. Sans crier gare, la chose a jailli tel un diable de sa boîte. Perlmutter a reculé d'un bond. Sortie la première, la tête a heurté violemment le bitume.

Aucune importance, d'ailleurs. Rocky Conwell était déjà mort.

25

Et maintenant ?

Pour commencer, Grace était morte de faim. Elle a traversé le pont Washington, pris la sortie Jones Road et s'est arrêtée pour casser la croûte dans un restaurant chinois curieusement appelé Baumgart's. Elle mangeait en silence, se sentant plus seule que jamais, luttant pour ne pas s'effondrer. Que se passait-il ? L'avant-veille encore — seulement l'avant-veille ? — elle était allée chercher des photos au Photomat. C'était tout. La vie était belle. Elle avait un mari qu'elle adorait et deux gamins merveilleux, extraordinairement éveillés. Elle avait du temps pour peindre. Tout le monde était en bonne santé, ils possédaient de l'argent à la banque. Puis elle était tombée sur une photo, une vieille photo, et voilà...

Grace en avait presque oublié Josh la Touffe de Poils.

C'était lui qui avait développé le rouleau de pellicule, lui qui avait mystérieusement quitté la boutique peu après qu'elle avait récupéré ses photos. C'était donc lui, pas de doute là-dessus, qui avait glissé cette fichue photo dans son paquet.

S'emparant de son téléphone portable, elle a appelé les renseignements pour leur demander le numéro du Photomat à Kasselton et a même payé un supplément pour être directement mise en relation avec le magasin. On a décroché à la troisième sonnerie.

— Photomat, bonjour.

Grace n'a rien dit. Pas d'erreur, cette voix traînante, aux inflexions blasées, elle l'aurait reconnue entre mille : Touffe de Poils était de retour dans la boutique.

Elle a pensé couper la communication, mais peut-être que — elle ne savait pas trop comment — ça risquait d'éveiller ses soupçons, de le faire fuir. Elle a donc changé sa voix et, avec un petit accent chantant, s'est enquis de l'heure de la fermeture.

— Ben, six heures, a répondu Touffe de Poils.

Elle l'a remercié, mais il avait déjà raccroché. La note était sur la table. Elle a payé, se retenant pour ne pas courir jusqu'à la voiture. La route 4 était complètement dégagée. Après avoir dépassé une flopée de centres commerciaux, elle a trouvé une place de parking non loin du Photomat. Son portable a sonné.

— Allô ?
— Carl Vespa à l'appareil.
— Oh ! bonjour !

— Désolé pour hier. De t'avoir imposé Jimmy X de la sorte.

Elle a hésité à lui parler de la visite du chanteur et décidé que ce n'était pas le moment.

— Ce n'est pas grave.

— Je sais que tu t'en fiches, mais apparemment Wade Larue va être relaxé.

— C'est peut-être aussi bien.

— Peut-être, a répliqué Vespa sans conviction. Tu es sûre de ne pas avoir besoin de protection ?

— Sûre et certaine.

— Si jamais tu changes d'avis...

— Je vous appellerai.

Il y a eu une drôle de pause.

— Des nouvelles de ton mari ?

— Non.

— Est-ce qu'il a une sœur ?

Grace a changé le téléphone de main.

— Oui. Pourquoi ?

— Son nom est Sandra Koval ?

— Oui. Qu'est-ce qu'elle vient faire là ?

— On en reparlera.

Il a raccroché. Grace fixait le téléphone. C'était quoi, cette histoire ? Elle a secoué la tête, s'efforçant de reprendre ses esprits. Inutile d'insister.

Attrapant son sac, elle s'est hâtée en boitillant vers le Photomat. Sa jambe lui faisait mal. Marcher était un supplice, comme si quelqu'un s'agrippait à sa cheville et qu'elle était obligée de le traîner derrière elle. Trois boutiques avant le Photomat, un homme en costume trois-pièces a surgi sur son chemin.

— Madame Lawson ?

Une étrange pensée a effleuré Grace tandis qu'elle

regardait l'inconnu : ses cheveux blond-roux étaient quasiment de la même couleur que son complet, on aurait cru qu'ils avaient été fabriqués à partir du même matériau.

— Vous désirez ? a-t-elle demandé.

De la poche de son veston, l'homme a sorti une photo qu'il a brandie à la hauteur de son visage.

— C'est vous qui avez diffusé ça sur le Net ?

C'était la photo tronquée de la blonde et de la rousse.

— Qui êtes-vous ?

— Je m'appelle Scott Duncan. Je travaille au bureau du procureur.

Puis, désignant la fille blonde tournée vers Jack, celle dont le visage était barré d'un X :

— Et elle, c'est ma sœur.

26

Perlmutter a annoncé la nouvelle à Lorraine Conwell avec tous les ménagements possibles.

Il lui était déjà arrivé à de nombreuses reprises d'être porteur d'une mauvaise nouvelle. D'habitude, cela concernait surtout les accidents de la route. La première réaction de Lorraine a été de fondre en larmes, mais à présent, assommée par le choc, elle avait les yeux secs.

Les différents stades de la douleur : en principe, c'est censé commencer par le déni. En fait, c'est faux, c'est même tout le contraire — une acceptation totale. On entend la mauvaise nouvelle, on comprend très exactement ce qu'on est en train de vous dire. On comprend qu'un être aimé — votre conjoint, votre parent, votre enfant — ne rentrera plus, qu'il a disparu définitivement, que sa vie est finie et que jamais, jamais vous ne le reverrez. Tout ça, vous le comprenez en un éclair. Vos jambes flageolent, votre cœur lâche.

C'est le premier pas : pas seulement l'acceptation, pas seulement la compréhension, mais la vérité dans toute son horreur. Les êtres humains ne sont pas faits pour supporter une souffrance pareille, alors c'est là qu'intervient le déni. Le déni s'installe rapidement, pour guérir les blessures ou du moins les panser. Cependant, il y a toujours ce moment — bref, Dieu merci —, le véritable stade numéro un, où l'on entend la nouvelle, on se penche au-dessus de l'abîme et, aussi atroce que cela puisse être, on comprend tout.

Lorraine Conwell se tenait droite comme un piquet, ses lèvres tremblaient légèrement, ses yeux étaient secs. Elle paraissait petite et seule, et Perlmutter avait une envie folle de la prendre dans ses bras.

— Rocky et moi, a-t-elle soufflé, on allait se remettre ensemble.

Il a hoché la tête, l'air encourageant.

— C'est ma faute, vous savez. Je l'ai mis dehors. Je n'aurais pas dû.

Elle l'a regardé avec ses yeux violets.

— Il n'était pas comme ça quand nous nous sommes rencontrés. Il avait des rêves, à l'époque. Il était tellement sûr de lui. Mais ne plus pouvoir jouer au foot, ça l'a miné. Et moi, je n'ai pas pu vivre avec ça.

Perlmutter a acquiescé de nouveau. Il aurait voulu rester, l'aider, mais il n'avait vraiment pas le temps d'écouter l'histoire de sa vie. Il avait du pain sur la planche.

— Est-ce que quelqu'un voulait du mal à Rocky ? Avait-il des ennemis ?

Elle a secoué la tête.

— Non, personne.

— Il a fait de la prison.

— Oui. C'est tout bête : une bagarre dans un bar qui a dégénéré.

Perlmutter a jeté un coup d'œil en direction de Daley. La bagarre, ils étaient au courant. Ils s'étaient déjà penchés sur la question pour voir si la victime n'avait pas cherché à se venger. Cela semblait peu probable.

— Rocky avait-il un emploi ?

— Oui.

— Où ?

— À Newark. Il travaillait à la fabrique Budweiser, celle qui est à côté de l'aéroport.

— Vous avez appelé chez nous, hier.

Regardant droit devant elle, Lorraine a fait oui de la tête.

— Vous avez parlé à l'agent DiBartola.

— Oui. Il a été très gentil.

Certes.

— Vous lui avez dit que Rocky n'était pas rentré du travail.

Nouveau signe de la tête.

— Vous avez téléphoné en début de matinée, pour dire qu'il travaillait la nuit d'avant.

— C'est exact.

— Il faisait les trois-huit ?

— Non, il avait un deuxième boulot. (Elle s'est trémoussée légèrement.) Au noir.

— C'était quoi, ce boulot ?

— C'est une dame qui l'employait.

— Et c'était quoi ?

Elle a essuyé une larme du bout du doigt.

— Rocky n'en parlait pas trop. Il délivrait des convocations, des choses comme ça.

— Vous connaissez le nom de cette dame ?

— C'est un nom étranger, je n'arrive pas à le prononcer.

Perlmutter n'a pas eu à chercher longtemps.

— Indira Khariwalla ?

— C'est ça.

Lorraine Conwell a levé les yeux sur lui.

— Vous la connaissez ?

Et comment. Ça faisait un bail, mais il la connaissait bien, oui.

Grace avait remis à Scott Duncan la photo d'origine, avec les cinq personnes dessus. Il n'arrivait pas à en détacher les yeux, de sa sœur surtout. Il a effleuré son visage du bout du doigt. Grace osait à peine le regarder.

Installés dans sa cuisine, ils discutaient depuis une bonne demi-heure déjà.

— Vous avez eu ça il y a deux jours ? a demandé Scott Duncan.

— Oui.

— Et ensuite, votre mari... c'est lui, là ?

Il a désigné Jack sur la photo.

— Oui.

— Il s'est enfui ?

— Il a disparu, il ne s'est pas enfui.

— D'accord. D'après vous, il aurait été, quoi, kidnappé ?

— Je ne sais pas ce qui s'est passé. Je sais seulement qu'il est dans le pétrin.

Le regard de Scott était rivé sur la vieille photo.

— Parce qu'il vous a adressé une sorte d'avertissement en disant qu'il avait besoin d'espace, c'est ça ?

— Monsieur Duncan, j'aimerais savoir comment vous êtes tombé sur cette photo. Et comment vous m'avez trouvée.

— Vous l'avez diffusée par l'intermédiaire d'une espèce de spam. Quelqu'un a reconnu la photo et me l'a fait parvenir. Je suis remonté jusqu'à l'expéditeur et je lui ai fait un peu de chantage.

— C'est pour ça qu'on n'a reçu aucune réponse ?

Duncan a hoché la tête.

— Je voulais vous parler d'abord.

— Je vous ai raconté tout ce que je sais. J'allais justement prendre le gars du Photomat entre quat'z'yeux quand vous m'avez interceptée.

— On va l'interroger, ne vous inquiétez pas.

Il regardait toujours la photo. Grace avait fait les frais de la conversation. Il ne lui avait rien dit, à part le fait que la fille sur la photo était sa sœur. Grace a indiqué le visage barré.

— Parlez-moi d'elle.

— Elle s'appelait Geri. Ce nom vous évoque quelque chose ?

— Non, désolée.

— Votre mari ne l'a jamais mentionnée ? Geri Duncan.

— Pas que je m'en souvienne.

Puis :

— Vous dites qu'elle *s'appelait* ?

— Pardon ?

241

— Vous avez employé le passé.

— Elle est morte dans un incendie quand elle avait vingt et un ans, dans la chambre de son foyer d'étudiants.

Grace s'est figée.

— Elle faisait ses études à Tufts, n'est-ce pas ?

— Oui. Comment le savez-vous ?

Elle comprenait mieux maintenant pourquoi ce visage lui avait paru familier. Il y avait eu des photos dans la presse, à l'époque. Grace elle-même était en rééducation et passait son temps à lire les journaux.

— J'ai vu des articles là-dessus. C'était un accident, non ? Un court-circuit, quelque chose comme ça ?

— C'est ce que je croyais. Jusqu'à il y a trois mois.

— Qu'est-ce qui a changé ?

— Dans le cadre de mon travail, j'ai eu affaire à un certain Monte Scanlon. C'est un tueur à gages. Sa mission consistait à maquiller les meurtres en accidents.

Grace s'efforçait de digérer cette information.

— Et vous l'avez appris seulement il y a trois mois ?

— Oui.

— Vous avez mené une enquête ?

— Et je continue, mais ça remonte à loin. (Il s'exprimait d'une voix plus douce, à présent.) Il ne reste pas beaucoup d'indices après toutes ces années.

Grace s'est détournée.

— J'ai découvert que Geri sortait avec un garçon, un jeune du coin nommé Shane Alworth. Ce nom ne vous dit rien ?

— Non.

— Vous en êtes sûre ?

— Certaine, oui.

— Shane Alworth avait un casier, rien de bien sérieux, mais du coup je me suis renseigné à son sujet.

— Et ?
— Il a disparu.
— Disparu ?
— Sans laisser de traces. Je ne le trouve dans aucun fichier professionnel. Il n'y a pas de Shane Alworth sur la liste des contribuables. Même son numéro de sécurité sociale n'a rien donné.
— Ça fait combien de temps ?
— Qu'il a disparu ? Je suis remonté dix ans en arrière. Sans résultat.

Duncan a sorti une autre photo de la poche de son veston.

— Vous le reconnaissez ?

Elle a examiné longuement le cliché. Pas de doute, c'était l'autre garçon sur la photo. Elle a interrogé Duncan du regard, et il a hoché la tête.

— C'est louche, hein ?
— Où avez-vous eu ça ? a-t-elle demandé.
— C'est la mère de Shane qui me l'a donnée. Elle prétend que son fils habite dans une petite ville du Mexique, il serait missionnaire ou un truc comme ça, c'est pour ça que son nom n'apparaît nulle part. Shane a un frère qui vit à Saint-Louis, psychologue de son métier. Il a confirmé la version de la mère.
— Mais vous n'y croyez pas.
— Et vous ?

Grace a reposé la photo-mystère sur la table.

— Donc, nous connaissons trois personnes sur cette photo, a-t-elle résumé, plus pour elle-même qu'à l'intention de Duncan. Votre sœur, qui a été assassinée. Son copain, Shane Alworth, le garçon que voici. Il s'est volatilisé. Et mon mari, qui a disparu juste après avoir vu cette photo. C'est bien ça ?

— Tout à fait.
— Qu'est-ce qu'elle a dit d'autre, la mère ?
— Que Shane était injoignable. Elle pense qu'il est dans la forêt amazonienne.
— La forêt amazonienne ? Au Mexique ?
— Ses notions de géographie étaient un peu floues.
Grace a secoué la tête et désigné la photo.
— Il nous reste ces deux filles-là. Vous avez une idée ?
— Pas encore, mais nous en savons davantage aujourd'hui. La rousse, on ne va pas tarder à l'identifier. Quant à l'autre, celle qui tourne le dos à l'objectif, je me demande si on y arrivera un jour.
— Avez-vous appris autre chose ?
— Pas vraiment. J'ai fait exhumer le corps de Geri. Cela a pris un certain temps. Une autopsie complète est en cours pour voir s'il y a des preuves matérielles, mais je ne compte pas trop là-dessus. Ceci… (Il a levé la photo récupérée sur le Net.)… est la première véritable piste dont je dispose.

Elle n'a pas aimé la note d'espoir dans sa voix.
— Ce n'est qu'une photo.
— Vous ne pensez pas ce que vous dites.
Grace a posé les mains sur la table.
— Vous croyez que mon mari a quelque chose à voir avec la mort de votre sœur ?
Duncan s'est frotté le menton.
— Bonne question.
Elle attendait.
— Quelque chose à voir, oui, sans doute. Mais à mon avis, ce n'est pas lui qui l'a tuée, si c'est ça que vous sous-entendez. Il y a longtemps, il leur est arrivé je ne sais quoi. Ma sœur est morte dans un incendie, et votre mari s'est réfugié à l'étranger. En France, c'est ça ?

— Oui.
— Et Shane Alworth aussi. Tout ça est lié. Forcément.
— Ma belle-sœur est au courant de certaines choses.
Scott Duncan a hoché la tête.
— Elle est avocate, c'est ça ?
— Oui. Chez Burton et Crimstein.
— Dommage. Je connais Hester Crimstein : si elle choisit de se taire, je n'ai aucun moyen de faire pression sur elle.
— Qu'est-ce qu'on fait, alors ?
— On continue à secouer la cage.
— Secouer la cage ?
— Oui, c'est la seule façon de progresser.
— Commençons par secouer Josh du Photomat, a proposé Grace. C'est lui qui m'a filé cette photo.
Duncan s'est levé.
— C'est une idée.
— Maintenant ?
— Oui.
— J'aimerais venir avec vous.
— Eh bien, allons-y.

— Ma parole, c'est le capitaine Perlmutter ! Que me vaut l'honneur ?
Indira Khariwalla était petite et ratatinée. Sa peau foncée — elle était originaire d'Inde, comme son nom l'indiquait, plus précisément de Bombay — avait tendance à s'épaissir. Elle était encore belle femme, mais sans comparaison aucune avec la tentatrice exotique qu'il avait connue dans la fleur de l'âge.
— Ça fait des lustres, a-t-il répondu.
— Eh oui !

Le sourire, jadis éblouissant, semblait exiger un gros effort à présent, fendant presque la peau.

— Mais je préfère ne pas ressasser le passé.

— Moi non plus.

Quand Perlmutter avait commencé à travailler à Kasselton, il avait fait équipe avec un vieux briscard à un an de la retraite, Steve Goedert, un type formidable. Une profonde amitié était née entre les deux hommes. Goedert avait trois grands enfants et une femme, Susan. Perlmutter ignorait comment il avait rencontré Indira. Mais Susan, en tout cas, avait découvert leur liaison.

Avance rapide sur le sordide divorce.

Goedert n'avait plus un sou une fois que les avocats en avaient eu terminé avec lui. Il s'était installé comme détective privé, avec une spécialité : l'infidélité. Du moins, c'était ce qu'il prétendait. Aux yeux de Perlmutter, c'était de l'arnaque pure et simple. Il se servait d'Indira en guise d'appât. Elle abordait le mari, l'embobinait, et Goedert prenait des photos. Perlmutter lui avait conseillé d'arrêter. La fidélité n'était pas un jeu. Ni un canular.

Goedert devait savoir qu'il se fourvoyait. Il s'est mis à boire et n'a jamais réussi à décrocher. Lui aussi avait une arme chez lui ; lui aussi l'a utilisée, pas pour défendre son domicile. Après sa mort, Indira a repris l'agence, gardant le nom de Goedert sur la porte.

— C'est vieux, tout ça, a-t-elle dit doucement.

— Vous l'aimiez ?

— Ça ne vous regarde pas.

— Vous avez brisé sa vie.

— Vous croyez vraiment que je peux exercer ce genre de pouvoir sur un homme ?

Elle a changé de position dans son fauteuil.

— Que puis-je pour vous, capitaine ?

— Vous employez quelqu'un du nom de Rocky Conwell.

Pas de réponse.

— Au noir, je sais. Ce n'est pas ça qui m'intéresse.

Toujours rien. Il a jeté sur la table un grossier Polaroïd du cadavre de Conwell.

Le regard d'Indira a glissé dessus, négligemment, avant de se figer.

— Seigneur Dieu !

Perlmutter attendait, mais elle n'a rien ajouté. Elle a continué à fixer la photo, puis elle s'est laissée aller en arrière.

— Sa femme m'a dit qu'il travaillait pour vous.

Elle a hoché la tête.

— Qu'est-ce qu'il faisait ?

— Le service de nuit.

— C'était quoi, le service de nuit ?

— Il s'occupait d'impayés, parfois aussi il portait des convocations.

— Quoi d'autre ?

Silence.

— Il y avait du matériel dans sa voiture. On a trouvé un téléobjectif et une paire de jumelles.

— Et alors ?

— Il faisait de la surveillance ?

Elle l'a regardé, les larmes aux yeux.

— Vous pensez qu'il a été tué dans l'exercice de son travail ?

— Ça m'en a tout l'air, mais je ne pourrai pas l'affirmer avec certitude tant que vous ne m'aurez pas expliqué en quoi consistait son boulot.

Détournant les yeux, Indira s'est mise à se balancer dans son fauteuil.

— Il était en service avant-hier soir ?
— Oui.
Nouveau silence.
— Que faisait-il, Indira ?
— Je ne peux pas le dire.
— Pourquoi ?
— J'ai des obligations vis-à-vis de mes clients. Vous connaissez la chanson, Stu.
— Vous ne dirigez pas un cabinet d'avocats.
— Non, mais il m'arrive de collaborer avec eux.
— Vous voulez dire que cette enquête, c'était à la demande d'un avocat ?
— Je ne veux rien dire du tout.
— Je vous remontre la photo ?
Elle a souri presque.
— Vous croyez que ça va m'inciter à parler ?
Néanmoins, elle y a jeté un œil.
— Je ne vois pas de sang, a-t-elle fait observer.
— Il n'y en avait pas.
— Il n'a pas été tué d'une balle ?
— Non. Ni balle, ni coup de couteau.
Elle avait l'air perplexe.
— Alors comment est-il mort ?
— Je n'ai pas encore la réponse. Il est sur la table, à cette heure. Mais j'ai mon idée là-dessus, vous voulez savoir ?
Elle n'y tenait pas, non. Cependant, elle a hoché lentement la tête.
— Il est mort par suffocation.
— On l'aurait étranglé ? Avec un garrot ?
— J'en doute. Il n'y a aucune marque de ligature dans le cou.
Elle a froncé les sourcils.

— Rocky était énorme, et fort comme un bœuf. Ça doit être un poison, quelque chose dans le genre.

— Je ne crois pas. D'après le médecin légiste, le larynx a été fortement endommagé.

Elle était de plus en plus déconcertée.

— En d'autres termes, il a eu la gorge broyée comme une coquille d'œuf.

— Il aurait donc été étranglé à mains nues ?

— On n'en sait rien.

— Il était trop costaud pour ça, a-t-elle rétorqué.

— Qui suivait-il ? a demandé Perlmutter.

— J'ai un coup de fil à donner. Attendez-moi dans le couloir.

Il n'a pas attendu très longtemps. Quand Indira est sortie, elle avait la voix crispée.

— Je ne peux pas vous parler, je regrette.

— Ordre d'avocat ?

— Je ne peux pas vous parler.

— Je reviendrai. Avec un mandat.

— Bonne chance, a-t-elle répondu en lui tournant le dos.

Et Perlmutter a eu le sentiment que peut-être elle le pensait vraiment.

27

Grace et Scott Duncan sont retournés au Photomat. Le cœur de Grace s'est serré quand elle a vu que Touffe de Poils n'y était pas.

Bruce, le directeur adjoint, a bombé le torse. Scott Duncan a sorti son badge, et le torse s'est dégonflé.

— Josh est parti déjeuner, a-t-il marmonné.

— Vous savez où ?

— D'habitude, il va au Taco Bell. C'est un peu plus bas dans la rue.

Grace connaissait l'endroit. Elle s'est hâtée dehors, craignant de perdre à nouveau sa trace. Scott a suivi. Sitôt entrée au Taco Bell, assaillie par des odeurs de graillon, elle a repéré Josh.

Détail important, Josh l'a repérée aussi, elle. Il a écarquillé les yeux.

Scott Duncan s'est arrêté.

— C'est lui ?

Grace a hoché la tête.

Touffe de Poils était seul. Penché en avant, ses cheveux lui tombaient sur le visage à la manière d'un rideau. Son expression — il ne devait pas en avoir d'autre — était maussade. Il a mordu dans le taco comme si celui-ci venait d'insulter son groupe grunge préféré. Il avait le casque sur les oreilles, le cordon trempait dans la crème fraîche. Grace ne voulait pas passer pour une vieille rombière, mais franchement, avoir ce genre de bruit branché directement sur le cerveau toute la journée ne pouvait pas être bon. Elle-même aimait la musique. Quand elle était seule, elle la mettait plus fort, chantait, dansait, tout. Donc, ce n'était pas une question de musique, ni de volume. Mais quelles étaient les conséquences sur la santé mentale d'une musique, probablement âpre et violente, qui résonnait non-stop dans les oreilles ? Isolement auditif, murailles solitaires du son, pour paraphraser Elton John, et pas d'échappatoire possible. Aucun bruit de la vie ne filtre jusqu'à vous.

Aucune parole vivante. Votre existence se déroule sur une bande-son artificielle.

Ça ne pouvait pas être sain.

Josh a baissé la tête, faisant mine de ne pas les voir. Il était si jeune. Et si pitoyable, assis tout seul à sa table. Grace a songé à ses rêves, à ses espoirs, au fait qu'il s'était déjà engagé dans une voie semée de désillusions. Elle a pensé à la mère de Josh, à tout ce qu'elle avait dû tenter, à ses angoisses. Elle a pensé à son propre fils, son petit Max, et à ce qu'elle ferait si jamais il choisissait de suivre cette pente-là.

Elle et Scott Duncan se sont plantés devant la table de Josh. Il a enfourné une nouvelle bouchée avant de lever les yeux. La musique beuglant dans ses écouteurs était si forte qu'on pouvait distinguer les paroles. Ça parlait de putes et de salopes. Scott Duncan a pris les choses en main, et elle l'a laissé faire.

— Vous reconnaissez cette dame ? a demandé Scott.

Josh a haussé les épaules. Il a baissé le son.

— Enlevez ça, a ordonné Scott. Tout de suite.

Il a obtempéré, mais sans se presser.

— Je vous ai posé une question. Reconnaissez-vous cette dame ?

Josh a risqué un coup d'œil en direction de Grace.

— Ouais, peut-être.

— D'où la connaissez-vous ?

— De mon boulot.

— Vous travaillez au Photomat, n'est-ce pas ?

— Ouais.

— Et Mme Lawson est une de vos clientes.

— C'est ce que j'ai dit.

— Vous souvenez-vous de la dernière fois où elle est venue à la boutique ?

— Non.
— Réfléchissez.
Nouveau haussement d'épaules.
— Il y a deux jours, ça vous paraît juste ?
— Possible.
Scott Duncan avait l'enveloppe du Photomat à la main.
— C'est bien vous qui avez développé ce rouleau, n'est-ce pas ?
— Si vous le dites.
— Non, je vous le demande. Regardez l'enveloppe.
Il a obéi. Grace ne bronchait pas. Josh n'avait pas cherché à savoir qui était Scott Duncan ni ce qu'ils lui voulaient, elle trouvait ça curieux.
— Ouais, c'est moi qui l'ai développé.
Duncan a sorti la photographie où figurait sa sœur et l'a posée sur la table.
— C'est vous qui avez mis ça dans le paquet de Mme Lawson ?
— Non, a objecté Josh.
— Vous êtes sûr de ça ?
— Absolument.
Grace a attendu une fraction de seconde, sentant bien qu'il mentait. Pour la première fois, elle a ouvert la bouche.
— Comment le savez-vous ?
Ils l'ont regardée tous les deux. Josh a fait :
— Hein ?
— Comment ça se passe, le développement d'un film ?
Josh a refait : « Hein ? »
— Vous placez le rouleau dans la machine, a décrit Grace. Les photos sortent en pile. Vous mettez la pile dans une enveloppe. C'est ça, non ?
— Ouais.

— Vous regardez chaque photo que vous tirez ?

Pas de réponse. Il a jeté un œil autour de lui comme pour demander de l'aide.

— Je vous ai vu travailler, poursuivait Grace. Vous lisez vos magazines, vous écoutez votre musique. Vous ne vérifiez pas toutes les photos. Ma question est, Josh : comment savez-vous ce qu'il y avait dans cette pile ?

Josh a levé les yeux sur Scott Duncan. Aucune aide non plus de ce côté-là. Il lui a tourné le dos.

— Elle est bizarre, c'est tout. Cette photo, on dirait qu'elle a cent ans. Le format est bon, mais c'est pas du papier Kodak. C'est ça que j'ai voulu dire.

Josh était content de sa trouvaille. Son regard s'est illuminé, et il a enchaîné avec entrain :

— Ouais, c'est de ça que j'ai cru qu'il parlait quand il m'a demandé si c'est moi qui l'ai mise là-dedans.

Grace s'est bornée à le dévisager.

— Écoutez, je ne sais pas ce qui passe par cette machine, mais j'ai jamais vu ce tirage. C'est tout ce que je sais, OK ?

— Josh ?

Josh s'est tourné vers Scott Duncan.

— Cette photo a atterri dans le paquet de Mme Lawson. Vous n'avez pas la moindre idée de la façon dont elle a pu y arriver ?

— Peut-être qu'elle l'a prise elle-même.

— Non, a dit Duncan.

Josh a haussé laborieusement les épaules. Il devait avoir des trapèzes en béton, à force de les mettre à contribution.

— Expliquez-moi comment ça marche, comment vous faites pour développer les photos.

— C'est comme elle a dit. Je place le film dans la

machine, elle fait le reste. Je fixe juste le format et le nombre.

— Le nombre ?

— Ben oui, un tirage par négatif, deux tirages, *et cetera*.

— Et elles sortent en pile ?

— Ouais.

Josh était plus à l'aise maintenant, en terrain connu.

— Puis vous les mettez dans une enveloppe ?

— Exact. L'enveloppe déjà signée par le client. Après, j'ai plus qu'à les ranger par ordre alphabétique, et voilà.

Scott Duncan a regardé Grace, silencieuse, avant de sortir son badge.

— Vous savez ce que signifie ce badge, Josh ?

— Non.

— Il signifie que je travaille pour le bureau du procureur, et je peux vous rendre la vie dure si vous me contrariez. Vous comprenez ça ?

Josh, l'air apeuré, a hoché la tête.

— Je vous demande donc une dernière fois : que savez-vous au sujet de cette photographie ?

— Rien. Je le jure.

Il a regardé autour de lui.

— Faut que je retourne bosser.

Il s'est levé. Grace lui a barré le chemin.

— Pourquoi avez-vous quitté votre travail de bonne heure, l'autre jour ?

— Hein ?

— Une heure environ après que j'ai récupéré le rouleau, je suis repassée à la boutique et vous n'étiez pas là. Le lendemain matin non plus. Que vous est-il arrivé ?

— J'étais malade.

— Ah oui ?
— Ouais.
— Et ça va mieux maintenant ?
— Je crois.

Il a tenté de forcer le passage.

— Votre patron m'a affirmé que vous aviez une urgence familiale. C'est ce que vous lui avez raconté ?
— Faut que j'aille bosser.

Cette fois, il a réussi à se faufiler et s'est pratiquement rué vers la porte.

Beatrice Smith n'était pas chez elle.

Eric Wu est entré sans aucun problème. Il a fait le tour de la maison. Personne. Sans retirer ses gants, il a allumé l'ordinateur. Le PIM[1] de Beatrice — un terme savant pour désigner son agenda — s'intitulait Temps & Chaos. Il l'a ouvert et a consulté son calendrier.

Beatrice Smith était en visite chez son docteur de fils à San Diego. Elle serait de retour dans deux jours — un délai largement suffisant pour sauver sa peau. Wu n'a pas pu s'empêcher de réfléchir aux caprices du destin. Il a parcouru son calendrier sur les deux mois passés et les deux mois à venir : aucun autre voyage n'était programmé. S'il avait débarqué à un moment différent, Beatrice Smith serait morte. Wu aimait bien songer à ces choses-là, ces petits détails insignifiants, inconscients, sur lesquels nous n'avons pas de prise et qui peuvent changer le cours de notre vie. Appelez cela destinée, chance, hasard, Dieu. Wu trouvait ça passionnant.

1. *Personal Information Manager* : gestionnaire d'informations personnelles. *(N.d.T.)*

Beatrice Smith avait un garage à deux places. Sa Land Rover couleur sable occupait le côté droit. Le côté gauche était vide. Il y avait une tache d'huile sur le sol. Maury devait garer sa voiture à cet endroit. Elle gardait cette place — malgré lui, Wu a pensé à la mère de Freddy Sykes — comme si ç'avait été sa place attitrée au lit. Wu a rangé la Ford Windstar et ouvert le hayon arrière. Jack Lawson n'avait pas l'air très frais. Wu lui a détaché les jambes pour qu'il puisse marcher, gardant ses poignets ligotés, puis l'a conduit à l'intérieur. Lawson est tombé deux fois. La circulation sanguine ne s'était pas entièrement rétablie dans ses jambes. Wu l'a relevé par le col de sa chemise.

— Je vais vous retirer le bâillon.

Jack Lawson a hoché la tête. Ça se voyait dans ses yeux : Lawson était brisé. Wu ne l'avait pas trop fait souffrir — pas encore, du moins —, mais quand on se retrouve enfermé dans le noir, seul avec ses pensées, l'esprit se tourne en dedans et c'est la débandade. C'était ça, le plus grand danger. Le gage de la sérénité était de continuer à travailler, à aller de l'avant. Quand on avance, on ne pense pas à la culpabilité ou à l'innocence. On ne pense pas au passé, à ses rêves, à ses bonheurs ou à ses déceptions, on se préoccupe juste de survivre, de prendre des coups ou d'en donner. De tuer ou d'être tué.

Wu a enlevé le bâillon. Lawson n'a pas supplié ni posé de questions, il n'en était plus à ce stade. Wu a attaché ses jambes à une chaise, ensuite il a fouillé le réfrigérateur et le garde-manger. Les deux hommes ont mangé en silence. Quand ils ont eu terminé, Wu a lavé et rangé les assiettes. Jack Lawson demeurait ligoté sur sa chaise.

Le portable de Wu a sonné.

— Oui.

— On a un problème.

Wu attendait.

— Quand vous l'avez cueilli, il avait un exemplaire de cette photo sur lui, n'est-ce pas ?

— Oui.

— Et il a dit qu'il n'y en avait pas d'autres ?

— Oui.

— Il s'est trompé.

Wu se taisait.

— Sa femme a une copie de la photo. Et elle la brandit partout.

— Je vois.

— Vous pouvez vous en occuper ?

— Non, a fait Wu. Je ne peux pas retourner là-bas.

— Pourquoi ?

Il n'a pas répondu.

— Laissez tomber. On va demander à Martin, il a des informations sur ses enfants.

Wu n'était pas trop d'accord, mais il a gardé ses réflexions pour lui.

— On s'en charge, a répété la voix au téléphone.

Et on a raccroché.

28

— Josh ment, a lâché Grace.

Ils étaient de retour dans Main Street. Les nuages s'amoncelaient au-dessus de leur tête ; l'air était

chargé d'humidité. Scott Duncan a désigné la rue du menton.
— J'irais bien boire un coup au Starbucks.
— Attendez. Vous ne pensez pas qu'il ment ?
— Il n'a pas la conscience tranquille, c'est différent.
Scott a tiré vers lui la porte vitrée et Grace est entrée. Il y avait la queue au Starbucks. Il semblait toujours y avoir la queue au Starbucks. Les enceintes diffusaient un vieux standard de blues, une chanteuse à la voix cassée, Billie Holiday peut-être, ou Dina Washington, ou Nina Simone.
— Et ses incohérences ? a-t-elle insisté.
Scott Duncan a froncé les sourcils.
— Quoi, qu'y a-t-il ? s'est enquis Grace.
— Est-ce que notre ami Josh a l'air d'un type qui collabore de son plein gré avec l'autorité ?
— Non.
— Alors que voulez-vous qu'il dise ?
— D'après son patron, il avait une urgence familiale. Lui prétend qu'il a été malade.
— C'est incohérent, en effet.
— Mais ?
Singeant Josh, Scott a haussé exagérément les épaules.
— J'ai traité beaucoup de dossiers dans ma vie. Savez-vous ce que j'ai appris au sujet des incohérences ?
Elle a secoué la tête. À l'arrière-plan, l'appareil qui fabriquait la mousse de lait faisait un bruit d'aspirateur de voiture.
— Elles existent. Je trouverais ça louche s'il n'y en avait pas du tout. La vérité est toujours brouillonne. Si son histoire avait été nickel, j'aurais été plus inquiet, je me serais demandé s'il ne l'avait pas préparée. Rendre

un mensonge cohérent n'est pas si difficile, mais dans le cas de ce garçon, interrogez-le deux fois de suite sur ce qu'il a mangé au petit déjeuner et il s'emmêlera les pinceaux.

La queue avançait. Quand ç'a été leur tour de commander, Duncan a regardé Grace. Elle a choisi un Americano glacé, sans eau. Il a hoché la tête.

— Deux, s'il vous plaît.

Il a réglé avec une carte Starbucks, et ils ont attendu leurs boissons au bar.

— Alors, selon vous, il était sincère ? a repris Grace.

— Je ne sais pas. Mais rien dans ce qu'il a pu dire n'a déclenché la sonnette d'alarme.

Elle n'en était pas aussi sûre.

— Ça ne peut être que lui.

— Pourquoi ?

— Parce qu'il n'y avait personne d'autre.

Ils ont récupéré leur commande et se sont installés à une table près de la fenêtre.

— Récapitulez-moi ça, a-t-il demandé.

— Récapituler quoi ?

— Revenez en arrière : vous êtes allée chercher les photos, Josh vous les a remises. Les avez-vous examinées tout de suite ?

Grace a levé les yeux, essayant de se remémorer les détails.

— Non.

— OK. Donc, vous avez pris le paquet. L'avez-vous glissé dans votre sac ?

— Je l'avais à la main.

— Et ensuite ?

— J'ai repris la voiture.

— Vous aviez toujours le paquet sur vous ?

— Oui.
— Où ?
— Sur le tableau de bord. Entre les deux sièges avant.
— Où êtes-vous allée ?
— Chercher Max à l'école.
— Vous êtes-vous arrêtée en chemin ?
— Non.
— Et pendant tout ce temps, les photos étaient en votre possession ?

Grace a souri malgré elle.

— J'ai l'impression de franchir un poste de contrôle avant de prendre l'avion.
— Ils ne posent plus guère ce genre de questions.
— Ça fait un moment que je n'ai pas pris l'avion.

Souriant bêtement, elle a compris pourquoi elle se livrait à cette digression inepte. Et elle n'était pas la seule. Elle venait d'avoir une pensée... une pensée qu'elle n'avait pas très envie d'expliciter.

— Qu'y a-t-il ? a-t-il demandé.

Elle a secoué la tête.

— Je n'aurais sans doute pas su dire si Josh nous cachait quelque chose. Vous, en revanche, vous me facilitez la tâche. Qu'est-ce que c'est ?
— Rien.
— Allons, Grace.
— Les photos n'ont jamais quitté la voiture.
— Mais ?
— Écoutez, nous perdons notre temps. C'est forcément Josh, je le sais.
— Mais ?

Elle a pris une profonde inspiration.

— Je ne le dirai qu'une fois, comme ça on n'y pensera plus et on pourra passer à autre chose.

Duncan a acquiescé.

— Il y a bien une personne qui aurait pu — je répète, *aurait pu* — y avoir accès.

— Qui ?

— J'étais en train d'attendre Max dans la voiture. J'ai ouvert l'enveloppe et regardé les premières photos. Et là mon amie Cora est montée.

— Dans la voiture ?

— Oui.

— Où ?

— À la place du passager.

— Et les photos étaient à portée de main, sur le tableau de bord.

— Non, plus à ce moment-là.

Grace parlait maintenant d'une voix crispée. Elle n'aimait pas beaucoup ça.

— Je viens de vous le dire : j'étais en train de les regarder.

— Mais vous les avez reposées ?

— À la fin, oui, sûrement.

— Sur le tableau de bord ?

— Peut-être, je ne me rappelle plus.

— Donc, elle a pu y avoir accès.

— Non, j'étais là tout le temps.

— Qui est descendue la première ?

— Nous sommes descendues au même moment, je crois.

— Vous boitez.

Elle l'a dévisagé.

— Et alors ?

— Descendre de voiture doit représenter un effort.

— Je me débrouille très bien.

— Voyons, Grace, tâchez de vous montrer plus

coopérative. Il est possible — je dis bien possible, non pas probable — que, pendant que vous étiez en train de descendre, votre amie ait glissé cette photo dans l'enveloppe.

— Possible. Mais ce n'est pas elle.
— C'est totalement exclu ?
— Totalement.
— Vous lui faites confiance à ce point-là ?
— Oui. Mais même si ce n'était pas le cas, allons, réfléchissez un peu. Quoi, elle se serait baladée avec cette photo sur elle dans l'espoir que j'aurais un paquet de photos fraîchement tirées dans ma voiture ?
— Pas nécessairement. Elle avait peut-être prévu de la planquer dans votre sac, ou dans la boîte à gants, ou sous le siège, je ne sais pas, moi. Mais en voyant l'enveloppe…
— Non. (Grace a levé la main.) Inutile de continuer, ce n'est pas Cora. Ce serait une perte de temps de suivre cette piste-là.
— Quel est son nom de famille ?
— Peu importe.
— Dites-le-moi et je ne vous importunerai plus.
— Lindley. Cora Lindley.
— D'accord, a-t-il dit. On n'en parle plus.

Mais il prenait des notes sur un petit calepin.

— Et maintenant ? a demandé Grace.

Duncan a consulté sa montre.

— Il faut que je retourne au bureau.
— Que dois-je faire ?
— Fouiller la maison. Si votre mari cachait quelque chose, vous aurez peut-être de la chance.
— Vous me suggérez d'espionner mon mari ?
— Secouez la cage, Grace.

Il s'est dirigé vers la voiture.
— Accrochez-vous. Je reviendrai vous voir bientôt, promis.

29

La vie ne s'arrête pas.
Grace avait des courses à faire. Cela peut paraître bizarre, compte tenu des circonstances. Ses deux enfants, certes, auraient volontiers vécu de pizzas livrées à domicile, mais tout de même, il leur fallait un minimum : lait, jus d'orange (avec du calcium et surtout, surtout, sans pulpe), une douzaine d'œufs, du jambon, deux ou trois boîtes de céréales, du pain, des pâtes, de la sauce tomate. Des choses comme ça. Peut-être même que ça lui ferait du bien, les courses. Une activité aussi banale, aussi quotidienne pouvait être sinon réconfortante, du moins passablement thérapeutique.

Elle est allée au King dans Franklin Boulevard. Grace n'avait pas de supermarché de prédilection. Ses amies, elles, préféraient tel ou tel magasin ; il ne leur venait pas à l'idée d'aller se ravitailler ailleurs. Cora aimait bien le A & P à Midland Park. D'autres connaissances fréquentaient le Stop-n-Shop à Waldwick. Grace, pour sa part, choisissait plus ou moins au hasard car, franchement, où que l'on s'approvisionne, un jus d'orange Tropicana sera toujours un jus d'orange Tropicana.

Dans le cas présent, le King était ce qu'il y avait de plus proche du Starbucks. Donc, ce serait le King.

S'emparant d'un chariot, elle a fait mine d'être une citoyenne ordinaire vaquant à des occupations ordinaires. Mais ça n'a pas duré. Elle a vite repensé à Scott Duncan, à sa sœur, à la signification de tout cela.

Où vais-je, se demandait Grace, à partir de là ?

Tout d'abord, la prétendue implication de Cora — elle a éliminé sur-le-champ cette hypothèse. C'était tout simplement impossible. Duncan ne connaissait pas Cora. Son boulot, c'était d'être méfiant. D'accord, Cora était à l'ouest, pas de doute là-dessus, mais c'était justement ce qui avait séduit Grace en premier lieu. Elles s'étaient rencontrées à un concert à l'école, peu de temps après leur installation à Kasselton ; toutes deux avaient dû faire le pied de grue dans le hall pendant que leurs gamines massacraient les tubes de l'été, parce que ni l'une ni l'autre n'étaient arrivées suffisamment tôt pour bénéficier d'une place assise. Se penchant vers elle, Cora avait chuchoté :

— J'ai eu moins de mal à avoir un premier rang au concert de Springsteen.

Grace avait ri. Et c'est comme ça que tout avait commencé.

Mais oublions cela, oublions le fait que Grace ne soit pas objective. Qu'est-ce qui aurait pu motiver Cora ? Le grand favori restait quand même Josh la Touffe de Poils. Qu'il n'ait pas la conscience tranquille, c'était normal — ça devait être dans sa nature. Qu'il soit réfractaire à l'autorité était logique aussi. Mais il y avait autre chose, Grace en était sûre. Alors on oublie Cora et on se concentre sur Josh. On cherche un angle d'approche.

Max était dans sa période bacon. Il avait mangé chez un copain ce bacon précuit, une toute nouvelle marque. Du coup, il voulait le même à la maison. Grace était en train de consulter la composition, son principal souci étant de réduire la consommation de féculents. Là, il n'y en avait pas, pas du tout, zéro féculent. Assez de chlorure de sodium pour saler une piscine, mais pas de féculents.

Elle lisait la liste des ingrédients — un intéressant assemblage de mots qui nécessitait un certain nombre de recherches — quand elle a senti, physiquement senti, un regard sur elle. Le paquet toujours à la hauteur des yeux, elle a tourné lentement la tête. Plus loin dans l'allée, devant l'étalage de saucisson de Bologne et de salami, un homme la dévisageait ouvertement. Il n'y avait personne d'autre dans les parages. L'homme était de taille moyenne, environ un mètre soixante-quinze. Ses joues n'avaient pas connu de rasoir depuis au moins deux jours. Il portait un jean, un tee-shirt bordeaux et un coupe-vent noir et brillant avec l'inscription *Members Only*. Sa casquette de base-ball s'ornait du tortillon de Nike.

Grace n'avait jamais vu cet homme-là auparavant. Il l'a regardée encore un moment avant de lâcher, dans un murmure :

— Mme Lamb. Salle dix-sept.

Tout d'abord, ces paroles n'ont trouvé aucun écho. Grace restait là, sans bouger. Non qu'elle n'ait pas entendu, mais ça semblait tellement incongru, tellement hors de propos dans la bouche de cet inconnu, qu'elle n'en a pas saisi le sens tout de suite.

Après une seconde ou deux, soudain elle a compris...
Mme Lamb. Salle dix-sept.

Mme Lamb était l'institutrice d'Emma. Et dix-sept était le numéro de sa classe.

L'homme s'éloignait déjà, pressant le pas.

— Eh! a crié Grace. Attendez!

Il a tourné au coin. Elle l'a suivi. Elle a essayé d'accélérer, mais sa claudication, cette fichue claudication, l'entravait. Au bout de l'allée, côté découpes de poulet, elle a regardé à droite et à gauche.

Aucune trace de l'individu.

Mme Lamb. Salle dix-sept…

Elle a pris à droite, scrutant les autres rayons au passage. Ses doigts ont tâtonné dans sa poche avant d'effleurer le téléphone portable.

Reste calme, se disait-elle. Appelle l'école.

Elle s'efforçait de marcher plus vite, mais sa jambe traînait derrière elle comme une barre de plomb. Plus elle se dépêchait, plus elle boitait. Lorsqu'elle s'est mise à courir, on aurait vraiment dit Quasimodo en train de grimper au clocher. Mais peu importait son allure, le problème était d'ordre fonctionnel : elle n'était pas assez rapide.

Mme Lamb. Salle dix-sept…

S'il a touché ne serait-ce qu'à un cheveu de mon bébé…

Arrivée au dernier rayon, la section réfrigérée réservée au lait et aux œufs et située tout au fond du magasin pour susciter l'impulsion d'achat, elle a rebroussé chemin dans l'espoir de l'apercevoir au retour. Ce faisant, elle tripotait son téléphone, chose pas facile, consultant le répertoire pour voir si elle avait le numéro de l'école.

Elle ne l'avait pas.

Zut! Grace aurait parié que les autres, les mères

modèles, celles au sourire avenant et aux géniales idées d'activités extrascolaires, avaient pensé à programmer le numéro de l'école dans la mémoire de leur portable.

Mme Lamb. Salle dix-sept...

Les renseignements, imbécile. Compose le 411.

Elle a pianoté sur les touches et, émergeant de l'allée, a scruté la rangée des caisses.

Il n'était nulle part en vue.

Au téléphone, la voix rocailleuse et grave de James Earl Jones a annoncé :

— Verizon Wireless quatre cent onze.

Ding. Et une voix de femme :

— Pour l'anglais, s'il vous plaît, restez en ligne. *Para español, por favor número dos.*

C'est là, en écoutant l'option hispanophone, que Grace a repéré son homme.

Il était dehors maintenant, elle le voyait par la baie vitrée. Toujours coiffé de sa casquette, il marchait nonchalamment, trop nonchalamment, en sifflotant même et en balançant les bras. Elle allait réagir quand quelque chose — un objet dans sa main — lui a glacé le sang.

Non, ce n'était pas possible.

Une fois encore, elle n'a pas percuté immédiatement. La vision, le stimulus que l'œil envoyait au cerveau, n'a pas transmis l'information, comme s'il y avait eu une sorte de court-circuit. Et, une fois encore, ça n'a pas duré.

La main de Grace, celle qui portait le téléphone, est retombée le long de son flanc. L'homme poursuivait son chemin. La terreur, une terreur comme elle n'en avait jamais ressentie — en comparaison, le massacre de Boston avait l'air d'une attraction foraine —, lui a enserré la poitrine. Un instant de plus et elle allait le perdre de vue. Il souriait. Il sifflotait. Il balançait les bras.

Et dans sa main droite, qui était du côté de la vitre, il tenait un coffret à pique-nique Batman.

30

— Madame Lawson…

Sylvia Steiner, la directrice de Willard, s'adressait à Grace sur le ton qu'on emploie avec des parents hystériques.

— Emma va bien. Et Max aussi.

Le temps que Grace arrive à la porte du supermarché, l'homme avec le coffret Batman avait disparu. Elle s'était mise à hurler, à réclamer de l'aide, mais les autres clients la regardaient comme si elle s'était échappée d'un asile. Elle n'avait pas le temps de leur expliquer. Elle a donc claudiqué jusqu'à la voiture, a appelé l'école tout en roulant à tombeau ouvert et a fait irruption dans le bureau de la directrice.

— J'ai parlé à chacune des institutrices, ils sont en classe.

— Je veux les voir.

— Bien sûr, c'est votre droit, mais puis-je faire une suggestion ?

Sylvia Steiner parlait si lentement que Grace avait envie de lui arracher les mots de la gorge.

— Je ne doute pas que vous ayez eu une terrible frayeur, mais calmez-vous d'abord. Respirez un bon coup. Vous allez faire peur à vos enfants, s'ils vous voient dans cet état.

Son expression complaisante, paternaliste, énervait Grace au plus haut point. Cependant, force lui était de reconnaître que la directrice n'avait pas tort.

— Il faut juste que je les voie.

— Je comprends. Tenez, si on jetait un œil par la porte vitrée de la classe, hein ? Ça vous irait, madame Lawson ?

Grace a hoché la tête.

— Venez, je vous accompagne.

Sylvia Steiner a lancé un regard à la secrétaire, Mme Dinsmont, qui s'est retenue de lever les yeux au ciel. Dans chaque école, il y a une secrétaire comme ça, à qui on ne la fait pas. Ça doit être prescrit par la loi.

Les couloirs débordaient de couleurs. La vue de dessins d'enfants bouleversait Grace. C'étaient des instantanés, des moments qui ne se reproduiraient jamais. Leurs facultés artistiques allaient mûrir, évoluer. Mais l'innocence ne serait plus — seuls des tableaux peints avec le doigt, le coloriage qui déborde, l'écriture chancelante en garderaient la trace fugitive.

Elles sont arrivées à la classe de Max d'abord. Grace a collé le visage contre la vitre et a repéré son fils aussitôt. Lui tournant le dos, Max était assis en tailleur dans un cercle d'enfants. Son institutrice, Mlle Lyons, était en train de lire un livre, qu'elle tenait en l'air afin que tout le monde puisse le voir.

— C'est bon ? a demandé la directrice.

Grace a acquiescé.

Elles ont continué à longer le couloir. Grace a vu le numéro 17...

Mme Lamb. Salle dix-sept...

... sur la porte. Un frisson lui a parcouru l'échine ; elle s'est efforcée de ne pas courir. Mme Steiner avait remarqué sa claudication. Sa jambe ne lui avait pas fait aussi mal depuis des années. Elle a regardé par la vitre : sa fille était là, à la place qui était la sienne. Grace a ravalé ses larmes. Tête baissée, Emma mâchonnait son crayon, profondément absorbée dans ses pensées. Pourquoi, s'est-elle demandé, la vue de nos enfants — quand ils ne se savent pas observés — nous émeut-elle autant ? Que cherchons-nous à entr'apercevoir, au juste ?

Et maintenant ?

Calme-toi. Respire. Les enfants vont bien, c'est le principal. Réfléchis et tâche d'être rationnelle.

Appeler la police. C'était la meilleure chose à faire.

La directrice a toussoté ostensiblement. Grace s'est tournée vers elle.

— Je sais que ça va vous paraître débile, mais j'ai besoin de voir le coffret à pique-nique d'Emma.

Elle s'attendait à une réaction de surprise ou d'exaspération, mais non, Sylvia Steiner s'est contentée de hocher la tête. Elle n'a pas posé de questions — en fait, elle ne lui a même pas demandé les raisons de son comportement bizarre. Grace lui en était reconnaissante.

— Tous les paniers-repas sont conservés à la cafétéria, a-t-elle expliqué. Chaque classe a son propre seau. Vous voulez que je vous montre ?

— Je vous remercie.

Les seaux étaient rangés par ordre croissant. Elles ont trouvé le grand seau bleu marqué « Susan Lamb, salle 17 » et ont inspecté son contenu.

— Il a l'air de quoi ? s'est enquis la directrice.

Au moment où elle allait répondre, Grace l'a aperçu. Batman. Le mot POW ! en grosses lettres jaunes. Elle l'a sorti lentement. Le nom d'Emma était écrit au dos.

— C'est celui-là ?
— Oui.
— Ils sont très à la mode, cette année.

Grace a dû faire un effort surhumain pour ne pas serrer le coffret sur son cœur. Elle l'a remis à sa place comme s'il avait été en verre de Venise. En silence, elles ont regagné le bureau. Grace était tentée de retirer les enfants de l'école. Il était deux heures et demie, de toute façon on allait les relâcher d'ici une demi-heure. Mais non, ça ne ferait que les effrayer, probablement. Elle avait besoin de réfléchir, de prendre une décision, et puis, quand on y pensait, Emma et Max n'étaient-ils pas plus en sécurité ici, au milieu des autres ?

À nouveau, elle a remercié la directrice. Elles ont échangé une poignée de main.

— Y a-t-il quelque chose que je puisse faire ? a demandé Mme Steiner.

— Non, je ne crois pas.

Une fois sur le trottoir, Grace a fermé brièvement les yeux. Plutôt que de se dissiper, la peur prenait corps, se muait en une rage pure, primitive. Elle sentait son cœur palpiter dans sa gorge. Le salaud ! Ce salaud avait menacé sa fille.

Que faire ?

La police. Elle devait appeler la police, c'était évident. Elle avait le téléphone à la main, mais au moment de composer le numéro elle s'est interrompue. Qu'allait-elle leur dire, exactement ?

« Bonjour, j'étais au supermarché aujourd'hui, et il y avait un homme dans le rayon charcuterie. Eh bien, il a chuchoté le nom de l'institutrice de ma fille. Oui, de l'institutrice. Ah! et le numéro de sa salle de classe! Au rayon charcuterie, oui, juste devant les produits Oscar Meyer. Puis l'homme est parti. Je l'ai revu ensuite avec le coffret à pique-nique de ma fille. À la sortie du supermarché. Qu'est-ce qu'il faisait? Il marchait, tout simplement. Oui, enfin, ce n'était pas vraiment le coffret à pique-nique d'Emma, mais c'était le même. Avec Batman dessus. Non, il n'a pas proféré de menaces. Pardon? Oui, c'est moi qui ai signalé hier la disparition de mon mari. C'est vrai, mon mari a appelé pour dire qu'il avait besoin d'espace. Oui, c'était bien moi, la bonne femme hystérique... »

Y avait-il une autre solution?

Elle a réfléchi à nouveau. La police la prenait déjà pour une cinglée. Y avait-il un moyen de les faire revenir sur leur opinion? Peut-être. Mais que pourraient-ils, au fond? Dépêcher quelqu'un à plein temps pour surveiller ses gosses? C'était peu probable, même si elle parvenait à les convaincre de l'urgence de la situation.

Puis elle s'est souvenue de Scott Duncan.

Il travaillait au bureau du procureur, non? Donc, c'était une sorte de superflic. Il avait des relations, des pouvoirs, et surtout il la croirait.

Duncan lui avait laissé le numéro de son portable. Elle a fouillé dans sa poche. Rien. L'aurait-elle oublié dans la voiture? Peu importait. Il avait bien dit qu'il retournait au bureau, ça devait être à Newark. Ou alors à Trenton. Trenton, c'était trop loin. Autant essayer Newark d'abord, il devrait déjà y être.

Elle a marqué une pause et s'est retournée vers

l'école. Ses enfants étaient à l'intérieur. Curieux, tout de même. Ils passaient leurs journées séparés d'elle, dans ce bastion de brique, et quelque part Grace trouvait ça consternant. Elle a appelé les renseignements et demandé le numéro du bureau du procureur à Newark. Et elle a dépensé trente-cinq cents de plus pour être mise en relation.

— Bureau du procureur, État du New Jersey.
— Je voudrais parler à Scott Duncan, s'il vous plaît.
— Ne quittez pas.

Deux sonneries, puis une femme a répondu :
— Goldberg à l'appareil.
— Je cherche Scott Duncan.
— Quel dossier ?
— Pardon ?
— Vous appelez pour quel dossier ?
— Aucun. Je veux juste parler à M. Duncan.
— Puis-je savoir à quel sujet ?
— C'est personnel.
— Je regrette, Scott Duncan ne travaille plus ici. C'est moi qui ai repris la plupart de ses dossiers. Si jamais je peux vous être utile...

Écartant le téléphone de son oreille, Grace l'a regardé comme de loin. Elle a pressé la touche de fin de communication. Une fois dans la voiture, elle a de nouveau contemplé le bâtiment de brique qui en ce moment même abritait ses enfants. Elle l'a fixé longuement, se demandant s'il existait quelqu'un à qui elle pouvait réellement faire confiance. Pour finir, elle s'est décidée.

Elle a repris le téléphone.
— Allô ?
— C'est Grace Lawson.

Trois secondes plus tard, Carl Vespa a dit :

— Tout va bien ?
— J'ai changé d'avis. Ce coup-ci, j'ai vraiment besoin de vous.

31

— Son nom est Eric Wu.

Perlmutter était de retour à l'hôpital. Il s'était occupé de demander un mandat pour arracher à Indira Khariwalla l'identité de son client, mais les obstacles se révélaient plus nombreux que prévu. Entre-temps, les gars du labo n'avaient pas chômé. Ils avaient expédié les empreintes au CIPJ et, à en croire Daley, l'auteur des faits avait été identifié.

— Est-ce qu'il a un casier ? s'est enquis Perlmutter.
— Il est sorti de Walden il y a trois mois.
— Pour ?
— Attaque à main armée, a répondu Daley. Wu a conclu un marché dans l'affaire Scope. J'ai donné quelques coups de fil pour me renseigner. C'est un vrai méchant, celui-là.
— Méchant comment ?
— Méchant à faire dans son froc. Si dix pour cent des rumeurs qui circulent sur son compte sont fondées, à partir de maintenant je dors avec ma veilleuse Barney le dinosaure.
— Je vous écoute.
— Il est originaire de Corée du Nord. Orphelin dès son plus jeune âge. A travaillé dans des prisons d'État

pour dissidents du régime. Sa grande spécialité, ce sont les points de pression, un truc comme ça. C'est ce qu'il a fait à Sykes, un machin de kung-fu qui lui a pratiquement sectionné la colonne. L'histoire qu'on m'a racontée, il a enlevé la femme d'un type et l'a arrangée pendant deux heures. Puis il appelle le mari et lui dit d'écouter. La femme se met à hurler. Et elle lui crie, au mari, qu'elle le déteste ; elle l'insulte. C'est la dernière chose que le mari aura entendue.

— Il a tué la femme ?

L'expression de Daley n'avait jamais été aussi grave.

— Non, justement. Il ne l'a pas tuée.

La température dans la pièce a chuté d'une dizaine de degrés.

— Je ne comprends pas.

— Wu l'a relâchée. Elle n'a plus prononcé un mot depuis. Elle passe son temps assise, à se balancer nonstop. Dès que le mari s'approche, elle commence à brailler.

— Nom de Dieu !

Une sensation de froid a envahi Perlmutter.

— Vous avez une veilleuse en rab ?

— J'en ai encore une, oui, mais j'ai besoin des deux.

— Et qu'est-ce qu'il voulait à Freddy Sykes ?

— Aucune idée.

Charlaine Swain est apparue dans le couloir. Elle n'avait pas quitté l'hôpital depuis la fusillade. Ils avaient finalement réussi à lui faire rencontrer Freddy Sykes. Ç'avait été une drôle d'entrevue. Sykes n'arrêtait pas de pleurer. Charlaine avait essayé d'obtenir des informations, mais de toute évidence Freddy Sykes ne savait rien. Il ignorait qui était son agresseur et pourquoi on aurait voulu lui nuire. Il n'était qu'un petit comptable qui vivait seul — et ne semblait être dans le collimateur de personne.

— Tout cela est lié, a déclaré Perlmutter.

— Vous avez une hypothèse ?

— En partie, oui. Des bribes.

— Dites-moi.

— Commençons par les relevés des EZ Pass.

— OK.

— Nous avons Rocky Conwell et Jack Lawson qui franchissent un péage au même moment, a dit Perlmutter.

— Exact.

— Maintenant, nous pensons savoir pourquoi. Conwell travaillait pour une agence de détectives privés.

— Votre amie India Machin-Chose.

— Indira Khariwalla. Et elle est tout sauf une amie, mais ce n'est pas le propos. Ce qui fait sens ici, la seule chose qui fait sens, c'est que Conwell a été engagé pour suivre Lawson.

— D'où le timing de l'EZ Pass.

Perlmutter a hoché la tête, s'efforçant de rassembler les éléments de sa démonstration.

— Que s'est-il passé ensuite ? Conwell a été retrouvé mort. D'après le médecin légiste, le décès remonte au soir même, avant minuit. Nous savons qu'il s'est présenté au péage à vingt-deux heures vingt-six. Donc, peu de temps après ça, Rocky Conwell est tombé sur un os. (Perlmutter s'est frotté le visage.) Logiquement, le suspect serait Jack Lawson. Il se rend compte qu'il est suivi, il s'en prend à Conwell et le tue.

— Ça se tient, a opiné Daley.

— Eh bien, non ! Réfléchissez un peu. Rocky Conwell

faisait plus d'un mètre quatre-vingt-dix pour cent trente kilos, et il était en pleine forme. Vous voyez un type comme Lawson le tuer à mains nues ?
— Doux Jésus !
Daley venait de comprendre.
— Eric Wu.
— Là, ça se tient, a acquiescé Perlmutter. À un moment donné, Conwell a dû croiser Wu. L'autre l'a tué, a fourré le corps dans le coffre de la voiture et l'a abandonné sur le parking. Charlaine Swain dit que Wu conduisait une Ford Windstar. Même couleur et même modèle que celle de Jack Lawson.
— Et quel est le lien entre Lawson et Wu ?
— Je ne sais pas.
— Peut-être que Wu travaille pour lui.
— Possible, mais nous n'en savons rien. Ce que nous savons, en revanche, c'est que Lawson est en vie... du moins, il était en vie après que Conwell a été tué.
— Oui, parce qu'il a appelé sa femme quand elle était chez nous. Qu'est-ce qui est arrivé ensuite ?
— Alors là...
Perlmutter observait Charlaine Swain. Elle restait plantée dans le couloir, à regarder par la vitre qui donnait sur la chambre de son mari. Il a pensé aller la voir mais, franchement, que pouvait-il lui dire ?
Daley l'a poussé du coude et, se retournant, ils ont tous les deux vu l'agent Veronique Baltrus entrer dans le service. Depuis trois ans dans la police, elle avait trente-huit ans, une tignasse brune emmêlée et un bronzage perpétuel. Elle arborait un uniforme qui la moulait autant que le permettait le port du ceinturon et de l'étui à revolver, mais en dehors de ses heures de travail, ses préférences allaient vers le Lycra et tout ce qui

dévoilait son ventre plat et doré. Elle était menue, avec des yeux sombres, et tous les gars de l'équipe — Perlmutter y compris — avaient un faible pour elle.

Veronique Baltrus était non seulement ravissante, mais aussi experte en informatique — combinaison palpitante s'il en est. Six ans plus tôt, elle travaillait dans une boutique de maillots de bain à New York quand elle a fait l'objet d'un harcèlement. Son agresseur l'appelait, lui envoyait des mails, l'importunait à son travail. Son arme principale était l'ordinateur, le meilleur bastion des anonymes et des lâches. La police n'avait pas les moyens de le démasquer. Ils croyaient également que l'individu ne pousserait sans doute pas le bouchon plus loin.

Ce en quoi ils avaient tort.

Par un paisible soir d'automne, Veronique Baltrus a été sauvagement agressée. L'homme a pris la fuite, mais Veronique s'en est sortie. Déjà bonne en informatique, elle s'est perfectionnée jusqu'à devenir experte, puis s'est servie de ses connaissances pour identifier son agresseur — il continuait à lui envoyer des mails, lui suggérant de remettre ça — et le traduire en justice. Après quoi, elle a quitté son emploi pour entrer dans les forces de l'ordre.

Aujourd'hui encore, même si elle portait l'uniforme et effectuait son service normalement, Baltrus était considérée à titre informel comme l'experte en informatique du comté. Personne ici, à l'exception de Perlmutter, ne connaissait son histoire. Cela avait fait partie de leur accord quand elle avait postulé pour un emploi dans la police.

— Vous avez trouvé quelque chose ? lui a-t-il demandé.

Veronique Baltrus a souri. Elle avait un joli sourire. Le « faible » que Perlmutter nourrissait vis-à-vis d'elle était différent des autres, ce n'était pas de la simple convoitise. Veronique était la première femme à lui inspirer un sentiment quelconque depuis la mort de Marion. Mais ça n'irait pas plus loin, ce serait contraire à la déontologie. Et, pour dire toute la vérité, Veronique était beaucoup — beaucoup — trop bien pour lui.

Elle a esquissé un geste en direction de Charlaine Swain.

— Je crois que nous devrions la remercier, elle.
— Comment ça ?
— Al Singer.

Ce nom, Sykes l'avait révélé à Charlaine, était celui dont Eric Wu s'était servi quand il s'était fait passer pour un livreur. Lorsque Charlaine avait demandé qui était Al Singer, Sykes avait tressailli et affirmé ne connaître aucun M. Singer. Il disait avoir ouvert la porte par pure curiosité.

— Je pensais qu'Al Singer était un faux nom, a observé Perlmutter.

— Oui et non. J'ai passé l'ordinateur de M. Sykes au peigne fin. Il était abonné à un site de rencontres et entretenait une correspondance régulière avec un dénommé Al Singer.

Perlmutter a grimacé.

— Un service de rencontres gay ?
— Bisexuel, plus précisément. Ça pose un problème ?
— Non. Donc, Al Singer était son amant virtuel ?
— Al Singer n'existe pas, c'est un pseudo.
— N'est-ce pas courant sur le Net, surtout dans un site de rencontres ? L'utilisation d'un pseudo ?
— C'est vrai, a opiné Baltrus. Mais je veux en venir

à ceci : votre M. Wu a fait semblant d'effectuer une livraison. Comment aurait-il su, pour Al Singer, à moins… ?

— Vous êtes en train de dire qu'Eric Wu *était* Al Singer ?

Elle a hoché la tête, les mains sur les hanches.

— C'est ce que je pense. Voici comment je vois la chose : Wu va sur Internet. Il prend pour nom Al Singer. Ça lui permet de rencontrer des gens — des victimes potentielles. Dans le cas qui nous intéresse, il rencontre Freddy Sykes. Il entre par effraction chez lui et l'agresse. À mon avis, il aurait fini par le tuer.

— Et d'après vous, ce ne serait pas la première fois ?

— Non.

— Qu'est-ce qu'il est alors, un tueur en série qui s'en prend aux bisexuels ?

— Ça, je ne sais pas, mais cela correspond au tableau que j'ai découvert sur l'ordinateur.

Perlmutter a réfléchi à sa remarque.

— Cet Al Singer, a-t-il d'autres partenaires virtuels ?

— Oui, trois.

— Personne n'a été agressé ?

— Pas encore. Ils sont tous sains et saufs.

— Et qu'est-ce qui vous fait penser à une série ?

— Il est trop tôt pour se prononcer dans un sens ou dans l'autre. Charlaine Swain nous a rendu un immense service. Wu s'est servi de l'ordinateur de Sykes. Il comptait probablement le fiche en l'air avant de partir, seulement Charlaine l'a fait déguerpir sans lui laisser le temps de passer à l'acte. Je suis en train de tout décortiquer, car il y a une autre identité virtuelle là-dedans. Je ne connais pas encore le nom, mais il opère à partir de yenta-match.com. Un site pour célibataires et veufs juifs.

— Comment savons-nous que ce n'est pas Freddy Sykes ?

— Parce que les connexions remontent à moins de vingt-quatre heures.

— Donc ça doit être Wu.

— Oui.

— Je ne vois toujours pas très bien. Pourquoi irait-il sur un autre site de rencontres ?

— Pour trouver de nouvelles victimes, a répliqué Baltrus. Moi, je pense que ça marche de la façon suivante : ce Wu utilise plusieurs noms et identités d'emprunt sur plusieurs sites de rencontres. Une fois qu'il s'est servi, disons, du nom d'Al Singer, il n'ira pas piocher à nouveau dans le même vivier. En l'occurrence, Al Singer lui a servi pour Freddy Sykes. Il doit bien se douter qu'une telle piste permettrait de remonter jusqu'à lui.

— Du coup, il abandonne Al Singer.

— Exact. Mais comme il a d'autres pseudos sur d'autres sites, il embraye aussitôt sur la prochaine victime.

— Vous n'avez aucun nom pour l'instant ?

— Ça vient, a dit Baltrus, mais j'ai besoin d'un mandat pour yenta-match.com.

— Et vous croyez qu'un juge va vous l'accorder ?

— La seule identité derrière laquelle Wu s'est récemment abrité, à notre connaissance, figure sur yenta-match. À mon avis, il était en train de chercher une autre victime. Si nous pouvions obtenir la liste de ses pseudos et des personnes qu'il a contactées...

— Continuez à creuser.

— Comptez sur moi.

Veronique Baltrus est repartie à la hâte. Ce n'était pas bien, non — après tout, il était son chef —, mais Perlmutter l'a suivie du même regard affamé qu'il réservait à Marion.

32

Dix minutes plus tard, le chauffeur de Carl Vespa — l'ineffable Crash — rejoignait Grace à deux rues de l'école.

Crash est arrivé à pied. Grace ne savait pas comment ni où était sa voiture. Elle se tenait là, sur le trottoir, à regarder l'école de loin, quand quelqu'un lui a tapé sur l'épaule. Elle a sursauté, le cœur battant à tout rompre. Lorsqu'elle s'est retournée et a vu sa trombine... bref, la vision n'était pas des plus rassurantes.

Il a haussé un sourcil.

— Vous avez appelé ?

— Comment êtes-vous venu jusqu'ici ?

Crash a secoué la tête. De près, maintenant qu'elle avait l'occasion de l'examiner à son aise, il était encore plus hideux que dans son souvenir. Sa peau était grêlée. Son nez et sa bouche rappelaient un museau d'animal, avec ce fameux sourire de prédateur marin vissé en permanence sur ses lèvres. Plus âgé qu'elle ne l'aurait cru, il devait frôler la soixantaine. Sec et nerveux, il avait le regard fou d'un psychopathe, du moins selon ses critères à elle, mais ce qui la consolait, c'était qu'il était de son côté : un phénomène pareil, on le préférerait en tout état de cause tapi dans le terrier à côté de soi.

— Racontez-moi, a dit Crash.

Grace a commencé par Scott Duncan et a enchaîné sur son arrivée au supermarché. Elle a répété les paroles de l'individu mal rasé, a expliqué sa course à travers les rayons, le coffret à pique-nique Batman dans la main de l'homme. Crash mâchonnait un cure-dents. Ses doigts étaient maigres, aux ongles trop longs.

— Décrivez-le-moi.

Elle a fait de son mieux. Quand elle a eu fini, il a craché le cure-dents.

— J'y crois pas.

— Quoi ?

— Un blouson *Members Only* ? On est en 1986 ou quoi ?

Grace n'a pas eu envie de rire.

— Vous n'avez rien à craindre maintenant, lui a dit Crash. Vos enfants n'ont rien à craindre.

Elle n'en doutait pas.

— À quelle heure sortent-ils ?

— Trois heures.

— Parfait. (Il a scruté le bâtiment de l'école en plissant les yeux.) Nom d'un chien, ce que j'ai pu détester cet endroit.

— Vous êtes allé là ?

Il a hoché la tête.

— Ancien élève de Willard, promo 1957.

Elle a essayé de l'imaginer en petit garçon se rendant en classe ici même. Sans trop de succès. Mais déjà Crash s'éloignait.

— Attendez, a-t-elle dit. Que voulez-vous que je fasse ?
— Allez chercher les mômes. Ramenez-les à la maison.
— Et vous, où serez-vous ?
Le sourire s'est accentué.
— Dans les parages.
Et Crash a disparu.

Grace attendait devant la clôture. Les mères commençaient à affluer, par grappes, en bavardant. Bras croisés, elle s'efforçait d'émettre le message « Fichez-moi la paix ». Certains jours, il lui arrivait de se joindre au caquetage, mais pas aujourd'hui.
Son portable a sonné. Elle l'a collé contre son oreille.
— Allô ?
— Vous avez compris, maintenant ?
C'était une voix d'homme, étouffée. Grace a ressenti des picotements dans sa nuque.
— Arrêtez de fouiner, arrêtez de poser des questions, arrêtez de brandir cette photo. Ou on prendra Emma d'abord.
Clic.
Grace n'a pas hurlé, elle ne hurlerait pas. Elle a rangé le téléphone. Ses mains tremblaient. Elle les a contemplées comme si elles appartenaient à quelqu'un d'autre, incapable de maîtriser leur tremblement. Les enfants n'allaient pas tarder à sortir. Elle a enfoui ses mains dans ses poches et s'est forcée à sourire. Sans succès. Elle s'est alors mordu la lèvre pour s'empêcher de pleurer.
— Ouh là ! ça n'a pas l'air d'aller.

Grace a tressailli en entendant cette voix. C'était Cora.

— Qu'est-ce que tu fais ici ? a demandé Grace d'un ton beaucoup trop cassant.

— À ton avis ? Je viens chercher Vickie.

— Je croyais qu'elle était chez son père.

Cora a paru déconcertée.

— Juste pour la soirée et la nuit. Il l'a déposée à l'école ce matin. Bon Dieu ! qu'est-ce qui t'est arrivé ?

— Je ne peux pas en parler.

Là, Cora n'a pas su comment réagir. La cloche a sonné et les deux femmes ont tourné la tête. Grace ne savait que penser. Scott Duncan se trompait au sujet de Cora — mieux que ça, lui-même était un menteur —, mais depuis qu'il avait semé le doute dans son esprit, elle ne parvenait plus à s'en débarrasser.

— J'ai peur, voilà tout.

Cora a hoché la tête. Vickie a surgi la première.

— Si jamais tu as besoin de moi...

— Merci.

Cora s'est éloignée sans ajouter un mot. Grace a attendu seule, cherchant les visages familiers dans le flot des enfants qui se déversait par la porte. Emma est sortie au soleil et a mis sa main en visière. Puis elle a repéré sa mère et, souriante, lui a adressé un petit signe.

Grace a ravalé un cri de soulagement. Ses doigts se cramponnaient au grillage, serraient avec force pour l'empêcher de se précipiter vers Emma et de la prendre dans ses bras.

Quand Grace, Emma et Max sont arrivés à la maison, Crash les attendait sur le perron.

Emma a regardé sa mère d'un air interrogateur, mais

avant que Grace n'ait pu réagir, Max a foncé dans l'allée. Il s'est arrêté net devant Crash et s'est dévissé le cou pour mieux voir le sourire de prédateur marin.

— Salut, a dit Max.
— Salut.
— C'est vous qui conduisiez cette grosse voiture, hein ?
— Exact.
— Et c'est cool ? De conduire cette grosse voiture ?
— Très.
— Moi, c'est Max.
— Moi, c'est Crash.
— C'est cool, comme nom.
— Ouais, c'est cool.

Max a levé le poing. Crash a fait de même, et ils se sont touchés, phalanges contre phalanges, en quelque nouvelle forme de salut entre hommes. Grace et Emma les ont rejoints.

— Crash est un ami de la famille, a annoncé Grace. Il est là pour me donner un coup de main.

Ça n'a pas plu à Emma.

— Un coup de main pour quoi faire ?

Elle a toisé Crash avec une mine dégoûtée, ce qui, vu les circonstances, était à la fois compréhensible et malpoli, mais ce n'était pas le moment de parfaire son éducation.

— Où est papa ?
— Il est en voyage d'affaires.

En silence, Emma a pénétré dans la maison et est montée en courant.

Max regardait Crash en plissant les yeux.

— Je peux vous demander quelque chose ?
— Bien sûr.

— Tous vos amis vous appellent Crash ?
— Oui.
— Crash tout court ?
— En un seul mot. (Il a remué les sourcils.) Comme Cher ou Fabio.
— Qui ?
Crash s'est esclaffé.
— Et pourquoi on vous appelle comme ça ?
— Pourquoi on m'appelle Crash ?
— Ouais.
— À cause de mes dents.
Il a ouvert grand la bouche. Quand Grace, prenant son courage à deux mains, s'est risquée à regarder, le spectacle ressemblait à quelque folle expérience d'un orthodontiste détraqué. Les dents étaient toutes entassées ensemble, presque les unes sur les autres. On aurait dit qu'elles étaient en surnombre. Du côté droit, une rangée de cavités vides brillait d'un rose vif.
— Crash, a-t-il dit. Tu comprends ?
— Ouah ! a fait Max. C'est trop cool.
— Tu veux savoir comment c'est arrivé ?
Grace a réagi la première.
— Non, merci.
Crash lui a jeté un coup d'œil.
— Bonne réponse.
Crash. Le regard de Grace a glissé sur ces dents trop petites. Il aurait mieux fait de prendre pour nom Tic-Tac, oui.
— Max, tu n'as pas de devoirs à faire ?
— Oh ! m'man !
— On se dépêche.
Max a regardé Crash.
— Bon, ben... à plus.

Ils ont encore entrechoqué leurs jointures, et Max a détalé avec toute l'énergie de ses six ans. Le portable de Grace a sonné. Elle a consulté le numéro qui s'affichait : Scott Duncan. Tant pis, il laisserait un message — le plus urgent, pour elle, c'était de parler à Crash. Ils sont allés dans la cuisine. Deux hommes étaient assis à table. Grace s'est figée. Occupés à faire des messes basses, ils ne lui ont prêté aucune attention. Elle a ouvert la bouche quand Crash lui a fait signe de le suivre dehors.

— Qui sont ces gens ?
— Ils travaillent pour moi.
— Et ils font quoi ?
— Ne vous inquiétez pas de ça.

Si, justement, elle s'en inquiétait, mais pour l'instant elle avait des questions plus pressantes à régler.

— J'ai eu un appel, a-t-elle déclaré. Sur mon portable.

Elle a répété ce que l'homme lui avait dit. Crash n'a pas bronché et, ensuite, il a sorti une cigarette.

— Ça vous ennuie si je fume ?

Elle a assuré que non, absolument pas.

— Je ne le ferai pas dans la maison.

Grace a regardé autour d'elle.

— C'est pour ça que nous sommes ressortis ?

Sans répondre, Crash a allumé sa cigarette, inhalé profondément et soufflé la fumée par les deux narines. Grace a jeté un œil dans le jardin du voisin. Il n'y avait personne en vue. Un chien a aboyé. Une tondeuse à gazon vrombissait tel un hélicoptère.

Elle a levé les yeux sur Crash.

— Vous avez déjà menacé des gens, n'est-ce pas ?
— Ouais.
— Alors, si je fais ce qu'il dit — si j'arrête —, croyez-vous qu'ils vont nous laisser tranquilles ?

— Peut-être.

Il a aspiré une bouffée si profonde qu'on aurait cru qu'il tirait sur un pétard.

— Mais la vraie question est : pourquoi veulent-ils que vous arrêtiez ?

— C'est-à-dire ?

— Vous deviez être en train de brûler. Vous avez sûrement touché un point sensible.

— Je ne vois pas.

— M. Vespa a téléphoné, il voudrait vous voir ce soir.

— À quel sujet ?

Crash a haussé les épaules.

Le regard de Grace s'est remis à errer alentour.

— Vous êtes prête à entendre une autre mauvaise nouvelle ? a-t-il demandé.

Elle a pivoté vers lui.

— La pièce de l'ordinateur. Celle du fond.

— Eh bien ?

— Elle est truffée de mouchards. Un dispositif d'écoute et une caméra.

— Une caméra ?

Elle n'en croyait pas ses oreilles.

— Chez moi ?

— Oui. Une caméra cachée. Elle est dans un bouquin sur l'étagère. Facile à repérer, quand on cherche. On trouve ça dans n'importe quelle boutique pour apprentis espions, vous avez déjà dû en voir sur le Net. On les planque dans une horloge ou un détecteur de fumée, des trucs comme ça.

Grace s'efforçait de digérer ce qu'elle venait d'entendre.

— Quelqu'un nous espionne ?

— Ouais.
— Qui ?
— Aucune idée. Je ne pense pas que ce soient les flics, c'est un travail d'amateur. Mes gars ont inspecté vite fait le reste de la maison. Jusque-là, ils n'ont rien découvert d'autre.
— Depuis combien de temps... (Elle essayait de comprendre, d'analyser ses explications.) Ça fait combien de temps que nous avons cette caméra et... le dispositif d'écoute ? Depuis combien de temps on a ces trucs chez nous ?
— Impossible de savoir. C'est pour ça que je vous ai traînée ici, pour qu'on puisse parler librement. Vous avez déjà beaucoup trinqué... êtes-vous en état de gérer ça maintenant ?
Elle a acquiescé, même si la tête lui tournait.
— OK. Tout d'abord, le matériel. Il n'est pas si sophistiqué que ça. La portée ne doit pas dépasser une trentaine de mètres. S'il s'agit d'une alimentation directe, il est probablement raccordé à une camionnette. Vous n'avez pas remarqué une camionnette en stationnement prolongé dans la rue ?
— Non.
— C'est ce que je pensais. C'est sans doute relié à un simple appareil enregistreur.
— Comme un magnétoscope ?
— Exactement comme un magnétoscope.
— Qui doit se trouver à trente mètres de la maison ?
— Oui.
Grace a regardé autour d'elle comme s'il pouvait être caché dans le jardin.
— Et il faut changer de cassette tous les combien ?
— Toutes les vingt-quatre heures.

— À votre avis, où peut-il être ?

— Je ne sais pas encore. Parfois, on place l'appareil au sous-sol ou dans le garage. Ils ont sûrement accès à la maison pour pouvoir récupérer la cassette et la remplacer par une neuve.

— Attendez une minute. Comment ça, ils ont accès à la maison ?

Haussement d'épaules.

— Ils ont bien fait entrer la caméra et les micros, non ?

Grace a senti sa rage flamber de plus belle. Elle a balayé du regard les propriétés voisines. Accès à la maison. Qui avait accès à la maison ? Et une petite voix a répondu...

Cora.

Ah non ! pas question ! Grace l'a fait taire.

— Il faut donc retrouver cet appareil, a-t-elle dit.

— Oui.

— Puis attendre de voir qui vient chercher la cassette.

— Ça peut être une solution.

— Vous avez une meilleure idée ?

— Pas vraiment.

— Ensuite, quoi... on suit le type pour savoir où ça nous mène ?

— C'est une possibilité.

— Mais... ?

— C'est risqué. On pourrait le perdre.

— Vous feriez quoi, vous ?

— S'il ne tenait qu'à moi, je lui mettrais la main dessus. Histoire de lui faire cracher le morceau.

— Et s'il refuse de parler ?

Crash arborait toujours son sourire de prédateur

marin. C'était une vision d'horreur, la tête de cet homme, mais Grace commençait à s'y habituer. Elle se rendait compte aussi qu'il ne cherchait pas à lui faire peur ; quoi qu'on ait fait subir à sa bouche, le résultat était devenu son expression naturelle. Il en disait long, ce visage. Et, de ce fait, sa question se révélait purement rhétorique.

Elle a voulu protester, lui rétorquer qu'elle était une personne civilisée et qu'ils devaient procéder de manière légale, dans le respect de l'éthique. Au lieu de quoi, elle a lâché :

— Ils ont menacé ma fille.
— Je l'entends bien.

Elle l'a regardé.

— Je ne peux pas faire ce qu'ils demandent, même si je voulais. Je ne peux pas fermer les yeux et continuer à vivre comme si de rien n'était.

Crash se taisait.

— Je n'ai pas le choix, n'est-ce pas ? Je suis obligée de me battre.
— Je ne vois pas d'autre solution.
— Vous le saviez depuis le début.

Crash a penché la tête sur le côté.

— Vous aussi.

Son portable s'est mis à sonner. Il l'a ouvert sans dire un mot, sans même un « Allô ? ». Au bout de quelques secondes, il l'a refermé d'un coup sec.

— Quelqu'un arrive chez vous.

Elle a jeté un coup d'œil par la porte à moustiquaire. Une Ford Taurus venait de s'arrêter dans l'allée. Scott Duncan en est descendu et s'est dirigé vers la maison.

— Vous le connaissez ? s'est enquis Crash.
— C'est lui, Scott Duncan.

— Le gars qui vous a fait croire qu'il travaillait pour le bureau du procureur?

Grace a hoché la tête.

— Je vais peut-être, a marmonné Crash, rester dans le coin.

Elle l'a reçu dehors. Crash s'était éloigné de quelques pas. Duncan l'observait à la dérobée.

— Qui c'est, celui-là?

— Il vaut mieux pour vous que vous ne le sachiez pas.

Grace a lancé un regard à Crash. Saisissant l'allusion, il a regagné la maison, les laissant seuls.

— Qu'est-ce que vous voulez? a-t-elle demandé.

Le ton de sa voix lui a mis la puce à l'oreille.

— Quelque chose ne va pas, Grace?

— Ça m'étonne que vous ayez pu vous libérer d'aussi bonne heure. Je pensais qu'on était plus débordé que ça, au bureau du procureur.

Il n'a rien répondu.

— Avez-vous perdu l'usage de la parole, monsieur Duncan?

— Vous avez appelé à mon bureau.

Elle a touché le bout de son nez pour montrer qu'il avait mis dans le mille. Puis :

— Oh! attendez, nuance — j'ai appelé au bureau du procureur! Vous ne travaillez plus là-bas, semble-t-il.

— Ce n'est pas ce que vous croyez.

— Me voilà rassurée.

— J'aurais dû vous l'apprendre d'entrée de jeu.

— Eh bien, allez-y.

— Écoutez, tout ce que je vous ai dit est vrai.

— Sauf l'histoire du bureau du procureur. Ça, ce n'est pas vrai, n'est-ce pas ? Ou bien Mme Goldberg m'a menti ?

— Vous voulez que je vous explique ou non ?

Une note métallique perçait maintenant dans sa voix. Grace lui a fait signe de continuer.

— Je vous ai dit la vérité. J'ai travaillé là-bas. Il y a trois mois, ce tueur, ce Monte Scanlon, a insisté pour me voir. Personne ne comprenait pourquoi. Je n'occupais qu'un poste subalterne, et ma spécialité c'était la corruption politique. Pourquoi un tueur à gages exigerait-il de me parler, à moi ? C'est là qu'il m'a révélé…

— Qu'il avait tué votre sœur.

— Oui.

Ils sont allés s'asseoir sur la terrasse. Posté à la fenêtre, Crash les surveillait. Son regard s'est posé sur Duncan, s'y est attardé pesamment pendant quelques secondes, a fait le tour du jardin, est revenu à Duncan.

— Sa tête m'évoque quelque chose, a remarqué ce dernier avec un geste en direction de Crash. Ou peut-être qu'il me rappelle la balade chez les pirates des Caraïbes au Disney World. Ne devrait-il pas avoir un bandeau sur l'œil ?

Grace a changé de position sur son siège.

— Vous étiez en train de m'expliquer pourquoi vous m'avez menti.

Duncan a passé la main dans sa chevelure blonde.

— Quand Scanlon m'a appris que l'incendie n'était pas accidentel… vous n'imaginez pas l'effet que ça m'a fait. Tout à coup… (Il a claqué dans ses doigts avec un panache de magicien.) Ma vie n'a pas vraiment changé, c'est plutôt que ces quinze dernières années m'ont paru différentes. Comme si, en remontant dans le temps, quelqu'un avait modifié un événement, lequel à son tour a altéré tout le reste. Je n'étais plus le même homme : je n'étais pas celui dont la sœur a tragiquement péri dans un incendie, j'étais celui dont la sœur a été assassinée et dont on n'a jamais vengé la mort.

— Mais maintenant, vous avez l'assassin, a dit Grace. Puisqu'il a avoué.

Duncan a eu un sourire sans joie.

— Scanlon l'a formulé mieux : il n'était qu'un simple instrument. Une arme. Moi, je veux celui qui a appuyé sur la détente. C'est devenu une obsession. J'ai essayé de m'y consacrer à temps partiel, vous savez… de continuer à travailler tout en recherchant le coupable, mais je négligeais mes dossiers. Du coup, ma patronne m'a fortement suggéré de me mettre en congé.

Il a levé les yeux sur Grace, qui s'est étonnée :

— Pourquoi ne pas me l'avoir dit ?

— Je ne trouvais pas ça terrible comme entrée en matière, de vous annoncer d'emblée que je m'étais fait débarquer. J'ai toujours des relations au bureau et j'ai toujours des amis dans la police. Mais que les choses soient bien claires entre nous : j'agis à titre purement personnel.

Leurs regards se sont rencontrés. Grace a répondu :

— Vous ne me dites pas tout.

Il a hésité.

— Qu'est-ce que c'est ? a-t-elle insisté.

— Il faut qu'on se mette d'accord sur un point.

Se levant, Duncan a de nouveau enfoui les doigts dans ses cheveux avant de se détourner.

— Pour le moment, nous voulons tous les deux retrouver votre mari. C'est une alliance temporaire. En fait, nous poursuivons un but différent. Une fois que nous aurons remis la main sur Jack... est-ce la vérité qui nous intéresse ?

— Moi, ce qui m'intéresse, c'est de récupérer mon mari.

Il a hoché la tête.

— C'est pour ça que je parle de buts différents, du fait que notre alliance est temporaire. Vous voulez votre mari, je veux l'assassin de ma sœur.

Il s'est tourné vers elle. Et elle a compris.

— Alors, qu'est-ce qu'on fait ? a-t-elle demandé.

Il a sorti la photo mystère. L'ombre d'un sourire flottait sur ses lèvres.

— Qu'y a-t-il ?

— Je connais le nom de la fille rousse sur la photo. Elle s'appelle Sheila Lambert. Elle a fait ses études à l'université du Vermont en même temps que votre mari... (Il a pointé l'index sur Jack, puis l'a fait pivoter.)... et que Shane Alworth.

— Et où est-elle, maintenant ?

— Justement, Grace. Personne ne le sait.

Elle a fermé les yeux. Un frisson l'a parcourue.

— J'ai envoyé la photo à la fac. Un doyen à la retraite l'a identifiée. J'ai mené une enquête approfondie, mais elle a disparu. Aucune trace de Sheila Lambert ces dix dernières années : ni sur les registres fiscaux, ni à la sécurité sociale, rien.

— Exactement comme pour Shane Alworth.

— Tout comme Shane, oui.

Grace a réfléchi tout haut :

— Cinq personnes sur la photographie. Une, votre sœur, est assassinée. Deux autres, Shane Alworth et Sheila Lambert, n'ont pas donné signe de vie depuis des années. Le numéro quatre, mon mari, s'est réfugié à l'étranger et aujourd'hui il a disparu. Quant à la cinquième, nous ne savons toujours pas qui elle est.

Duncan a opiné du chef.

— Et on fait quoi, maintenant ?

— Vous vous rappelez, je vous ai parlé de la mère de Shane Alworth ?

— La dame qui a une notion approximative de la géographie amazonienne ?

— Quand je suis allé la voir la première fois, j'ignorais et l'existence de cette photo et celle de votre mari. J'aimerais lui montrer la photo, histoire de connaître sa réaction. Et je veux que vous soyez là.

— Pourquoi ?

— Une intuition, c'est tout. Evelyn Alworth est une vieille femme, elle est émotive et, à mon avis, elle a peur. Je me suis présenté à elle en tant qu'enquêteur. Peut-être, je n'en sais rien, peut-être que si elle rencontre une mère de famille inquiète, ça va la décoincer.

Grace a eu un instant d'hésitation.

— Où habite-t-elle ?

— Dans un lotissement à Bedminster. C'est à une demi-heure de route, à tout casser.

Crash est réapparu à l'horizon. Scott Duncan l'a désigné du menton.

— Bon, alors, et votre épouvantail, là ?

— Je ne peux pas y aller maintenant.

— Pourquoi ?

— Les enfants. Je ne peux pas les laisser.

— On n'a qu'à les emmener, il y a un terrain de jeux là-bas. On n'en a pas pour longtemps.

Du pas de la porte, Crash a fait signe à Grace.

— Excusez-moi.

Duncan n'a pas bougé.

— Qu'y a-t-il ? a dit Grace.
— C'est Emma. Elle est en train de pleurer.

Grace a trouvé sa fille dans la posture classique — à plat ventre sur le lit, un oreiller sur la tête. Le son était étouffé. Emma n'avait pas pleuré ainsi depuis un moment. Grace s'est assise au bord du lit, sachant déjà ce qui allait arriver. Quand Emma a eu recouvré sa voix, elle a demandé où était son papa. En voyage d'affaires, a répondu Grace. Emma a déclaré qu'elle ne la croyait pas, que c'était un mensonge. Elle exigeait de savoir la vérité. Grace a répété que Jack était en voyage d'affaires, tout allait bien. Emma a insisté. Où était-il ? Pourquoi n'avait-il pas appelé ? Quand rentrait-il à la maison ? Grace a invoqué des raisons qui lui semblaient suffisamment plausibles : il était très occupé, il voyageait à travers l'Europe, en ce moment il était à Londres et elle ignorait la date de son retour, il avait appelé mais Emma dormait, n'oublie pas qu'il y a un décalage horaire avec l'Angleterre.

Emma avait-elle marché ? Allez savoir.

Les experts en éducation — tous ces psys gnangnan à la voix lobotomisée qu'on voit sur les chaînes du câble — n'auraient pas manqué de se récrier, mais Grace n'était pas adepte du « tout dire à ses enfants ». Le rôle d'une mère était de protéger avant tout. Emma n'était pas assez grande pour affronter la réalité, c'était aussi simple que ça. Le mensonge faisait partie de la fonction parentale. Peut-être avait-elle tort — Grace en était consciente —, mais ce qu'on dit est vrai : les enfants ne sont pas livrés avec un mode d'emploi. Tout le monde se trompe. Élever un enfant relève de l'improvisation pure.

Quelques minutes plus tard, elle a demandé à Max et

à Emma de se préparer, ils allaient faire un tour. Tous deux ont attrapé leur GameBoy et se sont entassés à l'arrière de la voiture. Scott Duncan s'est dirigé vers la portière côté passager. Mais Crash l'a devancé.

— Il y a un problème ? a fait Duncan.

— Je voudrais parler à Mme Lawson avant que vous partiez. Restez là.

Sarcastique, Duncan a mimé un salut militaire. Crash lui a décoché un regard à déclencher une période glaciaire en plein été tropical. Lui et Grace sont rentrés dans la maison et il a fermé la porte.

— Vous ne devriez pas partir avec lui, vous savez.

— Peut-être. Pourtant il le faut.

Crash s'est mordillé la lèvre. Il n'aimait pas ça, mais il comprenait.

— Vous avez un sac à main ?

— Oui.

— Faites voir.

Il a tiré un pistolet de sa ceinture, tellement petit qu'on aurait cru un jouet.

— C'est un Glock neuf millimètres, modèle 26.

Grace a levé les mains.

— Je ne veux pas de ça.

— Gardez-le dans votre sac. Vous pouvez aussi le porter dans un étui fixé à votre cheville, mais il vous faudrait un pantalon plus long.

— Je n'ai jamais eu l'occasion de me servir d'une arme.

— L'expérience, c'est superflu. Vous visez le milieu du torse, vous pressez la détente. Ce n'est pas compliqué.

— Je n'aime pas les armes à feu.

Crash a secoué la tête.

— Qu'est-ce qu'il y a ?

— Je me trompe ou quelqu'un a menacé votre fille aujourd'hui ?

Ces mots l'ont stoppée net dans son élan. Crash a glissé le pistolet dans son sac sans qu'elle proteste.

— Vous en avez pour combien de temps ? a-t-il demandé.

— Deux heures maxi.

— M. Vespa sera ici à dix-neuf heures. Il tient absolument à vous parler.

— Je serai rentrée.

— Vous lui faites confiance, à ce Duncan ?

— Pas vraiment, mais je pense que nous n'avons rien à craindre avec lui.

Crash a hoché la tête.

— Permettez-moi d'ajouter une petite clause à la garantie.

— Comment ?

En silence, il l'a raccompagnée à la voiture. Duncan parlait dans son portable, et sa mine ne disait rien qui vaille. En les voyant sortir, il a raccroché.

— Que se passe-t-il ?

Scott Duncan a secoué la tête.

— On y va ?

Crash s'est approché. Duncan n'a pas bougé, mais il a eu un très net geste de recul. Se plantant juste en face de lui, Crash a tendu la main et remué les doigts.

— Donnez-moi votre portefeuille.

— Je vous demande pardon ?

— Ai-je l'air de quelqu'un qui aime se répéter ?

Scott Duncan a regardé Grace, qui l'a encouragé d'un signe de la tête. Crash remuait toujours les doigts. Duncan lui a tendu son portefeuille. Crash l'a emporté à l'intérieur, s'est assis à la table de la cuisine et a inspecté rapidement son contenu tout en prenant des notes. Duncan et Grace l'avaient suivi et l'observaient.

— Qu'est-ce que vous faites ? a interrogé Duncan.

— En votre absence, monsieur Duncan, je vais recueillir un maximum d'informations sur vous. (Il a levé les yeux.) Et s'il arrive quoi que ce soit à Mme Lawson, ma riposte sera...

Crash s'est interrompu, semblant chercher le mot juste.

— ... disproportionnée. Me suis-je bien fait comprendre ?

Duncan s'est tourné vers Grace.

— Mais qui est ce type, bon sang ?

Grace se dirigeait déjà vers la voiture.

— Tout ira bien, Crash.

Haussant les épaules, il a lancé le portefeuille à Duncan.

— Faites une agréable promenade.

Les cinq premières minutes, personne n'a parlé dans la voiture. Les GameBoy étaient équipées d'écouteurs. Grace les avait achetés car les bips et les vrombissements, plus Luigi criant « Mamma mia ! » toutes les deux minutes lui flanquaient la migraine. Assis à côté d'elle, Scott Duncan gardait les mains sur les genoux.

— Alors, c'était qui au téléphone ? a-t-elle demandé.

— Un médecin légiste.

Elle attendait la suite.

— Rappelez-vous, je vous ai dit que j'avais fait exhumer le corps de ma sœur. La police ne voyait pas vraiment l'intérêt, ça revenait trop cher, et je le comprends. Bref, j'ai réglé la facture moi-même. Cette personne pratique des autopsies à titre privé.

— C'est lui qui vous a appelé ?
— C'est une femme. Sally Li.
— Et alors ?
— Alors elle veut me voir tout de suite.
Duncan a pivoté vers elle.
— Son bureau se trouve à Livingston. On pourrait y passer sur le chemin du retour.
Il a repris sa position initiale.
— J'aimerais que vous veniez avec moi, si ça ne vous ennuie pas.
— À la morgue ?
— Non, pas du tout. Sally exerce à l'hôpital Saint-Barnabas. Là, c'est juste un bureau où elle remplit ses paperasses. Il y a une salle d'attente : on pourra parquer les gosses là-dedans.
Grace n'a pas répondu.
Les lotissements de Bedminster étaient tout ce qu'il y avait de plus banal — ce qui, pour un lotissement, tient du pléonasme. Revêtements en préfabriqué marron clair, trois niveaux, garages en sous-sol, chaque maison était identique à celle de droite, à celle de gauche, à celle de devant et à celle de derrière. L'œil se perdait dans cet océan unicolore.
Grace connaissait bien cette route, Jack l'empruntait tous les jours pour aller travailler. À un moment, ils avaient, très brièvement, envisagé de s'installer dans une de ces résidences. Ni l'un ni l'autre n'étant particulièrement bricoleurs, cela avait l'avantage que, moyennant un versement mensuel, on n'avait pas à se préoccuper de la toiture, d'extensions éventuelles ou de la création d'un jardin. Il y avait des courts de tennis, une piscine et, en effet, un terrain de jeux pour enfants. Mais la monotonie du décor ambiant avait fini par les

dissuader. Déjà que la banlieue est le royaume du conformisme triomphant, pourquoi aggraver les choses en élisant un domicile en tout point semblable aux autres ?

Max a repéré le complexe de jeux aux couleurs vives avant même l'arrêt complet de la voiture et s'apprêtait à foncer vers les balançoires. Emma paraissait beaucoup moins emballée et se raccrochait à sa GameBoy. En temps ordinaire, Grace aurait protesté — la GameBoy dans la voiture seulement, surtout quand on était en plein air — mais, là encore, elle avait d'autres chats à fouetter.

La main en visière, elle les a regardés s'éloigner.

— Je ne peux pas les laisser seuls.

— Mme Alworth habite juste là, a dit Duncan. On n'a qu'à rester sur le pas de la porte pour les surveiller.

Ils se sont approchés du rez-de-chaussée. Tout était calme alentour. Grace a inspiré profondément, humant l'odeur d'herbe fraîchement coupée. Ils se tenaient côte à côte, Duncan et elle. Il a sonné. Elle se sentait un peu comme un Témoin de Jéhovah.

Une voix caquetante, qui n'était pas sans rappeler la sorcière dans un vieux film de Disney, a répondu :

— Qui est-ce ?

— Madame Alworth ?

— Qui est-ce ?

— Scott Duncan. Nous avons parlé il y a quelques semaines. De votre fils, Shane.

— Allez-vous-en. Je n'ai rien à vous dire.

Grace a reconnu l'accent. La région de Boston.

— Nous avons besoin de votre aide.

— Je ne sais rien. Allez-vous-en.

— S'il vous plaît, madame Alworth. Il faut que je vous parle.

— Je vous ai tout dit. Shane vit au Mexique, c'est un gentil garçon, il s'occupe des pauvres.

— On voudrait en savoir un peu plus sur ses anciens amis.

Duncan a regardé Grace, hochant la tête pour qu'elle prenne la parole.

— Madame Alworth...

Le caquètement s'est teinté de méfiance.

— Qui c'est ?

— Je m'appelle Grace Lawson. Je crois que mon mari connaissait votre fils.

Silence. Se retournant, Grace a observé Max et Emma. Max était sur le toboggan en spirale. Assise en tailleur, Emma jouait avec sa GameBoy.

La voix a demandé à travers la porte :

— Qui c'est, votre mari ?

— Jack Lawson.

Pas de réaction.

— Madame Alworth ?

— Je ne le connais pas.

Scott Duncan a repris :

— On a une photo ici qu'on aimerait vous montrer.

La porte s'est ouverte. Mme Alworth était vêtue d'une robe d'intérieur qui devait dater d'avant la baie des Cochons. C'était une septuagénaire corpulente, le genre de bonne grosse tata qui vous serre contre elle et vous disparaissez dans les replis. Gamin, vous détestez ça. Adulte, vous en rêvez. Elle avait des varices qui ressemblaient à une peau de saucisson. Ses lunettes de lecture pendaient au bout d'une chaîne sur son opulente poitrine. Elle sentait vaguement la fumée de cigarette.

— Je n'ai pas toute la journée devant moi, a-t-elle déclaré. Faites-moi voir cette photo.

Scott Duncan la lui a tendue.

Pendant un bon moment, la vieille femme est restée silencieuse.

— Madame Alworth?

— Pourquoi on l'a rayée? a-t-elle demandé enfin.

— C'était ma sœur.

Elle lui a jeté un coup d'œil.

— Je croyais que vous étiez en train de mener une enquête.

— C'est bien ce que je fais. Ma sœur a été assassinée, son nom était Geri Duncan.

Le visage de Mme Alworth est devenu blême. Sa lèvre s'est mise à trembler.

— Elle est morte?

— Assassinée, oui. Il y a quinze ans. Vous vous souvenez d'elle?

Elle semblait avoir perdu contenance. Se tournant vers Grace, elle a aboyé :

— Qu'est-ce que vous regardez comme ça?

— Mes enfants.

Grace a désigné le terrain de jeux. Mme Alworth a suivi son regard et s'est raidie. Elle avait l'air perdue, désemparée.

— Vous avez connu ma sœur? a insisté Duncan.

— Qu'est-ce que j'ai à voir là-dedans?

Il a durci le ton.

— Avez-vous connu ma sœur, oui ou non?

— Je ne me rappelle plus. C'était il y a longtemps.

— Votre fils sortait avec elle.

— Il est sorti avec un tas de filles. Shane était beau garçon, comme son frère, Paul, qui est psychologue dans le Missouri. Allez donc le voir et laissez-moi tranquille.

— Tâchez de réfléchir.

Scott a haussé légèrement la voix.

— Ma sœur a été assassinée.

Il a indiqué Shane Alworth sur la photo.

— C'est bien votre fils, n'est-ce pas, madame Alworth ?

Elle a contemplé longuement la mystérieuse photographie avant de hocher la tête.

— Où est-il ?

— Je vous l'ai dit, Shane vit au Mexique, il aide les pauvres gens.

— Quand lui avez-vous parlé pour la dernière fois ?

— La semaine passée.

— Il vous a appelée ?

— Oui.

— Où ?

— Comment ça, où ?

— Est-ce que Shane vous a téléphoné ici ?

— Évidemment, où voulez-vous qu'il me téléphone ?

Scott Duncan a fait un pas en avant.

— J'ai consulté les relevés de votre ligne téléphonique, madame Alworth. Vous n'avez reçu aucun appel international au cours de l'année écoulée.

— Shane, il utilise les cartes, a-t-elle répondu précipitamment. Peut-être qu'elles n'apparaissent pas sur les relevés, je ne sais pas, moi.

Duncan s'est encore rapproché.

— Écoutez-moi, madame Alworth. Écoutez-moi bien, je vous prie : ma sœur est morte, votre fils s'est évanoui dans la nature sans laisser de traces. Cet homme-là… (Il a désigné Jack sur la photo.)… son mari,

Jack Lawson, a disparu également. Et cette jeune femme... (Il a montré la rouquine aux yeux écartés.)... elle s'appelle Sheila Lambert. Elle n'a pas donné signe de vie depuis au moins dix ans.

— Tout ça n'a rien à voir avec moi.

— Cinq personnes sur la photo. Nous avons réussi à en identifier quatre. Toutes manquent à l'appel. L'une est morte. Si ça se trouve, elles le sont toutes.

— Je vous l'ai dit, Shane est...

— Vous mentez, madame Alworth. Votre fils a étudié à l'université du Vermont, tout comme Jack Lawson et Sheila Lambert. Ils étaient peut-être amis. Il sortait avec ma sœur, ça, nous le savons tous les deux. Alors, que leur est-il arrivé ? *Où est votre fils ?*

Grace a posé la main sur le bras de Scott. Mme Alworth était en train de fixer l'aire de jeux, les enfants. Sa lèvre inférieure tremblotait, sa peau avait pris une teinte grisâtre et des larmes coulaient sur ses joues. On aurait dit qu'elle était en transe. Grace a essayé de se placer dans sa ligne de mire.

— Madame Alworth, a-t-elle soufflé avec douceur.

— Je suis une vieille femme.

Une pause.

— Je n'ai rien à dire à vous autres.

— Je veux retrouver mon mari.

Mme Alworth gardait les yeux rivés sur le terrain de jeux.

— Je veux retrouver leur père.

— Shane est un gentil garçon. Il se dévoue pour les gens.

Grace a cherché son regard, mais maintenant elle avait les yeux dans le vague.

— Sa sœur...

D'un geste, Grace a désigné Duncan.

— ... mon mari, votre fils. Ce qui s'est passé nous touche directement. Nous sommes là pour vous aider.

Mais la vieille femme a secoué la tête.

— Mon fils n'a pas besoin de votre aide. Allez-vous-en. S'il vous plaît.

Elle est rentrée dans la maison et a refermé la porte.

33

De retour dans la voiture, Grace a demandé :

— Quand vous avez dit à Mme Alworth que vous aviez consulté ses relevés téléphoniques...

— C'était du bluff, a acquiescé Duncan.

Les enfants s'étaient replongés dans leur GameBoy. Scott Duncan a appelé le médecin légiste : ils étaient attendus.

— On se rapproche du but, n'est-ce pas ? a repris Grace.

— Je pense, oui.

— Peut-être que Mme Alworth dit la vérité. Du moins, ce qu'elle croit être la vérité.

— Comment ça ?

— Il s'est passé quelque chose il y a toutes ces années. Jack s'est enfui à l'étranger. Shane Alworth et Sheila Lambert auraient pu faire pareil. Votre sœur, pour une raison ou une autre, est restée et a trouvé la mort.

Il n'a pas répondu. Ses yeux s'étaient embués, un tic agitait un coin de sa bouche.

— Scott ?

— Elle m'a appelé. Geri. Deux jours avant l'incendie.

Grace se taisait — elle préférait le laisser parler.

— J'étais sur le point de partir. Comprenez-moi bien : Geri était un peu allumée, elle avait tendance à verser dans le mélodrame. Elle a déclaré qu'elle avait une grande nouvelle à m'annoncer, mais j'ai décidé que ça pouvait attendre. J'ai pensé qu'il s'agissait d'une énième marotte, genre aromathérapie, son nouveau groupe rock, ses eaux-fortes. J'ai promis de la rappeler.

Il a haussé les épaules.

— Et j'ai oublié de le faire.

Grace aurait voulu dire quelque chose, mais elle ne trouvait pas les mots. Des paroles de réconfort lui feraient sans doute plus de mal que de bien. Agrippant le volant, elle a jeté un coup d'œil dans le rétroviseur. Penchés sur leurs jeux, Emma et Max tapaient fébrilement sur les minuscules consoles. Et, à nouveau, elle a été submergée par le sentiment béni de la normalité, le pur bonheur du quotidien.

— Ça ne vous gêne pas qu'on passe chez le médecin légiste ? a demandé Duncan.

Grace a hésité.

— C'est à moins de deux kilomètres, au prochain feu à droite.

Au point où j'en suis, a-t-elle songé. Il lui a indiqué le chemin. Et, quelques minutes plus tard :

— C'est là, dans cet immeuble de bureaux qui fait l'angle.

Le centre médical se composait essentiellement de dentistes et d'orthodontistes. En poussant la porte, ils ont été accueillis par une odeur d'antiseptique associée dans l'esprit de Grace à une voix lui ordonnant de rincer et de cracher. À l'étage du dessus se trouvait un cabinet d'ophtalmologie qui s'appelait LE LASER AUJOURD'HUI. Scott Duncan a indiqué la plaque portant le nom « Sally Li, médecin légiste ». Son bureau était situé au sous-sol.

Il n'y avait pas de réceptionniste, un carillon a annoncé leur arrivée. Le décor était spartiate : deux canapés défoncés et une lampe vacillante qui ne vaudrait pas le prix de son étiquette chez un brocanteur. Le seul magazine était un catalogue de matériel médical.

Une femme d'origine asiatique, la quarantaine fatiguée, a passé la tête par la porte de la pièce contiguë.

— Salut, Scott.
— Salut, Sally.
— Qui est-ce ?
— Grace Lawson. Elle est là pour m'aider.
— Enchantée, a répliqué Sally. Je suis à vous dans une seconde.

Grace a dit aux enfants qu'ils pouvaient continuer à jouer. Le danger des jeux vidéo était qu'ils vous coupaient du monde extérieur. Le charme des jeux vidéo était qu'ils vous coupaient du monde extérieur.

Sally Li a rouvert sa porte.

— Entrez.

Elle portait une tenue chirurgicale propre et des chaussures à hauts talons. Un paquet de Marlboro dépassait de sa poche de poitrine. Son bureau, si on pouvait l'appeler ainsi, semblait avoir été dévasté par le passage d'un cyclone. Partout, des papiers tombaient en cascade de la table et des étagères presque comme une chute d'eau. Les manuels d'anatomie étaient grands ouverts. La table, une vieille chose métallique, devait provenir d'une école élémentaire qui avait procédé à la liquidation de son matériel. Pas de photos dessus, aucun objet personnel, juste un gros cendrier qui trônait en plein milieu. Des revues, des tonnes de revues, étaient empilées dans tous les recoins. Plusieurs piles s'étaient déjà écroulées. Sally Li n'avait pas pris la peine de les ramasser. Elle s'est laissée tomber dans le fauteuil derrière son bureau.

— Vous n'avez qu'à jeter tout ça par terre. Asseyez-vous.

Grace a enlevé les papiers d'une des chaises et s'est assise. Scott Duncan l'a imitée. Joignant les mains, Sally Li les a posées sur ses genoux.

— Tu sais, Scott, que je ne suis pas très douée pour les chichis.

— Je sais.

— Heureusement, mes patients ne se plaignent jamais.

Ça n'a fait rire qu'elle.

— Bon, d'accord, vous comprenez maintenant pourquoi personne ne veut sortir avec moi.

Elle a chaussé ses lunettes et s'est mise à feuilleter ses dossiers.

— En parlant de gens bordéliques qui sont souvent les mieux organisés... Quand ils vous disent : « Ça a l'air d'un foutoir, mais je sais exactement où se trouve chaque chose », c'est des conneries. Je ne sais absolument pas où... attendez, ça y est.

Sally a tiré de la pile une enveloppe en papier kraft.

— C'est l'autopsie de ma sœur ? s'est enquis Duncan.

— Ouais.

Elle l'a fait glisser vers lui. Il l'a ouverte, Grace s'est

penchée plus près. Sur la première page figuraient les mots Duncan, Geri. Il y avait des photos aussi. Grace en a remarqué une, un squelette brun sur une table. Elle s'est détournée, comme si on l'avait surprise à regarder par le trou de la serrure.

Les mains derrière la tête, Sally a posé les pieds sur la table.

— Alors, Scott, tu veux un exposé magistral sur les miracles de la science de l'anatomie ou tu préfères que j'aille droit au but ?

— Épargne-moi l'exposé.

— Au moment de son décès, ta sœur était enceinte.

Il a eu un haut-le-corps — on aurait dit qu'elle l'avait piqué avec un aiguillon. Grace n'a pas bougé.

— Je ne sais pas depuis combien de temps. Quatre, cinq mois tout au plus.

— Je ne comprends pas. Ils ont bien dû faire une autopsie, à l'époque.

Sally a hoché la tête.

— Certainement.

— Alors pourquoi ne s'en sont-ils pas aperçus ?

— Tu veux mon avis ? Ils s'en sont aperçus.

— Mais on ne m'a jamais dit…

— Et pourquoi te l'aurait-on dit, hein ? Ils ont dû en parler à tes parents. Toi, tu n'étais que le frère. En plus, sa grossesse n'a rien à voir avec la cause de sa mort. Elle est morte dans un incendie, l'enquête n'avait pas à tenir compte du fait qu'elle était enceinte.

Le regard de Scott est allé de Grace à Sally.

— Tu peux obtenir l'ADN du fœtus ?

— Ça doit être possible. Pourquoi ?

— Il te faudrait combien de temps pour effectuer un test de paternité ?

Grace n'a pas été étonnée par sa question.
— Six semaines.
— Il n'y a pas moyen de faire plus vite?
— Je pourrais brûler quelques étapes, mais je ne promets rien.

Scott s'est tourné vers Grace. Elle savait à quoi il pensait. Elle a dit :
— Geri sortait avec Shane Alworth.
— Vous avez vu la photo.

En effet. La façon dont Geri regardait Jack. Elle ignorait que l'objectif était braqué sur elle. Tout le monde s'apprêtait seulement à prendre la pose. Mais ce qui a été immortalisé, cette expression sur le visage de Geri Duncan... eh bien, quelqu'un qu'on regarde ainsi est beaucoup plus qu'un ami.

— OK, faisons le test, a-t-elle acquiescé.

34

Charlaine tenait la main de Mike quand il a finalement ouvert les yeux.

Elle a crié pour appeler le médecin, lequel, dans un rare accès de franchise, a déclaré que c'était « bon signe ». Mike souffrait énormément. Le médecin l'a branché sur une pompe à morphine, mais il n'avait pas envie de se rendormir. Grimaçant, il a essayé de s'en défaire. Charlaine restait à côté de lui, sans lâcher sa main. Quand la douleur est devenue insupportable, il a serré ses doigts avec force.

— Rentre à la maison, a-t-il soufflé. Les gosses ont besoin de toi.

Elle l'a fait taire.

— Tâche de te reposer.

— Tu ne peux rien pour moi. Rentre.

— Chut !

Mike commençait à s'assoupir. Elle le regardait en repensant au temps où ils avaient été étudiants et un flot d'émotions l'a envahie. De l'amour et de la tendresse, bien sûr, mais ce qui troublait Charlaine — alors même qu'elle lui tenait la main, qu'elle se sentait un lien fort avec cet homme partageant sa vie, qu'elle priait et négociait avec un Dieu depuis trop longtemps négligé — était que ces sentiments-là ne dureraient pas. C'était ça, le plus accablant. En plein tumulte, Charlaine était consciente que ces sentiments s'effilocheraient, que ses émotions étaient passagères, et elle s'en voulait terriblement.

Trois ans plus tôt, elle avait participé à un grand rassemblement sur le thème du développement personnel à East Rutherford. L'orateur était quelqu'un de dynamique. Charlaine avait adoré et acheté toutes les cassettes. Elle s'est mise à suivre ses recommandations à la lettre — se fixer des objectifs, s'y tenir, déterminer ce qu'elle attendait de la vie, replacer les choses dans leur contexte, revoir ses priorités de manière à obtenir des résultats concrets —, mais cependant qu'elle appliquait les consignes et que son existence commençait à changer dans le bon sens, elle a su que cela ne durerait pas. Le changement était provisoire. Un nouveau régime, un programme d'exercices, voilà l'effet que ça lui faisait.

Il n'y aurait pas de fin heureuse.

La porte s'est ouverte derrière elle.

— Votre mari s'est réveillé, à ce qu'on m'a dit.
C'était le capitaine Perlmutter.
— Oui.
— J'espérais lui parler.
— Vous allez être obligé d'attendre.
Perlmutter a fait un pas dans la chambre.
— Les enfants sont toujours chez leur oncle ?
— Il les a emmenés à l'école. Nous voulons qu'ils continuent à vivre normalement.
Perlmutter s'est arrêté à côté d'elle. Elle gardait les yeux sur Mike.
— Vous avez appris quelque chose ? a-t-elle demandé.
— L'homme qui a tiré sur votre mari, son nom est Eric Wu. Ça ne vous dit rien ?
Elle a secoué la tête.
— Comment l'avez-vous su ?
— Ses empreintes digitales dans la maison de Sykes.
— Il a déjà été arrêté ?
— Oui. En fait, il était en liberté conditionnelle.
— Qu'est-ce qu'il a fait ?
— Il a été condamné pour coups et blessures, mais on pense qu'il a commis un certain nombre de crimes.
Elle n'était pas surprise.
— Des crimes de sang ?
Perlmutter a hoché la tête.
— Je peux vous poser une question ?
Charlaine a haussé les épaules.
— Le nom de Jack Lawson vous est-il familier ?
Elle a froncé les sourcils.
— Ses deux enfants ne sont pas à Willard ?
— Si.
— Je ne le connais pas personnellement, mais Clay,

mon plus jeune fils, est encore à Willard. Il m'arrive de croiser sa femme de temps à autre, quand on vient chercher les gamins après la classe.

— Vous parlez de Grace Lawson ?

— Oui, elle s'appelle comme ça, il me semble. Jolie femme. Sa fille, Emma, je crois, a une année ou deux d'écart avec mon Clay.

— Vous la connaissez un peu ?

— Pas vraiment, non. Je la rencontre aux spectacles de l'école, ce genre de choses. Pourquoi ?

— Pour rien, sans doute.

Charlaine lui a lancé un regard dubitatif.

— C'est le premier nom qui vous est venu à l'esprit ou quoi ?

— Il s'agit d'une simple hypothèse, a-t-il répondu, histoire de clore le chapitre. Je voulais aussi vous remercier.

— De quoi ?

— D'avoir parlé à M. Sykes.

— Il ne m'a pas dit grand-chose.

— Il vous a dit que Wu s'était servi du nom Al Singer.

— Et alors ?

— Notre expert en informatique a trouvé ce nom-là dans l'ordinateur de Sykes. Al Singer. Apparemment, c'était un pseudonyme que Wu utilisait pour nouer des contacts sur un site de rencontres. C'est comme ça qu'il aurait connu Freddy Sykes.

— C'est donc un site de rencontres gay ?

— Bisexuel.

Charlaine en a presque pouffé. C'était quelque chose, hein ? Elle a regardé Perlmutter, le défiant de rire. Le visage du capitaine était de marbre. Ils se sont tous deux

tournés vers le lit. Mike a tressailli, il a ouvert les yeux et souri à Charlaine. Elle a souri aussi et lui a caressé les cheveux. Fermant les paupières, il s'est assoupi à nouveau.
— Capitaine Perlmutter ?
— Oui.
— S'il vous plaît, allez-vous-en.

35

En attendant l'arrivée de Carl Vespa, Grace a entrepris de mettre de l'ordre dans la chambre à coucher. Jack était le meilleur des maris. Intelligent, drôle, aimant, tendre et dévoué. Pour contrebalancer tout cela, Dieu l'avait doté des facultés organisationnelles d'une bouteille de limonade. En un mot, Jack était un bordélique. Le harceler à ce sujet — Grace avait essayé — ne servait à rien. Du coup, elle avait renoncé. Si vivre heureux en ménage consistait entre autres dans l'art du compromis, cela en était une bonne illustration.

Depuis longtemps elle ne comptait plus sur Jack pour ranger la pile de magazines à côté du lit. Sa serviette mouillée après la douche finissait rarement sur le porte-serviettes. Tous les articles vestimentaires n'arrivaient pas à destination. Aujourd'hui encore, il y avait ce tee-shirt gisant à moitié dans le panier à linge, à moitié dehors, comme si on lui avait tiré dessus alors qu'il tentait de s'échapper.

Pendant un moment, Grace s'est contentée de le

regarder. Il était vert, avec les lettres FUBU plaquées devant : un jour, il avait dû être à la mode. Jack l'avait acheté pour 6,99 dollars chez TJ Maxx, une solderie où vont mourir les fringues branchées. Il l'avait mis avec un short ultra baggy. Planté devant la glace, il s'était entouré de ses bras en se contorsionnant d'une drôle de façon.

— Qu'est-ce que tu fais ? lui avait demandé Grace.
— J'ai la rap attitude. Eh ! qu'est-ce t'en dis, eh ?
— Que je devrais aller te chercher un tranquillisant.
— Auche. J'te kiffe.
— C'est ça. Il faut conduire Emma chez Christina.
— Yo, man. Check.
— Dépêche-toi. S'il te plaît.

Grace a ramassé le tee-shirt. Elle n'avait jamais eu une très haute opinion de la gent masculine avant, étant plutôt réservée côté sentiments. Elle ne se livrait pas facilement, ne croyait pas au coup de foudre... mais quand elle avait rencontré Jack, l'attirance avait été immédiate, avec papillons dans l'estomac et tout, et elle aurait beau le nier maintenant, une petite voix lui avait soufflé alors que cet homme-là, elle allait l'épouser.

Crash était dans la cuisine avec Emma et Max. Emma s'était remise de sa petite crise — comme seuls les enfants en sont capables, à savoir très vite et presque sans séquelles. Tout le monde mangeait des bâtonnets de poisson, Crash y compris, en laissant les petits pois sur le côté. Emma était en train de lire un poème à Crash. Il était très bon public. Son rire était de ceux qui non seulement emplissent une pièce, mais se cognent aux vitres. Quand on l'entendait, on ne pouvait que sourire ou grimacer.

Il restait encore un peu de temps avant l'arrivée de

Carl Vespa. Grace n'avait pas envie de penser à Geri Duncan, à sa mort, à sa grossesse, à sa façon de regarder Jack sur cette satanée photo. Scott Duncan lui avait demandé ce qu'elle voulait. Récupérer son mari, avait-elle répondu. C'était toujours le cas, mais avec tout ce qui s'était passé entre-temps, elle voulait peut-être aussi connaître la vérité.

C'est avec cette idée-là en tête qu'elle est descendue allumer l'ordinateur. Une fois sur Google, elle a tapé « Jack Lawson ». Douze cents réponses, beaucoup trop pour en tirer quelque chose d'utile. Elle a essayé « Shane Alworth ». Aucune réponse, tiens. Intéressant. Et Sheila Lambert ? Toutes les réponses concernaient une basketteuse du même nom. Rien à voir avec sa recherche. Alors, elle a tenté les combinaisons.

Jack Lawson, Shane Alworth, Sheila Lambert et Geri Duncan : ces quatre personnes figuraient sur une même photo, il devait donc exister un lien entre elles. Grace a combiné les noms des uns avec les prénoms des autres, sans grand résultat. Elle cherchait toujours, parcourant les deux cent vingt-sept réponses inutiles aux mots « Lawson » et « Alworth », quand le téléphone a sonné.

C'était Cora. Grace a décroché.

— Salut, toi.

— Excuse-moi, a dit Grace.

— C'est pas grave. Salope.

Grace a souri tout en continuant à faire glisser la flèche descendante. Les réponses n'offraient aucun intérêt.

— Tu as toujours besoin de moi ? a demandé Cora.

— Oui, peut-être.

— Quel enthousiasme, j'adore ! Vas-y, raconte.

Grace est délibérément restée dans le vague. Elle

avait confiance en Cora mais n'avait pas envie d'être obligée de lui faire confiance. Eh oui, ça n'avait pas de sens. Pour résumer la chose, si la vie de Grace était en danger, elle appellerait Cora séance tenante. Mais si c'étaient les gosses qui étaient menacés... ma foi, elle y réfléchirait à deux fois. Le pire, dans cette histoire, c'est que Cora était la personne en qui elle avait le plus confiance — c'est dire combien elle se sentait seule.

— Tu es en train de rentrer des noms dans un moteur de recherche ? s'est enquis Cora.
— Oui.
— Des réponses ?
— Pas une qui soit pertinente... Attends une minute.
— Quoi ?

Mais là encore, confiance ou pas confiance, Grace n'a pas jugé bon de lui en révéler plus que le nécessaire.

— Je te rappelle.
— OK. Salope.

Grace a raccroché, l'œil rivé à l'écran. Son pouls s'est accéléré imperceptiblement. Elle avait épuisé pratiquement toutes les combinaisons quand elle s'est souvenue d'un ami peintre nommé Marlon Coburn. Il se plaignait sans cesse que son nom était mal orthographié. Marlon était écrit tantôt Marlin, tantôt Marlen ou Marlan, et Coburn devenait Cohen ou Corburn. Quoi qu'il en soit, Grace a décidé de tenter sa chance.

La quatrième combinaison « coquille » qu'elle a essayée était « Lawson » et « Allworth »... avec deux L au lieu d'un.

Là, il y avait trois cents réponses — les deux noms étant assez courants —, mais la quatrième lui a sauté aux yeux. Elle a lu l'intitulé d'abord :

Le blog de Crazy Davey

Grace savait vaguement qu'un blog était une sorte de journal intime tenu à l'intention du public. Certaines personnes écrivaient ce qui leur passait par la tête. D'autres, allez savoir pourquoi, s'amusaient à les lire. Autrefois, un journal intime était réservé à un usage strictement personnel. Aujourd'hui, c'était à qui trouverait l'accroche la plus tape-à-l'œil pour attirer un maximum d'attention.
Un extrait au-dessous du lien disait :

… John Lawson au clavier et Sean Allworth qui touche sa bille à la guitare…

John était le véritable prénom de Jack. Sean était très proche de Shane. Grace a cliqué sur le lien. La page était interminable. Elle est revenue en arrière et a cliqué sur « Cache ». Maintenant, les mots Lawson et Allworth seraient soulignés. Elle a fait défiler le texte jusqu'à une entrée vieille de deux ans :

26 avril
Salut, tout le monde. Therese et moi nous sommes payé un week-end dans le Vermont. On est descendus dans un bed and breakfast, Westerly, ça s'appelle. C'était génial. Il y avait une cheminée, et le soir on a joué aux dames…

Et ainsi de suite. Grace a secoué la tête. Qui diable pouvait s'intéresser à ce charabia ? Elle a sauté trois paragraphes.

L'autre soir je suis allé avec Rick, un ancien pote de la fac, au Wino. C'est un vieux bar pour étudiants. Un vrai trou à rats. On y allait à l'époque où on fréquentait l'université du Vermont. Tenez-vous bien, on a joué à la roulette des capotes comme au bon vieux temps. Vous connaissez ? Chacun choisit une couleur — il y a Rouge Torride, Noir Étalon, Jaune Citron, Orange Orange. Oui, bon, d'accord, les deux derniers, c'est pour rire, mais vous avez pigé le principe. Il y a un distributeur de capotes aux toilettes. Il y est toujours ! Chaque gars met un dollar sur la table. Il y en a un qui va chercher une capote et la rapporte dans la salle. On l'ouvre, et bing ! si t'as deviné la couleur, t'as gagné. Rick a deviné du premier coup. Il nous a payé un pot. Le groupe qui jouait était naze. Je me souviens du groupe que j'ai entendu ici quand j'étais en première année de fac : ils s'appelaient Allaw. Deux nanas et deux mecs. L'une des nanas était à la batterie. Les mecs étaient John Lawson au clavier et Sean Allworth qui touche sa bille à la guitare. Le nom du groupe doit venir de là, à mon avis : Allworth et Lawson. Ensemble, ça donne Allaw. Rick n'avait jamais entendu parler d'eux. Bref, on a fini nos boissons. Deux nanas canon sont entrées à ce moment-là, mais elles n'ont pas fait attention à nous. Du coup, on s'est sentis vieux...

Et voilà. C'était tout.

Grace a lancé une recherche sur le nom « Allaw ». En vain.

Elle a essayé d'autres combinaisons. Toujours rien. Juste cette mention dans le blog. Crazy Davey s'était trompé sur le nom et le prénom de Shane. Jack avait toujours été Jack — enfin, depuis qu'elle le connaissait —, mais peut-être se faisait-il appeler John à l'époque. Ou alors l'auteur du blog avait mal retenu son nom.

Cependant, Crazy Davey avait cité quatre personnes : deux filles, deux garçons. Ils étaient cinq sur la photo, mais la fille qui se tenait tout au bord et qu'on distinguait à peine ne faisait pas partie du groupe, si ça se trouve.

Et qu'avait dit Scott en parlant du dernier coup de fil de sa sœur ? *J'ai pensé qu'il s'agissait d'une énième marotte, genre aromathérapie, son nouveau groupe rock…*

Un groupe rock. Serait-ce cela ? La photo d'un groupe rock ?

Elle a exploré le site de Crazy Davey en quête d'un nom complet ou d'un numéro de téléphone. Il n'y avait qu'une adresse e-mail. Grace a cliqué sur le lien et tapé à la hâte :

« J'ai besoin de votre aide. J'ai une question très importante à vous poser au sujet d'Allaw, le groupe que vous avez vu quand vous étiez à la fac. S'il vous plaît, appelez-moi en PCV. »

Elle a ajouté son numéro de téléphone avant d'envoyer le message.

Qu'est-ce que cela signifiait ? Elle a tourné et retourné le problème dans tous les sens. Ça ne collait pas. Quelques minutes plus tard, une limousine s'engageait dans l'allée. Grace a jeté un coup d'œil par la fenêtre : Carl Vespa était arrivé.

Son nouveau chauffeur — un gros malabar tout en muscles, la boule à zéro et la mine patibulaire *ad hoc* — avait l'air moitié moins dangereux que Crash. Elle a marqué le blog de Crazy Davey d'un signet avant d'aller ouvrir la porte.

Vespa est entré sans la saluer. Il était toujours aussi

chic, toujours vêtu d'un blazer qui semblait avoir été confectionné dans quelque atelier céleste, mais le reste de sa personne paraissait étrangement négligé. Sa tignasse était en désordre, il avait les yeux rouges. Les rides autour de sa bouche étaient plus profondes, plus accentuées.

— Qu'est-ce qui se passe ?
— Y a-t-il un endroit où nous pouvons parler ?
— Les gosses sont dans la cuisine avec Crash. Allons au salon.

Il a hoché la tête. Le rire sonore de Max a résonné jusque dans le couloir. Vespa s'est arrêté.

— Ton fils a six ans, hein ?
— Oui.

Il a souri. Grace ignorait à quoi il pensait, mais ce sourire lui a brisé le cœur.

— À six ans, Ryan collectionnait les cartes de base-ball.
— Max, lui, est fana de Yu-Gi-Oh.
— Yu-Gi quoi ?

Elle a secoué la tête pour indiquer que c'était sans intérêt. Vespa a poursuivi :

— Ryan jouait avec ses cartes. Il les divisait en équipes puis les disposait sur le tapis comme si c'était un terrain de base-ball. Tu sais, le troisième gardien de base — c'était Craig Nettles, à l'époque —, plus trois gars à l'extérieur... il gardait même des lanceurs en réserve dans la zone d'entraînement.

Son visage s'est illuminé à ce souvenir. Il a regardé Grace. Elle lui a souri, avec toute la douceur dont elle était capable, mais la bulle a éclaté quand même. Vespa s'est rembruni.

— Il va bénéficier d'une libération conditionnelle.

Wade Larue. On a accéléré la procédure, il doit sortir demain.

— Ah !

— Qu'est-ce que tu en penses, toi ?

— Il a fait presque quinze ans de prison.

— Dix-huit personnes sont mortes.

Elle n'avait pas envie de poursuivre cette conversation. Ce nombre, dix-huit, n'avait aucune importance. Un seul comptait : Ryan. Dans la cuisine, Max s'est remis à rire, et le son a cascadé à travers la pièce. Vespa n'a pas bronché, mais Grace sentait bien qu'il bouillonnait intérieurement. Elle pouvait lire dans ses pensées : et si ç'avait été Max ou Emma ? Aurait-elle accepté l'explication rationnelle d'un pauvre type, un camé sous le coup de la panique ? Aurait-elle été aussi prompte à pardonner ?

— Tu te souviens de cet agent de la sécurité, Gordon MacKenzie ? a questionné Vespa.

Grace a hoché la tête. Il avait été le héros de la soirée, s'étant débrouillé pour ouvrir deux issues de secours verrouillées.

— Il est mort il y a quelques semaines. D'une tumeur au cerveau.

— Je suis au courant.

Gordon MacKenzie avait fait la une de la presse à l'occasion de la date anniversaire du massacre de Boston.

— Tu crois à la vie après la mort, Grace ?

— Je ne sais pas.

— Et tes parents ? Est-ce que tu les reverras un jour ?

— Je ne sais pas.

— Allez, Grace. Je veux savoir ce que tu penses.

Le regard de Vespa la transperçait. Elle a remué sur son siège.

— Vous m'avez demandé au téléphone si Jack avait une sœur.

— Sandra Koval.

— Pourquoi ?

— Tout à l'heure, a dit Vespa. Je veux savoir ce que tu penses. Où allons-nous quand nous mourons, Grace ?

Toute discussion était vaine, elle le voyait bien. Elle ressentait des mauvaises ondes, là, une espèce de décalage. Il ne s'adressait pas à elle comme un ami, une figure paternelle, par curiosité. Sa voix était chargée de défi, de colère, même. Aurait-il bu ?

— Il y a une citation de Shakespeare, a-t-elle répondu. C'est dans *Hamlet*. Il dit que la mort est — je ne crois pas me tromper — une contrée inexplorée d'où nul voyageur ne revient.

Il a esquissé une moue.

— En d'autres termes, on n'a pas la moindre idée.

— C'est à peu près ça.

— C'est de la connerie pure, et tu le sais.

Elle n'a pas relevé.

— Tu sais bien qu'il n'y a rien. Je ne reverrai jamais Ryan. Seulement, les gens ont du mal à accepter ça. Les esprits faibles inventent des dieux invisibles, des jardins et des retrouvailles au paradis. D'autres, toi par exemple, n'adhèrent pas à ces inepties, mais la réalité n'en reste pas moins douloureuse à admettre. Du coup, tu optes pour : comment le saurions-nous ? Pourtant, tu le sais, n'est-ce pas, Grace ?

— Je suis désolée, Carl.

— Désolée de quoi ?

— De vous voir souffrir. Mais ne me dites pas, s'il vous plaît, ce que je crois.

Les yeux de Vespa se sont agrandis un instant, presque comme si quelque chose avait explosé à l'intérieur.

— Comment as-tu rencontré ton mari ?
— Pardon ?
— Comment as-tu rencontré Jack ?
— Qu'est-ce que ceci a à voir avec cela ?

Il a fait un pas en avant. Un pas menaçant. Il s'est penché sur elle et, pour la première fois, Grace a compris que toutes les rumeurs qui circulaient sur son compte étaient vraies.

— Comment vous êtes-vous rencontrés ?

Elle a réprimé le réflexe de se tasser dans son fauteuil.

— Vous le savez déjà.
— En France ?
— Absolument.

Il la dévisageait sans ciller.

— Que se passe-t-il, Carl ?
— Wade Larue sort de prison.
— C'est ce que vous m'avez dit.
— Demain, son avocate tiendra une conférence de presse à New York. Toutes les familles y seront. Je veux que tu sois là aussi.

Grace se taisait. Il n'avait pas fini, elle le savait.

— Elle est très brillante, cette avocate. Elle a littéralement ébloui les magistrats chargés de statuer sur son sort. Je parie que la presse sera éblouie également.

Il s'est interrompu. D'abord perplexe, Grace a senti un froid naître dans sa poitrine et se répandre à travers ses membres. Carl Vespa l'a senti aussi. Hochant la tête, il s'est écarté d'elle.

— Parle-moi de Sandra Koval, Grace. Car, vois-tu, je n'arrive pas à comprendre comment ta belle-sœur en est venue à représenter quelqu'un comme Wade Larue.

36

Indira Khariwalla attendait son visiteur.

Son bureau était plongé dans le noir. Sa journée de travail terminée, Indira aimait bien rester dans le noir. Le problème en Occident, pensait-elle, c'était la stimulation permanente. Elle n'y échappait pas non plus, bien sûr, personne n'était à l'abri. L'Occident vous bombardait non-stop de couleurs, de lumières et de sons, ça ne s'arrêtait jamais. Alors, dès qu'elle en avait l'occasion, surtout en fin de journée, Indira aimait bien rester dans une pièce avec la lumière éteinte. Pas pour méditer, non, comme on aurait pu le croire, compte tenu de ses origines. Pas en position de lotus, doigts joints en forme de cercle.

Non, juste dans l'obscurité.

À dix heures, on a frappé légèrement à la porte.

— Entrez.

Scott Duncan n'a pas pris la peine d'allumer. Tant mieux, ça lui faciliterait la tâche.

— Qu'y a-t-il de si important ? a-t-il demandé.

— Rocky Conwell a été assassiné, a annoncé Indira.

— J'ai entendu ça à la radio. Qui est-ce ?

— L'homme que j'ai engagé pour suivre Jack Lawson.

Duncan n'a fait aucun commentaire.

— Savez-vous qui est Stu Perlmutter ? a-t-elle poursuivi.

— Le flic ?

— Oui. Il est venu me voir hier pour me poser des questions sur Conwell.

— Vous avez invoqué le secret professionnel ?

— Oui. Il veut passer par un juge pour m'obliger à parler.

Scott Duncan a pivoté sur lui-même.

— Scott ?

— Ne vous inquiétez pas, a-t-il dit. Vous n'êtes au courant de rien.

Indira n'en était pas aussi sûre.

— Qu'allez-vous faire ?

Duncan est sorti du bureau et, sans se retourner, a tendu la main pour refermer la porte derrière lui.

— Étouffer ça dans l'œuf, a-t-il répliqué.

37

La conférence de presse avait lieu à dix heures du matin. Grace a emmené les enfants à l'école d'abord. Crash conduisait. Son ample chemise de flanelle flottait par-dessus son pantalon, et elle savait qu'il portait une arme en dessous. Les enfants ont sauté de la voiture, ont dit au revoir à Crash et sont partis en courant. Crash a enclenché la vitesse.

— Attendez, a dit Grace.

Elle les a suivis des yeux jusqu'à ce qu'ils soient en sécurité à l'intérieur. Puis elle lui a fait signe de démarrer.

— Ne vous tracassez pas, a assuré Crash. J'ai un homme qui monte la garde.

Elle s'est tournée vers lui.

— Je peux vous poser une question ?
— Allez-y.
— Ça fait combien de temps que vous travaillez pour M. Vespa ?
— Vous étiez là quand Ryan est mort ?

Ça l'a désarçonnée.

— Oui.
— Il était mon filleul.

Les rues étaient calmes. Grace l'a regardé. Elle ne savait plus où elle en était. Depuis qu'elle avait vu la tête de Vespa la veille, elle ne leur faisait plus confiance... surtout dans la mesure où la vie de ses enfants était en jeu. Mais avait-elle réellement le choix ? Peut-être devrait-elle retourner à la police ; seulement accepteraient-ils ou auraient-ils les moyens de les protéger ? Quant à Scott Duncan, il avait lui-même reconnu que leur alliance avait ses limites.

Comme lisant dans ses pensées, Crash a soudain lâché :

— M. Vespa a toujours confiance en vous.
— Et s'il décide du contraire ?
— Il ne vous fera jamais de mal.
— Vous en êtes sûr ?
— M. Vespa nous retrouve en ville. À la conférence de presse. Vous voulez écouter la radio ?

Vu l'heure, la circulation était relativement fluide. Le pont George-Washington continuait à fourmiller de flics, un reliquat du 11 septembre que Grace n'arrivait pas à digérer. La conférence de presse se tenait à l'hôtel Crown Plaza, près de Times Square. Vespa lui avait expliqué qu'on avait envisagé de l'organiser à Boston — ce qui semblait plus approprié —, mais quelqu'un dans le camp de Larue avait réalisé que, moralement, ça risquait d'être trop éprouvant de revenir sur le lieu du drame. Par ailleurs, ils espéraient que les familles seraient moins nombreuses à se déplacer jusqu'à New York.

Crash l'a déposée sur le trottoir et s'est dirigé vers l'entrée du parking. Grace s'efforçait de rassembler ses idées quand son portable a trillé. Le numéro, qui commençait par six cent dix-sept — l'indicatif de zone de Boston —, lui était inconnu.

— Allô ?

— Bonjour. David Roff à l'appareil.

Elle était du côté de Times Square à New York. Il y avait des gens tout autour d'elle. Personne ne parlait. Personne ne klaxonnait. Néanmoins, le vacarme dans son oreille était assourdissant.

— Qui ?

— Euh, vous me connaissez peut-être mieux sous le nom de Crazy Davey, grâce à mon blog. J'ai eu votre e-mail. Je vous dérange, là ?

— Non, non, pas du tout.

Grace s'est aperçue qu'elle criait pour se faire entendre. Elle a enfoncé un doigt dans son autre oreille.

— Merci de me rappeler.

— Vous avez dit en PCV, mais j'ai un nouvel abonnement où tout est compris, même les appels longue distance, alors j'ai pensé que ça ne mangeait pas de pain, quoi.

— C'est très gentil à vous.
— Apparemment, ça avait l'air urgent.
— Ça l'est. Dans votre blog, vous parlez d'un groupe qui s'appelait Allaw.
— Exact.
— Je cherche des renseignements sur eux.
— Je m'en suis douté, oui, mais je ne vois pas très bien comment vous aider. Je ne les ai vus qu'un soir. Avec des potes, on s'est bourré la gueule et on a passé toute la nuit là-bas. On a rencontré des nanas, on a dansé, on a encore bu. Et on a discuté avec les membres du groupe, c'est pour ça que je m'en souviens.
— Mon nom est Grace Lawson. Jack était mon mari.
— Lawson ? C'était le chanteur, hein ? Je me souviens de lui.
— C'était bon, ce qu'ils faisaient ?
— À vrai dire, je ne sais plus trop, mais je crois que oui. J'étais complètement beurré. La gueule de bois que j'ai eue, rien que d'y repenser j'en ai encore mal au cœur. Vous comptez lui faire une surprise ?
— Une surprise ?
— Oui, genre fête ou album de souvenirs du temps de sa jeunesse.
— J'essaie juste de récolter un maximum d'informations sur les membres de son groupe.
— J'aurais bien voulu vous aider. À mon avis, ils n'ont pas duré très longtemps. Je ne les ai plus entendus jouer, même si je sais qu'ils avaient un autre concert à La Taverne perdue. C'est à Manchester. Voilà tout ce que je peux vous dire, désolé.
— C'est gentil de m'avoir rappelée.
— Mais je vous en prie. Oh ! attendez ! J'ai peut-être un petit détail marrant pour l'album de souvenirs.

— Qu'est-ce que c'est ?
— Ce concert à Manchester. Ils ont joué en première partie de Still Night.

Des flots de piétons déferlaient autour d'elle. Grace s'est collée contre un mur pour tenter d'échapper à la cohue.

— Je ne connais pas bien Still Night.
— Ça ne m'étonne pas, seuls les vrais mordus de la musique les connaissent. Eux non plus n'ont pas fait long feu, pas sous cette forme-là, en tout cas.

Ça grésillait dans le téléphone, mais Grace n'a entendu que trop clairement les paroles de Crazy Davey :

— Leur chanteur, c'était Jimmy X.

Elle a senti le téléphone se ramollir dans sa main.

— Allô ?
— Je suis toujours là.
— Vous savez qui est Jimmy X, hein ? *L'Encre pâle* ? Le massacre de Boston ?
— Oui.

Sa voix semblait provenir de très loin.

— Oui, je me souviens.

Crash a émergé du parking. En voyant la tête de Grace, il a pressé le pas. Elle a remercié Crazy Davey. Elle avait son numéro maintenant, elle pourrait toujours le rappeler.

— Tout va bien ?

Elle a essayé de combattre cette sensation de froid, déterminée à ne pas se laisser faire.

— Très bien, a-t-elle réussi à articuler.
— Qui c'était ?
— Vous êtes mon attaché de presse ou quoi ?

— Du calme. (Il a levé les deux mains.) C'était juste une question.

Ils ont pénétré au Crown Plaza. Grace tentait d'assimiler ce qu'elle venait d'entendre. Une coïncidence, voilà tout. Une drôle de coïncidence. Son mari avait joué dans un groupe d'amateurs, comme des milliers de jeunes. Il s'était produit sur la même scène que Jimmy X, et après ? Ils se trouvaient dans la même région à peu près au même moment, environ un an ou deux avant le massacre de Boston. Si Jack ne lui en avait pas parlé, c'était sans doute pour ne pas la perturber. Elle avait subi un grave traumatisme à un concert de Jimmy X, elle en était sortie infirme à vie. Peut-être n'avait-il pas jugé utile de mentionner ce lien accidentel.

Il n'y avait pas de quoi en faire un fromage.

Sauf que Jack ne lui avait jamais dit qu'il avait joué dans un groupe rock. Sauf que les membres d'Allaw étaient maintenant soit morts, soit inconnus au bataillon.

Elle a essayé de mettre certains éléments bout à bout. Quand Geri Duncan avait-elle été assassinée, au juste ? Grace était en rééducation lorsqu'elle avait lu un papier sur l'incendie, c'était donc arrivé quelques mois après le massacre. Il faudrait qu'elle retrouve la date exacte, qu'elle reconstitue toute la chronologie des événements car, inutile de se voiler la face, le lien entre Allaw et Jimmy X n'était en aucun cas une coïncidence.

Mais comment était-ce possible ? Cette histoire n'avait ni queue ni tête.

Elle a repris les faits depuis le début. Son mari jouait dans un groupe rock. À un moment, ils montent sur scène en même temps que le groupe de Jimmy X. Un ou deux ans plus tard — tout dépend si Jack était en dernière année de fac ou bien fraîchement diplômé —, le désormais célèbre Jimmy X donne un concert. Dans le public, il y a elle, la jeune Grace Sharpe, qui est blessée dans la bousculade. Encore trois années passent. Elle rencontre Jack Lawson sur un tout autre continent, et ils tombent amoureux.

Ça ne cadrait pas.

L'ascenseur s'est arrêté au rez-de-chaussée en tintant.

— Vous êtes sûre que ça va ? s'est inquiété Crash.

— Tout baigne, a-t-elle répondu.

— Il reste vingt minutes avant la conférence de presse. Ce serait peut-être mieux si vous y alliez seule, pour essayer de choper la belle-sœur.

— Vous êtes une mine d'idées, Crash.

Les portes se sont ouvertes.

— Troisième étage, a-t-il dit.

Grace s'est engouffrée dans la cabine. Le temps lui étant compté, elle a sorti son portable et la carte que Jimmy X lui avait donnée. L'appel a été basculé sur la boîte vocale. Elle a attendu le bip puis :

— Je suis au courant pour Allaw qui a joué avec Still Night. Rappelez-moi.

Elle a laissé son numéro et a raccroché juste au moment où l'ascenseur s'est arrêté. En sortant, elle a été accueillie par un panneau noir aux lettres blanches interchangeables, de ceux qui vous indiquent la salle où a lieu la bar-mitsvah Ratzenberg ou le mariage Smith-Jones. Celui-ci annonçait : « Conférence de presse Burton-Crimstein. » De la publicité pour le cabinet. Grace a suivi la flèche et, prenant une grande inspiration, a poussé la porte.

On se serait cru dans un procès de cinéma — à l'instant crucial où le témoin surprise fait irruption par les portes battantes. Quand Grace est entrée, la salle tout entière a paru retenir son souffle. Désemparée, elle a jeté un regard alentour, et ce qu'elle a vu lui a donné le vertige. Elle a fait un pas en arrière. Les visages de la douleur, vieillis mais nullement apaisés, tournoyaient autour d'elle. Ils étaient tous là — les Garrison, les Reed, les Weider. Elle a songé à ses premiers jours à l'hôpital. Elle voyait alors tout dans une brume de béatitude, comme à travers un rideau de douche. C'était pareil aujourd'hui. Ils se sont approchés en silence, l'ont serrée dans leurs bras. Personne ne disait mot. Il n'y avait rien à dire. Grace acceptait les embrassades et, toujours, sentait la tristesse sourdre par tous les pores de leur peau.

Elle a aperçu la veuve du capitaine Gordon MacKenzie. Certains prétendaient que c'était lui qui avait tiré Grace de la cohue. En authentique héros, MacKenzie en parlait rarement. Il affirmait ne pas se souvenir de tout. Oui, il avait débloqué les issues et aidé les gens à sortir, mais c'était plus par réflexe que par une quelconque disposition à la bravoure.

Grace a longuement serré Mme MacKenzie contre elle.

— Toutes mes condoléances, lui a-t-elle murmuré.
— Il a trouvé Dieu.

Mme MacKenzie se raccrochait à elle.

— Il est auprès de Lui maintenant.

Comme il n'y avait pas grand-chose à répondre à ça, Grace s'est bornée à hocher la tête.

La relâchant, elle a regardé par-dessus son épaule : Sandra Koval venait de faire son entrée à l'autre bout de la salle. Elle a repéré Grace, et là il s'est produit quelque chose d'étrange. Sa belle-sœur a souri, presque comme si elle s'était attendue à la voir. Grace s'est écartée de Mme MacKenzie. Sandra a penché la tête, lui faisant signe d'approcher. Un cordon de velours s'étirait entre elles, et un agent de sécurité lui a barré le passage.

— C'est bon, Frank, a dit Sandra.

Il s'est effacé pour la laisser passer.

Sandra l'a précédée dans le couloir. Elle marchait vite ; Grace boitillait derrière, peinant à suivre. Sandra a poussé une porte, et elles se sont retrouvées dans une immense salle de bal. Les serveurs s'affairaient à dresser les tables. Sandra l'a emmenée dans un coin avant de s'emparer de deux chaises pour les tourner l'une face à l'autre.

— Vous n'avez pas l'air surprise de me voir, a commencé Grace.

Sandra a haussé les épaules.

— J'ai pensé que vous suiviez l'affaire dans les médias.

— Eh bien non.

— Peu importe. Jusqu'à il y a deux jours, vous ne saviez pas qui j'étais.

— Que se passe-t-il, Sandra ?

Elle n'a pas répondu tout de suite, laissant son regard errer au milieu de la salle. Le tintement de l'argenterie composait le seul bruit de fond.

— Pourquoi représentez-vous Wade Larue ?

— Il a été accusé d'un crime. Je suis spécialisée en droit criminel, c'est mon boulot.

— Ne me prenez pas pour une imbécile.

— Vous voulez savoir comment j'en suis arrivée à défendre ce client-là, précisément ?

Grace n'a rien dit.

— C'est évident, non ?

— Pas pour moi.
— C'est vous, Grace. (Elle a souri.) Vous êtes la raison pour laquelle je suis ici aujourd'hui.
Grace a ouvert la bouche, l'a refermée. Puis :
— De quoi parlez-vous ?
— Vous ne saviez pas grand-chose de moi, juste que Jack avait une sœur. Alors que moi, je sais tout à votre sujet.
— Je ne vous suis toujours pas.
— C'est simple, Grace. Vous avez épousé mon frère.
— Et alors ?
— Quand j'ai appris que j'allais avoir une belle-sœur, j'ai voulu en découvrir davantage sur vous. C'est naturel, non ? J'ai donc chargé un de mes enquêteurs de mener une recherche. Vos tableaux sont sublimes, soit dit en passant. J'en ai acheté deux, anonymement. Ils sont chez moi, à Los Angeles. Vraiment, l'effet est saisissant. Ma fille aînée, Karen — elle a dix-sept ans —, les adore. Elle veut devenir peintre.
— Je ne vois pas le rapport avec Wade Larue.
— Ah non ? (Le ton de sa voix était étrangement jubilatoire.) Je pratique le droit pénal depuis que j'ai eu mon diplôme d'avocat. Mon premier poste m'a été offert par Burton et Crimstein à Boston. J'ai habité là-bas, Grace, je savais tout sur le massacre de Boston. Or, voilà que mon frère tombe amoureux de l'une des principales actrices du drame. Ma curiosité s'en est trouvée piquée de plus belle. Je me suis plongée dans le dossier... et devinez ce que j'ai découvert ?
— Quoi ?
— Que Wade Larue a été téléguidé par un avocat incompétent.

— Wade Larue a causé la mort de dix-huit personnes.

— Il a tiré un coup de feu, Grace. Personne n'a été touché. Les lumières se sont éteintes, les gens hurlaient. Il était sous l'influence de la drogue et de l'alcool. Il a paniqué, croyant — en toute bonne foi — qu'il était en danger. En aucun cas il ne pouvait se douter de ce qu'il allait déclencher. Son premier avocat aurait dû négocier. Probation, dix-huit mois à l'ombre grand maximum. Mais personne n'avait vraiment envie de s'occuper de cette affaire. On a envoyé Larue pourrir en prison. Oui, Grace, je me suis informée sur lui à cause de vous. Wade Larue s'est fait niquer. Son ancien avocat l'a baisé et a pris le large.

— Vous vous êtes donc chargée du dossier ?

Sandra Koval a hoché la tête.

— À titre d'aide juridique gratuite. Je l'ai contacté il y a deux ans et on a commencé à préparer la demande de libération conditionnelle.

Là-dessus, Grace a eu un déclic.

— Jack était au courant, n'est-ce pas ?

— Je n'en sais rien. On ne se parle pas, Grace.

— Vous persistez à nier que vous vous êtes parlé l'autre soir ? Neuf minutes, Sandra. D'après le relevé, la conversation a duré neuf minutes.

— Cet appel n'avait rien à voir avec Wade Larue.

— Alors de quoi s'agissait-il ?

— De cette photo.

— Et plus précisément ?

Sandra s'est penchée en avant.

— D'abord, c'est vous qui allez répondre à une question. Et je veux la vérité. Où avez-vous eu cette photo ?

— Je vous l'ai déjà dit, elle se trouvait dans le paquet que je venais de faire développer.

Sandra a eu un geste incrédule.

— Et vous pensez que c'est le type du Photomat qui l'a collée là-dedans ?

— Je ne sais plus trop quoi penser. Mais vous n'avez toujours pas expliqué… qu'est-ce qui, sur cette photo, a poussé Jack à vous appeler ?

Sandra a hésité.

— Je suis au courant pour Geri Duncan, a lâché Grace.

— Vous êtes au courant de quoi ?

— Qu'elle est la fille sur la photo. Et qu'elle a été assassinée.

Sandra s'est redressée vivement.

— Elle est morte dans un incendie, c'était un accident.

Grace a secoué la tête.

— Le feu a été allumé intentionnellement.

— Qui vous a raconté ça ?

— Son frère.

— Attendez, comment connaissez-vous son frère ?

— Elle était enceinte, figurez-vous. Geri Duncan. Quand elle est morte dans cet incendie, elle portait un enfant.

Sandra l'a dévisagée, atterrée.

— Grace, qu'est-ce que vous faites ?

— J'essaie de retrouver mon mari.

— Et vous croyez que ça va vous aider ?

— Vous m'avez dit hier que vous ne connaissiez personne sur cette photo. Or, vous venez d'admettre que vous avez connu Geri Duncan, qu'elle est morte dans un incendie.

Sandra a fermé les yeux.

— Avez-vous connu aussi Shane Alworth ou Sheila Lambert ?

— Pas vraiment, non, a-t-elle répondu doucement.

— Pas vraiment. Ces noms-là ne vous sont donc pas totalement inconnus.

— Shane Alworth était un camarade de classe de Jack. Sheila Lambert était une amie de fac, quelque chose comme ça. Pourquoi ?

— Vous saviez qu'ils ont joué tous les quatre dans un groupe rock ?

— Pendant un mois, peut-être. Encore une fois, pourquoi ?

— La cinquième personne sur la photo, celle qui tourne la tête. Savez-vous qui c'est ?

— Non.

— Ce n'est pas vous, Sandra ?

Elle a levé les yeux.

— Moi ?

— Oui, vous.

Sandra la regardait avec une drôle d'expression.

— Non, Grace, ce n'est pas moi.

— Est-ce Jack qui a tué Geri Duncan ?

Ça lui a échappé. Sandra a ouvert de grands yeux, comme si elle venait de recevoir une gifle.

— Vous êtes folle ?

— Je veux la vérité.

— Jack n'a rien à voir avec sa mort. Il se trouvait déjà à l'étranger.

— Alors pourquoi cette photo lui a-t-elle causé un tel choc ?

Sandra hésitait.

— Pourquoi, bon Dieu ?

— Parce qu'il ne savait pas que Geri était morte.
Grace avait l'air perplexe.
— Ils étaient amants ?
— Amants, a répété Sandra comme si elle entendait ce mot-là pour la première fois. C'est beaucoup dire.
— Elle ne sortait pas avec Shane Alworth ?
— C'est bien possible. Mais après tout, ce n'étaient que des gamins.
— Jack se tapait la copine de son ami ?
— J'ignore dans quelle mesure Jack et Shane étaient amis. Oui, en effet, Jack a couché avec elle.
Grace commençait à sentir sa tête tourner.
— Et Geri Duncan est tombée enceinte.
— Je n'en sais rien.
— Mais vous savez qu'elle est morte.
— Oui.
— Et vous savez que Jack a pris la fuite.
— Avant sa mort.
— Avant qu'elle ne soit enceinte ?
— Je viens de vous le dire, j'ignorais tout de cette grossesse.
— Shane Alworth et Sheila Lambert ont disparu eux aussi. Vous allez me faire croire que tout cela est une coïncidence, Sandra ?
— Je ne sais pas.
— Alors, de quoi avez-vous parlé avec Jack ?
Sandra a poussé un profond soupir. Laissant retomber sa tête, elle est restée silencieuse pendant quelques instants.
— Sandra ?
— Écoutez, cette photo remonte à quoi... quinze, seize ans ? Quand vous la lui avez montrée sans crier

gare, quel effet croyez-vous qu'elle lui a fait ? Avec cette croix qui barrait le visage de Geri. Jack a lancé une recherche sur Internet. Il a dû consulter les archives du *Boston Globe*, et il a découvert qu'elle était morte depuis tout ce temps. C'est pour ça qu'il m'a appelée, il voulait savoir ce qui lui était arrivé. Je lui ai dit.

— Dit quoi ?

— Ce que je savais : qu'elle est morte dans un incendie.

— Et pourquoi Jack est-il parti en catastrophe après ça ?

— Je n'en ai pas la moindre idée.

— Qu'est-ce qui l'a poussé à s'expatrier en premier lieu ?

— Ne vous occupez pas de ça.

— Que leur est-il arrivé, Sandra ?

Elle a secoué la tête.

— Oubliez le fait que je suis son avocate et donc tenue au secret professionnel. Je n'ai tout simplement pas à intervenir là-dedans. Il est mon frère.

Grace a pris les mains de Sandra dans les siennes.

— Je crois qu'il a des ennuis.

— Ce que je sais ne pourra pas l'aider.

— On a menacé mes enfants aujourd'hui.

Sandra a fermé les yeux.

— Vous m'avez entendue ?

Un homme en costume trois-pièces a jeté un coup d'œil dans la salle.

— C'est l'heure, Sandra.

Elle a hoché la tête et l'a remercié. Puis elle s'est dégagée et s'est levée, rajustant son tailleur.

— Il faut arrêter tout cela, Grace. Rentrez chez vous. Vous devez protéger votre famille, c'est ce que Jack attendrait de vous.

38

La menace au supermarché n'avait pas pris.

Wu n'en était guère étonné. Il avait été élevé dans un contexte mettant l'accent sur le pouvoir des hommes et la soumission des femmes, mais à ses yeux cela tenait davantage d'un vœu pieux que d'une réalité. Les femmes étaient plus coriaces, plus imprévisibles. Elles supportaient mieux la douleur physique — il le savait par expérience. Dès qu'il s'agissait de défendre leur famille, elles se montraient impitoyables. Un homme pouvait se sacrifier par machisme, par stupidité ou du fait d'une foi aveugle en une hypothétique victoire. Une femme se sacrifiait sans se raconter de bobards.

Cette histoire de menace, il n'avait jamais été pour. Les menaces créaient des ennemis et de l'incertitude. Éliminer Grace Lawson plus tôt aurait été une tâche de routine. L'éliminer maintenant serait bien plus risqué.

Wu était obligé de retourner sur place pour exécuter le boulot lui-même.

Il était dans la douche de Beatrice Smith, en train de se teindre les cheveux en noir, leur couleur d'origine. D'habitude, ils étaient blond décoloré. Il y avait deux raisons à cela. La première était toute bête : il aimait bien. Appelez ça de la vanité, mais quand il se regardait dans la glace il trouvait que ce look blond surfeur aux pointes hérissées de gel lui allait bien. Raison numéro deux, la couleur — un jaune criard — lui était utile car c'était ce que les gens retenaient le mieux. Quand il la rendait à son état naturel de noir asiatique, qu'il aplatissait ses cheveux et troquait sa tenue hype contre quelque chose de plus classique, avec lunettes à monture métallique pour compléter le tout... ma foi, la métamorphose était spectaculaire.

Il a empoigné Jack Lawson et l'a traîné au sous-sol. Lawson s'est laissé faire, à peine conscient, assez mal en point. Son esprit, déjà éprouvé, avait peut-être déconnecté. Il n'allait pas faire de vieux os.

Le sous-sol était inachevé et humide. Wu s'est rappelé la dernière fois où il s'était retrouvé dans une situation similaire, à San Mateo, en Californie. Les ordres étaient très précis. Il avait été engagé pour torturer un homme pendant huit heures — pourquoi huit, il ne l'a jamais su — avant de lui fracturer les membres. Wu avait manipulé les os brisés de sorte que les bouts déchiquetés frôlaient les faisceaux nerveux ou la surface de la peau. Ainsi, le moindre mouvement, aussi léger fût-il, provoquait une douleur insoutenable. Wu avait enfermé l'homme au sous-sol et allait le voir une fois par jour. L'homme suppliait, mais Wu se contentait de le fixer en silence. Il avait mis onze jours à mourir d'inanition.

Wu a repéré un gros tuyau solide et y a enchaîné Lawson. Il lui a également menotté les mains dans le dos et remis le bâillon dans la bouche.

Puis il a décidé de tester les liens.

— Vous auriez dû récupérer toutes les copies de cette photo, a-t-il chuchoté.

Jack Lawson a roulé les yeux.

— Maintenant, je vais devoir rendre visite à votre femme.

Leurs regards se sont croisés. Une seconde s'est écoulée, pas plus, et Lawson est revenu à la vie. Il a commencé à se débattre tandis que Wu l'observait. Oui, c'était un bon test. Lawson a lutté plusieurs minutes, poisson agonisant au bout de l'hameçon. Rien n'a cédé.

Wu l'a abandonné pour aller trouver Grace Lawson, le laissant se démener dans ses entraves.

39

Grace n'avait pas envie de rester pour la conférence de presse.

Se trouver enfermée entre quatre murs avec toutes ces familles endeuillées... elle n'aimait pas trop le mot « aura », mais là il semblait être de circonstance. La salle avait une mauvaise aura. Des yeux fracassés la fixaient avec une nostalgie quasi palpable. Grace comprenait, bien sûr. Elle n'était plus la passerelle qui les reliait à leurs enfants disparus — trop d'eau avait coulé sous les ponts depuis. Aujourd'hui, elle était la survivante. Elle était là, bien en vie, tandis que leurs enfants pourrissaient dans la tombe. S'il restait de l'affection en surface, dessous elle sentait de la rage devant autant d'injustice. Elle avait survécu... leurs enfants, non. Les années passées n'étaient pas synonymes de réconfort. Maintenant qu'elle était mère à son tour, Grace les comprenait comme jamais elle n'aurait pu le faire quinze ans plus tôt.

Elle allait s'éclipser par une sortie de secours quand une main l'a agrippée fermement par le poignet. Elle s'est retournée. C'était Carl Vespa.

— Où tu vas ?
— Je rentre.
— Je te ramènerai.
— C'est bon. Je peux louer une voiture.

Sa main s'est crispée brièvement et, à nouveau, elle a cru surprendre comme une déflagration dans ses yeux.

— Reste, a-t-il dit.

Ce n'était pas une requête. Elle a scruté son visage qui demeurait étrangement calme. Trop calme même. Son attitude — tellement décalée par rapport au contexte, tellement différente de l'éclat dont elle avait été témoin la veille au soir — l'a effrayée de plus belle. Et c'est à cet homme-là qu'elle avait confié la vie de ses enfants ?

Assise à côté de lui, elle a vu Sandra Koval et Wade Larue monter sur l'estrade. Sandra a rapproché le micro et démarré sur les platitudes d'usage — pardon, nouveau départ, réhabilitation. Autour d'elle, Grace voyait les visages se fermer. Des gens pleuraient, d'autres faisaient la moue. D'autres encore tremblaient visiblement.

Mais pas Carl Vespa.

Jambes croisées, penché en arrière, il assistait à la scène avec une nonchalance plus terrible que n'importe quelle manifestation de colère. Au bout de cinq minutes, son regard a pivoté vers Grace. Il a vu qu'elle l'observait, et il a eu une réaction qui lui a donné la chair de poule : il lui a adressé un clin d'œil.

— Allez, viens, a-t-il chuchoté. Sortons d'ici.

Pendant que Sandra Koval poursuivait son discours, il s'est levé et s'est dirigé vers la porte. Des têtes se sont tournées sur son passage. Grace lui a emboîté le pas. La limousine était juste devant l'entrée, avec le gros malabar assis au volant.

— Où est Crash ? a demandé Grace.

— Parti faire une course, a répondu Vespa, et elle a cru entrevoir l'ombre d'un sourire. Parle-moi de ton entretien avec Mme Koval.

Grace a résumé la conversation qu'elle avait eue avec sa belle-sœur. Silencieux, Vespa regardait par la vitre, se tapotant doucement le menton du bout de l'index. Quand elle a eu terminé, il a murmuré :

— C'est tout ?

— Oui.

— Tu en es sûre ?

Son inflexion chantante ne lui disait rien qui vaille.

— Et ton récent… (Il a levé les yeux, cherchant le mot adéquat.)… visiteur ?

— Scott Duncan ?

Il a eu un drôle de sourire.

— Tu es au courant, bien sûr, que Duncan travaille pour le bureau du procureur ?

— Travaillait, a-t-elle rectifié.

— Travaillait, oui.

Le ton de sa voix était beaucoup trop désinvolte.

— Et qu'est-ce qu'il te voulait ?

— Je vous l'ai déjà dit.

— Ah oui ?

Il a pivoté sur le siège, mais sans la regarder.

— Tu n'aurais rien oublié ?

— Qu'insinuez-vous par là ?

— C'est une simple question. Ce M. Duncan est la seule visite que tu as reçue dernièrement ?

Grace n'aimait pas la tournure que prenait cette discussion. Elle a hésité.

— Il n'y a personne d'autre dont tu voudrais me parler ? continuait-il.

Elle a essayé de déchiffrer son expression, mais il tournait la tête. Où voulait-il en venir ? Elle a réfléchi, repassé en revue les événements de ces derniers jours...

Jimmy X ?

Vespa pouvait-il savoir que Jimmy X était passé la voir après le concert ? Possible. Puisqu'il l'avait localisé en premier lieu, ç'aurait été assez logique qu'il le fasse suivre. Que devait-elle faire ? Ne risquait-elle pas en parlant d'aggraver les choses ? Et si jamais il n'était pas au courant, pour Jimmy ? Le fait d'ouvrir la bouche n'allait que lui attirer de nouveaux ennuis.

Reste dans le flou, a-t-elle pensé. Vois où ça mène.

— Je sais que j'ai sollicité votre aide, a-t-elle déclaré d'un ton ferme, mais je crois qu'à partir de maintenant je vais me débrouiller toute seule.

Vespa a fini par se tourner vers elle.

— Vraiment ?

Elle se taisait.

— Pourquoi, Grace ?

— Vous voulez la vérité ?

— De préférence.

— Vous me faites peur.

— Tu penses que je pourrais te nuire ?

— Non.

— Alors ?

— Je trouve que ce serait mieux...

— Qu'est-ce que tu lui as raconté sur moi ?

Cette interruption l'a prise au dépourvu.

— À Scott Duncan ?

— Pourquoi, tu as parlé de moi à quelqu'un d'autre ?

— Comment ? Non.

— Eh bien, qu'as-tu dit à Scott Duncan me concernant ?

— Mais rien. (Grace a tenté de rassembler ses esprits.) Pourquoi lui aurais-je dit quoi que ce soit ?

— Très juste.

Il a hoché la tête, plus pour lui-même qu'à l'intention de Grace.

— Tu n'as cependant jamais été très claire sur le motif de cette visite.

Vespa a joint les mains sur ses genoux.

— J'aimerais beaucoup connaître les détails.

Elle n'avait pas envie de lui dire — de le mêler plus avant à toute cette histoire —, mais elle n'avait pas le choix.

— C'était à propos de sa sœur.

— Sa sœur ?

— Vous savez, la fille barrée sur la photo.

— Oui ?

— Cette fille, Geri Duncan, était sa sœur.

Vespa a froncé les sourcils.

— C'est pour ça qu'il est venu te voir ?

— Oui.

— Parce que sa sœur figure sur la photo ?

— Oui.

Il s'est calé contre le dossier de la banquette.

— Et que lui est-il arrivé, à sa sœur ?

— Elle est morte dans un incendie il y a quinze ans.

À la surprise de Grace, Vespa n'a pas posé d'autres questions, ni réclamé d'éclaircissements. Il s'est contenté de se tourner vers la vitre et n'a plus ajouté un mot jusqu'à ce que la voiture s'arrête devant chez elle. Grace a voulu ouvrir la portière pour descendre, mais celle-ci était verrouillée ; il devait y avoir un dispositif de sécurité comme celui qu'elle utilisait quand les enfants étaient plus petits. Le chauffeur baraqué a fait le tour et abaissé la poignée de la portière. Elle aurait voulu demander à Carl Vespa ce qu'il comptait faire, s'il allait réellement les laisser tranquilles, mais sa posture l'en a dissuadée.

Déjà, elle avait eu tort de l'appeler. Et de l'avoir remercié maintenant avait encore envenimé la situation.

— Mes hommes resteront là jusqu'à ce que tu aies récupéré les enfants à l'école, a-t-il annoncé, toujours sans se retourner. Après ça, à toi de jouer.
— Merci.
— Grace ?

Elle a fait volte-face.

— Tu ne devrais pas me mentir.

Sa voix était glaciale. Grace a dégluti avec effort. Elle a failli protester, lui rétorquer que non, elle n'avait pas menti, mais elle craignait, par ses protestations, de jeter de l'huile sur le feu. Elle a donc simplement hoché la tête.

Il n'y a pas eu d'au revoir. Elle a regagné sa maison seule, et son pas chancelant ne le devait pas uniquement à sa claudication.

Qu'avait-elle fait ?

Elle s'interrogeait sur sa prochaine étape. C'est sa belle-sœur qui l'avait formulé le mieux : il fallait qu'elle protège ses enfants. Si Grace avait été à la place de Jack, si elle avait disparu pour une raison ou une autre, c'est ce qu'elle aurait souhaité. Ne t'occupe pas de moi, aurait-elle demandé à son mari, veille sur les enfants.

À partir de maintenant, que ça plaise ou non, Grace abandonnait ses recherches. Jack allait devoir s'en sortir par ses propres moyens.

Elle allait faire ses bagages. Elle attendrait trois heures, puis elle irait chercher les enfants et partirait avec eux pour la Pennsylvanie. Elle trouverait un hôtel où l'on n'avait pas besoin de payer avec une carte de crédit. Ou alors un B&B, un gîte rural, n'importe. Elle appellerait la police, peut-être même le capitaine Perlmutter, pour lui expliquer ce qui se passait. Mais avant tout elle voulait ses enfants. Une fois qu'ils seraient en sécurité dans sa voiture, sur la route, tout irait bien.

Un colis l'attendait sur le pas de la porte. Elle s'est baissée pour le ramasser. La boîte était estampillée du logo du *New Hampshire Post.* L'adresse de l'expéditeur était : Bobby Dodd, résidence L'Étoile.

C'étaient les papiers de Bob Dodd.

40

Wade Larue était assis à côté de son avocate.

Il portait des habits flambant neufs. La salle ne sentait pas la prison, cet ignoble mélange de pourriture et de désinfectant, de gardiens gras et d'urine, de taches indélébiles, et rien que ça lui faisait un drôle d'effet. La prison devient votre univers, en sortir un jour semble un rêve impossible, comme aller vivre sur une autre planète. Wade Larue avait été enfermé à l'âge de vingt-deux ans. Aujourd'hui, il en avait trente-sept. Autrement dit, il avait passé pratiquement toute sa vie d'adulte derrière les barreaux. L'odeur, cette odeur infecte, était tout ce qu'il connaissait. Certes, il était encore jeune, il avait, comme Sandra Koval le répétait à la façon d'un mantra, la vie devant lui.

Sauf qu'en ce moment ça lui semblait mal parti.

L'existence de Wade Larue avait basculé à cause d'un spectacle scolaire. Dans la petite ville du Maine où il avait grandi, tout le monde s'accordait à lui reconnaître un vrai talent de comédien. Il était un élève médiocre, ses performances sportives laissaient à désirer, mais il savait chanter et danser et, mieux encore, il possédait ce qu'un critique local avait appelé — après l'avoir vu jouer Nathan Detroit dans *Guys and Dolls* — « un charisme surnaturel ». Autrement dit, ce je-ne-sais-quoi qui distingue les amateurs doués des véritables artistes.

Juste avant son entrée en terminale, M. Pearson, responsable de la troupe théâtrale du lycée, avait convoqué Wade dans son bureau pour lui parler de son « rêve impossible ». Il voulait depuis toujours monter *L'Homme de la Manche*, mais à ce jour il n'avait jamais eu un élève capable de tenir le rôle de don Quichotte. À présent, pour la première fois, il avait envie de tenter l'aventure avec Wade.

Mais à la rentrée de septembre M. Pearson avait déménagé, et M. Arnett a pris sa place. Il a fait passer des essais — d'ordinaire une simple formalité pour Wade, sauf que M. Arnett ne lui était pas favorable. À la stupeur générale, il a fini par choisir Kenny Thomas, une nullité totale, pour jouer don Quichotte. Le père de Kenny était bookmaker, et on murmurait que M. Arnett lui devait plus de vingt mille dollars. Faites le calcul. Wade a hérité du rôle du barbier — une seule chanson ! — et au final il a claqué la porte.

Pour dire à quel point Wade pouvait être naïf : il avait cru que son départ allait provoquer un tollé en ville. Les lycées regorgent de personnages : il y a le beau demi d'ouverture, le capitaine de l'équipe de basket, le président du conseil des élèves, le premier rôle dans tous les spectacles scolaires. Il pensait que ses concitoyens se dresseraient comme un seul homme contre l'injustice dont il avait été victime, mais personne n'a pipé. Au début, Wade se disait qu'ils avaient peur du père de Kenny et de ses possibles liens avec la mafia, mais la vérité était beaucoup plus simple : ils s'en moquaient comme de l'an quarante.

Il est très facile de basculer du mauvais côté. La ligne de démarcation est mince, quasi intangible. On la franchit rien qu'une seconde et parfois, eh bien, on n'arrive plus à faire demi-tour. Trois semaines plus tard, Wade s'est soûlé, a fait irruption au lycée et saccagé les décors de la pièce. Il a été arrêté et frappé d'exclusion provisoire.

Ç'a été le début de la dégringolade.

Wade a commencé à se droguer, il a déménagé à Boston pour aider à vendre et à distribuer de la dope, il est devenu parano et se baladait avec une arme sur lui. Et c'est comme ça qu'il a fini par atterrir ici, sur cette estrade, le célèbre criminel responsable de la mort de dix-huit personnes.

Ces visages hostiles en face de lui, il les connaissait depuis son procès. La plupart des noms lui étaient familiers. À l'époque, au tribunal, ils l'avaient dévisagé avec un mélange de douleur et de stupéfaction, encore assommés par le choc qu'ils venaient de subir. Wade comprenait alors, compatissait même. Aujourd'hui, quinze ans après, ils exsudaient la malveillance. Le chagrin et la stupeur s'étaient figés en un bloc monolithique de colère et de haine. Au procès, Wade avait fui leurs regards, mais plus maintenant. Il les affrontait, la tête haute. Sa compassion, sa compréhension avaient été laminées par leur refus de pardonner. Il n'avait jamais voulu faire de mal à quiconque. Et ils le savaient. Il s'était excusé, avait payé un prix colossal. Mais eux, ces gens-là, avaient choisi la haine.

Qu'ils aillent au diable.

Sandra Koval enfilait des perles d'éloquence à côté de lui. Elle parlait de remords, de pardon, de tournants et de transformations, de compréhension et du désir humain de bénéficier d'une seconde chance. Larue a coupé le son. Il a repéré Grace Lawson assise près de Carl Vespa. La vue de Vespa en chair et en os aurait dû le terroriser, mais il avait dépassé ce stade. Lorsqu'il s'était retrouvé en prison, il avait été battu comme plâtre — d'abord par des hommes à la solde de Vespa, puis par ceux qui espéraient ainsi rentrer dans ses bonnes grâces. Les gardiens y compris. Il n'y avait pas moyen d'échapper à la peur, elle était omniprésente. La peur, comme l'odeur, était devenue partie intégrante de son univers. C'est peut-être pour ça qu'aujourd'hui il était immunisé contre elle.

Larue avait fini par se faire des amis à Walden, mais la prison, contrairement à ce que Sandra Koval était en train d'expliquer à son auditoire, ne vous forge pas le caractère. Elle vous réduit à un état primitif, et ce que vous faites pour survivre n'est jamais très joli. Peu importe. Il était dehors, le passé était le passé, le moment était venu de tourner la page.

Enfin, pas tout à fait.

Le silence régnant dans la salle était un silence du vide, comme si l'air même avait été pompé de l'intérieur. Les familles écoutaient sans manifester de réaction. Il n'y avait aucune énergie là-dedans, c'étaient des entités fantomatiques, anéanties, impuissantes. Elles ne pouvaient plus rien contre lui.

Carl Vespa s'est levé subitement. L'espace d'une seconde — à peine —, Sandra Koval a été décontenancée. Grace Lawson s'est levée aussi. Wade Larue ne comprenait pas ce que ces deux-là faisaient ensemble, ça n'avait pas de sens. Il s'est demandé si cela changeait quelque chose, s'il allait bientôt rencontrer Grace Lawson.

Était-ce si important ?

Quand Sandra Koval a eu terminé, elle s'est penchée vers lui et a chuchoté :

— Venez, Wade. Vous allez pouvoir sortir par-derrière.

Dix minutes plus tard, dans les rues de Manhattan pour la première fois en quinze ans, Wade Larue se retrouvait libre.

Il a contemplé les gratte-ciel. Sa destination initiale, c'était Times Square. Il y aurait du bruit et une foule de gens — de vraies gens qui n'avaient jamais connu la prison. Wade n'avait pas envie de solitude. Il ne rêvait pas d'herbe verte ni d'arbres : on en voyait suffisamment à travers les barreaux de Walden. Il voulait des lumières, des sons et des gens, des gens autres que des détenus, et peut-être la compagnie d'une bonne (ou, même mieux, mauvaise) femme.

Encore un peu de patience. Wade Larue a consulté sa montre : il était presque l'heure.

Il a pris la 43ᵉ Rue Ouest. Il n'était pas trop tard pour faire machine arrière. La gare routière était à deux pas, il pouvait sauter dans un autocar, n'importe lequel, et partir refaire sa vie ailleurs. Changer de nom, de visage peut-être, et tenter sa chance dans une compagnie théâtrale. Il était encore jeune, le talent était toujours là. Le charisme surnaturel aussi.

Bientôt, s'est-il dit.

Avant, il avait besoin de faire le ménage, histoire de clore ce chapitre de sa vie une bonne fois pour toutes. À peu de temps de sa libération, un psychologue de la prison lui avait fait la leçon : c'était soit un nouveau départ, soit la débandade, il ne tenait qu'à lui. Le psy avait raison. Aujourd'hui, ou bien il tournait la page, ou bien c'était la mort. Wade doutait qu'il puisse exister une solution intermédiaire.

Un peu plus loin, il a aperçu une berline noire et reconnu l'homme adossé à la portière, les bras croisés. On pouvait difficilement oublier cette bouche-là, avec ses dents de traviole. Ce type avait été le premier à administrer une raclée à Wade, des années plus tôt. Il voulait savoir ce qui s'était passé le soir du massacre de Boston. Larue lui avait dit la vérité : il ne savait pas.

Maintenant, il savait.

— Salut, Wade.
— Salut, Crash.

Crash a ouvert la portière. Wade Larue s'est glissé à l'arrière. Cinq minutes plus tard, ils roulaient sur West Side Highway, direction fin de la partie.

41

Eric Wu a regardé la limousine s'arrêter devant chez les Lawson.

Un colosse qui ressemblait à tout sauf à un chauffeur en est descendu, tirant sur les pans de sa veste pour pouvoir fermer le bouton, et a ouvert la portière. Grace

Lawson est sortie et s'est dirigée vers la maison sans dire au revoir et sans un regard en arrière. Le gros costaud l'a suivie des yeux, le temps qu'elle ramasse un colis sur le pas de sa porte et s'engouffre à l'intérieur. Puis il est remonté dans la voiture et a redémarré.

Wu se posait des questions sur cet homme-là. Grace Lawson, lui avait-on dit, pouvait bénéficier d'une protection. Elle avait reçu des menaces. Mais le chauffeur baraqué n'était pas dans la police, Wu en était certain, et ce n'était pas un simple chauffeur non plus.

Mieux valait rester prudent.

Conservant ses distances, Wu a entrepris de faire le tour du périmètre. La journée était claire ; la végétation, une orgie de verdure, autant d'endroits où se cacher. Wu n'avait pas de jumelles — ce qui lui aurait simplifié la tâche —, mais il a tôt fait de repérer le premier homme, posté derrière un garage isolé. Wu s'est approché à pas de loup. L'homme était en train de parler dans un talkie-walkie. Wu a dressé l'oreille, n'a capté que des bribes, mais ça lui a suffi. Il y avait quelqu'un dans la maison aussi. Et peut-être encore un lascar dans le périmètre, de l'autre côté de la rue.

Ce n'était pas bon.

Certes, il était capable de gérer la situation, mais il faudrait frapper vite. D'abord, il devrait déterminer la position exacte de l'autre homme en faction. Il en éliminerait un à mains nues et un avec son arme, puis il foncerait dans la maison. C'était jouable. Ça ferait beaucoup de cadavres, l'homme à l'intérieur risquait d'être alerté, mais c'était faisable quand même.

Wu a jeté un œil à sa montre. Trois heures moins vingt.

Il a rebroussé chemin, toujours à couvert, lorsque la porte de derrière s'est ouverte. Wu s'est arrêté. Grace a émergé avec une valise, qu'elle a enfourné dans le coffre de sa voiture, puis elle est retournée dans la maison avant d'en ressortir avec une autre valise et un paquet... le même, semblait-il, qu'elle avait récupéré sur son pas de porte.

Wu s'est hâté de regagner sa voiture — ironie du sort, c'était la Ford Windstar des Lawson, bien qu'il ait changé la plaque d'immatriculation et ajouté des autocollants ; c'était ça qui retenait l'attention des gens, beaucoup mieux qu'un numéro ou même que la marque du véhicule. Un de ces autocollants proclamait qu'il était le fier parent d'un premier de la classe. Le second, en faveur des Knicks de New York, disait : « UNE SEULE ÉQUIPE, UN SEUL NEW YORK. »

Grace Lawson est montée dans sa voiture et a mis le contact. Parfait, s'est dit Wu, il serait bien plus facile de la cueillir au moment où elle s'arrêterait. Ses instructions étaient claires : découvrir ce qu'elle savait ; se débarrasser du corps. Il a passé la vitesse tout en gardant le pied sur le frein. Il voulait voir si quelqu'un suivait, mais personne n'a démarré derrière elle. Wu restait à bonne distance.

Non, elle n'avait pas d'autre escorte.

Les hommes devaient être chargés de protéger la maison, pas elle. Quant aux valises... il se demandait où elle allait, si ça allait prendre longtemps. À sa surprise, elle a emprunté les petites rues latérales. Et il a été plus étonné encore quand elle s'est garée à proximité d'une cour d'école.

Mais oui, bien sûr. Presque trois heures. Elle venait chercher ses gosses à la sortie des classes.

Il a repensé aux valises, à leur signification. Avait-elle l'intention de partir en voyage avec les enfants ? Si c'était le cas, ça risquait d'être long. Elle n'allait pas s'arrêter avant plusieurs heures.

Or, Wu n'avait pas envie d'attendre des heures.

Et si elle rentrait directement chez elle, sous la protection des hommes chargés de surveiller la maison, ce n'était pas bon non plus. Il se retrouverait confronté aux mêmes problèmes que tout à l'heure, avec les enfants en prime. Wu n'était ni sanguinaire ni sentimental, il était pragmatique. La disparition d'une femme dont le mari avait déjà pris la tangente pouvait éveiller des soupçons, voire alerter la police, mais ajoutez-y quelques cadavres, y compris éventuellement ceux de deux gamins, et ce serait le branle-bas de combat.

Non, a décidé Wu. Le mieux était d'alpaguer Grace Lawson là, tout de suite. Avant la sortie des enfants.

Ce qui ne lui laissait pas beaucoup de temps.

Les mères commençaient à se rassembler, à bavarder ensemble, mais Grace Lawson restait dans la voiture, paraissant lire quelque chose. Il était deux heures cinquante, Wu avait donc dix minutes pour agir. Tout à coup, il s'est souvenu des menaces qu'elle avait reçues précédemment. On lui avait promis de s'en prendre à ses enfants. Il était donc fort possible que l'école soit surveillée aussi.

Il devait s'en assurer, et vite.

Ç'a été rapide, en effet. La camionnette était garée un peu plus loin, au fond d'une impasse. C'était d'une discrétion ! Wu a envisagé la possibilité qu'il puisse y en avoir d'autres. Il a scruté les alentours : rien. De toute façon, il n'avait pas le temps, les cours se terminaient dans cinq minutes et la présence des gosses serait une source de complications sans fin.

Wu était brun à présent. Il a chaussé des lunettes cerclées d'or. Il était habillé plutôt sport, décontracté. S'efforçant de prendre un air timide, il s'est approché de la camionnette, a regardé autour de lui, comme s'il était perdu. Il est allé directement à la porte arrière et s'apprêtait à l'ouvrir quand un homme au front couvert de sueur a passé la tête à l'extérieur.

— Qu'est-ce que tu veux, mon pote ?

L'homme, grand et bourru, était vêtu d'un survêtement en velours rasé bleu. Il ne portait pas de chemise dessous, juste une forêt de poils. Avec sa main droite, Wu lui a attrapé la nuque. L'attirant à lui d'un geste brusque, il a planté son coude gauche dans sa pomme d'Adam. La gorge s'est tout simplement effondrée, la trachée tout entière a cédé comme une brindille. L'homme s'est écroulé, son corps se convulsant tel un poisson sur une jetée. Wu l'a repoussé dans la camionnette et s'est faufilé à l'intérieur.

Se trouvaient là le même modèle de talkie-walkie, une paire de jumelles, un pistolet, que Wu a fourré dans sa ceinture. L'homme gigotait toujours, il n'en avait plus pour longtemps à vivre.

Trois minutes avant la cloche.

Wu a verrouillé la portière de la camionnette et s'est hâté de regagner la rue où Grace Lawson était garée. Les mères s'alignaient le long du grillage dans l'attente de la sortie des classes. Grace Lawson était descendue de voiture et se tenait à l'écart des autres. Tant mieux.

Wu s'est dirigé vers elle.

De l'autre côté du préau, Charlaine Swain était en train de songer aux réactions en chaîne et aux dominos qui tombent.

Si Mike et elle n'avaient pas eu de problèmes.

Si elle n'avait pas entamé cette danse perverse avec Freddy.

Si elle n'avait pas regardé par la fenêtre juste au moment où Eric Wu était là.

Si elle n'avait pas ouvert la cachette à clés et appelé la police.

Mais tandis qu'elle longeait la cour de récréation, la chute des dominos s'est accélérée. Si Mike ne s'était pas réveillé, s'il n'avait pas insisté pour qu'elle aille s'occuper des enfants, si Perlmutter ne l'avait pas interrogée au sujet de Jack Lawson, eh bien, sans tout cela, Charlaine ne serait pas en train de regarder dans la direction de Grace Lawson.

Mais Mike avait insisté. Les enfants avaient besoin d'elle. Du coup, elle était venue chercher Clay à l'école. Et Perlmutter lui avait demandé si elle connaissait Jack Lawson. Il était donc logique, sinon inévitable, qu'en arrivant elle commence par chercher la femme de Lawson dans la foule.

C'est ainsi que le regard de Charlaine s'est posé sur Grace Lawson. Elle a même été tentée de l'approcher — n'était-ce pas l'une des raisons pour lesquelles elle avait accepté d'aller chercher Clay en premier lieu ? —, mais elle a vu Grace sortir son téléphone portable. Du coup, elle est restée dans son coin.

— Bonjour, Charlaine.

C'était l'une des mamans, une pipelette qui jusque-là ne lui avait accordé aucune attention et qui maintenant se tenait devant elle avec un air faussement préoccupé. Le journal avait parlé d'une fusillade sans citer le nom de Mike, mais dans une petite ville, les nouvelles, etc.

— J'ai su pour Mike. Il va bien ?

— Ça va.
— Que s'est-il passé ?

Une autre femme s'est glissée à côté d'elle. Puis deux, et encore deux. Elles affluaient de partout, obstruant son champ de vision.

Enfin, presque.

L'espace d'un instant, Charlaine a été incapable de bouger. Pétrifiée, elle le regardait s'approcher de Grace Lawson.

Il avait modifié son apparence. Il portait des lunettes à présent et il n'était plus blond. Mais il n'y avait pas l'ombre d'un doute, c'était lui.

Eric Wu.

À trente mètres de distance, Charlaine s'est sentie frissonner quand il a posé la main sur l'épaule de Grace Lawson. Elle l'a vu se pencher, murmurer quelque chose à son oreille.

Et elle a vu Grace se raidir de la tête aux pieds.

Grace s'est demandé qui était l'Asiatique qui venait dans sa direction. Juste un passant, sûrement. Il était trop jeune pour être un parent et elle connaissait la plupart des instituteurs. C'était peut-être un nouveau stagiaire. Oui, à tous les coups. Et elle n'a plus pensé à lui. Elle avait d'autres soucis en tête.

Des vêtements, elle en avait emporté pour plusieurs jours. Grace avait une cousine qui vivait au fin fond de la Pennsylvanie. Éventuellement, elle irait chez elle. Elle n'avait pas téléphoné pour prévenir, histoire de ne pas laisser d'indices.

Après avoir entassé les affaires dans les valises, elle avait fermé la porte de sa chambre. Sortant le petit pistolet que Crash lui avait donné, elle l'avait posé sur le lit, le regardant longuement. Grace avait toujours été contre les armes. Comme toutes les personnes sensées, elle redoutait la présence d'une arme dans un foyer. Mais Crash l'avait dit haut et fort : on avait menacé ses enfants.

La carte maîtresse.

Grace avait enroulé l'étui en Nylon autour de sa jambe valide. Ce n'était pas très agréable de le sentir gratter son mollet. Elle avait ensuite enfilé un jean légèrement évasé. Le pistolet était caché maintenant, mais on distinguait un petit renflement, guère plus visible en fait que si elle avait porté des bottes.

En partant, elle avait pris le carton de Bob Dodd avec elle. Comme elle était en avance, elle était restée dans la voiture pour examiner son contenu. Grace n'avait pas la moindre idée de ce qu'elle espérait y découvrir. Il y avait plein de bricoles là-dedans : un minuscule drapeau américain, une tasse à café Ziggy, un tampon encreur, un presse-papiers en verre dépoli. Plus des stylos, des crayons, des gommes, du blanc à effacer, des punaises, des Post-it, des agrafes.

Grace avait envie de se plonger directement dans les papiers, mais le butin était bien maigre. Dodd devait travailler sur ordinateur. Elle a trouvé plusieurs disquettes, toutes non étiquetées. On ne sait jamais, l'une d'elles contenait peut-être un indice. Elle étudierait ça dès qu'elle aurait accès à un ordinateur.

Quant aux papiers, ce n'étaient guère que des coupures de presse. Des articles signés Bob Dodd. Grace les a parcourus en diagonale. Cora avait raison, il s'agissait principalement de réquisitoires à la petite semaine. Les gens lui écrivaient pour se plaindre. Bob Dodd enquêtait.

Il n'y avait pas de quoi trucider quelqu'un, mais qui sait ? Parfois, les choses insignifiantes pouvaient gêner.

Elle était sur le point d'abandonner — en fait, elle avait déjà capitulé — quand elle a repéré un cadre tout au fond du carton. Elle l'a retourné, plus par curiosité que par véritable intérêt. C'était une classique photo de vacances. Bob Dodd et sa femme, Jillian, sur une plage, souriants, vêtus tous deux de chemises hawaiiennes. Jillian était rousse, ses yeux étaient largement écartés. Et tout à coup, Grace a compris le lien avec Bob Dodd. Il n'avait rien à voir avec son métier de journaliste.

Sa femme, Jillian Dodd, *était* Sheila Lambert.

Fermant les yeux, Grace s'est frotté l'arête du nez. Puis elle a soigneusement remis le tout dans le carton avant de le déposer sur la banquette arrière et de descendre de voiture. Elle avait besoin de temps pour réfléchir, pour mettre de l'ordre dans tout cela.

Les quatre membres d'Allaw — tout la ramenait à eux. Sheila Lambert était donc restée dans le pays. Elle avait changé d'identité et s'était mariée. Jack s'était réfugié dans un petit village en France. Shane Alworth était soit mort, soit parti sous d'autres cieux ; peut-être, comme l'affirmait sa mère, s'occupait-il de pauvres au Mexique. Geri Duncan avait été assassinée.

Grace a consulté sa montre. La cloche allait sonner dans cinq minutes. Elle a senti son téléphone vibrer dans sa poche.

— Allô ?
— Madame Lawson, ici le capitaine Perlmutter.
— Oui, capitaine ?
— J'ai quelques questions à vous poser.
— Je dois récupérer mes enfants à l'école.

— Vous voulez que je passe chez vous ? On peut se retrouver là-bas.

— Ils sortent dans deux minutes, je ferai un saut au poste.

Une sensation de soulagement l'a envahie. Cette idée impromptue de fuir en Pennsylvanie — ça risquait d'être un peu trop. Peut-être Perlmutter savait-il quelque chose. Peut-être, avec tous les éléments qu'elle possédait maintenant concernant cette photo, finirait-il par la croire.

— Parfait. Je vous attends.

À l'instant même où Grace a refermé son portable, elle a senti une main sur son épaule. Elle s'est retournée. C'était le jeune Asiatique. Il a penché la tête vers son oreille.

— J'ai votre mari, a-t-il chuchoté.

42

— Charlaine ? Ça va ?

C'était la pipelette. Charlaine n'a pas relevé.

OK, Charlaine, réfléchis.

Qu'aurait-elle fait à sa place, l'héroïne écervelée ? Charlaine aurait raisonné ainsi dans le passé — imaginer la réaction de la frêle jeune fille et faire exactement l'inverse.

Allez, quoi…

Charlaine s'efforçait de lutter contre la peur qui la paralysait. Elle ne s'attendait pas à revoir cet homme. Eric Wu était recherché. Il avait tiré sur Mike, il avait agressé et séquestré Freddy. La police avait ses empreintes digitales. Ils savaient qui il était et allaient le renvoyer en prison. Alors qu'est-ce qu'il fabriquait là ?

On s'en fiche, Charlaine. Fais quelque chose.

La solution était toute trouvée : appeler la police.

Elle a fouillé dans son sac et sorti son Motorola. Les autres mères continuaient à japper comme des petits chiens. Charlaine a ouvert le téléphone.

Il était à plat.

Typique, mais parfaitement explicable. Elle s'en était servie pendant la course-poursuite et l'avait laissé allumé tout ce temps. Son portable avait deux ans. Il n'arrêtait pas de se décharger, le salaud. Elle a jeté un œil de l'autre côté de la cour d'école. Eric Wu était en train de parler à Grace Lawson. Tous les deux commençaient à s'éloigner.

La même femme a redemandé :

— Ça ne va pas, Charlaine ?

— Passez-moi votre portable. Vite.

Grace dévisageait l'homme sans souffler mot.

— Si vous venez avec moi calmement, je vous conduirai auprès de votre mari. Vous le verrez et vous serez de retour dans une heure. La cloche va sonner dans une minute. Si vous ne venez pas, je sortirai mon arme. Je tirerai sur vos enfants. Je tirerai sur des enfants au hasard. C'est compris ?

Grace était incapable de parler.

— Vous n'avez pas beaucoup de temps.

Elle a recouvré sa voix.

— Je viens.

— C'est vous qui allez conduire. Allons-y tranquillement. Surtout, ne commettez pas l'erreur de faire signe à quelqu'un. Je le tuerai. C'est compris ?

— Oui.

— Si vous pensez à l'homme chargé de vous protéger, je puis vous assurer qu'il n'interviendra pas.

— Qui êtes-vous ? a demandé Grace.

— La cloche va sonner.

Il s'est retourné, un petit sourire aux lèvres.

— Vous voulez que je sois là quand vos enfants sortiront ?

Crie, a pensé Grace. Hurle à pleins poumons et prends tes jambes à ton cou. Mais elle voyait la bosse du pistolet, et surtout les yeux de l'homme. Il ne bluffait pas. Il était prêt à tuer.

Et il détenait Jack.

Ils se sont dirigés vers sa voiture, côte à côte, tels deux amis. Le regard de Grace errait sur la cour de récréation. Elle a aperçu Cora, qui l'a considérée d'un air perplexe. Ne voulant pas prendre de risque, Grace a tourné la tête.

Ils étaient arrivés à la voiture. Elle venait à peine de déverrouiller les portières quand la cloche a sonné.

La pipelette a fourragé dans son sac.

— Notre abonnement, il est archinul. Ce que Hal peut être radin, des fois. On utilise toutes les minutes la première semaine, et le reste du mois on est obligés de faire hyper attention.

Charlaine a regardé les autres visages. Peu désireuse de créer un mouvement de panique, elle s'est enquise posément :

— Quelqu'un pourrait-il me prêter son portable ?

Elle gardait Wu et Grace Lawson à l'œil. Ils avaient

traversé la rue et se trouvaient devant la voiture de Grace, qui a déverrouillé les portières d'un clic. Grace se tenait côté conducteur, Wu côté passager. Grace n'a fait aucun geste pour s'échapper. Il était difficile de voir son visage, mais elle n'avait pas l'air d'agir sous la contrainte.

La cloche a sonné. Comme un seul homme, les mères ont pivoté vers les portes en attendant leur ouverture.

— Tenez, Charlaine.

L'une d'elles, sans se retourner, lui a tendu son téléphone. Charlaine s'est forcée à ne pas l'empoigner trop précipitamment. Au moment de le porter à son oreille, elle a regardé une dernière fois en direction de Grace et de Wu. Et le sang s'est glacé dans ses veines.

Wu avait les yeux braqués sur elle.

Lorsqu'il l'a reconnue, son premier réflexe a été de sortir son arme.

Il allait l'abattre. Maintenant, tout de suite, devant tout le monde.

Wu n'était pas quelqu'un de superstitieux. Il comprenait bien que sa présence ici avait une explication logique : elle avait des gosses, elle habitait dans le coin, c'était normal qu'elle fasse partie des deux ou trois cents mères de famille du voisinage.

Néanmoins, il avait très envie de la tuer.

D'un point de vue superstitieux, il allait liquider cette diablesse.

Du point de vue pratique, il l'empêcherait de prévenir la police et causerait une panique qui lui faciliterait la fuite. S'il tirait, tout le monde se précipiterait vers la femme à terre. La diversion idéale.

Mais cela n'allait pas sans poser quelques problèmes.

Tout d'abord, la femme se trouvait à une bonne trentaine de mètres de distance. Eric Wu connaissait ses atouts et ses faiblesses. Dans un combat à mains nues, il était insurpassable. Avec les armes à feu, il se débrouillait, sans plus. Il risquait de la blesser seulement ou, pire, de la manquer. Certes, il y aurait un mouvement de panique, mais sans un corps à terre, ce serait insuffisant.

Sa véritable cible — ce pour quoi il était revenu — était Grace Lawson. Il la tenait. Elle l'écoutait. Et elle obéissait car elle gardait toujours l'espoir de sauver les siens. Si elle le voyait tirer maintenant, elle risquerait de s'affoler et de prendre la fuite.

— Montez, a-t-il ordonné.

Grace a ouvert la portière. Eric Wu a fixé la femme de l'autre côté de la rue. Quand leurs regards se sont croisés, il a secoué lentement la tête en désignant sa ceinture. Il voulait qu'elle comprenne. Une fois déjà, elle s'était mise en travers de son chemin, et il avait tiré. Il n'hésiterait pas à recommencer.

Il a attendu qu'elle baisse la main tenant le téléphone. Sans la quitter des yeux, Wu s'est glissé dans la voiture. Ils ont démarré et se sont fondus dans la circulation de Morningside Drive.

43

Perlmutter était assis en face de Scott Duncan. Ils se trouvaient dans le bureau du capitaine, au poste de police. Le système de climatisation était en panne. Des dizaines de flics en uniforme et pas de clim — ça commençait à sentir la cage aux fauves.

— Comme ça, vous êtes en congé, a commencé Perlmutter.

— Exact. Pour le moment, je travaille à mon compte.

— Je vois. Et votre client a fait appel à Indira Khariwalla — non, attendez, *vous* avez fait appel à Indira Khariwalla de la part d'un client.

— Je n'ai pas à le confirmer ni à le démentir.

— Et vous refusez de me dire si votre client voulait faire suivre Jack Lawson. Ou pourquoi.

— Tout à fait.

Perlmutter a écarté les mains.

— Alors que désirez-vous au juste, monsieur Duncan ?

— Je veux savoir ce que vous avez appris concernant la disparition de Jack Lawson.

Perlmutter a souri.

— Voyons si j'ai tout compris : je suis censé vous livrer les informations que je possède sur un meurtre et une disparition, même si votre client a des chances de figurer sur la liste des suspects. Vous, de votre côté, n'avez rien à me révéler. C'est bien ça ?

— Non, c'est faux.

— Dans ce cas, éclairez ma lanterne.

— Cela n'a rien à voir avec un quelconque client.

Duncan a croisé les jambes, la cheville par-dessus le genou.

— Je suis personnellement impliqué dans l'affaire Lawson.

— Répétez-moi ça ?

— Mme Lawson vous a montré la photo.

— Oui, je m'en souviens.

— La jeune fille au visage barré était ma sœur.

Se renversant dans son fauteuil, Perlmutter a sifflé doucement.

— Supposons que vous commenciez par le commencement.

— C'est une longue histoire.

— Je vous dirais bien que j'ai tout mon temps, mais ce serait mentir.

Comme pour illustrer son propos, la porte s'est ouverte à la volée. Daley a passé la tête à l'intérieur.

— Ligne deux.

— Qui est-ce ?

— Charlaine Swain. Elle vient de voir Eric Wu à la sortie de l'école.

Carl Vespa regardait fixement le tableau.

Celui-ci portait la signature de Grace. Il possédait huit de ses toiles, mais c'était celle qui le touchait le plus. Pour lui, elle représentait les derniers instants de Ryan. Grace n'avait gardé pratiquement aucun souvenir de la soirée. Sans chercher à verser dans la grandiloquence, elle disait que cette vision — ce portrait en apparence ordinaire d'un jeune homme sur le point de basculer dans un cauchemar — lui était venue dans une sorte de transe créatrice. Grace affirmait qu'elle revoyait la soirée en rêve, que le rêve était le seul dépositaire de ses souvenirs.

Mais Vespa se posait des questions.

Sa résidence se trouvait à Englewood, dans le New Jersey. Autrefois, le quartier était réservé aux vieilles fortunes. Aujourd'hui, Eddie Murphy habitait au bout de la rue. Deux maisons plus loin, c'était l'avant-centre des New Jersey Nets. La propriété de Vespa, qui avait jadis appartenu à un Vanderbilt, était vaste et bien isolée. En 1988, Sharon, sa femme, avait fait démolir l'édifice en pierre du début du siècle au profit d'une construction réputée moderne. La maison avait mal vieilli, elle ressemblait maintenant à un tas de cubes en verre, empilés au hasard. Il y avait trop de vitres. L'été, l'intérieur chauffait abominablement, on se serait cru dans une serre.

Sharon était partie aussi. Elle n'avait pas voulu garder la maison après le divorce. En fait, elle ne voulait pas grand-chose. Vespa n'avait rien fait pour la retenir. Leur principal lien était Ryan, plus dans la mort que dans la vie, et ça, ce n'était pas très sain.

Il a jeté un œil sur l'écran de vidéosurveillance. La berline venait de s'engager dans l'allée.

Sharon et lui auraient aimé avoir d'autres enfants, mais ça n'avait pas marché. Son taux de spermatozoïdes était trop bas. Il n'en parlait jamais, bien sûr, laissant entendre que la faute incombait à Sharon. C'était terrible à dire, mais Vespa croyait que s'ils avaient eu d'autres enfants, si Ryan avait eu au moins un frère ou une sœur, ça leur aurait rendu la vie sinon plus facile, du moins supportable. Le problème avec un drame, c'est qu'il faut continuer à vivre. On n'a pas le choix. On ne peut pas sortir de la route et attendre que ça se passe sur le bas-côté — même si ce n'est pas l'envie qui manque. Quand on a d'autres enfants, votre vie est peut-être finie, mais vous vous levez le matin pour eux.

En bref, il n'avait plus de raison de se lever le matin.

Vespa est allé à la porte et a regardé la berline s'arrêter. Crash est descendu le premier, un téléphone portable scotché à l'oreille, suivi de Wade Larue. Ce dernier n'avait pas l'air affolé. Il paraissait même étonnamment serein, contemplant le cadre luxueux autour de lui. Crash lui a marmonné quelque chose — Vespa n'a pas entendu quoi — et a gravi les marches. Larue s'est éloigné comme s'il partait faire une balade dans la nature.

— On a un problème, a dit Crash.

Vespa, qui suivait Larue des yeux, n'a pas bronché.

— La radio de Richie ne répond pas.

— Où est-il stationné ?

— Dans une camionnette, à côté de l'école des gamins.

— Où est Grace ?

— On n'en sait rien.

Vespa l'a regardé.

— Il était trois heures. Elle est allée chercher Max et Emma. Richie était censé la suivre à partir de là. Nous savons qu'elle est arrivée à l'école, Richie nous a informés par radio. Depuis, plus rien.

— Tu as dépêché quelqu'un sur place ?

— Simon est allé jeter un coup d'œil sur la camionnette.

— Et ?

— Elle y est toujours. Garée au même endroit. Seulement, il y a des flics dans les parages.

— Et les gosses ?

— On ne sait pas encore. Simon croit les avoir aperçus dans la cour de l'école. Mais avec tous ces flics, il ne veut pas s'approcher de trop près.

Vespa a serré les poings.

— Il faut qu'on retrouve Grace.

Crash n'a rien répondu, se contentant de hausser les épaules.

— Quoi ?

— Je pense que vous vous trompez, c'est tout.

Les deux hommes se sont tus. Ils observaient Wade Larue qui flânait dans le parc, une cigarette à la main. Du promontoire, on avait une vue magnifique sur le pont George-Washington et, au-delà, sur les lointains gratte-ciel de Manhattan. C'est de cet endroit que Vespa et Crash avaient regardé la fumée s'élever en volutes infernales au moment de l'effondrement des deux tours. Vespa connaissait Crash depuis trente-huit ans. Il maniait les armes à feu et les armes blanches comme personne. Un seul regard de lui et les gens sombraient dans la terreur. Les êtres les plus infâmes, les plus violents des psychotiques imploraient sa pitié avant même qu'il ne les touche. Mais ce jour-là, tandis qu'ils fixaient en silence cette fumée qui ne se dissipait pas, Vespa avait vu Crash craquer et fondre en larmes.

Un œil sur Wade Larue, il a demandé :

— Tu lui as parlé ?

Crash a secoué la tête.

— Pas un seul mot.

— Il m'a l'air drôlement calme.

Crash n'a pas répondu. Vespa s'est dirigé vers Larue, qui ne s'est pas retourné. S'arrêtant à trois mètres de lui, Vespa a dit :

— Tu voulais me voir ?

Larue regardait toujours en direction du pont.

— Jolie vue.

— Tu n'es pas là pour l'admirer.

Il a haussé les épaules.

— Ce n'est pas défendu, que je sache.

Vespa attendait. Wade Larue continuait à lui tourner le dos.

— Tu as avoué.

— Oui.
— Et tu étais sincère ?
— À l'époque ? Non.
— Comment ça, à l'époque ?
— Vous voulez savoir si j'ai tiré les deux coups de feu ce soir-là. (Wade Larue a fait volte-face.) Pourquoi ?
— Pour me rendre compte si c'est bien toi qui as tué mon garçon.
— Quoi qu'il soit arrivé, je n'ai pas tiré sur lui.
— Tu m'as parfaitement compris.
— Je peux vous poser une question ?
Vespa n'a pas sourcillé.
— Vous faites ça pour vous ? Ou pour votre fils ?
Il a réfléchi un instant.
— Pas pour moi, non.
— Pour votre fils, donc ?
— Il est mort, ça ne changera rien pour lui.
— Alors qui ?
— Aucune importance.
— Pour moi, si. S'il ne s'agit ni de vous ni de votre fils, pourquoi ce désir de vengeance ?
— Parce que c'est comme ça.
Larue a hoché la tête.
— Le monde a besoin d'équilibre, a ajouté Vespa.
— Le yin et le yang ?
— En quelque sorte. Dix-huit personnes sont mortes, quelqu'un doit payer.
— Autrement, le monde sera en déséquilibre ?
— Oui.
Sortant un paquet de cigarettes, Larue en a offert une à Vespa, qui l'a refusée.
— C'est toi qui as tiré ces coups de feu ?
— Oui.

Alors Vespa a explosé. C'était dans son tempérament. En un éclair, il passait du calme absolu à une rage incontrôlée. Cette poussée d'adrénaline était comme un thermomètre qui grimpe en flèche dans un dessin animé. Son poing s'est écrasé sur le visage de Larue, qui est tombé à la renverse, puis s'est redressé, portant la main à son nez. Il saignait. Larue a souri.

— Ça vous aide à vous rééquilibrer ?

Vespa respirait bruyamment.

— C'est un début.

— Le yin et le yang, a répété Larue. J'aime bien cette théorie.

Il s'est essuyé le visage avec son avant-bras.

— Le problème, c'est : ce rééquilibrage universel… est-ce qu'il s'étend sur plusieurs générations ?

— Qu'est-ce que tu racontes ?

Larue a souri de nouveau. Il avait du sang sur les dents.

— Je crois que vous le savez.

— Je vais te tuer.

— Parce que j'ai fait quelque chose de mal ? Et que je dois en payer le prix ?

Il s'est remis debout.

— Et vous-même, monsieur Vespa ?

Les poings de Vespa se sont crispés, mais l'adrénaline était en train de retomber.

— Vous en avez fait aussi, du mal, vous. Avez-vous payé le prix ?

Larue a penché la tête de côté.

— Ou est-ce votre fils qui a payé pour vous ?

Vespa l'a frappé au ventre. Il s'est plié en deux. Vespa lui a asséné un coup sur la tête. Il s'est écroulé. Vespa l'a cogné au visage. Larue était étendu sur le dos, la bouche en sang, mais il riait toujours. Les seules larmes, c'est sur les joues de Vespa qu'elles coulaient, pas sur les siennes.

— Qu'est-ce qui te fait rire ?
— J'étais comme vous, je rêvais de me venger.
— De quoi ?
— D'avoir été enfermé.
— C'était ta faute.

Larue s'est rassis.

— Oui et non.

Vespa a fait un pas en arrière, puis s'est retourné. Crash, qui n'avait pas bougé d'un pouce, observait la scène d'un œil impassible.

— Tu voulais me parler.
— J'attends que vous ayez fini de taper.
— Dis-moi pourquoi tu as appelé.

Wade Larue a inspecté sa bouche. Il semblait presque heureux de voir du sang.

— Je rêvais de vengeance, vous n'imaginez pas à quel point… Mais maintenant, depuis ma sortie, depuis que je suis libre, ça ne m'intéresse plus. J'ai passé quinze ans en prison. J'ai purgé ma peine. La vôtre, monsieur Vespa, le fait est que la vôtre ne prendra jamais fin, hein ?

— Qu'est-ce que tu veux ?

Larue s'est levé. Il s'est approché de Vespa.

— Vous souffrez tellement.

Sa voix était basse, intime comme une caresse.

— Je veux que vous sachiez tout, monsieur Vespa. Toute la vérité. Il faut que ça cesse, aujourd'hui même, d'une façon ou d'une autre. Je veux vivre ma vie sans être obligé de regarder par-dessus mon épaule. Je vais vous dire ce que je sais. Je vais tout vous dire. Après, vous déciderez quoi faire.

— Je croyais que tu avais reconnu avoir tiré ces coups de feu.

Larue n'a pas relevé.

— Vous souvenez-vous du capitaine Gordon Mac-Kenzie ?

Sa question a surpris Vespa.

— L'agent de sécurité ? Bien sûr.
— Il est venu me voir en prison.
— Quand ?
— Il y a trois mois.
— Pourquoi ?

Larue a souri.

— Toujours cette affaire d'équilibre. Le besoin de réparation. Vous appelez ça le yin et le yang. MacKenzie l'appelait Dieu.

— Je ne comprends pas.
— Gordon MacKenzie était en train de mourir.

Larue a posé la main sur l'épaule de Vespa.

— Du coup, avant de quitter ce monde, il a voulu confesser ses péchés.

44

Le pistolet dans son étui était fixé à la cheville de Grace.

Elle a mis le contact. L'Asiatique a pris place à côté d'elle.

— Tout droit et à gauche.

Elle avait peur, bien sûr, mais elle sentait aussi cette curieuse sensation de calme. L'œil du cyclone, a-t-elle pensé. Enfin, il se passait quelque chose. Peut-être même allait-elle trouver des réponses à certaines questions. Voyons, quelles étaient ses priorités ?

Tout d'abord, l'éloigner des enfants.

C'était le plus important. Emma et Max n'avaient rien à craindre, les instituteurs restaient jusqu'au départ du dernier enfant. Puisqu'elle ne se manifesterait pas, ils pousseraient un soupir d'impatience et les escorteraient au bureau de la directrice. Cette vieille harpie de Mme Dinsmont prendrait un malin plaisir à déplorer l'incurie des mères pendant que les mômes feraient le poireau. C'était déjà arrivé six mois avant, quand Grace avait été retardée par des travaux sur la chaussée. Rongée par le remords, elle imaginait Max en train de l'attendre comme dans une scène d'*Oliver Twist*, mais lorsqu'elle avait débarqué à l'école il était occupé à colorier l'image d'un dinosaure et n'avait pas envie de partir.

L'école était derrière eux maintenant.

— Tournez à droite.

Grace s'est exécutée. Son ravisseur, si on pouvait l'appeler ainsi, avait promis de la conduire auprès de Jack. Elle ignorait si c'était vrai, mais elle n'avait pas l'impression qu'il mentait. Naturellement, il ne faisait pas ça par altruisme. Elle avait été prévenue, elle s'était aventurée en terrain miné. Cet homme-là était dangereux — pas besoin de voir l'arme dans sa ceinture pour le deviner. Il dégageait quelque chose, une sorte d'électricité, qui vous faisait vite comprendre qu'il semait la mort et la désolation sur son passage.

Mais Grace voulait désespérément savoir où ça la menait. Et elle était armée. Si elle restait prudente, si elle se montrait maligne, elle pourrait profiter de l'effet de surprise. Pour l'instant, donc, elle le suivrait sans protester. De toute façon, elle n'avait pas le choix.

La question du pistolet l'angoissait. Parviendrait-elle à le sortir facilement ? Suffisait-il réellement d'appuyer sur la détente pour que ça marche ? Et même si elle arrivait à dégainer à temps — ce dont elle doutait un peu, vu la manière dont ce type la regardait —, que ferait-elle, hein ? Elle pointerait l'arme sur lui et exigerait qu'il la mène à Jack ?

Grace se voyait mal faire ça.

Et elle ne pourrait pas tirer non plus. Ce n'était pas une histoire de courage ou d'éthique. Lui, cet homme, était son seul lien avec Jack. À quoi ça l'avancerait de le tuer ? Elle anéantirait ainsi son unique piste sérieuse, voire son unique chance de retrouver son mari.

Non, décidément, elle n'avait pas d'autre solution que d'attendre.

— Qui êtes-vous ? a-t-elle demandé.

Zéro réaction. Il a pris son sac et l'a vidé sur ses genoux avant d'en inspecter le contenu, triant et jetant les objets au fur et à mesure sur la banquette arrière. Il a trouvé son téléphone portable, a enlevé la pile et l'a balancée derrière aussi.

Grace continuait à le bombarder de questions — où est mon mari, qu'est-ce que vous nous voulez ? —, mais il ne semblait faire aucune attention à elle. Ils se sont arrêtés à un feu rouge, et là, il a eu un geste inattendu.

Il a posé la main sur son mauvais genou.

— Vous avez une jambe abîmée, a-t-il remarqué.

Grace n'a pas su quoi dire. Sa main était légère

comme une plume. Tout à coup, des serres d'acier se sont plantées dans son genou, jusque derrière la rotule. Grace s'est courbée en deux. Les doigts de l'homme se sont enfoncés dans le creux où le genou rencontre le tibia. La douleur était si soudaine, si violente qu'elle n'a même pas eu la force de hurler. Elle a essayé de desserrer ses doigts, de lui faire lâcher prise, sans aucun succès. Sa main, on aurait dit un bloc de béton.

La voix à peine audible, il a murmuré :

— Si je pousse un peu plus loin et que je tire, là...

Grace avait la tête qui tournait, elle se sentait au bord du malaise.

— ... je pourrais vous arracher la rotule en un seul geste.

Quand le feu est passé au vert et qu'il l'a relâchée, elle a cru défaillir de soulagement. Le tout n'avait certainement pas duré plus de cinq secondes. L'homme la regardait avec un sourire quasi imperceptible.

— Je voudrais que vous arrêtiez de parler maintenant, OK ?

Grace a hoché la tête.

Il s'est tourné vers le pare-brise.

— Allez-y, démarrez.

Perlmutter a lancé un appel à toutes les patrouilles. Charlaine Swain avait eu la présence d'esprit de noter la marque de la voiture et le numéro de la plaque. La voiture appartenait à Grace Lawson, ce qui n'était pas vraiment une surprise. Pour se rendre à l'école, Perlmutter a emprunté un véhicule banalisé. Scott Duncan l'accompagnait.

— Qui donc est cet Eric Wu ? a demandé Duncan.
Perlmutter a hésité, mais en fait il n'avait aucune raison de le lui cacher.
— Nous savons à ce jour qu'il a pénétré par effraction dans une maison, dont il a agressé le propriétaire de façon à le laisser temporairement paralysé, il a tiré sur un autre homme et, à mon avis, c'est lui qui a tué Rocky Conwell, le gars chargé de suivre Lawson.
Deux autres voitures de police étaient déjà sur place. Perlmutter n'était pas ravi — tout de même, c'était une école élémentaire. Au moins, ils avaient eu le bon sens de ne pas déclencher les sirènes, c'était déjà ça. Les parents venus chercher leur progéniture réagissaient de manière variable. Certaines mères propulsaient leurs bambins vers la voiture, la main sur leur épaule, comme pour les protéger en cas d'une éventuelle fusillade. D'autres, mues par la curiosité, se massaient, insouciantes ou incapables de réaliser la présence d'un quelconque danger dans un cadre aussi bénin.
Charlaine Swain était là. Perlmutter et Duncan se sont hâtés vers elle. Un jeune flic en uniforme nommé Dempsey était en train de l'interroger en prenant des notes. Perlmutter l'a écarté :
— Qu'est-ce qui s'est passé ?
Charlaine a expliqué qu'elle était venue récupérer son fils ; à cause de ce qu'il lui avait dit, elle avait cherché Grace Lawson des yeux. Et alors elle l'avait vue avec Eric Wu.
— Il ne l'a pas ouvertement menacée ?
— Non.
— Peut-être l'a-t-elle suivi de son plein gré.
Le regard de Charlaine a glissé sur Duncan avant de revenir à Perlmutter.

— Non, pas de son plein gré.
— Comment le savez-vous ?
— Grace était toute seule pour prendre ses enfants.
— Et alors ?
— Elle ne les aurait pas abandonnés comme ça. En fait, je ne vous ai pas appelés tout de suite : il a réussi à me figer depuis le trottoir d'en face.
— Je ne comprends pas très bien.
— Si Wu a pu me faire ça à distance, a dit Charlaine, imaginez l'effet qu'il a dû produire sur Grace Lawson quand il est venu lui parler à l'oreille.

Un autre policier en uniforme, du nom de Jackson, s'est précipité vers Perlmutter. Les yeux agrandis, il luttait de toutes ses forces contre la panique. Les parents s'en sont rendu compte aussi et ont fait un pas en arrière.

— On a trouvé quelque chose, a panteléJackson.
— Quoi ?

Il s'est penché plus près pour éviter qu'on l'entende.

— Une camionnette garée un peu plus haut. Il faut que vous veniez voir ça.

Elle devrait sortir le pistolet maintenant.

Le genou de Grace l'élançait douloureusement, elle avait l'impression qu'on avait fait exploser une bombe à l'intérieur de son articulation. Ses yeux étaient humides à force de retenir les larmes, et elle se demandait si elle serait capable de marcher lorsqu'ils arriveraient à destination.

De temps en temps, elle regardait à la dérobée l'homme qui lui avait fait si mal. La décontraction avec laquelle il avait agi ! Comme si faire souffrir quelqu'un n'était guère plus important que remplir des paperasses.

Ils avaient passé la frontière de l'État et roulaient dans l'État de New York désormais, sur la 287, direction le pont de Tappan Zee. Grace n'osait plus ouvrir la bouche. Ses pensées la ramenaient tout naturellement à ses enfants. Emma et Max avaient dû la chercher à la sortie de l'école. Les avait-on emmenés au bureau de la directrice ? Cora avait vu Grace. D'autres mères aussi, certainement. N'auraient-elles pas réagi ?

Mais tout cela était hors de propos et, pis encore, une perte d'énergie mentale. Elle ne pouvait rien y faire. Alors autant se concentrer sur ce qui l'attendait.

Pense au pistolet.

Grace a essayé de visualiser la scène dans sa tête. Elle allait se baisser, retrousser le pantalon avec sa main gauche et saisir l'arme avec la droite. Comment était-elle fixée, déjà ? Il y avait une courroie par-dessus, qui maintenait le pistolet en place, lui évitant de bouger. Elle l'avait fermée elle-même avec un bouton-pression. Elle devrait donc défaire la pression d'abord. Sinon le pistolet resterait coincé.

D'accord. Penser à ouvrir la pression d'abord. Puis attraper le pistolet.

Restait à guetter le moment propice. Cet homme était d'une force incroyable, elle l'avait bien vu. Et il était habitué à la violence. Bon, de toute façon, elle ne pouvait rien faire en conduisant. Elle attendrait qu'ils s'arrêtent, se garent ou… mieux encore, elle attendrait qu'ils descendent de voiture. Là, ça pourrait marcher.

Ensuite, il fallait détourner son attention car, mine de rien, il la surveillait. Et il était armé également. Il mettrait beaucoup moins de temps qu'elle à sortir son arme.

Elle devait donc s'arranger pour qu'il regarde ailleurs — créer une diversion, en quelque sorte.

— Prenez la prochaine sortie.

Sur le panneau on lisait « Armonk ». Ils n'allaient pas traverser le pont de Tappan Zee. Autrement, elle aurait pu en profiter au moment de franchir le péage. Quoiqu'elle s'imaginait mal sauter de la voiture ou alerter le préposé dans sa cabine. À tous les coups, son ravisseur l'aurait à l'œil. À tous les coups, il poserait la main sur son genou.

Elle s'est engagée sur la bretelle de sortie. À la réflexion, le mieux serait d'attendre qu'ils arrivent. Car s'il la conduisait vraiment auprès de Jack, Jack serait là, non ? Ça faisait sens.

Mais surtout — surtout —, une fois arrivés, ils seraient obligés de descendre. Elle de son côté, lui du sien.

Ça pourrait être sa diversion.

À nouveau, elle a rejoué le scénario dans sa tête. Elle ouvrirait la portière. Au moment de basculer ses jambes à l'extérieur, elle relèverait son pantalon. Ses jambes seraient masquées par la voiture. Ça ne se verrait pas. Lui serait en train de sortir de l'autre côté, il aurait le dos tourné. Elle tirerait le pistolet de son étui.

— La prochaine à droite, a-t-il dit. Puis la deuxième à gauche.

Grace ne connaissait pas cette ville. C'était plus vert que Kasselton. Les maisons semblaient plus anciennes, plus habitées, mieux isolées les unes des autres.

— Entrez dans cette allée, là. La troisième sur votre gauche.

Agrippée au volant, Grace a pénétré dans l'allée. Il lui a ordonné de s'arrêter devant la maison.

Elle a pris une inspiration et attendu qu'il ouvre sa portière pour descendre.

Perlmutter n'avait jamais rien vu de semblable.

Le type dans la camionnette, un homme corpulent vêtu du traditionnel survêt des mafieux, était mort. Ses derniers instants n'avaient pas dû être plaisants. Son cou... eh bien, son cou était complètement aplati, comme si un rouleau compresseur lui était passé sur la gorge en laissant la tête et le torse intacts.

Daley, qui n'avait pas la langue dans sa poche, a commenté :

— C'est pas joli-joli.

Avant d'ajouter :

— Je l'ai déjà vu quelque part.

— C'est Richie Jovan, a dit Perlmutter. Chargé de basses besognes au service de Carl Vespa.

— Vespa ? a répété Daley. Il serait impliqué là-dedans ?

Perlmutter a haussé les épaules.

— Ça m'a tout l'air d'être l'œuvre de Wu.

Scott Duncan était en train de virer au vert pâle.

— Qu'est-ce qui se passe, bon sang ?

— C'est très simple, monsieur Duncan. (Perlmutter a pivoté vers lui.) Rocky Conwell travaillait pour Indira Khariwalla, la détective privée que vous avez engagée. Le même homme — Eric Wu — a assassiné Conwell, tué ce pauvre bougre et a été vu pour la dernière fois repartant de cette école avec Grace Lawson.

Perlmutter s'est rapproché de lui.

— Vous voulez nous expliquer ce qui se passe, maintenant ?

Une autre voiture de police venait d'arriver en trombe. Veronique Baltrus en a jailli.

— Ça y est, je l'ai !
— Quoi ?
— Eric Wu, chez yenta-match.com. Il utilisait le nom Stephen Fleisher.

Elle a accouru vers eux. Ses cheveux de jais étaient noués en un chignon serré.

— Yenta-match s'adresse à des veuves et des veufs juifs. Wu menait de front trois flirts différents en ligne. L'une des femmes habite Washington, une autre à Wheeling, en Virginie. Et la dernière, Beatrice Smith, vit à Armonk, dans l'État de New York.

Perlmutter est reparti au trot. Pas de doute, se disait-il, c'est là que Wu a dû se rendre. Scott Duncan lui a emboîté le pas. Armonk n'était qu'à une vingtaine de minutes en voiture.

— Appelez la police d'Armonk ! a-t-il crié à Baltrus. Demandez-leur d'y envoyer toutes leurs équipes disponibles, d'urgence !

45

Grace attendait que l'homme veuille bien descendre.

Le terrain était boisé, si bien que la maison n'était pratiquement pas visible de la route. Le toit était hérissé de flèches, et la façade, flanquée d'une grande terrasse. On y apercevait un antique barbecue et une guirlande lumineuse à l'ancienne, dont les lampions étaient usés et déchirés. Au fond trônait une balançoire rouillée, vestige d'un autre âge. Il avait dû y avoir des fêtes, ici. Une famille. Des gens qui aimaient recevoir. Pour un peu, on se serait cru dans une ville fantôme — il ne manquait plus que les chardons roulants.

— Coupez le moteur.

Ouvrir la portière. Basculer les jambes à l'extérieur. Sortir le pistolet. Le braquer sur lui...

Et ensuite ? Lui crier : « Haut les mains ! » ? Lui tirer dans la poitrine ? Ou quoi ?

Elle a coupé le contact et attendu qu'il ouvre sa portière. Il a posé la main sur la poignée en regardant la porte de la maison. Grace était prête. Elle s'est baissée légèrement.

Maintenant ?

Non, attends qu'il bouge. N'hésite pas. La moindre hésitation risquait de la déconcentrer.

L'homme a suspendu son geste, a pivoté et l'a frappée si fort dans les côtes qu'elle a cru que son thorax allait s'effondrer sur lui-même. Il y a eu un bruit mat, suivi d'un craquement.

La douleur a irradié dans tout son flanc. D'une main, l'homme lui a saisi la tête. De l'autre, il a suivi le contour de sa cage thoracique. Son index s'est arrêté à l'endroit précis qu'il venait de toucher.

Sa voix était douce.

— Dites-moi, s'il vous plaît, comment vous avez eu cette photo.

Étourdie par la douleur, Grace a ouvert la bouche, mais aucun son n'en est sorti. Il a hoché la tête, visiblement peu surpris. Retirant sa main, il est descendu de voiture.

Le pistolet, a-t-elle pensé. Attrape ce fichu pistolet !

Mais il avait déjà fait le tour de la voiture, ouvert sa portière. Il l'a empoignée par le cou, le pouce d'un côté, l'index de l'autre. Appuyant sur les points de pression, il a entrepris de la soulever. Elle a essayé de suivre, mais le mouvement lui déchirait les côtes, comme si on lui farfouillait entre deux os avec un tournevis.

Il l'a traînée dehors par le cou. Chaque pas était une nouvelle aventure dans la douleur. Elle tentait de retenir sa respiration car, lorsqu'elle inspirait, même la légère expansion de sa cage thoracique paraissait lui arracher les tendons. Il l'a propulsée vers la maison, dont la porte d'entrée n'était pas fermée à clé. Après avoir tourné le bouton, il a jeté Grace à l'intérieur, où elle est tombée lourdement, à deux doigts de perdre connaissance.

— Dites-moi, s'il vous plaît, comment vous avez eu cette photo.

Lentement, il s'est avancé vers elle. La peur lui a rendu ses esprits, elle s'est mise à parler rapidement.

— Je suis allée chercher des photos au Photomat.

Il hochait la tête comme quelqu'un qui n'écoute pas et se rapprochait toujours. Tout en parlant, Grace a tenté de se reculer. Son visage à lui était dénué de toute expression — un homme vaquant à ses occupations, en train de jardiner, de planter un clou, de passer une commande, de tailler un morceau de bois.

Il était sur elle à présent. Elle s'est débattue, mais il possédait une force surnaturelle. Il l'a retournée sur le ventre. Ses côtes ont heurté le plancher et une douleur nouvelle, différente, l'a transpercée, lui brouillant la vue. Il s'est assis à califourchon sur elle, la plaquant au sol. Elle a lancé des ruades, mais ses pieds ont rencontré le vide.

Grace ne pouvait plus bouger.

— Dites-moi, s'il vous plaît, comment vous avez eu cette photo.

Sentant venir les larmes, elle a décidé qu'elle ne pleurerait pas. C'était idiot, mais elle ne pleurerait pas. Elle a répété son histoire du Photomat, du paquet de photos. Toujours perché sur elle, les genoux de part et d'autre de ses hanches, il a posé l'index sur les côtes endommagées. Grace a gigoté. Il a trouvé le point le plus douloureux et a gardé le doigt dessus. L'espace d'un instant, il n'a rien fait. Elle a gigoté à nouveau, remué la tête de gauche à droite, agité les bras. Il a attendu. Une seconde. Deux.

Puis il a enfoncé le doigt entre deux côtes cassées.

Grace a hurlé.

La voix, imperturbable :

— Dites-moi, s'il vous plaît, comment vous avez eu cette photo.

Cette fois, elle a pleuré. Elle a recommencé les explications, changeant les mots dans l'espoir de paraître plus crédible, plus convaincante. Il restait silencieux.

Il a reposé le doigt sur la côte abîmée.

Soudain, une sonnerie a retenti.

L'homme a soupiré et pris appui des deux mains sur le dos de Grace pour se lever. Les côtes ont gémi de plus belle. Grace a entendu un geignement et s'est rendu compte qu'il venait d'elle. Elle s'est forcée à se taire, a réussi à jeter un regard par-dessus son épaule. Sans la quitter des yeux, il a sorti un portable de sa poche et l'a ouvert d'un coup sec.

— Oui.

Une seule pensée dans sa tête : attrape le pistolet.

Il l'observait, mais elle s'en moquait presque. Sortir le pistolet maintenant serait totalement suicidaire. Sauf que son objectif était simple — échapper à la douleur. Quel qu'en soit le prix, quel que soit le danger. Échapper à la douleur.

L'homme gardait le téléphone collé à l'oreille.

Emma et Max. Leurs visages ont surgi devant elle comme dans un brouillard. Grace s'est raccrochée à cette vision, et une chose bizarre s'est produite alors.

Couchée là, sur le ventre, la joue pressée contre le plancher, Grace a souri. Réellement souri. Ce n'était pas un sentiment de chaleur maternelle, même si ça en faisait partie. Non, c'était à cause d'un souvenir.

Lorsqu'elle était enceinte d'Emma, elle avait dit à Jack qu'elle voulait accoucher par la voie naturelle, sans l'aide d'une quelconque médication. Pendant trois mois, tous les lundis soir, ils avaient fréquenté assidûment des cours d'accouchement sans douleur. Ils pratiquaient des techniques de respiration. Assis derrière elle, Jack lui frictionnait le ventre en faisant : « Hi-ho, hi-ho. » Et elle l'imitait. Il avait même acheté un tee-shirt avec l'inscription « Coach » sur le devant et « Équipe bébé en forme » dans le dos. Il portait un sifflet autour du cou.

Aux premières contractions, ils ont foncé à l'hôpital, fin prêts à récolter les fruits de leur dur labeur. Une fois sur place, les contractions sont devenues plus fortes. Ils ont entamé l'exercice de respiration. Jack faisait : « Hi-ho, hi-ho. » Grace suivait. Tout marchait à merveille jusqu'au moment où... eh bien, où elle a commencé à ressentir la douleur.

L'absurdité de leur plan — depuis quand respiration rimait avec analgésie ? — leur est alors apparue dans toute sa splendeur. Oubliant la notion imbécile d'« acceptation de la souffrance », Grace a fini par recouvrer la raison. Elle a empoigné une partie de l'anatomie de Jack et, l'attirant à elle pour qu'il puisse l'entendre, a réclamé un anesthésiste. Sur-le-champ. Jack a dit d'accord, dès qu'elle aurait lâché ladite anatomie. Il a couru chercher l'anesthésiste, mais il était trop tard. Le travail était déjà trop avancé.

Et la raison pour laquelle elle souriait maintenant, huit ans après les faits, était que ce jour-là elle avait souffert autant, sinon plus. Elle avait accepté de souffrir. Pour sa fille. Puis, miraculeusement, elle avait bien voulu prendre le même risque pour Max.

Allez, vas-y, pensait-elle.

Peut-être qu'elle délirait, tout simplement. Peut-être. Mais elle s'en fichait. Elle gardait le sourire, voyant devant elle le joli minois d'Emma et la frimousse de Max. Elle a cillé, et ils ont disparu. Peu importait. Elle a regardé son bourreau en train de téléphoner.

Allez, viens, fils de pute. Vas-y, continue.

Sa conversation terminée, il est revenu s'asseoir sur elle. Grace a fermé les yeux, des larmes se sont échappées de ses paupières closes. Elle a attendu.

Lui prenant les deux mains, l'homme les a ramenées dans son dos, les a liées avec du ruban isolant et s'est redressé. Ensuite il l'a relevée, si bien qu'elle s'est retrouvée à genoux, les mains dans le dos. Ses côtes lui faisaient mal, mais la douleur était supportable.

Elle l'a regardé.

Il a dit :

— Ne bougez pas.

Et il est parti. Elle a entendu une porte s'ouvrir, puis un bruit de pas.

Il était descendu au sous-sol.

Elle était seule.

Grace a lutté pour libérer ses bras, mais ils étaient solidement ligotés. Impossible d'atteindre le pistolet. Se lever et s'enfuir serait, au mieux, futile. La position de ses bras, la douleur lancinante dans ses côtes, plus le fait qu'elle était boiteuse au mieux de sa forme… bref, ce n'était pas une bonne idée.

Et si elle essayait de glisser ses mains sous elle ?

Si elle arrivait à les faire passer devant, même liées, elle pourrait attraper le pistolet.

C'était un plan.

Elle ignorait combien de temps il allait s'absenter — pas longtemps, sans doute —, mais elle devait tenter sa chance.

Ses épaules ont roulé en arrière dans leurs cavités, ses bras se sont tendus. Chaque mouvement — chaque respiration — mettait le feu à ses côtes. Elle s'est obstinée. Se levant, elle s'est penchée en avant et a poussé ses mains vers le bas.

Elle progressait.

Toujours debout, elle a plié les genoux et s'est tortillée. Elle n'était plus très loin. Des pas, à nouveau.

Zut ! il était en train de remonter.

Elle a été surprise en pleine action, les mains sous les fesses.

Dépêche-toi, bon Dieu ! Dans un sens ou dans l'autre. Ramène les mains dans le dos ou bien continue.

Elle a choisi de continuer.

Il fallait en finir une fois pour toutes.

Les pas étaient lents. Lourds. On aurait dit qu'il transportait quelque chose.

Grace poussait de toutes ses forces, mais ses mains étaient coincées. Elle s'est courbée davantage. La douleur lui faisait tourner la tête. Elle a fermé les yeux et chancelé, puis elle a tiré, prête à se déboîter les épaules si ça pouvait l'aider à y parvenir.

Les pas se sont arrêtés. Une porte s'est fermée. Il était là.

Elle a tiré sur ses bras. Et ça a marché : elle avait réussi à les ramener devant.

Trop tard. L'homme était revenu. Il se tenait à deux mètres d'elle, constatant ce qu'elle avait fait. Mais Grace ne se préoccupait pas de lui, elle ne le regardait même pas. Elle fixait, bouche bée, sa main droite.

Il a desserré les doigts. Et Jack s'est écroulé à ses pieds.

46

Grace a plongé vers lui.

— Jack ! Jack ?

Ses yeux étaient fermés, ses cheveux emmêlés lui collaient au front. Malgré ses mains liées, elle a pu soulever son visage. Jack avait la peau moite, ses lèvres étaient sèches et craquelées. Du ruban isolant entravait ses jambes. Une paire de menottes pendait à son poignet droit. Sur le poignet gauche, elle a remarqué des escarres. Il avait dû rester menotté pendant un bon moment, à en juger par les marques.

Elle l'a appelé à nouveau, sans succès. Elle a rapproché son oreille de la bouche de Jack : il respirait. Le souffle court, mais il respirait. Quand elle a changé de place pour poser sa tête sur ses genoux, sa douleur s'est réveillée, mais ça n'avait plus aucune importance. Il était allongé sur le dos, calé contre elle, et ça lui a fait penser aux vignes de Saint-Émilion. Ils étaient ensemble depuis trois mois à l'époque, totalement gagas l'un de l'autre ; c'était le stade des sprints à travers le parc, du cœur qui s'emballait à la vue de l'être aimé. Elle avait emporté du pâté, du fromage, du vin évidemment. La journée était radieuse ; le ciel, de cette nuance de bleu qui vous donne envie de croire aux anges. Ils avaient étalé un plaid rouge, la tête de Jack sur ses genoux, comme maintenant, et elle lui avait caressé les cheveux. Elle avait passé plus de temps à le contempler, lui, que les merveilles de la nature alentour.

Doucement, s'efforçant de contenir sa panique, Grace a dit :

— Jack ?

Ses yeux ont papilloté. Les pupilles dilatées, il a mis un moment à y voir clair. Puis il l'a reconnue, et ses lèvres gercées ont esquissé un sourire. Grace s'est demandé si par hasard lui aussi songeait à ce fameux pique-nique. Le cœur en lambeaux, elle lui a néanmoins souri à son tour. Mais cet instant de sérénité a été de courte durée. La réalité a repris ses droits, le sourire a cédé la place à l'affolement.

— Oh ! mon Dieu !

— Tout va bien, a-t-elle dit, sans se soucier de ce

que cette affirmation avait d'incongru, au vu des circonstances.

Il paraissait au bord des larmes.

— Je te demande pardon, Grace.

— Chut, tout va bien.

Il a scruté le hall, jusqu'à ce que son regard tombe sur leur ravisseur.

— Elle ne sait rien, a-t-il dit à l'homme. Laissez-la partir.

L'homme a fait un pas en avant, s'est accroupi.

— Si vous ouvrez encore la bouche, je vais lui faire mal. À elle, pas à vous. Très mal. C'est compris ?

Jack a fermé les yeux et hoché la tête.

Se redressant, l'homme l'a repoussé du pied et a saisi Grace par les cheveux pour la relever. De sa main libre, il a agrippé Jack par le cou.

— On va aller faire un tour.

47

Perlmutter et Duncan venaient de prendre la 287, huit kilomètres avant Armonk, quand ils ont reçu un appel radio :

— Ils sont passés par là... la Saab de Grace Lawson est toujours dans l'allée, mais ils sont repartis.

— Et Beatrice Smith ?

— Aucune trace. On vient juste d'arriver, on est en train d'inspecter la maison.

Perlmutter a réfléchi un instant.

— Wu a dû se douter que Charlaine Swain allait le dénoncer. Il fallait donc qu'il se débarrasse de la Saab. Savez-vous si Beatrice Smith a une voiture ?
— Pas encore, non.
— Il n'y a pas d'autre voiture dans le garage ?
— Un instant.
Duncan a regardé Perlmutter. Dix secondes plus tard :
— Non, pas d'autre voiture.
— Alors ils ont pris la sienne. Trouvez-moi la marque et le numéro de la plaque et lancez un appel à toutes les patrouilles.
— Reçu cinq sur cinq. Une minute, capitaine.
Nouvelle pause.
Scott Duncan a dit :
— Votre experte en informatique pense que Wu pourrait être un tueur en série.
— Elle a envisagé cette possibilité, oui.
— Mais vous n'y croyez pas, vous.
Perlmutter a secoué la tête.
— On a affaire à un pro. Il ne choisit pas ses victimes pour se faire plaisir. Sykes vivait seul. Beatrice Smith est veuve. Wu a besoin d'un lieu pour mener ses opérations, c'est comme ça qu'il trouve à se loger.
— C'est donc un homme de main.
— En tout cas, ça y ressemble.
— Et pour qui travaille-t-il, vous avez une idée ?
Perlmutter, qui conduisait, a pris la sortie d'Armonk. Ils n'étaient plus qu'à deux kilomètres de leur destination.
— J'espérais que vous pourriez m'éclairer là-dessus.
La radio a grésillé.
— Capitaine ? Vous êtes toujours là ?

— Oui.
— Le véhicule est enregistré au nom de Mme Beatrice Smith. Une Land Rover sable. Immatriculée 472-JXY.
— Envoyez un appel à toutes les patrouilles. Ils ne peuvent pas être bien loin.

48

La Land Rover sable suivait les petites routes. Grace ne savait absolument pas où ils allaient. Évanoui, Jack gisait à l'arrière, les mains menottées dans le dos. Elle-même avait toujours les mains liées, mais au moins son ravisseur n'avait pas jugé utile de rectifier leur position.

Derrière, Jack a gémi comme une bête blessée. Grace a regardé l'homme, sa mine placide, une main sur le volant façon père de famille qui emmène les siens pour une balade dominicale. Elle avait mal partout. Chaque respiration lui rappelait les dégâts causés à ses côtes. Son genou semblait avoir été déchiqueté par un éclat d'obus.

— Qu'est-ce que vous lui avez fait ? a-t-elle demandé.

Elle s'est raidie dans l'attente du coup, mais l'homme n'a pas bronché. Il a pointé son pouce en arrière.

— Rien qui puisse égaler ce qu'il vous a fait, à vous.

Grace s'est figée.

— Que voulez-vous dire ?

Là, pour la première fois, elle a vu un véritable sourire.

— Je pense que vous le savez.

— Je n'en ai pas la moindre idée.

Il continuait à sourire et, insidieusement, elle a senti le doute s'infiltrer en elle. Elle s'est efforcée de l'ignorer, de se concentrer sur l'instant présent, sur la nécessité de sauver Jack.

— Où nous emmenez-vous ?

Il n'a pas répondu.

— Je vous ai demandé...

— Vous êtes courageuse, a-t-il interrompu.

Elle n'a rien dit.

— Votre mari vous aime. Vous l'aimez. Ça facilite les choses.

— Comment ça ?

Il lui a lancé un regard.

— L'un et l'autre, vous n'avez pas peur de souffrir. Mais êtes-vous prête à voir souffrir votre mari ?

Grace se taisait.

— Ce que je lui ai dit est valable pour vous aussi. Si vous ouvrez encore la bouche, ce n'est pas vous qui payerez. C'est lui.

Ça a marché. En silence, Grace regardait les arbres défiler par la vitre. Ils se sont engagés sur une route à deux voies, roulant en zone rurale, c'est tout ce qu'elle pouvait voir. Mais lorsqu'ils ont changé de direction, elle a compris où ils étaient. Ils retournaient dans le New Jersey.

Et elle avait toujours le Glock fixé à sa cheville.

Depuis un moment, elle ne sentait que lui. Le pistolet semblait l'appeler, la narguer, si proche et en même temps hors d'atteinte.

Il fallait trouver le moyen d'y accéder. Grace n'avait pas le choix. Cet homme allait les tuer, aucun doute là-dessus. Il voulait des informations — sur la provenance de la photo, pour commencer —, mais quand il aurait compris qu'elle disait la vérité, il les liquiderait tous les deux.

Elle devait se servir de son arme.

Tout en conduisant, il la surveillait d'un œil, tandis qu'elle réfléchissait à une solution possible. Attendre qu'ils s'arrêtent ? Elle avait déjà essayé — ça n'avait pas fonctionné. Y aller franco ? Pourquoi pas, mais serait-elle assez rapide ? Aurait-elle le temps de remonter son bas de pantalon, de dégrafer la courroie, d'attraper l'arme, de la sortir... tout ça avant qu'il ne réagisse ?

Non, c'était fichu d'avance.

Elle a alors envisagé l'approche lente : baisser les mains du bon côté, relever légèrement le pantalon, faire comme si ça la grattait...

Changeant de position sur son siège, Grace a regardé sa jambe. Et son sang n'a fait qu'un tour.

Son pantalon s'était retroussé.

L'étui était visible à présent.

Prise de panique, elle a risqué un coup d'œil en direction de son ravisseur, espérant qu'il n'avait rien remarqué. Hélas ! Les yeux agrandis, il était en train de fixer sa jambe.

Maintenant ou jamais.

Mais tout en se penchant, Grace savait déjà qu'elle n'y arriverait pas, c'était trop juste. L'homme a posé la main sur son genou. Et il a serré. La douleur a explosé à travers son corps, manquant lui faire perdre connaissance.

Elle a hurlé, s'est convulsée. Ses mains sont retombées, désormais inutiles.

Il la tenait.

Elle s'est tournée vers lui, l'a scruté au fond des yeux, n'a rien vu. Soudain, il y a eu du mouvement derrière lui. Grace a étouffé une exclamation.

Jack.

Il avait réussi à se redresser, telle une apparition. L'homme s'est retourné, plus curieux qu'alarmé. Après tout, Jack avait les pieds et les poings liés, et il était totalement épuisé. Quel mal pouvait-il causer ?

L'œil hagard, Jack, qui ressemblait de plus en plus à un animal acculé, s'est reculé puis a basculé en avant. L'homme a été pris au dépourvu. La tête de Jack est entrée en collision avec sa joue droite, qui a fait entendre un claquement sec et sonore. La voiture a pilé dans un crissement de pneus. L'homme a lâché le genou de Grace.

— Sauve-toi, Grace !

C'était la voix de Jack. Elle a cherché l'arme à tâtons, a défait la courroie, mais l'homme s'était déjà ressaisi. D'une main, il a saisi Jack par le cou ; de l'autre, il a voulu empoigner son genou. Elle s'est écartée. Il a recommencé.

Grace savait qu'elle n'aurait pas le temps de sortir le pistolet. Jack ne pouvait plus l'aider, il avait brûlé ses dernières cartouches, il s'était sacrifié dans ce coup unique.

Tout ça pour rien.

L'homme l'a frappée dans les côtes. Des lames chauffées à blanc l'ont transpercée de part en part. Une vague de nausée est montée du creux de son estomac. Elle s'est sentie partir…

Jack a essayé de se débattre, mais il ne représentait plus guère qu'une nuisance mineure. L'homme lui a serré le cou. Il a émis un bruit et s'est affaissé.

L'homme s'est tourné vers Grace. Elle a agrippé la poignée de la portière.

Il l'a alors attrapée par le bras, l'immobilisant.

La tête inerte de Jack a glissé sur l'épaule de leur ravisseur, jusqu'à se caler sur son avant-bras. Et là, les yeux fermés, il a ouvert la bouche et a mordu de toutes ses forces.

L'homme a poussé un cri et lâché prise. Il s'est mis à secouer son bras pour essayer de se débarrasser de Jack, mais ce dernier a resserré les mâchoires et s'est accroché comme un bouledogue. L'homme a abattu la paume de sa main libre sur sa tête. Jack s'est écroulé.

Abaissant la poignée, Grace a pesé de tout son poids sur la portière.

Elle est tombée de la voiture et a atterri sur le bitume, roulant sur le côté — tout pour échapper à leur ravisseur.

Le pistolet !

Elle s'est baissée, a vu la courroie de sécurité défaite. Elle s'est tournée vers la voiture. L'homme était en train d'en descendre. Il a remonté sa chemise, a décroché son arme.

Les doigts de Grace se sont refermés sur le Glock.

Il n'y avait plus d'interrogations. Plus de dilemme éthique. Plus question de crier une sommation, de lui intimer l'ordre de ne pas bouger, de mettre les mains sur sa tête. Plus de transgression morale. Il n'y avait plus de civilisation, plus d'humanité, plus le moindre soupçon de culture ou d'éducation.

Grace a pressé la détente. Le coup est parti. Elle a

appuyé encore. Et encore. L'homme a vacillé. Elle a recommencé. Le bruit des sirènes se rapprochait. Et Grace a tiré encore une fois.

49

Deux ambulances sont arrivées. La première a embarqué Jack avant même que Grace ne puisse le voir. Deux secouristes étaient en train de s'occuper d'elle. Ils s'affairaient, posaient des questions tout en travaillant, mais leurs paroles échappaient à sa compréhension. On l'a attachée sur une civière et transportée jusqu'à l'ambulance. Perlmutter était déjà là.

— Où sont Emma et Max ? a-t-elle demandé.
— Au poste. Tout va bien.

Une heure plus tard, Jack était au bloc opératoire. C'était tout ce qu'on lui a dit. Il était au bloc.

Un jeune médecin a fait passer toute une série d'examens à Grace. Les côtes étaient bel et bien fêlées, et il n'y a pas grand-chose à faire en ce cas. Il les a enveloppées d'une bande Velpeau et lui a fait une piqûre. La douleur commençait à s'atténuer. Le chirurgien orthopédiste qui a jeté un œil sur son genou s'est contenté de secouer la tête.

Perlmutter est venu dans sa chambre pour l'interroger longuement. La plupart du temps, Grace lui a répondu. Sur certains points, elle est restée délibérément évasive. Pas parce qu'elle avait des choses à cacher à la police. Ou peut-être que si.

Perlmutter aussi s'est montré assez vague. Le nom de son ravisseur était Eric Wu, il avait fait de la prison. Qu'il ait été interné à Walden ne l'a pas surprise outre mesure. Wade Larue sortait de Walden. Tout était lié. La vieille photo. Allaw, le groupe de Jack. Jimmy X. Wade Larue. Et même Eric Wu, oui.

Le capitaine a éludé la majeure partie de ses questions et elle n'a pas insisté. Scott Duncan était là également, présence silencieuse dans un coin de la pièce.

— Comment avez-vous su que j'étais avec cet Eric Wu ? a demandé Grace.

Là, Perlmutter a répondu volontiers.

— Vous connaissez Charlaine Swain ?

— Non.

— Son fils Clay est à Willard.

— Ah oui ! d'accord. On s'est déjà croisées.

Perlmutter lui a raconté ce que Charlaine elle-même avait vécu avec Wu. Avec force détails — volontairement, s'est dit Grace, pour ne pas avoir à s'étendre sur le reste. Le portable du capitaine a sonné. Il s'est excusé et est sorti dans le couloir. Grace est restée seule avec Scott Duncan.

— Qu'est-ce qu'ils en pensent ? l'a-t-elle questionné.

Scott s'est rapproché.

— L'hypothèse la plus répandue est qu'Eric Wu travaillait pour Wade Larue.

— Et elle est fondée sur quoi ?

— Ils savent que vous êtes allée à la conférence de presse de Larue aujourd'hui, c'est donc le lien numéro un. Wu et Larue n'ont pas seulement été à Walden en même temps, ils ont partagé pendant trois mois la même cellule.

— Lien numéro deux, a-t-elle opiné. Et que cherchait Larue, d'après eux ?

— À se venger.
— Contre qui ?
— Vous, pour commencer. Vous avez témoigné contre lui.
— J'ai témoigné à son procès, pas directement contre lui. Je ne me souviens même pas de la bousculade.
— N'empêche. Il y a un lien étroit entre Eric Wu et Wade Larue — nous avons consulté les relevés du téléphone de la prison, les deux hommes étaient en contact —, tout comme il y a un lien étroit entre Larue et vous.
— Mais à supposer même que Wade Larue veuille se venger, pourquoi Jack ? Pourquoi pas moi ?
— Peut-être a-t-il décidé de s'en prendre à votre famille pour mieux vous faire trinquer.
Grace a secoué la tête.
— Et l'apparition étrange de cette photo ? Comment s'inscrit-elle dans le tableau ? Et l'assassinat de votre sœur ? Que faites-vous de Shane Alworth et de Sheila Lambert ? Ou de Bob Dodd qui se fait descendre dans le New Hampshire ?
— C'est une hypothèse, a répliqué Duncan, qui est truffée de lacunes. Mais rappelez-vous — et c'est ce qui comble bon nombre d'entre elles — que la police ne voit pas tous ces liens du même œil que nous. Ma sœur a peut-être été assassinée il y a quinze ans, mais ça n'a aucun rapport avec le présent. Pas plus que Bob Dodd, un journaliste qui a été abattu façon règlement de comptes. Pour le moment, la donne paraît simple : Wu sort de prison, il enlève votre mari. Il aurait pu en enlever d'autres, qui sait.
— Et la raison pour laquelle il n'a pas tué Jack ?

— Wu devait le détenir jusqu'à la libération de Larue.

— C'est-à-dire aujourd'hui.

— Aujourd'hui, oui. Ensuite, il vous a enlevée, vous. Il vous conduisait auprès de Larue quand vous vous êtes échappée.

— Pour que Larue nous tue lui-même ?

Duncan a haussé les épaules.

— Ça n'a pas de sens, Scott. Eric Wu m'a cassé les côtes pour savoir comment j'avais eu cette photo. Il a arrêté à cause d'un coup de fil qu'il a reçu à l'improviste. Et ensuite il nous a entassés dans cette voiture. Ce n'était pas programmé.

— Perlmutter vient juste d'apprendre tout ça. Leur position risque de s'en trouver modifiée.

— Et où est Larue, au fait ?

— On ne sait pas. Ils sont en train de le rechercher.

Grace est retombée sur ses oreillers. Ses os étaient lourds, si lourds. Ses yeux se sont emplis de larmes.

— C'est grave, ce qu'il a, Jack ?

— Oui, c'est grave.

— Il va s'en sortir ?

— Ils ne savent pas.

— Faites qu'ils ne me racontent pas de salades.

— Promis, Grace. Essayez de dormir un peu maintenant, OK ?

Dans le couloir, Perlmutter s'entretenait avec le capitaine de la police d'Armonk, Anthony Delapelle. Ils étaient toujours en train de fouiller la maison de Beatrice Smith.

— On vient d'inspecter le sous-sol, a annoncé Delapelle. Quelqu'un a été enfermé là-dedans.
— Jack Lawson. Nous sommes au courant.
Delapelle a marqué une pause. Puis :
— Peut-être.
— Comment ça ?
— Une paire de menottes est toujours fixée à un tuyau.
— Wu l'a détaché, il a dû les laisser là-bas.
— Possible. Il y a du sang aussi. Pas beaucoup, mais il est tout frais.
— Lawson avait quelques égratignures.
Nouvelle pause.
— Qu'est-ce qu'il y a ? a demandé Perlmutter.
— Où êtes-vous exactement, Stu ?
— À l'hôpital.
— Il vous faut combien de temps pour arriver jusqu'ici ?
— Un quart d'heure avec les sirènes, a dit Perlmutter. Pourquoi ?
— Il y a autre chose dans ce sous-sol, a répondu Delapelle. Vous feriez bien de venir y jeter un œil.

À minuit, Grace s'est extirpée du lit et s'est engagée dans le couloir. Les enfants lui avaient rendu une brève visite. Grace avait tenu à les accueillir debout. Scott Duncan était allé lui acheter des vêtements — un jogging Adidas — car elle n'avait pas envie de les recevoir dans une tenue d'hôpital. Elle s'était fait injecter une dose maximale d'antalgique pour calmer les protestations de ses côtes, désireuse de montrer aux enfants qu'elle allait bien, qu'ils n'avaient pas à s'inquiéter, que tout le monde était sain et sauf. Elle avait fait bonne figure jusqu'au moment où Emma avait sorti son cahier de poésies. Là, elle avait fondu en larmes.

Toute force morale a ses limites.

Les enfants passeraient la nuit sous leur propre toit. Cora dormirait dans la chambre des parents. Sa fille, Vickie, coucherait dans le lit à côté d'Emma. Perlmutter avait envoyé une femme flic pour veiller sur tout ce petit monde. Grace lui en était reconnaissante.

L'hôpital était plongé dans le noir. Grace a réussi à se tenir droite. Ses côtes la brûlaient à nouveau. Son genou lui faisait penser à des éclats de verre brisé.

Le couloir était silencieux. Grace avait un but. Quelqu'un l'arrêterait forcément à un moment ou un autre, mais elle ne s'en souciait pas. Elle était déterminée.

— Grace ?

Elle s'est retournée, prête à contre-attaquer. Ça n'a pas été nécessaire. Elle a reconnu la femme pour l'avoir déjà vue devant l'école.

— Vous êtes Charlaine Swain.

La femme a hoché la tête. Elles se sont dirigées l'une vers l'autre, les yeux dans les yeux, partageant quelque chose qu'elles n'auraient pas su exprimer.

— Je vous dois une fière chandelle, a dit Grace.

— Et vice versa. Vous l'avez tué. Pour nous, le cauchemar est terminé.

— Comment va votre mari ?

— Ça va, il va s'en tirer. Par contre, le vôtre est mal en point, paraît-il.

Dépassées, les formules de politesse bidons. Sa franchise a plu à Grace.

— Il est dans le coma.

— Vous l'avez vu ?

— Justement, j'y vais.
— En douce ?
— Oui.
Charlaine a acquiescé.
— Allons-y, je vais vous aider.

Grace s'est appuyée sur elle. Charlaine Swain était forte. Le couloir était désert, et l'éclairage faible. À distance, elles ont entendu des talons cliqueter sur le carrelage. Elles ont dépassé une salle des infirmières vide et se sont engouffrées dans l'ascenseur. Jack était en réanimation au troisième. Curieusement, la présence de Charlaine à ses côtés rassurait Grace, sans trop qu'elle sache pourquoi.

Le service de réanimation comptait quatre chambres aux cloisons vitrées. Assise au milieu, l'infirmière de garde pouvait ainsi les surveiller toutes. Mais cette nuit-là, une seule chambre était occupée.

Les deux femmes se sont arrêtées. La première chose que Grace a remarquée, c'est que son costaud de mari — dont le mètre quatre-vingt-six l'avait toujours rassurée — paraissait petit et fragile, couché dans ce lit. Pourtant, ça ne faisait que deux jours. Il avait perdu un peu de poids, il était complètement déshydraté, mais il ne s'agissait pas de ça.

Jack avait les yeux fermés. Un tube lui sortait de la gorge, un autre était enfoncé dans sa bouche. Les deux tubes étaient maintenus en place avec du sparadrap blanc. Plus un tube dans le nez et un dans le bras droit. Il y avait aussi un goutte-à-goutte. Et des appareils tout autour, sortis d'un cauchemar futuriste.

Grace s'est sentie tomber. Charlaine l'a retenue. Se redressant, elle s'est dirigée vers la porte.

— Vous ne pouvez pas entrer, a averti l'infirmière.

— Elle veut juste passer un petit moment avec lui, a répondu Charlaine. S'il vous plaît.

L'infirmière a jeté un coup d'œil autour d'elle, puis a regardé Grace.

— Deux minutes.

Grace a lâché le bras de Charlaine, qui a poussé la porte. Elle est entrée seule. Ça bipait, ça sonnait, et ça faisait un horrible bruit de succion, comme quand on aspire de l'eau à travers une paille. Grace s'est assise à côté du lit. Elle n'a pas pris la main de Jack, ne l'a pas embrassé sur la joue.

— Tu vas adorer la dernière strophe, a-t-elle déclaré.

Elle a ouvert le cahier d'Emma et a lu :

> *Balle de base-ball, balle de base-ball,*
> *Qui est ta copine, dis-moi ?*
> *Est-ce la batte*
> *Qui t'en colle une à chaque fois ?*

Grace a ri et tourné la page, mais la page suivante — comme le reste du cahier, d'ailleurs — était vierge.

50

Quelques minutes avant de mourir, Wade Larue croyait avoir enfin trouvé la paix.

Il avait renoncé à la vengeance, perdu le besoin de connaître toute la vérité. Il en savait assez. Il savait où commençait sa responsabilité et où elle finissait. L'heure était venue de faire table rase du passé.

Carl Vespa, lui, n'avait pas le choix. Il ne s'en remettrait jamais. C'était tout aussi vrai pour ce terrible carrousel de visages — cette vision brouillée de la douleur — qu'il avait dû affronter au tribunal et aujourd'hui à la conférence de presse. Wade avait perdu du temps. Mais le temps est une notion relative, tandis que la mort ne l'est pas.

Il avait révélé à Vespa tout ce qu'il savait. Vespa n'était pas un individu fréquentable, il pouvait même se montrer d'une cruauté sans nom. Ces quinze dernières années, Wade Larue avait rencontré beaucoup de gens comme lui, mais ce n'était pas aussi simple. Exception faite de quelques psychopathes purs et durs, les êtres les plus abjects sont capables d'aimer, de prendre soin de leurs proches, d'établir des liens avec leurs semblables. Ce n'est pas une contradiction, c'est tout bêtement humain.

Larue a parlé. Vespa a écouté. À un moment, Crash est apparu avec de la glace et une serviette. Larue l'a remercié. Il a pris la serviette — la glace, c'était trop volumineux — et a essuyé le sang de son visage. Les coups de Vespa ne lui faisaient plus mal. Il avait connu bien pire. À force de se faire tabasser, on choisit l'une des deux solutions : ou on redoute les violences et on est prêt à tout pour y échapper, ou on les évacue en se disant que cela aussi passera. Durant son incarcération, Larue avait décidé de rejoindre le second camp.

Carl Vespa n'a pas prononcé un mot. Il ne l'a pas interrompu pour réclamer des éclaircissements. Quand Wade a eu fini, Vespa n'a pas bronché — impassible, il attendait la suite. Il n'y avait pas de suite. Toujours sans mot dire, Vespa a tourné les talons. En passant, il a fait signe à Crash. Larue s'est redressé. Il ne fuirait pas, il en avait assez de fuir.

— Viens, on y va, a ordonné Crash.

Il l'a déposé au centre de Manhattan. Larue s'est demandé s'il n'allait pas appeler Eric Wu, mais à ce stade ça ne serait pas utile. Il s'est dirigé vers la gare routière, prêt à s'embarquer pour sa nouvelle vie. Il allait se rendre à Portland, dans l'Oregon. Pourquoi Portland, il n'en savait trop rien. En prison, il avait lu des choses sur cette ville et elle semblait correspondre peu ou prou à ce qu'il recherchait. Il voulait une grande ville à l'atmosphère libérale, et Portland avait l'air d'une communauté hippie qui avait grandi jusqu'à devenir un important pôle de croissance urbaine. Qui sait, peut-être que là-bas il réussirait.

Il allait changer de nom, se laisser pousser la barbe, se teindre les cheveux. Il n'en faudrait pas plus pour l'aider à oublier ces quinze dernières années. C'était peut-être naïf de sa part, mais Wade Larue comptait toujours embrasser une carrière d'acteur. Il n'avait perdu ni son talent, ni son charisme surnaturel. Alors pourquoi ne pas tenter sa chance ? Et s'il échouait, il pourrait se trouver un boulot régulier. Le travail ne lui faisait pas peur. Il serait à nouveau dans une grande ville. Il serait libre.

Toutefois, Wade Larue n'est pas allé directement à la gare routière.

Le passé était encore trop vivace, il ne pouvait pas partir comme ça. Il s'est arrêté un peu avant et, pendant un moment, a regardé les autocars défiler sur le viaduc. Puis il s'est tourné vers les cabines téléphoniques.

Il lui restait un ultime coup de fil à donner. Une ultime vérité à connaître.

Maintenant, une heure plus tard, le canon d'un

pistolet était planté dans le creux tendre juste au-dessous de son oreille. C'est drôle, les idées qui vous passent par la tête dans ces moments-là. Ce creux était un des points de pression favoris d'Eric Wu. Wu lui avait expliqué que la localisation n'avait strictement aucune importance. Il ne suffisait pas d'enfoncer le doigt et d'appuyer. Ça risquait de faire mal, mais sans neutraliser l'adversaire pour autant.

Et voilà. Cette pensée pitoyable, plus que pitoyable, a été la dernière de Wade Larue avant que la balle qui s'est logée dans son cerveau ne lui ôte la vie.

51

Delapelle a escorté Perlmutter au sous-sol. Malgré l'éclairage électrique, il a allumé une lampe torche et l'a pointée vers le bas.

— C'est là.

Perlmutter a fixé le ciment et s'est senti frissonner.

— Vous pensez ce que je pense ? a demandé Delapelle.

— Que peut-être...

Perlmutter s'efforçait de comprendre la signification de ceci.

— ... peut-être Jack Lawson n'était pas le seul à être enfermé ici.

Delapelle a hoché la tête.

— Et il est où, l'autre ?

Sans répondre, Perlmutter scrutait le sol. Oui, indéniablement, il y avait eu quelqu'un ici. Quelqu'un qui

avait trouvé un caillou et gravé deux mots par terre, tout en majuscules. Un nom plus précisément, celui d'un autre personnage de l'étrange photo, un nom qu'il venait d'entendre dans la bouche de Grace Lawson :
SHANE ALWORTH.

Charlaine Swain est restée pour raccompagner Grace dans sa chambre. Leur silence n'avait rien de gênant. Grace réfléchissait, se posait des questions. Pourquoi Jack s'était-il enfui à l'époque ? Pourquoi n'avait-il jamais touché à son argent, laissant à son père et à sa sœur le soin de gérer son capital ? Pourquoi s'est-il réfugié à l'étranger peu de temps après le massacre de Boston ? Et Geri Duncan, pourquoi est-elle morte deux mois après ? Elle se demandait surtout si sa rencontre avec Jack en France, si leur coup de foudre réciproque n'étaient pas plus qu'une coïncidence.

Elle était sûre désormais que tout était lié.

Une fois dans sa chambre, Charlaine l'a aidée à se recoucher.

— Vous ne voulez pas rester un moment ? a proposé Grace.

— Avec plaisir.

Elles ont parlé. De ce qu'elles avaient en commun d'abord — à savoir, les enfants —, mais manifestement ni l'une ni l'autre ne tenaient à s'attarder sur ce sujet. Une heure est passée. Grace ne se souvenait même plus de quoi elles avaient discuté. Elle savait seulement que ça lui faisait du bien.

Peu avant deux heures du matin, le téléphone sur sa table de nuit s'est mis à sonner. Elles l'ont regardé toutes les deux, puis Grace a tendu la main et décroché.

— Allô ?
— J'ai eu votre message. À propos d'Allaw et de Still Night.
Elle a reconnu la voix. C'était Jimmy X.
— Où êtes-vous ?
— À l'hôpital, en bas. Ils ne veulent pas me laisser monter.
— Je descends tout de suite.

Le hall de l'hôpital était calme.
Assis, les coudes sur les genoux, Jimmy X n'a pas levé les yeux lorsqu'elle a clopiné vers lui. La réceptionniste lisait un magazine. L'agent de sécurité sifflotait doucement. Grace ignorait s'il serait capable de la protéger. Et elle a regretté son Glock.
Se plantant devant Jimmy X, elle a attendu. Il s'est redressé. Leurs regards se sont rencontrés, et Grace a compris. Elle ne connaissait pas les détails, juste les grandes lignes. Mais elle a compris.
Jimmy avait la voix presque suppliante.
— Comment avez-vous su, pour Allaw ?
— Mon mari.
Il a eu l'air désarçonné.
— Mon mari est Jack Lawson.
Jimmy l'a regardée, bouche bée.
— John ?
— C'est comme ça qu'il s'appelait à l'époque, je pense. Il est là-haut, peut-être en train de mourir.
— Oh ! mon Dieu !
Jimmy a enfoui son visage dans ses mains.
— Vous savez ce qui m'a toujours chiffonnée ?
Il n'a pas répondu.

— Le fait que vous ayez pris la fuite. Ça n'arrive pas souvent, une rock star qui laisse tout tomber du jour au lendemain. Il y a des rumeurs sur Elvis ou Jim Morrison, mais c'est parce qu'ils sont morts. Comme je vous l'ai déjà dit, les Who n'ont pas pris le large après Cincinnati. Ni les Stones après Altamont Raceway. Alors pourquoi, Jimmy ? Pourquoi êtes-vous parti ?

Il continuait à baisser la tête.

— Je suis au courant, pour le lien avec Allaw. Ce n'est qu'une question de temps avant que quelqu'un ne s'en aperçoive.

Écartant ses mains de son visage, il s'est frotté les paumes. Puis il a jeté un œil en direction de l'agent de sécurité. Grace a failli reculer, mais elle a tenu bon.

— Savez-vous pourquoi les concerts rock commencent toujours aussi tard ? a demandé Jimmy.

Ça l'a décontenancée.

— Quoi ?

— J'ai dit…

— J'ai bien entendu. Non, je ne sais pas pourquoi.

— C'est parce que nous sommes généralement trop raides — ivres, défoncés, peu importe — et que nos dresseurs ont besoin de temps pour nous remettre sur pied.

— Et… ?

— Ce soir-là, j'ai manqué tomber dans les pommes à cause de la cocaïne et de l'alcool.

Son regard s'est remis à errer alentour. Il avait les yeux rouges.

— C'est pour ça que l'attente a été si longue. Et que la foule s'est impatientée. Si j'avais été à jeun, si j'étais monté sur scène à l'heure…

Il a haussé les épaules et s'est tu.

Mais Grace en avait assez, des excuses.

— Parlez-moi d'Allaw.

— Je n'y crois pas. (Il a secoué la tête.) John Lawson est votre mari ? Mais comment diable c'est arrivé ?

Elle n'avait pas la réponse. Pas plus que lui.

— Était-il au concert ce soir-là ? a-t-elle demandé.

— Comment, vous ne savez pas ?

— On a deux solutions, Jimmy. La première, je fais comme si je savais tout et que j'avais juste besoin d'une confirmation. Ce n'est pas mon cas. Je ne connaîtrai peut-être jamais la vérité, si vous ne me la dites pas. Vous réussirez peut-être à garder votre secret, mais je continuerai à chercher. De même que Carl Vespa, les Reed, les Garrison et les Weider.

Il la dévisageait avec une expression presque enfantine.

— D'un autre côté — et à mon avis, c'est ça, le plus important —, vous ne pouvez plus vous regarder en face. Vous êtes venu chez moi en quête d'absolution. Je pense que c'est le moment.

Il a baissé la tête. Grace a entendu des sanglots. Ils le secouaient tout entier. Elle n'a rien ajouté, n'a pas posé la main sur son épaule. L'agent de sécurité s'est retourné. La réceptionniste a levé les yeux de son magazine. Mais ç'a été tout. Ils étaient dans un hôpital. Des gens qui pleuraient, ils en avaient vu d'autres. Finalement, les sanglots de Jimmy se sont apaisés.

— On s'est rencontrés dans un concert à Manchester, a-t-il commencé en s'essuyant le nez sur sa manche. Je faisais partie d'un groupe qui s'appelait Still Night. En tout, il y avait quatre groupes à l'affiche, l'un d'eux était Allaw. C'est comme ça que j'ai connu votre mari. On a traîné dans les coulisses, on a pris de la came. Il était charmant et tout, mais il faut que vous compreniez : la musique, c'était ma vie. Je voulais écrire un autre *Born to Run*. Je voulais changer le paysage musical. Je mangeais, dormais, rêvais, chiais musique. Lawson, lui, ne prenait pas ça trop au sérieux, c'était un passe-temps sympa, sans plus. Certains de leurs morceaux n'étaient pas trop mal, mais le chant et les arrangements, c'était de l'amateurisme pur. Lawson ne se faisait pas d'illusions sur son avenir dans le métier.

L'agent de sécurité s'était remis à siffloter. La réceptionniste s'était replongée dans son magazine. Une voiture s'est arrêtée devant la porte. L'agent est sorti et a indiqué l'entrée des urgences.

— Allaw s'est séparé quelques mois plus tard, je crois. Still Night aussi. Mais Lawson et moi sommes restés en contact. Quand j'ai démarré le groupe Jimmy X, j'ai failli lui proposer de participer.

— Et pourquoi ne l'avez-vous pas fait ?

— Parce que je ne le trouvais pas très bon musicien.

Jimmy s'est levé si brusquement que Grace, surprise, a fait un pas en arrière, ne le quittant pas du regard.

— Oui, votre mari était au concert ce fameux soir. Je lui avais envoyé cinq places à l'orchestre. Il est venu avec les anciens membres de son groupe. Il en a même amené deux ou trois dans ma loge.

Il s'est tu. Son regard s'est dérobé et, un instant, Grace a eu peur qu'il flanche.

— Vous vous rappelez qui c'était ?

— Les membres du groupe ?

— Oui.

— Il y avait deux filles. Dont une rousse flamboyante. Sheila Lambert.

— Et l'autre, c'était Geri Duncan ?

— Je ne connais pas son nom.
— Shane Alworth était là aussi ?
— Le guitariste ?
— Oui.
— Non, pas dans les coulisses. Je n'ai vu que Lawson et les deux filles.

Il a fermé les yeux.

— Qu'est-il arrivé, Jimmy ?

Son visage s'est affaissé — il semblait avoir vieilli d'un coup.

— J'étais complètement défoncé. J'entendais la foule. Vingt mille gosiers qui scandaient mon nom, des applaudissements. Tout pour que le concert commence. Mais j'étais à peine capable de bouger. Mon manager est venu, je lui ai demandé de me laisser un peu de temps. Il est reparti. C'est là que Lawson et les deux nanas ont débarqué dans la loge.

Jimmy a cillé.

— Il y a une cafétéria ici ?
— C'est fermé.
— Je prendrais bien un café.
— Tant pis.

Il s'est mis à faire les cent pas.

— Que s'est-il passé ensuite ? a questionné Grace.

— J'ignore comment ils ont réussi à entrer. Mais soudain, Lawson était là... salut, ça va, et tout. J'étais content de le voir. Puis après, je ne sais pas comment, ça a dégénéré.

— Dans quel sens ?

— Lawson a pété les plombs. Si ça se trouve, il était encore plus raide que moi. Il m'a bousculé, m'a menacé, m'a traité de voleur.

— De voleur ?

Jimmy a hoché la tête.

— C'était n'importe quoi. Il a dit...

Il s'est enfin immobilisé et l'a regardée dans les yeux.

— Il a dit que je lui avais volé sa chanson.

— Quelle chanson ?

— *L'Encre pâle*.

Pétrifiée, Grace a ressenti un frémissement dans tout son côté gauche. Quelque chose palpitait dans sa poitrine.

— Lawson et l'autre mec, Alworth, avaient écrit une chanson pour Allaw qui s'appelait *L'Encre invisible*. C'était à peu près le seul point commun entre les deux. Le titre. Vous connaissez les paroles de *L'Encre pâle*, hein ?

Grace a acquiescé d'un signe de la tête.

— *L'Encre invisible* devait avoir un peu le même thème, je pense. Elle parlait de la fragilité de la mémoire. Mais c'est tout. Je l'ai dit à John, mais il avait disjoncté. Ça l'a mis encore plus en rogne. L'une des filles, la brune, n'arrêtait pas de le pousser, elle voulait me casser les jambes. J'ai appelé à l'aide. Lawson m'a frappé. Vous vous souvenez, la presse a écrit que j'avais été blessé dans la bousculade ?

À nouveau, elle a fait oui de la tête.

— Eh bien, c'est faux. C'était votre mari. Il m'a frappé au menton, puis il a sauté sur moi. J'ai essayé de me dégager. Il criait qu'il allait me tuer. Toute la scène était totalement surréaliste. Il était là pour me tailler en pièces.

Les palpitations se sont accentuées. S'y mêlait maintenant une sensation de froid. Grace retenait son souffle. Ce n'était pas vrai. S'il vous plaît, faites que ce ne soit pas vrai.

— Ça a pris de telles proportions que l'autre fille, la rousse, lui a demandé de se calmer. Elle l'a supplié de

laisser tomber, mais il n'écoutait pas. Il m'a souri et...
et il a sorti un couteau.

Grace a secoué la tête.

— Il a dit qu'il allait me poignarder en plein cœur. Je planais, vous vous rappelez ? Avec ça, je suis vite redescendu sur terre.

Il s'est tu.

— Qu'avez-vous fait ?

Avait-elle parlé ? Grace n'en était pas certaine. On aurait cru sa voix, mais venant de très loin, avec un petit écho métallique.

Hanté par ses souvenirs, Jimmy s'est rembruni.

— Je n'avais pas l'intention de me laisser poignarder. Je l'ai empoigné, il a lâché le couteau. Nous nous sommes battus. Les filles se sont mises à hurler. Elles ont essayé de nous séparer. Et là, pendant qu'on était à terre, j'ai entendu un coup de feu.

Grace continuait à secouer la tête. Non, pas Jack. Jack n'y était pas ce soir-là, c'était exclu, impossible...

— Ç'a été tellement fort, la détonation — j'ai eu l'impression qu'on avait tiré juste derrière mon oreille. Ensuite, l'horreur. Des hurlements. Et deux, peut-être trois autres coups de feu. Pas dans la loge, dehors. Lawson ne bougeait plus, il y avait du sang par terre. Il avait été touché dans le dos. Je l'ai repoussé et j'ai vu cet agent de sécurité, Gordon MacKenzie, qui le tenait toujours en joue.

Grace a fermé les yeux.

— Une petite seconde. Vous êtes en train de me raconter que c'est Gordon MacKenzie qui a tiré le premier coup de feu ?

— Oui. Il a entendu du bruit, il m'a entendu appeler au secours, et...

Sa voix s'est brisée.

— On s'est regardés pendant un moment. Les filles hurlaient, mais leurs cris étaient noyés par la foule. C'est horrible… on parle, je ne sais pas, moi, d'un animal blessé, mais il n'y a rien de pire qu'une foule saisie de panique. Vous le savez, ça.

Non, elle ne savait pas. Le traumatisme crânien l'avait effacé de sa mémoire. Néanmoins, elle a répondu par l'affirmative pour l'encourager à poursuivre.

— Bon, bref, MacKenzie est resté là, figé. Puis il est parti en courant. Les filles ont soulevé Lawson et l'ont traîné dehors.

Il a haussé les épaules.

— Vous connaissez la suite, Grace.

Elle s'efforçait de comprendre, d'assimiler. Tout ça s'était passé à quelques mètres d'elle, de l'autre côté de la scène. Jack. Son mari. Il avait été là. Comment était-ce possible ?

— Non.

— Quoi, non ?

— Je ne connais pas la suite, Jimmy.

Il n'a rien dit.

— L'histoire ne s'arrête pas là. Allaw se composait de quatre membres. Deux mois après la bousculade, quelqu'un a payé un tueur à gages pour éliminer l'une des filles, Geri Duncan. Mon mari, celui dont vous dites qu'il vous a agressé, s'est réfugié à l'étranger, a rasé sa barbe et s'est fait appeler Jack. D'après la mère de Shane Alworth, il aurait également quitté le pays, mais à mon avis elle ment. Sheila Lambert, la rousse, a changé de nom. Son mari a été assassiné récemment, et elle s'est évanouie dans la nature.

Jimmy a secoué la tête.

— Je ne sais rien là-dessus.

— Vous croyez donc que tout ça n'est qu'une grosse coïncidence ?

— Non, sans doute pas. Peut-être craignaient-ils les conséquences, si jamais la vérité éclatait au grand jour. Souvenez-vous, les premiers mois, tout le monde criait vengeance. Ils auraient pu aller en prison, ou pire.

— Et vous-même, Jimmy ?

— Quoi, moi ?

— Pourquoi avoir gardé le secret pendant toutes ces années ?

Il n'a pas répondu.

— Si c'est vrai, ce que vous venez de me raconter, vous n'y étiez pour rien. Vous vous êtes fait agresser. Pourquoi ne pas avoir expliqué ça à la police ?

Il a ouvert la bouche, l'a refermée.

— Je n'étais pas le seul concerné, a-t-il répliqué finalement. Il y avait aussi Gordon MacKenzie. Le héros, rappelez-vous. Que serait-il devenu, hein, si on avait découvert que le premier coup de feu venait de lui ?

— Vous auriez menti tout ce temps pour protéger Gordon MacKenzie ?

Silence.

— Pourquoi, Jimmy ? Pourquoi vous êtes-vous tu ? Pourquoi avez-vous pris la fuite ?

Il semblait fuir son regard.

— Écoutez, je vous ai dit tout ce que je sais. Je vais y aller, maintenant.

Grace s'est rapprochée.

— Vous avez volé cette chanson, n'est-ce pas ?

— Comment ? Non.

Mais elle y voyait clair à présent.

— Vous vous sentiez responsable, car si vous n'aviez pas volé la chanson, rien de tout cela ne serait arrivé.

— Non. Non, ce n'est pas ça du tout.

— C'est la raison pour laquelle vous êtes parti. Vous n'étiez pas seulement défoncé, vous aviez volé la chanson qui vous a lancé. C'est comme ça que tout a commencé. Vous avez entendu Allaw l'interpréter à Manchester, la chanson vous a plu, vous l'avez volée.

Ses mimiques de dénégation ne trompaient personne.

— Il y avait bien quelques similitudes…

Une autre pensée a frappé Grace, plus terrifiante encore.

— Jusqu'où iriez-vous pour garder votre secret, Jimmy ?

Il l'a regardée.

— *L'Encre pâle* est devenue un énorme tube après ce concert. L'album s'est vendu à des millions d'exemplaires. À qui est allé cet argent ?

— Vous n'y êtes pas, Grace.

— Vous saviez que j'étais mariée avec Jack Lawson ?

— Quoi ? Bien sûr que non.

— C'est pour ça que vous êtes venu chez moi, l'autre soir ? Pour sonder le terrain et voir ce que je savais ?

Il agitait la main, les joues inondées de larmes.

— Ce n'est pas vrai, je n'ai jamais cherché à faire du mal à qui que ce soit.

— Qui a tué Geri Duncan ?

— Je n'en sais rien.

— Elle allait parler, c'est ça ? Puis, quinze ans après, quelqu'un s'en prend à Sheila Lambert, alias Jillian Dodd, mais son mari s'interpose. Est-ce qu'elle allait parler, Jimmy ? Était-elle au courant que vous étiez revenu ?

— Il faut que j'y aille.

Elle lui a barré le passage.

— Vous ne pouvez pas disparaître une fois de plus. Tout cela est allé beaucoup trop loin.

— Je sais, a-t-il gémi, implorant, je le sais mieux que personne.

Il l'a repoussée et s'est précipité vers la sortie. Grace a été tentée de crier : « Stop ! Arrêtez-le ! » Cependant elle doutait que le vigile siffleur puisse y faire grand-chose. Jimmy était déjà dehors. Elle a boitillé derrière lui.

Des coups de feu — trois — ont déchiré la nuit. Il y a eu un crissement de pneus. La réceptionniste a lâché le magazine et décroché le téléphone. L'agent de sécurité s'est rué dehors. Grace l'a suivi.

En sortant, elle a vu une voiture s'engager sur la rampe à toute vitesse et se fondre dans l'obscurité. Elle n'a pas réussi à distinguer ses occupants, mais elle croyait savoir qui c'était. L'agent de sécurité s'est penché sur le corps. Deux médecins ont accouru, manquant renverser Grace dans leur hâte. Trop tard.

Quinze ans après les faits, le massacre de Boston avait fini par rattraper la plus insaisissable de ses victimes.

52

Peut-être, pensait Grace, ne sommes-nous pas voués à connaître toute la vérité. Et peut-être que la vérité n'a pas d'importance.

Il restait encore plein de questions en suspens. Saurait-elle y répondre un jour ? Grace en doutait. Parmi les joueurs, un trop grand nombre avait quitté la partie.

Jimmy X, de son vrai nom James Xavier Farmington, est mort de ses blessures à la poitrine.

Le corps de Wade Larue a été découvert à proximité de la gare routière de Manhattan moins de vingt-quatre heures après sa libération. Il avait été abattu d'une balle dans la tête. Le seul indice sérieux a été fourni par un reporter du *New York Daily News* : il avait réussi à suivre Wade Larue à sa sortie du Crown Plaza. D'après lui, Larue était monté dans une berline noire avec un homme dont le signalement correspondait à celui de Crash. On ne l'avait plus revu vivant.

Bien qu'il n'y ait eu aucune interpellation, le tableau semblait clair.

Grace s'efforçait de comprendre l'attitude de Carl Vespa. Quinze ans avaient passé, et son fils était toujours mort. Curieuse façon de formuler la chose, mais peut-être pas si absurde que ça. Pour Vespa, le temps ne changeait rien à l'affaire.

Le capitaine Perlmutter avait l'intention d'ouvrir une information judiciaire à son encontre. Malheureusement, Vespa était très fort pour brouiller les pistes.

Perlmutter et Duncan sont venus à l'hôpital après la mort de Jimmy. Grace leur a tout raconté. Il n'y avait plus rien à cacher. Dans la conversation, Perlmutter a mentionné presque en passant les mots « Shane Alworth » tracés sur le ciment.

— Et ça signifie quoi ? a demandé Grace.

— Les analyses sont en cours, mais il est possible que votre mari n'ait pas été tout seul dans ce sous-sol.

Cela faisait sens. Quinze ans après, ils revenaient tous. Tous ceux qui figuraient sur la photo.

À quatre heures du matin, elle avait regagné son lit d'hôpital. Sa chambre était plongée dans le noir quand la porte s'est ouverte. Une silhouette s'est glissée à l'intérieur. Il devait croire qu'elle dormait. Grace n'a pas pipé, attendant qu'il prenne place dans le fauteuil, exactement comme quinze ans plus tôt, avant de dire :

— Bonjour, Carl.
— Comment te sens-tu ?
— C'est vous qui avez tué Jimmy X ?

Il y a eu une longue pause. L'ombre dans le fauteuil n'a pas bougé.

— C'était sa faute, a-t-il répondu enfin. Ce qui s'est passé ce soir-là.
— Difficile à dire.

L'obscurité lui masquait le visage de Vespa.

— Tu as tendance à voir trop de nuances de gris.

Grace a voulu s'asseoir, mais sa cage thoracique refusait de coopérer.

— Comment avez-vous su, pour Jimmy ?
— Par Wade Larue.
— Que vous avez tué aussi.
— As-tu l'intention de faire mon procès, Grace, ou veux-tu entendre la vérité ?

Et lui, allait-il se contenter de la vérité ? Elle savait bien que non. La vérité ne suffirait pas, vengeance et justice non plus.

— Wade Larue m'a contacté la veille de sa sortie, a repris Vespa. Il a demandé à me parler.
— Vous parler de quoi ?
— Il n'a pas voulu le dire. J'ai envoyé Crash le chercher en ville. Il est venu chez moi. Pour commencer, j'ai

eu droit à un couplet larmoyant comme quoi il comprenait ma douleur, il était enfin en paix avec lui-même, il n'avait plus envie de se venger. Moi, tout ça ne m'intéressait pas. J'attendais qu'il se mette à table.

— Et il l'a fait?
— Oui.

L'ombre s'est à nouveau figée. Grace s'est demandé si elle ne ferait pas mieux d'allumer et a décidé que non.

— Il m'a révélé que Gordon MacKenzie était venu le voir en prison, il y a trois mois. Tu le savais, ça?

Grace a hoché la tête. Tout s'éclaircissait, à présent.

— MacKenzie avait un cancer en phase terminale.
— Tout à fait. Et il espérait s'offrir un billet de dernière minute pour la Terre promise. Subitement, il ne pouvait plus se regarder dans une glace.

Vespa a penché la tête et souri.

— Étonnant, comme ça vous prend précisément à l'approche de la mort, hein? On avoue lorsqu'on n'a plus rien à perdre, et si on croit à ces âneries de confession et de pardon, ma foi, les avantages sont indéniables.

Grace a préféré s'abstenir de tout commentaire.

— Bref, MacKenzie a reconnu sa responsabilité dans le carnage. Il était posté à l'entrée des artistes. Il s'est laissé distraire par un joli minois, et pendant ce temps Lawson et deux filles se sont faufilés à l'intérieur. Tu le sais, tout ça, non?

— En partie.
— Tu sais que MacKenzie a tiré sur ton mari?
— Oui.
— Et c'est ce qui a déclenché l'émeute. Après, MacKenzie a rencontré Jimmy X et ils sont convenus de garder le silence. Ils s'inquiétaient un peu pour la blessure de Jack et se demandaient si les filles n'allaient pas

vendre la mèche, mais bon, ces trois-là risquaient gros aussi.

— Donc, tout le monde a choisi de se taire.

— Plutôt, oui. MacKenzie est devenu un héros. À partir de là, grâce à ses exploits le soir du concert, il a pu entrer dans la police de Boston. Il a fini capitaine.

— Et qu'a fait Larue après que MacKenzie était passé aux aveux ?

— À ton avis ? Il voulait faire éclater la vérité, il rêvait de vengeance et de réhabilitation.

— Alors, pourquoi n'en a-t-il pas parlé ?

— Oh ! mais si, il en a parlé ! (Vespa a souri.) Et devine à qui.

Elle n'a pas cherché longtemps.

— À son avocate.

Vespa a levé les mains.

— Une sucette pour la dame.

— Mais comment Sandra Koval l'a-t-elle convaincu de ne rien dire ?

— Ça, c'est un coup de maître. Il faut lui rendre son dû... elle a agi au mieux pour son client *et* pour son frère.

— Comment ?

— En expliquant à Larue qu'il avait de meilleures chances d'obtenir la libération conditionnelle s'il la bouclait.

— Je ne comprends pas.

— Tu ne t'y connais pas trop en droit pénal, hein ?

Elle a haussé les épaules.

— Vois-tu, les magistrats n'ont pas envie de t'entendre clamer ton innocence. Ils ont envie de t'entendre faire ton mea culpa. Si tu veux sortir, baisse la tête. Manifeste de la honte. Tu as reconnu ta faute — c'est un premier pas vers la réhabilitation. En revanche, nier ta culpabilité ne te mènera à rien.

— Mais MacKenzie aurait pu témoigner, non ?

— Il était déjà trop malade, à ce moment-là. Et le juge d'application des peines, ça ne l'intéressait guère de savoir si Larue était innocent ou coupable. Si Larue choisissait cette voie, il devait demander la révision de son procès, ce qui pouvait prendre des mois, voire des années. D'après Sandra Koval — et là-dessus, elle ne lui a pas menti —, le meilleur moyen de sortir était de plaider coupable.

— Elle avait raison, a dit Grace.

— Oui.

— Et Larue n'a jamais su que Jack et Sandra étaient frère et sœur ?

— Comment voulais-tu qu'il le sache ?

Grace a secoué la tête.

— Seulement, pour Wade Larue, ce n'était pas fini, a repris Vespa. Il lui suffisait d'attendre d'être dehors. Il connaît la vérité. La question est : comment le prouver ? Sur qui, pardonne-moi l'expression, abattre son courroux ? Qui est le vrai responsable de la catastrophe ?

Une pièce de plus venait de se mettre en place.

— Du coup, a opiné Grace, il s'en est pris à Jack.

— Eh oui, celui qui a tiré le couteau. Larue a chargé son vieux copain de prison, Eric Wu, d'enlever ton mari. Il comptait le rejoindre dès sa sortie. Il voulait faire parler Jack, filmer ses aveux, et ensuite, il n'en était pas sûr mais il l'aurait probablement tué.

— Obtenir la réhabilitation, puis commettre un meurtre ?

Vespa a haussé les épaules.

— Il était en colère, Grace. Peut-être qu'il l'aurait juste battu ou lui aurait cassé les deux jambes. Va savoir.

— Et que s'est-il passé ?

— Il a changé d'avis.

Grace a froncé les sourcils.

— Tu aurais dû l'entendre. Et ce regard limpide qu'il avait... Je venais de le frapper au visage. Je l'ai foulé aux pieds et l'ai menacé de mort, mais il est resté serein. Une fois libéré, il a réalisé qu'il pouvait dépasser tout ça.

— Comment ça, dépasser ?

— Au sens propre. Son châtiment, c'était du passé. Il ne serait jamais réhabilité car il n'était pas tout blanc non plus : il avait tiré des coups de feu au milieu d'une foule, contribuant à créer un mouvement de panique. Mais plus que ça, comme il me l'a dit : il était réellement libre, plus rien ne le rattachait au passé. Il n'était plus en prison, mais mon fils, lui, serait toujours mort. Tu comprends ?

— Je pense que oui.

— Larue voulait vivre sa vie. Seulement il craignait des représailles — du coup, il m'a proposé un marché. Il me racontait la vérité, me donnait le numéro de téléphone de Wu. Et en échange je lui fichais la paix.

— C'est donc vous qui avez appelé Wu ?

— Non, en fait, c'est Larue. Mais je lui ai parlé, oui.

— Et vous lui avez dit de nous amener chez vous ?

— J'ignorais ta présence avec Wu. Je croyais qu'il n'y avait que Jack.

— Que comptiez-vous faire, Carl ?

Il n'a pas répondu.
— Tuer Jack, vous aussi ?
— Quelle importance, maintenant ?
— Et moi, qu'auriez-vous fait de moi ?
Il a pris son temps.
— Je me suis posé des questions.
— À propos de quoi ?
— De toi.

Les secondes s'égrenaient. Des pas ont résonné dans le couloir. Un chariot avec une roue qui couinait est passé devant sa porte. Grace l'a écouté s'éloigner, s'efforçant de ralentir sa respiration.

— Toi qui as failli te faire tuer dans le massacre de Boston... voilà que tu épouses l'homme à l'origine de tout cela. Je savais aussi que Jimmy X était venu chez toi après que nous l'avions vu à cette répétition. Tu ne m'en as pas parlé. Ajoutons le fait que tu ne te souviens pratiquement pas de ce qui s'est passé. Pas seulement ce soir-là, mais la semaine précédente.

Elle a essayé de respirer normalement.
— Vous avez cru...
— Je ne savais que croire. Maintenant, je sais. Je pense que ton mari est un type bien qui a commis une énorme erreur. Je pense qu'il s'est enfui après le concert, il se sentait coupable. C'est pour ça qu'il a voulu te rencontrer. Il avait lu la presse et tenait à s'assurer que tu t'en étais sortie. Peut-être même envisageait-il de te présenter ses excuses. Il t'a donc retrouvée sur cette plage en France. Et il est tombé amoureux de toi.

Fermant les yeux, elle s'est laissée aller en arrière.
— C'est fini, Grace.

Ils se sont tus. Il n'y avait plus rien à dire. Au bout de quelques minutes, Carl Vespa a quitté la chambre, silencieux comme la nuit.

53

Mais ce n'était pas fini.
Quatre jours ont passé. Grace se sentait mieux. Cet après-midi-là, elle est rentrée chez elle. Cora et Vickie étaient là aussi. Crash est venu ce premier jour, mais elle lui a demandé de partir.

Les médias se sont déchaînés, bien sûr. Ils ne disposaient que de bribes d'informations, seulement le fait que le tristement célèbre Jimmy X ait refait surface pour se faire descendre aussitôt avait suffi à les mettre en ébullition. Perlmutter a placé une voiture de police devant le domicile de Grace. Emma et Max allaient à l'école. Elle-même passait ses journées à l'hôpital, au chevet de Jack. Charlaine Swain lui tenait souvent compagnie.

Cette photo, qui était à l'origine de tout, Grace pensait maintenant que l'un des membres d'Allaw s'était arrangé pour la glisser dans son paquet. Pourquoi ? Difficile à dire. Peut-être s'était-il rendu compte que les dix-huit fantômes ne trouveraient jamais la paix.

Mais il y avait aussi la question du temps. Pourquoi aujourd'hui ? Pourquoi quinze ans après ?

Les explications ne manquaient pas. Ç'aurait pu être la libération de Wade Larue. Ou la mort de Gordon

MacKenzie. Ou le battage médiatique autour de la date anniversaire. Plus vraisemblablement, le retour de Jimmy X avait dû mettre la machine en branle.

Qui était réellement responsable de la tragédie ? Jimmy, pour avoir volé la chanson ? Jack, pour l'avoir agressé ? Gordon MacKenzie, pour avoir tiré un coup de feu dans un tel environnement ? Wade Larue, coupable de port d'armes illégal, pour avoir paniqué et tiré dans une foule déjà en proie à l'hystérie ? Grace n'aurait su trancher. Tout ça, c'étaient des vétilles. Au départ du carnage, il n'y avait pas de grosse conspiration. Au départ, il y avait deux groupes rock à la petite semaine qui avaient joué ensemble dans un bouge de Manchester.

Il restait des lacunes, bien sûr, de nombreuses lacunes. Mais ça pouvait attendre.

Pour l'instant, certaines choses étaient plus importantes que la vérité.

En cet instant même, Grace regardait Jack couché dans son lit d'hôpital. Son médecin, nommé Stan Walker, était assis à côté d'elle. Les mains jointes, le Dr Walker avait pris sa voix la plus grave. Grace écoutait. Emma et Max patientaient dans le couloir, ils voulaient être là. Grace ne savait pas quoi faire. Quelle était la conduite à tenir dans ce genre de circonstances ?

Dommage qu'elle ne puisse pas demander à Jack.

Elle n'avait pas envie de lui demander pourquoi il lui avait menti pendant tout ce temps. Elle n'avait pas envie qu'il s'explique sur ce qui était arrivé le soir du drame. Elle n'avait pas envie de savoir comment il avait fait pour tomber sur elle à la plage, si c'était intentionnel, si ça justifiait leur coup de foudre.

Elle avait juste une seule question à lui poser : voulait-il ses enfants auprès de lui au moment de sa mort ?

Finalement, Grace leur a permis de rester. Pour la dernière fois, ils étaient réunis en famille, tous les quatre. Emma pleurait, Max fixait obstinément le carrelage, lorsque, avec un imperceptible coup au cœur, Grace a senti que Jack la quittait pour de bon.

54

Des obsèques, Grace n'a gardé pratiquement aucun souvenir. Ce jour-là, elle a retiré ses lentilles de contact et n'a pas mis de lunettes. Dans le flou, tout semblait plus facile. Assise au premier rang, elle songeait à Jack. Elle ne le revoyait plus dans le vignoble ou sur la plage, non. L'image qu'elle conservait, celle qui l'accompagnerait toute sa vie, c'était Jack tenant Emma dans les bras peu après sa naissance, ses grandes mains autour de la petite merveille, comme s'il craignait de la casser, son air impressionné quand il s'était tourné vers Grace. C'était ça qu'elle voyait.

Le reste, tout ce qu'elle savait maintenant de son passé, était cacophonie.

Sandra Koval est venue à l'enterrement. Elle est restée au fond après s'être excusée pour l'absence de leur père, âgé et malade. Grace a dit qu'elle comprenait. Les deux femmes ne se sont pas embrassées. Scott Duncan était là. Stu Perlmutter et Cora aussi. Grace n'avait pas la moindre idée du nombre de gens dans l'assistance. Ça ne l'intéressait pas vraiment. Serrant ses enfants contre elle, elle a juste essayé de tenir le coup.

Quinze jours plus tard, les enfants sont retournés à l'école. Il y a eu des problèmes, bien sûr. Emma et Max vivaient tous deux dans l'angoisse de la séparation, et c'était normal. Elle les escortait jusqu'à la porte de l'école. Elle était de retour avant la cloche. Ils avaient mal, c'était le prix à payer pour la perte d'un père aimant et attentionné. La douleur faisait partie du quotidien.

Mais maintenant, il était temps d'en finir.

L'autopsie de Jack.

D'aucuns diraient que le rapport d'autopsie, quand elle l'a lu et intégré, a provoqué un nouveau bouleversement dans l'univers de Grace, mais ce n'était pas ça. Ce rapport confirmait simplement ce qu'elle savait déjà. Jack avait été son mari. Elle l'avait aimé. Ils avaient vécu treize ans ensemble, ils avaient eu deux enfants. Et, bien qu'il y ait eu des secrets entre eux, certaines choses sont impossibles à cacher.

Des choses qui demeurent véritablement à la surface.

Donc, Grace savait.

Elle connaissait son corps. Elle connaissait sa peau, chaque muscle de son dos. Par conséquent, elle n'avait pas besoin de l'autopsie. Pas besoin de voir les résultats d'un examen complet pour lui apprendre ce qu'elle savait déjà.

Jack n'avait pas de grosses cicatrices.

Ça signifiait — malgré ce qu'avait affirmé Jimmy,

malgré le récit que Gordon MacKenzie avait fait à Wade Larue — que Jack n'avait jamais été touché par une balle.

Tout d'abord, Grace est allée trouver Josh la Touffe de Poils au Photomat. Ensuite, elle s'est rendue à Bedminster, dans le lotissement où habitait la mère de Shane Alworth. Après quoi, elle s'est plongée dans les papiers juridiques relatifs à l'héritage fiduciaire de Jack. Elle connaissait un avocat d'affaires de Livingston qui travaillait maintenant comme agent sportif à Manhattan. Il avait l'habitude de faire des placements pour le compte de ses athlètes fortunés. Il a regardé les documents avec elle et lui a donné les explications nécessaires.

Pour finir, une fois qu'elle a eu réuni toutes les pièces du dossier, Grace est allée voir Sandra Koval, sa chère belle-sœur, au cabinet Burton et Crimstein à New York.

Sandra Koval n'est pas venue la chercher à la réception. Grace était en train d'étudier la galerie de photos, s'arrêtant à nouveau devant la lutteuse, Petite Pocahontas, quand une femme vêtue d'une blouse paysanne l'a invitée à la suivre. Elle l'a conduite dans la salle de réunion où Grace et Sandra s'étaient entretenues la première fois, une éternité auparavant.

— Mme Koval arrive dans une minute.
— Super.

Elle l'a laissée seule. La pièce n'avait pas changé, sauf qu'il y avait des blocs de papier et des stylos Bic devant chaque siège. Grace n'avait pas envie de s'asseoir. Elle a fait les cent pas à sa façon, clopin-clopant, en repassant les choses dans sa tête. Son téléphone portable s'est mis à vibrer. Elle a répondu brièvement et l'a refermé, le gardant à portée de la main. Juste au cas où.

— Bonjour, Grace.

Sandra Koval a fait irruption dans la salle telle une grosse perturbation atmosphérique. Elle a marché droit sur le réfrigérateur, l'a ouvert et a inspecté son contenu.

— Vous voulez boire quelque chose ?
— Non.

La tête toujours dans le frigo, elle a demandé :
— Comment vont les enfants ?

Grace n'a pas répondu. Sandra Koval a sorti un Perrier, l'a décapsulé et s'est assise.

— Alors, qu'est-ce qui vous amène ?

Fallait-il tester la température du bout de l'orteil ou bien se jeter à l'eau ? Grace a opté pour la seconde solution.

— Vous ne vous êtes pas chargée de défendre Wade Larue à cause de moi, a-t-elle annoncé sans préambule. Vous l'avez fait pour rester près de lui.

Sandra Koval a versé le Perrier dans un verre.

— Hypothétiquement... ça pourrait être vrai.
— Hypothétiquement ?
— Oui. J'aurais pu, d'un point de vue hypothétique, représenter Wade Larue pour protéger un certain membre de ma famille. Mais il n'en reste pas moins que j'aurais agi d'abord dans l'intérêt de mon client.
— D'une pierre deux coups ?
— Peut-être bien.
— Et ce membre de votre famille, ce ne serait pas votre frère ?
— Ce n'est pas impossible.
— Pas impossible, a répété Grace. Mais ça n'a pas

été le cas. Ce n'est pas votre frère que vous cherchiez à couvrir.

Leurs regards se sont rencontrés.

— Je suis au courant, a lâché Grace.

— Ah oui ? (Sandra a bu une gorgée.) Racontez-moi ça.

— Vous aviez... quoi, vingt-sept ans à l'époque ? Fraîchement diplômée et travaillant comme avocat pénaliste.

— Oui.

— Vous étiez mariée, votre fille avait deux ans, une carrière prometteuse s'offrait à vous. Et voilà que votre frère a tout fichu en l'air. Vous étiez là le soir du concert, Sandra. Au Boston Garden. Vous, et pas Geri Duncan, étiez l'autre fille dans la loge.

— Je vois, a-t-elle dit sans s'émouvoir. Et comment savez-vous ça ?

— D'après Jimmy X, il y avait une rousse — Sheila Lambert — et une brune, celle qui n'arrêtait pas de l'asticoter. Geri Duncan était blonde. *Vous*, Sandra, vous êtes brune.

Elle a ri.

— Et c'est censé prouver quelque chose ?

— En soi, non. Je ne sais même pas si c'est pertinent. Geri Duncan devait être là aussi, de toute façon. C'est peut-être elle qui a détourné l'attention de Gordon MacKenzie pour que vous trois puissiez vous introduire dans les coulisses.

Sandra Koval a eu un vague geste de la main.

— Continuez, c'est très intéressant.

— Faut-il que j'aille droit au but ?

— Faites.

— Selon à la fois Jimmy X et Gordon MacKenzie, votre frère a reçu une balle ce soir-là.

— En effet. Il est resté trois semaines à l'hôpital.

— Quel hôpital ?

Il n'y a pas eu l'ombre d'une hésitation, pas le moindre battement de cil.

— L'hôpital général du Massachusetts.

Grace a secoué la tête.

Sandra a grimacé.

— Ne me dites pas que vous avez écumé tous les hôpitaux de Boston.

— Pas la peine, a répondu Grace. Il n'y avait pas de cicatrice.

Silence.

— Une balle, voyez-vous, aurait laissé une cicatrice, Sandra. C'est mathématique. Votre frère a reçu une balle. Mon mari n'avait pas de cicatrice. Il n'y a qu'une seule explication à cela.

Grace a posé les mains sur la table. Elles étaient agitées d'un tremblement.

— Je n'ai jamais été mariée avec votre frère.

Sandra Koval se taisait.

— John Lawson, votre frère, a été blessé ce fameux soir. Vous et Sheila Lambert avez profité de la cohue pour le traîner dehors, mais ses blessures étaient mortelles. Enfin, je l'espère, autrement on serait obligé de conclure que vous l'avez tué.

— Et pourquoi j'aurais fait ça ?

— Parce que si vous l'aviez transporté à l'hôpital, ils auraient dû le signaler à la police. Si vous vous étiez pointées avec un cadavre — ou même si vous l'aviez simplement balancé dans la rue —, il y aurait eu une enquête, et on aurait su où et comment il avait été abattu. Vous, la jeune et brillante avocate, étiez terrifiée. Je suis sûre que Sheila Lambert l'était aussi. Le monde est devenu fou après ce qui s'est passé. Le procureur de Boston — sans parler de Carl Vespa, bon sang — réclamait des têtes à la télévision. Comme toutes les autres familles. Si vous vous étiez fait choper, on vous aurait arrêtées, voire pire.

Sandra ne disait rien.

— Avez-vous appelé votre père pour lui demander conseil? Avez-vous contacté un de vos anciens clients criminels? Ou bien vous êtes-vous débarrassée du corps par vos propres moyens?

— Vous ne manquez pas d'imagination, Grace! s'est-elle esclaffée. Je peux vous poser une question à mon tour?

— Bien sûr, allez-y.

— Si John est mort il y a quinze ans, qui avez-vous épousé?

— J'ai épousé *Jack* Lawson. Connu autrefois sous le nom de Shane Alworth.

Eric Wu n'avait pas détenu deux hommes dans ce sous-sol, mais un seul. Un seul homme qui s'était sacrifié pour la sauver. Un homme qui, sachant qu'il allait mourir, a voulu laisser une ultime trace et, pour ce faire, a utilisé l'unique moyen à sa disposition.

Sandra a souri presque.

— Comme vous y allez.

— Ce sera facile à prouver.

Se renversant sur son siège, elle a croisé les bras.

— Il y a une chose que je ne comprends pas dans votre histoire. Ça n'aurait pas été plus simple d'agir comme si mon frère s'était enfui?

— Ça vous aurait valu trop de questions, a rétorqué Grace.

— Pourtant, c'est ce qui est arrivé à Shane Alworth et Sheila Lambert. Ils ont tous deux disparu dans la nature.

— C'est vrai. La réponse, je pense qu'il faut la chercher du côté des intérêts financiers de votre famille.

L'expression de Sandra s'est figée.

— Ma famille ?

— J'ai trouvé des papiers dans le bureau de Jack. Je les ai montrés à quelqu'un que je connais. Il semblerait que votre grand-père ait divisé son capital en six parts. Il avait deux enfants et quatre petits-enfants. Oublions l'argent une seconde. Parlons droit de vote. Tout le monde a reçu le même nombre d'actions, le total ayant été divisé par six — les quatre pour cent restants sont allés à votre père. De cette façon, votre côté de la famille conservait le contrôle de l'entreprise : cinquante-deux pour cent contre quarante-huit. Mais — je n'y connais pas grand-chose, ne m'en veuillez pas —, grand-père voulait que tout reste dans la famille. Si l'un de vous mourait avant l'âge de vingt-cinq ans, ses actions seraient redistribuées à parts égales aux cinq survivants. Si votre frère était mort le soir du concert, par exemple, ça signifiait que votre père et vous n'étiez plus majoritaires.

— Vous déraillez.

— Peut-être. Mais dites-moi, Sandra, qu'est-ce qui vous a motivée ? La peur de vous faire pincer... ou celle de perdre le contrôle de l'entreprise familiale ? Les deux, probablement. Quoi qu'il en soit, vous avez convaincu Shane Alworth de prendre la place de votre frère. Ce sera facile à prouver. On ressortira les vieilles photos, on pourra demander des analyses d'ADN. En un mot, c'est fini.

Sandra s'est mise à tambouriner sur la table.

— Si cela est vrai, l'homme que vous avez aimé vous a menti pendant toutes ces années.

— C'est vrai, et peu importe le reste. À ce propos, comment avez-vous fait pour le convaincre ?

— C'est une question rhétorique, je suppose ?

Grace a haussé les épaules.

— Mme Alworth m'a dit qu'ils tiraient le diable par la queue. Paul, le frère de Shane, n'avait pas les moyens d'aller étudier à l'université. Elle vivait dans un taudis. Mais moi, je pense que vous avez proféré des menaces. Si un membre d'Allaw tombait pour cette affaire-là, tout le monde suivrait. Il a dû penser qu'il n'avait pas trop le choix.

— Voyons, Grace. Vous croyez vraiment qu'un gosse de pauvres comme Shane Alworth pouvait se faire passer pour mon frère ?

— Était-ce si difficile ? Vous et votre père l'avez aidé, j'en suis sûre. Lui obtenir des papiers n'était pas un problème. Vous aviez l'extrait de naissance de votre frère et tous les documents nécessaires. Il n'avait qu'à déclarer la perte de son portefeuille. Il y avait moins de contrôles, à l'époque, il a pu se faire refaire un permis de conduire, un passeport, que sais-je. Vous avez pris un nouvel avocat d'affaires à Boston — mon ami a remarqué que ce n'était plus celui de Los Angeles —, un qui ne connaissait pas la tête de John Lawson. Vous, votre père et Shane êtes allés le voir ensemble, avec des papiers en règle... qui aurait soupçonné quoi que ce soit ? Comme votre frère avait déjà terminé ses études, il n'avait pas à retourner à la fac avec un nouveau visage. Shane était libre de partir à l'étranger. Et si, par hasard, il tombait sur quelqu'un, il pouvait toujours prétendre qu'il était un autre John Lawson. C'est un nom assez courant.

Grace s'est tue.

Sandra a replié les bras.

— C'est là que je suis censée craquer et tout avouer ?

— Vous ? Non, je ne crois pas. Mais enfin, vous savez bien que c'est terminé. Prouver que mon mari n'était pas votre frère ne va pas être sorcier.

Sandra Koval a pris son temps pour répondre.

— Admettons, a-t-elle déclaré d'un ton plus mesuré. Mais je ne vois pas où est le crime.

— Comment ça ?

— Supposons — hypothétiquement parlant, une fois de plus — que vous ayez raison. Supposons que j'aie fait tenir le rôle de mon frère à votre mari. Ça s'est passé il y a quinze ans. Depuis, il y a eu prescription. Mes cousins pourraient me créer des ennuis, mais ils ne voudront pas d'un scandale ; nous trouverons un arrangement. Donc, même si ce que vous racontez là est vrai, mon crime ne peut pas être si grave que ça. Si j'étais au concert ce soir-là, qui, compte tenu du déchaînement des passions... qui me reprocherait d'avoir eu peur ?

— Pas moi, a soufflé Grace doucement.

— Là, vous voyez bien.

— C'est vrai, au début, vous n'avez rien fait de mal. Vous êtes allée à ce concert dans l'intention de réclamer justice pour votre frère. Vous avez affronté l'homme qui a volé une chanson écrite par votre frère et son ami. Ça, ce n'est pas un crime. Mais la confrontation a dégénéré, votre frère est mort, vous ne pouviez plus rien pour lui.

Vous avez donc opté pour ce que vous pensiez être la meilleure solution, en jouant la terrible donne qui vous a été octroyée.

Sandra a écarté les bras.

— Alors, qu'est-ce que vous me voulez, Grace ?

— Je veux des réponses.

— J'ai bien l'impression que vous en avez déjà quelques-unes.

Et, levant l'index :

— Hypothétiquement parlant.

— Peut-être que je veux aussi la justice.

— Quelle justice ? Vous venez de dire vous-même que vous compreniez.

— Cette partie-ci, oui, a concédé Grace, toujours d'une voix douce. Si c'en était resté là, je ne vous aurais pas importunée davantage, mais ça n'a pas été le cas.

Sandra Koval s'est carrée dans son siège.

— Sheila Lambert avait peur aussi. Pour elle, la meilleure solution était de changer de nom et de disparaître. Vous vous êtes tous mis d'accord pour vous disperser. Geri Duncan, elle, n'a rien changé à sa vie. Jusqu'au moment où elle a découvert sa grossesse.

Sandra a fermé les yeux.

— En acceptant de devenir John Lawson, Shane, mon Jack, a dû couper les ponts avec tout le monde et partir à l'étranger. Geri Duncan n'avait aucun moyen de le joindre. Quand, un mois plus tard, elle a appris qu'elle était enceinte, elle a voulu retrouver le père à tout prix, donc elle est venue vous voir. Sans doute aspirait-elle à faire table rase du passé, à prendre un nouveau départ à la naissance de l'enfant. Vous connaissiez mon mari. Jamais il ne l'aurait laissée tomber, si elle tenait à garder ce bébé. Peut-être lui aussi aurait-il voulu tourner la page. Avec quelles conséquences pour vous, Sandra ?

Grace a regardé ses mains. Elles tremblaient toujours.

— Il fallait donc réduire Geri au silence. Votre spécialité, c'est le droit pénal. Vous avez côtoyé des criminels. L'un d'eux vous a mise en contact avec un tueur à gages nommé Monte Scanlon.

— Vous n'avez aucune preuve de ce que vous avancez.

— Les années ont passé, a poursuivi Grace. Mon mari est maintenant Jack Lawson.

Elle a repensé à ce que lui avait dit Carl Vespa — que Jack aurait cherché à la rencontrer en France. Quelque chose clochait là-dedans.

— J'attends mon premier enfant. Et j'annonce à Jack que je veux rentrer aux États-Unis. Lui n'est pas très chaud. J'insiste. C'est ma faute. Si seulement il m'avait tout raconté…

— Oui, comment auriez-vous réagi, Grace ?

Elle a réfléchi un instant.

— Je n'en sais rien.

Sandra a souri.

— Lui non plus, sûrement.

Là-dessus, elle n'avait pas tort, mais ce n'était guère le moment d'entrer dans ces considérations.

— Pour finir, on a déménagé à New York. Mais comme j'ignore ce qui s'est passé ensuite, vous allez devoir m'aider, Sandra. Je pense qu'à l'approche de la date anniversaire, et avec la libération imminente de Wade Larue, Sheila Lambert — et peut-être n'était-elle pas la seule — a décidé qu'il était temps de tout avouer. Jack souffrait d'insomnies. Tous deux avaient probablement besoin de soulager leur conscience. Évidemment, vous ne pouviez pas les laisser faire. Ils avaient des chances d'obtenir le pardon, oui… mais pas vous : vous aviez liquidé Geri Duncan.

— Je vous le demande une fois encore : quelle preuve… ?

— On va y venir. Vous m'avez menti depuis le début, mais sur un point vous avez dit la vérité.

— Ça alors. (Le ton était chargé d'ironie.) Et quel est ce point ?

— Quand Jack a vu cette photo dans la cuisine, il a effectivement interrogé Internet au sujet de Geri Duncan. En apprenant qu'elle était morte dans un incendie, il s'est douté que ce n'était pas un accident. Du coup, il vous a contactée, c'était ça la conversation de neuf minutes. Vous avez eu peur qu'il craque ; il fallait donc faire vite. Vous avez promis de tout lui expliquer, mais pas au téléphone, et vous lui avez donné rendez-vous dans un lieu désert. Puis vous avez appelé Larue pour lui dire que c'était le moment ou jamais de prendre sa revanche. Vous pensiez que Larue chargerait Wu de tuer Jack, et non de le retenir comme il l'a fait.

— Je n'ai pas à écouter toutes ces élucubrations.

Mais Grace a continué.

— Ma grande erreur a été de vous avoir montré la photo dès le premier jour. Jack ignorait que j'en avais fait une copie. Cette photo où l'on voyait votre frère aux côtés de celui qui avait usurpé son identité. Pour me faire taire, vous avez envoyé ce type, avec le coffret à pique-nique de ma fille, histoire de m'intimider, seulement ça n'a pas marché. Alors vous avez fait appel à Wu. Il était censé découvrir ce que je savais, puis me tuer.

— C'est bon, j'en ai entendu assez.

Sandra Koval s'est levée.
— Sortez d'ici.
— Vous n'avez rien à ajouter ?
— J'attends toujours les preuves.
— Je n'en ai pas à proprement parler, a répliqué Grace. Mais peut-être que vous reconnaîtrez les faits.
Ça l'a fait rire.
— Vous croyez que je ne sais pas que vous avez un micro sur vous ? Je n'ai rien dit, strictement rien, qui puisse m'incriminer.
— Regardez dehors, Sandra.
— Quoi ?
— Regardez par la fenêtre. En bas, sur le trottoir. Venez, je vais vous montrer.

Grace a clopiné jusqu'à l'immense baie vitrée. Sandra Koval l'a suivie d'un air méfiant, comme si elle craignait que Grace ne la pousse dans le vide. Mais ce n'était pas ça. Ce n'était pas ça du tout.

En regardant en bas, elle n'a pas pu retenir une petite exclamation. Là, juste en dessous, Carl Vespa et Crash arpentaient le trottoir, pareils à deux fauves. Grace s'est dirigée vers la porte.

— Où allez-vous ? a demandé Sandra.
— Oh...

Grace a griffonné quelque chose sur un bout de papier.

— Voici le numéro de téléphone du capitaine Perlmutter. À vous de choisir. Vous pouvez appeler et partir avec lui. Ou alors vous pouvez tenter votre chance dehors.

Elle a posé le papier sur la table de réunion. Puis, sans un regard en arrière, Grace a quitté la pièce.

Épilogue

Sandra Koval a choisi d'appeler le capitaine Stuart Perlmutter. Elle a aussi choisi celle qui allait assurer sa défense, la légende vivante, Hester Crimstein en personne. Le parquet avait du pain sur la planche, mais compte tenu d'un certain nombre de nouveaux éléments, le procureur pensait y arriver.

Parmi ces éléments, il y a eu le retour de la rouquine d'Allaw, Sheila Lambert. Elle s'est manifestée après avoir appris l'arrestation — et lu l'appel à témoins dans la presse. L'assassin de son mari correspondait au signalement de l'homme qui avait menacé Grace au supermarché. Son nom était Martin Brayboy. Interpellé, il a accepté de témoigner au procès.

Sheila Lambert a déclaré au juge d'instruction que Shane Alworth avait été présent le soir du concert, mais qu'à la dernière minute il avait décidé de ne pas se joindre à l'expédition punitive dans les coulisses. Elle ne savait pas bien pourquoi il avait changé d'avis. Il avait dû réaliser, pensait-elle, que John Lawson était trop survolté, trop à cran, qu'il était à deux doigts d'exploser.

Contrairement à ce qu'on aurait pu croire, ça n'a pas été une consolation pour Grace.

Le capitaine Stuart Perlmutter s'est associé à l'ex-patronne de Scott Duncan, le procureur Linda Morgan. À eux deux, ils ont réussi à retourner un homme qui faisait partie de la garde rapprochée de Carl Vespa. Il y avait des rumeurs sur sa prochaine arrestation, même s'il était difficile de l'épingler pour le meurtre de Jimmy X. Un après-midi, Crash a appelé Grace pour lui apprendre que Vespa n'avait pas l'intention de se battre, qu'il passait beaucoup de temps au lit.

— C'est un peu comme assister à une mort lente, a-t-il ajouté.

Elle n'avait pas très envie d'entendre ça.

Charlaine Swain a ramené Mike à la maison. Ils ont repris le cours de leur vie bien réglée. Mike est retourné au bureau. Ils regardaient la télé ensemble maintenant, plutôt que chacun dans son coin. Mike continuait à s'endormir de bonne heure. Ils faisaient l'amour, mieux qu'avant, mais il y avait toujours cette gêne entre eux. Charlaine et Grace étaient devenues très proches. Bien que Charlaine ne se soit jamais plainte, Grace sentait sa détresse. Un jour, se disait-elle, quelque chose allait casser.

Freddy Sykes était toujours en convalescence. Il a mis sa maison en vente pour s'acheter un appartement à Fair Lawn, dans le New Jersey.

Cora… eh bien, Cora restait fidèle à elle-même.

Evelyn et Paul Alworth, la mère et le frère de Jack — ou devait-elle dire Shane, en l'occurrence — se sont manifestés également. Au fil des ans, Jack avait utilisé l'argent de son capital pour payer les études de Paul. Lorsqu'il était entré chez Pentacol, il avait installé sa mère dans ce lotissement pour pouvoir être près d'elle. Il allait déjeuner chez elle au moins une fois par semaine. Tous deux, Evelyn et Paul, avaient très envie de faire partie de la vie des enfants — ils étaient, après tout, la grand-mère et l'oncle d'Emma et de Max —, mais ils reconnaissaient qu'il ne fallait pas brusquer les choses.

Quant à Emma et Max, ils vivaient leur deuil chacun à sa façon.

Max aime bien parler de son père. Il veut savoir où il est, comment c'est, le paradis, si papa peut réellement les voir. Il veut s'assurer que son père est toujours là pour assister aux événements majeurs de sa jeune existence. Grace lui répond de son mieux — elle fait son possible pour lui vendre la camelote —, mais ses discours manquent de conviction. Max insiste pour qu'elle invente avec lui les rimes de « Jenny Jenkins » dans la salle de bains, comme le faisait son père, et quand ça leur arrive, son rire lui rappelle tellement celui de Jack qu'elle a l'impression que son cœur va éclater.

Emma, la petite princesse à son papa, ne parle jamais de Jack. Elle ne pose pas de questions. Ne regarde pas les photos, n'égrène pas ses souvenirs. Grace s'efforce d'anticiper ses besoins, mais elle ne sait pas très bien quelle attitude adopter. Les psychiatres parlent d'ouverture. Grace, qui a eu son compte de drames, n'en est pas aussi sûre. Elle connaît par expérience les vertus du déni, l'avantage de retrancher, de compartimenter.

Étrangement, Emma semble heureuse. Elle est bonne élève, elle a beaucoup d'amis, mais Grace n'est pas dupe. Emma n'écrit plus de poèmes, elle ne regarde même pas son journal. Elle tient à dormir avec la porte fermée. Souvent, tard dans la nuit, Grace croit entendre des sanglots étouffés. Le matin, après le départ d'Emma, elle jette un coup d'œil dans sa chambre.

L'oreiller de sa fille est toujours trempé.

Les gens pensent que si Jack avait survécu, Grace aurait un tas de questions à lui poser. Certes, sauf qu'elle ne se soucie plus guère de la réaction d'un gamin de vingt ans défoncé et paumé face à la catastrophe et à ses retombées. Après coup, il aurait dû lui en parler. D'accord, et s'il l'avait fait ? S'il lui avait expliqué depuis le début ? Ou un mois, un an après leur rencontre ? Comment l'aurait-elle pris ? Serait-elle restée ? Elle songe à Emma et à Max, au simple fait qu'ils soient là, et cette voie inexplorée la fait frissonner.

La nuit, couchée seule dans le lit devenu trop grand, Grace parle à Jack. Ça lui fait bizarre car elle ne croit pas vraiment qu'il écoute, et ses questions sont très terre à terre : Max veut faire partie de l'équipe de foot poussins de Kasselton — n'est-il pas trop jeune pour prendre un tel engagement ? L'école veut inscrire Emma dans un programme d'anglais accéléré, mais ne serait-ce pas trop lourd pour elle ? Doit-on aller au Disney World en février sans toi, ou cela risque-t-il de réveiller des souvenirs trop pénibles ? Et que faut-il faire, Jack, pour ces fichues larmes sur l'oreiller d'Emma ?

Des questions comme ça.

Scott Duncan est venu une semaine après l'arrestation de Sandra. Quand elle a ouvert la porte, il a dit :

— J'ai trouvé quelque chose.

— Quoi ?

— C'était dans les affaires de Geri.

Il lui a tendu une vieille cassette. Il n'y avait pas d'étiquette, mais quelqu'un avait gribouillé dessus à l'encre noire : ALLAW.

En silence, ils sont passés dans le salon. Grace a glissé la cassette dans le magnéto et a appuyé sur le bouton.

L'Encre invisible était la troisième chanson.

Il y avait des similitudes avec *L'Encre pâle.* Un tribunal aurait-il reconnu Jimmy coupable de plagiat ?

C'était limite, mais après toutes ces années Grace a décidé que la réponse serait non. Les chansons qui se ressemblaient, il y en avait plein. Entre influence et plagiat, la frontière était mince. *L'Encre pâle* se situait à cheval sur cette ligne improbable.

Tant de choses qui ont mal tourné depuis l'étaient aussi... à cheval sur la ligne improbable.

— Scott?

Il ne s'est pas retourné.

— Il serait temps qu'on clarifie l'atmosphère, vous ne croyez pas?

Il a hoché lentement la tête.

Elle ne savait pas trop comment lui présenter ça.

— Quand vous avez appris l'assassinat de votre sœur, vous vous êtes lancé dans les recherches à corps perdu. Vous avez quitté votre boulot, vous n'aviez plus qu'une idée en tête.

— C'est vrai.

— Il n'a pas dû être difficile à trouver qu'elle avait eu un copain.

— Non, en effet.

— Et vous avez découvert qu'il se nommait Shane Alworth.

— J'avais connu Shane avant toute cette histoire. Ils sortaient ensemble depuis six mois. Mais je pensais que Geri était morte dans un incendie, je n'avais aucune raison de m'intéresser à ce garçon.

— Soit. Mais après avoir parlé à Monte Scanlon, vous vous êtes souvenu de lui.

— C'est la première chose qui m'est venue à l'esprit.

— Et vous avez constaté qu'il avait disparu à peu près au moment où votre sœur a été assassinée.

— Exact.

— Ça a éveillé vos soupçons.
— C'est le moins qu'on puisse dire.
— Vous avez dû, je ne sais pas, consulter les archives universitaires, voire les archives de son lycée. Vous avez parlé à sa mère. Il ne faut pas grand-chose, surtout quand on cherche à s'informer.
Nouveau hochement de tête.
— Vous saviez donc, avant même qu'on se soit rencontrés, que Jack était Shane Alworth.
— Oui, a-t-il répondu. Oui, je le savais.
— Vous le soupçonniez d'avoir tué votre sœur ?
Duncan a eu un sourire sans joie.
— Un homme sort avec votre sœur. Il rompt avec elle. Elle est assassinée. Il change d'identité et se volatilise pendant quinze ans. (Il a haussé les épaules.) Vous auriez pensé quoi, vous ?
— Vous m'avez conseillé de secouer la cage. C'était le seul moyen de faire progresser l'enquête.
— Je me rappelle.
— Mais vous ne pouviez pas débarquer pour questionner Jack au sujet de votre sœur. Vous n'aviez aucune preuve contre lui.
— C'est juste.
— Du coup, a-t-elle dit, vous avez secoué la cage.
Silence.
— J'ai vérifié auprès de Josh, du Photomat.
— Ah ! Combien vous lui avez donné ?
— Mille dollars.
— Pfff ! Moi, je ne lui ai donné que cinq cents.
— Pour mettre cette photo dans mon enveloppe.
— Oui.
La chanson avait changé. Allaw parlait maintenant de

voix dans le vent. Le son était brut, mais il y avait du potentiel là-dedans.

— Vous avez détourné les soupçons sur Cora pour que je fiche la paix à Josh.

— Oui.

— Vous avez tenu à ce que je vous accompagne chez Mme Alworth. Vous vouliez connaître sa réaction lorsqu'elle verrait ses petits-enfants.

— Encore une cage à secouer, a-t-il acquiescé. Vous avez vu son regard quand elle a aperçu Emma et Max ?

Elle avait vu, oui. Mais elle n'avait pas compris, comme elle n'avait pas compris pourquoi cette femme habitait sur la route que Jack empruntait tous les jours pour se rendre à son travail.

— Dans la mesure où on vous avait mis en congé forcé, vous ne pouviez pas recourir aux services du FBI. Vous avez donc fait appel à une agence de détectives privés, celle qui employait Rocky Conwell, et vous avez placé une caméra chez nous. Puisque vous alliez secouer la cage, vous vouliez voir comment réagirait votre suspect.

— Tout cela est vrai.

Elle a songé au résultat final.

— Beaucoup de gens sont morts à cause de vous.

— J'enquêtais sur le meurtre de ma sœur. Ne vous attendez pas que je vous présente mes excuses.

Encore une histoire de responsabilité, a-t-elle songé. Une de plus.

— Vous auriez pu m'en parler.

— Non. Non, Grace, je ne pouvais en aucun cas vous faire confiance.

— Vous avez dit que notre alliance était temporaire.

Le regard de Duncan s'est voilé.

— C'était un mensonge : nous n'avons jamais été alliés.

Elle s'est assise et a coupé la musique.

— Vous n'avez gardé aucun souvenir de la bousculade, n'est-ce pas, Grace ?

— C'est assez fréquent. Il ne s'agit même pas d'amnésie… j'ai reçu un tel coup à la tête que je me suis retrouvée dans le coma.

— Traumatisme crânien, a-t-il confirmé. Je suis au courant. J'ai vu ça dans bon nombre de cas. Le jogger de Central Park, par exemple. La plupart des gens ne se souviennent même pas de ce qu'ils ont vécu les jours précédents.

— Oui, et alors ?

— Comment vous êtes-vous trouvée à l'orchestre ce soir-là ?

Cette question, totalement inattendue, lui a fait redresser la tête. Elle a scruté le visage de Duncan.

— Quoi ?

— Ryan Vespa, eh bien, son père a raqué quatre cents dollars pour une entrée. Les membres d'Allaw ont eu leurs places directement par Jimmy. Pour être là, il fallait soit débourser une fortune, soit connaître quelqu'un.

Il s'est penché en avant.

— Comment vous êtes-vous retrouvée à l'orchestre, Grace ?

— C'est mon ami qui a eu les billets.

— Lequel, Todd Woodcroft ? Celui qui n'est même pas venu vous voir à l'hôpital ?

— Oui.

— Vous êtes sûre de ça ? Tout à l'heure, vous disiez que vous ne vous rappeliez plus.

Il s'est penché encore plus près.

— Grace, j'ai parlé à Todd Woodcroft : il n'est pas allé au concert.

Quelque chose a chaviré dans sa poitrine, elle a senti son corps se glacer.

— Todd n'est pas venu vous voir parce que vous aviez cassé avec lui deux jours avant le concert. Et vous savez quoi, Grace ? Le même jour, Shane a rompu avec ma sœur. Geri n'était pas au concert non plus. Alors qui, d'après vous, Shane aurait-il emmené avec lui ?

Grace a frissonné, et le tremblement s'est transmis à tous ses membres.

— Je ne comprends pas.

Il a sorti la photo.

— Voici le Polaroïd original que j'ai agrandi avant de le glisser dans votre enveloppe. Ma sœur a marqué la date au dos. Cette photo a été prise la veille du concert.

Elle a secoué la tête.

— Cette mystérieuse inconnue dans le coin droit, celle qu'on distingue à peine. Vous avez cru que c'était Sandra Koval, mais peut-être — je dis peut-être — que c'est vous, Grace.

— Non...

— Et peut-être, pendant qu'on en est à chercher les coupables, devrions-nous nous interroger sur la jolie fille qui a détourné l'attention de Gordon MacKenzie pour que les autres puissent se faufiler par l'entrée des artistes. Nous savons que ce n'était ni ma sœur, ni Sheila Lambert, ni Sandra Koval.

Grace, qui secouait toujours la tête, a repensé soudain au jour où elle avait vu Jack sur cette plage, à cette sensation tout au fond des tripes. D'où lui venait-elle ? N'est-ce pas un sentiment qu'on éprouve...

… face à quelqu'un qu'on a déjà rencontré ?

La plus étrange variante du déjà-vu. On se connaît, on a vécu les premières affres de l'amour. On se tient par la main et, au moment où tout bascule dans le chaos, on sent cette main qui glisse, qui vous échappe…

— Non, a-t-elle répété, plus fermement cette fois. Vous vous trompez. C'est impossible, je m'en serais souvenue.

— Ça se peut.

Se levant, Scott Duncan a éjecté la cassette de l'appareil et l'a tendue à Grace.

— Mais ce ne sont que des suppositions oiseuses. Pour ce qu'on en sait, cette mystérieuse inconnue pourrait bien être la raison pour laquelle Jack n'est pas allé dans la loge de Jimmy. Peut-être l'en a-t-elle dissuadé. Ou peut-être a-t-il réalisé qu'il y avait une chose plus importante là, près de lui, que tout ce qu'il pourrait trouver dans une chanson. Peut-être que, trois ans après, il a tout fait pour la retrouver.

Scott Duncan est parti. Grace est allée dans son atelier. Elle n'avait pas touché à la peinture depuis la mort de Jack. Elle a mis la bande dans le radiocassette et a pressé « Play ».

Elle s'est emparée d'un pinceau. Elle avait envie de peindre. De peindre… Jack. Pas John, pas Shane. Jack. Elle s'attendait que le résultat soit brouillon et confus, mais il n'en a été rien. Le pinceau dansait sur la toile. Elle songeait qu'on ne pouvait jamais connaître intimement ceux qu'on aime. Du reste, quand on y réfléchit un peu, on ne se connaît pas intimement soi-même.

La cassette était arrivée à la fin. Elle l'a rembobinée et l'a fait repartir. Elle travaillait dans une fébrile, une délicieuse urgence, les larmes ruisselant sur ses joues.

Elle ne songeait pas à les essuyer. À un moment, elle a jeté un œil sur la pendule. Il serait bientôt temps d'arrêter, elle devait aller chercher les enfants à l'école. Emma avait sa leçon de piano. Max, hélas! devait se rendre à une séance d'entraînement avec son équipe de poussins.

Grace a attrapé son sac et fermé la porte à clé derrière elle.

Aubin Imprimeur
LIGUGÉ, POITIERS

Achevé d'imprimer en août 2004
pour le compte de France Loisirs
123, bd de Grenelle, 75015 Paris
N° d'édition 41063 / N° d'impression L 67240
Dépôt légal, août 2004
Imprimé en France